余嘉錫著
周祖謨、余淑宜整理

世說新語箋疏（下）

臺灣學生書局印行

世說新語卷下之上

容止第十四

1 魏武將見匈奴使，自以形陋，不足雄遠國，魏氏春秋曰：「武王姿貌短小，而神明英發。」使崔季珪代，〔一〕帝自捉刀立牀頭。既畢，令間諜問曰：「魏王何如？」匈奴使答曰：「魏王雅望非常，魏志曰：「崔琰字季珪，清河東武城人。聲姿高暢，眉目疏朗，鬚長四尺，甚有威重。」然牀頭捉刀人，此乃英雄也。」魏武聞之，追殺此使。〔二〕

【箋疏】

〔一〕程炎震云：「建安二十一年五月，操進爵爲魏王。其時代郡烏丸行單于普富盧與侯王來朝。七月，匈奴南單于呼廚泉將其名王來朝。殆此時事。然其年琰即誅死，恐非實也。」

〔二〕李詳云：「詳案：史通暗惑篇曰：『昔孟陽臥牀，詐稱齊后；紀信乘纛，矯號漢王。或主遘屯蒙，或朝罹兵革，故權以取濟，事非獲已。如崔琰本無此急，何得以臣代君？況魏武經綸霸業，南面受朝，而使臣居君坐，君處臣位，將何以使萬國具瞻，百寮僉矚也？又漢代之於匈奴，雖復賂以金帛，結以姻親，猶恐虺毒不悛，狼心易擾。如輒殺其使者，不顯罪名，何以懷四夷於外蕃，建五利於中國？』」嘉錫案：此事近於兒戲，頗類委巷之言，不可盡信。然劉子玄之持論，亦復過當。考後漢書南匈奴傳：自光武建武二十五年以後，南單于奉藩稱臣，入居西河，已夷爲屬國，事漢甚謹。順帝時，中郎將陳龜迫單于休利自殺。靈帝時，中郎將張脩遂擅斬單于呼徵。其君長且俯首受屠割，縱殺一使者，曾何足言？且終東漢之世，未嘗與匈奴結姻，北單于亦屢求和親。雖復時有侵軼，輒爲漢所擊破。子玄張大其詞，漫持西京之已事，例之建安之朝，不亦傎乎？

2 何平叔美姿儀，面至白；魏明帝疑其傅粉。正夏月，與熱湯餅。既噉，大汗出，以朱衣自拭，色轉皎然。魏略曰：「晏性自喜，動靜粉帛不去手，行步顧影。」按：此言，則晏之妖麗，本資外飾。且晏養自宮中，與帝相長，豈復疑其形姿，待驗而明也。〔一〕

【箋疏】

〔一〕嘉錫案：晉書五行志曰：「尚書何晏，好服婦人之服。傅玄曰：『此服妖也。』」晏之行動妖麗，於此可見。嘉錫又案：古之男子，固有傅粉者。漢書佞幸傳云：「孝惠時，郎侍中皆傅脂粉。」後漢書李固傳曰「梁冀猜專，每相忌疾。初，順帝時，諸所除官，多不以次，固奏免百餘人。此等既怨，又希望冀旨，遂共作飛章，虛誣固罪曰：『大行在殯，路人掩涕。固獨胡粉飾貌，搔頭弄姿』」云云。此雖誣善之詞，然必當時有此風俗矣。魏志王粲傳附邯鄲淳注引魏略曰「臨菑侯植得淳甚喜，延入坐。時天暑熱，植因呼常從取水，自澡訖，傅粉，遂科頭拍袒胡舞」云云。何晏之粉白不去手，蓋漢末貴公子習氣如此，不足怪也。

3 魏明帝使后弟毛曾與夏侯玄共坐，〔一〕時人謂「蒹葭倚玉樹」。魏志曰：「玄爲黃門侍郎，與毛曾竝坐。玄甚恥之，曾說形於色。明帝恨之，左遷玄爲羽林監。」

【箋疏】

〔一〕程炎震云：「魏志后妃傳：『毛后，河內人。』曾附馬都尉，遷散騎侍郎。又玄傳作『散騎黃門侍郎』。」

4 時人目「夏侯太初朗朗如日月之入懷，李安國頹唐如玉山之將崩」。魏略曰：「李豐字安國，衛尉李義子也。識別人物，海內注意。明帝得吳降人，問江東聞中國名士爲誰？以安國對之。是時豐爲黃門郎，改名宣。上問安國所在？左右公卿即具以豐對。上曰：『豐名乃被於吳、越邪？』仕至中書令，爲晉王所誅。」

5 嵇康身長七尺八寸，風姿特秀。康別傳曰：「康長七尺八寸，偉容色，土木形骸，〔一〕不加飾厲，而龍章鳳姿，天質自然。正爾在群形之中，便自知非常之器。」見者嘆曰：「蕭蕭肅肅，爽朗清舉。」或云：「肅肅如松下風，高而徐引。」山公曰：「嵇叔夜之爲人也，巖巖若孤松之獨立；其醉也，傀俄若玉山之將崩。」

【箋疏】

〔一〕文選五君詠注引嵇康別傳曰：「康美音氣，好容色。」「土木形骸」，解見後。

6 裴令公目：「王安豐眼爛爛如巖下電。」〔一〕王戎形狀短小，而目甚清炤，視日不眩。〔二〕

【箋疏】

〔一〕李慈銘云：「案下裴令公疾，夷甫謂其『雙目閃閃，若巖下電』，此云裴以稱王戎。臨川雜采諸書，故有重互。」

〔二〕程炎震云：「藝文類聚十七引竹林七賢論云：『王戎眸子洞徹，視日而眼明不虧。』」

7 潘岳妙有姿容，好神情。岳別傳曰：「岳姿容甚美，風儀閒暢。」少時挾彈出洛陽道，婦人遇者，莫不連手共縈之。〔一〕左太沖絶醜，續文章志曰：「思貌醜顇，不持儀飾。」亦復效岳遊遨，於是羣嫗齊共亂唾之，委頓而返。語林曰：「安仁至美，每行，老嫗以果擲之，滿車。張孟陽至醜，每行，小兒以瓦石投之，亦滿車。」二說不同。〔二〕

【箋疏】

〔一〕盧文弨鍾山札記三云：「晉書潘岳傳云：『岳美姿儀，婦人遇之者，皆連手縈繞，投之以果。』此蓋岳小年時，婦人愛其秀異，縈手贈果。今人亦何嘗無此風？要必非成童以上也。婦人亦不定是少艾，在大道上，亦斷不頓起他念。至岳更無用以此爲譏議。乃史臣作論，以挾彈盈果與望塵趨貴相提竝論，無乃不倫？」嘉錫案：文選藉田賦注引臧榮緒晉書曰：「潘岳總角辨惠，摛藻清豔，鄉里稱爲奇童。」以此推之，則挾彈擲果，亦必總角時事。盧氏之辯甚確。然惜其未考世說注，不知擲果者之本是老嫗也。夫老年婦人愛憐小兒，乃其常情，了不足異。既令年在成童，亦不過以兒孫輩相視，復何嫌疑之有乎？

〔三〕程炎震云：「晉書潘岳傳作張載，蓋用語林。」

8 王夷甫容貌整麗，妙於談玄，〔一〕恒捉白玉柄麈尾，〔二〕與手都無分別。

【箋疏】

〔一〕文選四十九晉紀總論注引王隱晉書曰：「王衍不治經史，唯以莊、老虛談惑世。」

〔二〕能改齋漫錄二引釋藏音義指歸云：「名苑曰：鹿之大者曰麈。羣鹿隨之，皆看麈所往，隨麈尾所轉爲準。今講僧執麈尾拂子，蓋象彼有所指麾故耳。」嘉錫案：漢、魏以前，不聞有麈尾，固當起於魏、晉談玄之士。然未必爲講僧之所創有也。通鑑八十九注曰：「麈，麋屬。尾能生風，辟蠅蚋。晉王公貴人多執麈尾，以玉爲柄。」

9 潘安仁、夏侯湛竝有美容，喜同行，〔一〕時人謂之「連璧」。〔二〕八王故事曰：「岳與湛著契，故好同遊。」

【箋疏】

〔一〕程炎震云：「晉書湛傳云：『每行止，同輿接茵。』」

〔二〕文選集注百十三上夏侯常侍誄注引臧榮緒晉書曰：「湛美容觀，才章富盛，早有名譽。與潘安仁友善，每行止，同輿接茵，京師謂之連璧。」

10 裴令公有儁容姿，一旦有疾至困，惠帝使王夷甫往看，裴方向壁臥，聞王使至，强回視之。王出語人曰：「雙目閃閃，若巖下電，精神挺動，〔一〕體中故小惡。」名士傳曰：「楷病困，詔遣黄門郎王夷甫省之，楷回眸屬夷甫云：『竟未相識。』夷甫還，亦歎其神儁。」

【箋疏】

〔一〕李詳云：「詳案：枚乘七發：『筋骨挺解』與上下文『四支委隨，手足墯窳』相厠，則『挺解』亦是倦敤之貌。挺動義並相同。」

11 有人語王戎曰：「嵇延祖卓卓如野鶴之在雞羣。」〔一〕答曰：「君未見其父耳！」康已見上。

【箋疏】

〔一〕程炎震云：「晉書紹傳云：起家爲秘書丞，始入洛。」

12 裴令公有儁容儀，脱冠冕，麤服亂頭皆好。時人以爲「玉人」。見者曰：「見裴叔則如玉山上行，光映照人。」

13 劉伶身長六尺，貌甚醜顇，〔一〕而悠悠忽忽，土木形骸。〔二〕梁祚魏國統曰：「劉伶，字伯倫，形貌醜陋，身長六尺；然肆意放蕩，悠焉獨暢。自得一時，常以宇宙為狹。」

【校文】

「顇」 景宋本作「悴」。

【箋疏】

〔一〕文選集注九十三酒德頌注引臧榮緒晉書曰：「劉靈父為太祖大將軍掾，有寵，早亡。靈長六尺，貌甚醜悴，而志氣曠放，以宇宙為挾也。」悴不作顇，與宋本合。

〔二〕漢書東方朔傳曰：「土木衣綺繡，狗馬被績罽。」類聚二十四引應璩百一詩曰：「奈何季世人，侈靡及宮牆。飾巧無窮極，土木被朱光。」嘉錫案：此皆言土木之質，不宜被以華采也。土木形骸者，謂亂頭麤服，不加修飾，視其形骸，如土木然。

14 驃騎王武子是衛玠之舅，儁爽有風姿，見玠輒歎曰：「珠玉在側，覺我形穢！」玠別傳曰：「驃騎王濟，玠之舅也。嘗與同遊，語人曰：『昨日吾與外生共坐，若明珠之在側，朗然來照人。』」

15 有人詣王太尉，遇安豐、大將軍、丞相在坐；往別屋見季胤、平子。石崇金谷詩敘曰：「王詡字季胤，琅邪人。」王氏譜曰：「詡，夷甫弟也，仕至脩武令。」還，語人曰：「今日之行，觸目見琳琅珠玉。」

16 王丞相見衞洗馬曰：「居然有羸形，雖復終日調暢，若不堪羅綺。」玠別傳曰：「玠素抱羸疾。」西京賦曰：「始徐進而羸形，似不勝乎羅綺。」

17 王大將軍稱太尉：〔一〕「處衆人中，似珠玉在瓦石閒。」

【箋疏】

〔一〕程炎震云：「晉書衍傳，王敦過江，嘗稱之。」

18 庾子嵩長不滿七尺，腰帶十圍，頹然自放。

19 衞玠從豫章至下都，人久聞其名，觀者如堵牆。〔一〕玠先有羸疾，體不堪勞，遂成病而死。時人謂「看殺衞玠」。玠別傳曰：「玠在羣伍之中，寔有異人之望。齠齔時，乘白羊車於洛陽市上，咸曰：『誰家璧人？』於是家門州黨號爲『璧人』。」按永嘉流人名曰：「玠以永嘉六年五月六日至豫章，其年六月二十日卒。」此則玠之南度豫章四十五日，豈暇至下都而亡乎？且諸書皆云玠亡在豫章，而不云在下都也。

【箋疏】

〔一〕禮記射義：「孔子射於矍相之圃，蓋觀者如堵牆。」

20 周伯仁道桓茂倫：〔一〕「嶔崎歷落可笑人。」〔二〕或云謝幼輿言。

【箋疏】

〔一〕程炎震云：「晉書彝傳亦謂是周顗語。」

〔二〕李治敬齋古今黈四曰：「周顗歎重桓彝云：『茂倫嶔崎歷落，可笑人也。』渭上老人以爲古人語倒，治以爲不然。蓋顗謂彝爲人不羣，世多忽之，所以見笑於人耳！此正言其美，非語倒也。」

21 周侯說王長史父：王氏譜曰：「訥字文開，〔一〕太原人。祖默，〔二〕尚書。父祐，〔三〕散騎常侍。訥始過江，仕至新淦令。」形貌既偉，雅懷有槩，保而用之，可作諸許物也。

【校文】

注「開」　景宋本作「淵」。

注「祐」　景宋本作「祐」。

【箋疏】

【一】言語篇注引王長史別傳云：「父訥，葉令。」建康實錄八云：「濛，安西司馬訥之子。」

【二】魏志王昶傳云：「兄子默，字處靜。」

【三】程炎震云：「祜當作祐，各本皆誤。」嘉錫案：祜，言語篇注作佐，晉書楊駿、王湛、王濟、王濛等傳並作佑。湛傳云「嶠，字開山。父佑，位至北軍中候。嶠永嘉末攜其二弟渡江，元帝教曰：『王佑三息，始至名德之胄，並有操行』」云云。則佑子三人齊名，訥蓋嶠之弟也。

22 祖士少見衛君長云：「此人有旄仗下形。」

【校文】

「仗」　景宋本作「杖」。

23 石頭事故，朝廷傾覆。晉陽秋曰：「蘇峻自姑孰至于石頭，逼遷天子。峻以倉屋爲宮，使人守衛。」靈鬼志謠徵曰：「明帝末有謠歌：『側側力，放馬出山側。〔一〕大馬死，小馬餓。』後峻遷帝於石頭，御膳不具。」溫忠武與庾文康投陶公求救，〔二〕陶公云：「肅祖顧命不見及，且蘇峻作亂，釁由諸庾，誅其兄弟，不足以謝天下。」徐廣晉紀曰：「肅祖遺詔，庾亮、王導輔幼主而進大臣官，陶侃、祖約不在其例。侃、約疑亮寢遺詔也。」中興書曰：「初，庾亮欲徵蘇峻，卞壼不許。溫嶠及三吳欲起兵衛帝室，亮不聽，下制曰：『安起兵者誅！』故峻得作亂京邑也。」于時庾在温船後聞之，憂怖無計。別日，温勸庾見陶，庾猶豫未能往，温曰：「溪狗我所悉，〔三〕卿但見之，必無憂也！」庾風姿神貌，陶一見便改觀。談宴竟日，愛重頓至。

【校文】

「投陶公求救」　景宋本及沈本俱無「陶公求救」四字。

【箋疏】

〔一〕程炎震云：「晉書五行志作『明帝太寧初』，又重力字，無出字。」

〔二〕程炎震云：「以晉書陶侃、温嶠、庾亮諸傳參攷之，亮奔温嶠於尋陽。侃後自江陵至，温、庾未嘗投陶也。」

〔三〕程炎震云：「溪狗之溪，當從亻。傒狗字亦見南史胡諧之傳。陶，豫章人，故云傒狗。李蓴客孟學齋日記以明人呼江西人爲雞，是傒之誤。」「溪狗」，孝標無注。案「溪」當作「傒」。李慈銘越縵堂日記第五册云：「前代人呼江西人爲雞。高新鄭見嚴介溪，有『大雞小雞』之謔，常不解所謂。按南史胡諧之傳：『諧之，豫章南昌人。齊武帝欲獎以貴族盛姻，以諧之家人語傒音不正，乃遣宮內四五人往諧之家教子女語。二年後，帝問諧之曰：「卿家人語音正未？」答曰：「宮人少，臣家人多，非唯不能得正音，遂使宮人頓成傒語。」帝大笑。』又范栢年云：『胡諧是何傒狗』，乃知江西人曰傒，因傒誤爲雞也。」嘉錫案：吾鄉人至今猶呼江西人爲雞。淮南子本經訓云：「傒人之子女。」注云：「傒，繫囚之繫，讀若雞。」是傒可轉爲雞之證。南朝士夫呼江右人爲傒狗，猶之呼北人爲傖父，皆輕詆之辭。陶侃本鄱陽人，家於尋陽，皆江右地，故得此稱。然温太真不應詆侃，蓋庾亮與侃不協，必其平日與人言及侃，不曰士行，而曰傒狗。太真因順其旨言之耳。高拱讟嚴嵩語見王肯堂鬱岡齋筆塵二。梁書楊公則傳云：「公則所領，是湘溪人，性怯懦，城內輕之，以爲易與。」南史作：「公則所領，多是湘人，溪性懦怯。」是齊、梁之時，并呼湘州人爲溪矣。

24 庾太尉在武昌，秋夜氣佳景清，使吏殷浩、王胡之之徒登南樓理詠。〔一〕音調始遒，聞函道中有屐聲甚厲，〔二〕定是庾公。俄而率左右十許人步來，諸賢欲起避之。公徐云：「諸君少住，老子於此處興復不淺！」〔三〕因便據胡牀，與諸人詠謔，竟坐甚得任樂。後王逸少下，與丞相言及此事。丞相曰：「元規爾時風範，不得不小穨。」右軍答曰：「唯丘壑獨存。」孫綽庾亮碑文曰：「公雅好所託，常在塵垢之外。雖柔心應世，蠖屈其迹，而方寸湛然，固以玄對山水。」

【校文】

「使吏」　「使」，景宋本及沈本俱作「佐」。

「因便」　「因」，沈本作「自」。

「小穨」　「穨」，景宋本作「頹」。

【箋疏】

〔一〕程炎震云：「『使』字宋本及晉書亮傳均作『佐』。」

〔二〕宋吳聿觀林詩話云：「『函道』，今所謂『胡梯』是也。」

〔三〕翟灝通俗篇十八曰：「老學菴筆記：『南鄭俚俗謂父曰老子，雖年十七八，有子亦稱老子。乃悟西人所謂大范老子，蓋尊之以爲父也。』按西人並不以老子爲尊，唯有自稱。然後漢書韓康傳：『亭長使奪其牛，康卽與之。使者欲奏殺亭長，康曰：「此自老子與之，亭長何罪？」』康乃京兆霸陵人，正可爲的證者。三國志甘寧傳注：『夜入魏軍，軍皆鼓譟舉火。還見權，權曰：「足驚駭老子否？」』此老子似指曹操。權豈欲尊操而云然乎？晉書陶侃傳：『顧謂王愆期曰：「老子婆娑，正坐諸君輩。」』應詹傳：『鎭南大將軍劉弘謂曰：「君器識宏深，後當代老子于荆南矣。」』庾亮傳：『諸君少住，老子于此興復不淺。』諸人不皆西產，而其自稱如此，必當時無以稱父者，故得通行不爲嫌。若五代史馮道傳：『耶律德光誚之曰：「汝是何等老子？」對曰：「無材無德，癡頑老子。」』更顯見其稱之不尊矣。」嘉錫案：曲禮曰：「大夫七十而致仕，若不得謝，則必賜之几杖，行役以婦人，適四方，乘安車，自稱曰老夫。」注曰：「老夫，老人稱也。」左氏隱四年傳曰：「石碏使告於陳曰：『衞國褊小，老夫耄矣，無能爲也。』」注曰：「稱國小已老，自謙以委陳。」漢、晉人之自稱老子，猶老夫也，有自謙之意焉。至宋時，流俗乃稱爲人父者爲老子。陸游言西人稱大范老子，事見朱子三朝名臣錄七引名臣傳云：「仲淹領延安，養兵畜銳，夏人聞之，相戒曰：『今小范老子腹中自有兵甲，不比大范老子可欺也。』戎人呼知州爲老子，大范謂雍也。」是則西夏人之稱大范，固非尊敬其人，然呼知州爲老子，正是以其爲父母官而尊之，猶後人之稱官爲老爺也。翟氏據漢、晉人之所以自稱者以駁陸游，是不知古今之異也。但宋人仍有用古人之意入文詞者，如老學庵筆記二載黄魯直在戎州作樂府曰：「老子江南、江北，愛聽臨風笛。」此又非當時流俗人之所謂老子，不可以一概而論也。

25 王敬豫有美形，問訊王公。王公撫其肩曰：「阿奴恨才不稱！」〔一〕又云：〔二〕「敬豫事事似王公。」語林曰：「謝公云：『小時在殿廷會見丞相，便覺清風來拂人。』」〔三〕

【箋疏】

〔一〕德行篇云：「丞相見長豫輒喜，見敬豫輒嗔。」注引文字志曰：「王恬字敬豫，少卓犖不羈，疾學尚武，不爲導所重。」

嘉錫案：此恨其才不稱貌，亦嗔之也。

〔二〕李慈銘云：「案『又云』字有誤，上文乃導自謂其子之語。下不得作『又云』也。當是他人品目之語。」

〔三〕程炎震云：「王導卒時，謝安才二十歲，何由於殿廷見導乎？蓋從其父裒宦京師，故得見耳。」

26 王右軍見杜弘治，歎曰：「面如凝脂，眼如點漆，此神仙中人。」江左名士傳曰：「永和中，劉真長、謝仁祖共商略中朝人士。或曰：『杜弘治清標令上，爲後來之美，又面如凝脂，眼如點漆，粗可得方諸衞玠。』」時人有稱王長史形者，蔡公曰：「恨諸人不見杜弘治耳！」

27 劉尹道桓公：鬢如反猬皮，眉如紫石稜，自是孫仲謀、司馬宣王一流人。〔一〕宋明帝文章志曰：「温爲温嶠所賞，故名温。」吴志曰：「孫權字仲謀，策弟也。漢使者劉琬語人曰：『吾觀孫氏兄弟，雖竝有才秀明達，皆祿祚不終。唯中弟孝廉，形貌魁偉，骨體不恆，有大貴之表。』」晉陽秋曰：「宣王天姿傑邁，有英雄之略。」

【校文】

注「禄胙」「胙」，景宋本及沈本俱作「祚」。

【箋疏】

〔一〕程炎震云：「晉書溫傳作『眼如紫石稜，鬚作蝟毛磔，孫仲謀、晉宣王之流亞也』。御覽三百六十六引『眉』亦作『眼』。」御覽三百九十六引語林曰：「桓溫自以雄姿風氣是司馬宣王、劉越石一輩器。有以比王大將軍者，意大不平。征苻健還，於北方得一巧作老婢，乃是劉越石妓女。一見溫入，潸然而泣。溫問其故，答曰：『官家甚似劉司空。』溫大悅；卽出外脩整衣冠，又入呼問『我何處似司空？』婢答曰：『眼甚似，恨小；面甚似，恨薄；鬚甚似，恨赤；形甚似，恨短；聲甚似，恨雌。』宣武於是弛冠解帶，不覺惛然而睡，不怡者數日。」嘉錫案：唐人修晉書采入溫本傳。余謂溫太真識溫於襁褓之中，聞其啼聲，稱爲英物，則其聲必不雌。劉真長許爲孫仲謀、司馬宣王一流人，則其雄姿可想。亦何至眼小面薄，如語林所云者？此蓋東晉末人憤溫之自命梟雄，覬覦神器，造爲此言，以醜詆之耳。晉書信爲實録，非也。

28 王敬倫風姿似父，作侍中，加授桓公，〔一〕公服從大門入。桓公望之，曰：「大奴固自有鳳毛。」〔二〕大奴，王劭也。已見。中興書曰：「劭美姿容，持儀操也。」

【校文】

注「儀操也」　景宋本及沈本俱無「操」字。

【箋疏】

〔一〕程炎震云：「御覽二百七引晉中興書曰：『桓温授侍中太尉，固讓不受。旬月之中，使者八至，軺軒相望於道。温遂親職。』按晉書穆紀：『永和八年七月丁酉，以征西大將軍桓温爲太尉。』温傳則云『固讓不拜』，据此知温終就職也。晉書哀紀：『興寧元年五月，加征西大將軍桓温侍中、大司馬、都督中外諸軍事、假黃鉞、録尚書事。』似加侍中在後。然侍中爲門下省之長官，温既爲太尉，必加侍中。其後自尉轉馬，則加官如故，晉書不及析言也。劭之授温，蓋卽永和八年事。至晉書劭傳不言其爲侍中，此作『侍中』，字恐有誤，文或應在『加授桓公』下。」

〔二〕程炎震云：「晉書劭傳云：『雖家人近習，未嘗見其有墮替之容。』」又云：「雅量篇『王劭王薈共詣宣武』條注引劭、薈別傳曰：『桓温稱劭爲鳳雛。』然則有鳳毛者，猶鳳雛耳。」

南齊書謝超宗曰：「新安王子鸞，孝武帝寵子。超宗以選補王國常侍，王母殷淑儀卒，超宗作誄奏之。帝大嗟賞曰：『超宗殊有鳳毛，恐靈運復出。』」金樓子雜記篇上曰：「世人相與呼父爲鳳毛。而孝武亦施之祖，便當可得通用。不知此言意何所出？」嘉錫案：金樓子梁元帝所撰。據其所言，是南朝人通稱人子才似其父者爲鳳毛。元帝已不能知其出處矣。劭、薈別傳言桓温稱劭爲鳳雛，彼自用龐士元事，與此意同而語異，不必卽出於一時。雖可取以互證，然不得謂鳳毛卽鳳雛也。若云「大奴固自有鳳雛」，則不成語矣。

29 林公道王長史：「斂衿作一來，何其軒軒韶舉！」語林曰：「王仲祖有好儀形，每覽鏡自照，曰：『王文開那生如馨兒！』時人謂之達也。」

30 時人目王右軍：「飄如遊雲，矯若驚龍。」〔一〕

【箋疏】

〔一〕程炎震云：「晉書羲之傳，論者稱其筆勢是也，今乃列於容止篇。」

31 王長史嘗病，親疏不通。林公來，守門人遽啓之曰：「一異人在門，不敢不啓。」王笑曰：「此必林公。」按語林曰：「諸人嘗要阮光祿共詣林公。阮曰：『欲聞其言，惡見其面。』」此則林公之形，信當醜異。

32 或以方謝仁祖不乃重者。〔一〕桓大司馬曰：「諸君莫輕道，仁祖企腳北窗下彈琵琶，〔二〕故自有天際真人想。」〔三〕晉陽秋曰：「尚善音樂。」裴子云：「丞相嘗曰：『堅石挈腳枕琵琶，有天際想。』」堅石，尚小名。

【箋疏】

〔一〕嘉錫案：言有比人爲謝尚者，其意乃實輕之。若曰「某不過謝仁祖之流耳」。

〔二〕李慈銘云：「案『企』同『跂』，企亦舉也。」

樂府詩集七十五載謝尚大道曲曰：「青陽二三月，柳青桃復紅。車馬不相識，音落黃埃中。」并引樂府廣題曰：「謝尚爲鎮西將軍，嘗著紫羅襦，據胡牀，在市中佛國門樓上彈琵琶，作大道曲。市人不知其三公也。」

〔三〕類聚四十四引俗說曰：「謝仁祖爲豫州主簿，在桓溫閣下。桓聞其善彈箏，便呼之。既至，取箏令彈，謝卽理絃撫箏，因歌秋風，意氣甚遒。桓大以此知之。」

33 王長史爲中書郎，〔一〕往敬和許。敬和，王洽已見。爾時積雪，長史從門外下車，步入尚書，著公服。敬和遥望，歎曰：「此不復似世中人！」

【校文】

「著公服」　景宋本及沈本「著」作「省」，又無「公服」二字。

【箋疏】

〔一〕程炎震云：「王濛爲中書郎，當在康帝時。王洽傳不言爲尚書省何官，蓋略之。」

34 簡文作相王時，與謝公共詣桓宣武。〔一〕王珣先在內，桓語王：「卿嘗欲見相王，可住帳裏。」二客既去，桓謂王曰：「定何如？」王曰：「相王作輔，自然湛若神君，續晉陽秋曰：「帝美風姿，舉止端詳。」公亦萬夫之望。不然，僕射何得自沒？」僕射，謝安。

【校文】

注「端詳」「端」，景宋本及沈本作「安」。

【箋疏】

〔一〕程炎震云：「桓溫自徐移荊，迄於廢立，與簡文會者二：前在興寧三年乙丑洌洲，後在太和四年己巳涂中。此是會涂中事。據排調篇『君拜於前，臣立於後』語，知太和六年謝安猶爲侍中。則太和四年，安亦以侍中從行，非僕射也。尋其時日，僕射乃王彪之。檢彪之傳，三爲僕射：初以病不拜。次在穆帝升平二年戊午謝奕卒時，其年當出爲會稽內史，居郡八年，至興寧三年爲桓溫劾免下吏，會赦免，左降爲尚書。頃之，復爲僕射。考廢紀：興寧三年，卽位有赦。十二月以會稽內史王彪之爲尚書僕射。紀傳皆合。自此至孝武寧康元年桓溫死後，乃自僕射遷尚書令。珣爲彪之子侄行。『僕射何得自沒』者，正以彪之不從行，巽言以解其被劾之前嫌耳。注以僕射爲安，不知安爲僕射在孝武寧康元年桓溫死後。且安嘗事溫，珣卽謝壻，何爲辭費乎？此等似非劉注，孝標不至若是。知非洌洲會者。王珣以隆安四年卒，年五十二，則生於穆帝永和五年己酉。傳云『弱冠爲桓溫掾』，則洌洲會時，珣年十七，未入溫幕。簡文以太和元年始爲丞相，前此不得稱相王也。」

35 海西時，諸公每朝，朝堂猶暗；唯會稽王來，軒軒如朝霞舉。

36 謝車騎道謝公：「遊肆復無乃高唱，但恭坐捻鼻顧睞，便自有寢處山澤閒儀。」

37 謝公云：「見林公雙眼，黯黯明黑。」孫興公見林公：〔一〕「稜稜露其爽。」

【箋疏】

〔一〕李慈銘云：「案『孫興公』下當有『亦云』二字。」

38 庾長仁與諸弟入吳，欲住亭中宿。諸弟先上，見羣小滿屋，都無相避意。長仁曰：「我試觀之。」乃策杖將一小兒，始入門，諸客望其神姿，一時退匿。長仁已見，一說是庾亮。

39 有人歎王恭形茂者，云：「濯濯如春月柳。」

自新第十五

1 周處年少時，兇彊俠氣，〔一〕爲鄉里所患。處別傳曰：「處字子隱，吳郡陽羨人。〔二〕父魴，吳鄱陽太守。處少孤，不治細行。」晉陽秋曰：「處輕果薄行，州郡所棄。」又義興水中有蛟，山中有邅跡一作白額。虎，竝皆暴犯百姓，義興人謂爲三橫，而處尤劇。或說處殺虎斬蛟，實冀三橫唯餘其一。處卽刺殺虎，又入水擊蛟，蛟或浮或沒，行數十里，處與之俱。經三日三夜，鄉里皆謂已死，更相慶，竟殺蛟而出。聞里人相慶，始知爲人情所患，有自改意。〔三〕孔氏志怪曰：「義興有邪足虎，溪渚長橋有蒼蛟，竝大噉人，郭西周，時謂郡中三害。」周卽處也。乃自吳尋二陸，平原不在，正見清河，具以情告，竝云：「欲自修改，而年已蹉跎，終無所成。」清河曰：「古人貴朝聞夕死，況君前途尚可。且人患志之不立，亦何憂令名不彰邪？」處遂改勵，終爲忠臣孝子。〔四〕晉陽秋曰：「處仕晉爲御史中丞，多所彈糾。氐人齊萬年反，乃令處距萬年。伏波孫秀欲表處母老，處曰：『忠孝之道，何當得兩全？』乃進戰。斬首萬計。弦絶矢盡，左右勸退，處曰：『此是吾授命之日。』遂戰而沒。」

【校文】

「乃自吳尋二陸」　「自」，景宋本及沈本作「入」。

【箋疏】

〔一〕程炎震云：「御覽三百八十六引俠作使。」

〔二〕嘉錫案：陽羨漢屬吳郡，吳寶鼎元年分屬吳興郡，見吳志孫皓傳注。晉惠帝永興元年分屬義興郡，見晉書地理志。此作吳郡，乃吳興之誤。

〔三〕初學記七引祖台之志怪曰：「義興郡溪渚長橋下有蒼蛟，吞噉人。周處執劍橋側伺，久之，遇出，於是懸自橋上投下蛟背，而刺蛟數創，流血滿溪。自郡渚至太湖句浦乃死。」

〔四〕嘉錫案：晉書周處傳亦有殺猛獸斬蛟入吳尋二陸事，與此畧同。勞格讀書雜識五晉書校勘記曰：「案此采自世說，予以處傳及陸機傳覈之，知係小說妄傳，非實事也。案處沒於惠帝元康七年，年六十有二。推其生年，當在吳大帝之赤烏元年。陸機沒於惠帝太安二年，年四十三。推其生年，當在吳景帝之永安五年。赤烏與永安相距二十餘載，則處弱冠之年，陸機尚未生也。此云入吳尋二陸，未免近誣。又考陸機傳：年二十而吳滅，退居舊里。是吳未亡之前，機未嘗還吳也。或以爲處尋二陸，當在吳亡之後，亦非也。考吳亡之歲，處年亦四十三，筮仕已久。據本傳：處仕吳爲東觀左丞、無難督。故王渾之登建鄴宮，處有對渾之言。如使吳亡之後，處方厲志好學，則爲東觀左丞、無難督者，果何人乎？以此推之，知世說所云盡屬謬妄。晉書不加考核，遽採入本傳，可謂無識。劉子玄譏其好採小說，誠非過也。又案處碑，世傳陸機所撰，亦有『來吳事余厥弟』之語。此碑係唐劉從諫所重樹，竄改舊文，事迹錯互，不可盡據以爲信。」

2 戴淵少時，遊俠不治行檢，嘗在江、淮間攻掠商旅。陸機赴假還洛，輜重甚盛。淵使少年掠劫，淵在岸上，據胡床，〔一〕指麾左右，皆得其宜。淵既神姿峯穎，〔二〕雖處鄙事，神氣猶異。機於船屋上遥謂之曰：「卿才如此，亦復作劫邪？」淵便泣涕，投劍歸機，辭厲非常。〔三〕機彌重之，定交，作筆薦焉。〔四〕虞預晉書曰：「機薦淵於趙王倫曰：『蓋聞繁弱登御，然後高墉之功顯；孤竹在肆，然後降神之曲成。伏見處士戴淵，砥節立行，有井渫之潔；安窮樂志，無風塵之慕。誠東南之遺寶，朝廷之貴璞也。若得寄跡康衢，必能結軌驥騄；耀質廊廟，必能垂光璵璠。夫枯岸之民，果於輸珠；潤山之客，烈於貢玉。蓋明暗呈形，則庸識所甄也。』倫即辟淵。」過江，仕至征西將軍。

【箋疏】

〔一〕嘉錫案：「胡床」即「交床」，解在任誕篇「王子猷出都」條。

〔二〕「峯穎」，御覽四百九作「鋒穎」。

〔三〕「辭厲非常」，御覽四百九作「辭屬非常」。

〔四〕程炎震云：「晉書若思傳云：『遂與定交，後舉孝廉，機薦於趙王倫。』」

企羨第十六

1 王丞相拜司空，〔一〕桓廷尉作兩髻、葛帬、策杖，路邊窺之，歎曰：「人言阿龍超，〔二〕阿龍故自超。」〔三〕阿龍，丞相小字。〔四〕不覺至臺門。〔五〕

【箋疏】

〔一〕程炎震云：「元紀太興四年七月，王導爲司空。」

〔二〕李詳云：「詳案：日知錄卷三十二：『阿者，助語之辭，古人以爲漫應聲。老子：「唯之與阿，相去幾何？」今南人呼爲入聲，非。』又案隸釋漢殽阬碑陰云：『其閒四十人，皆字其名，而繫以阿字。如劉興阿興，潘京阿京之類。必編户民未有表德書石者，欲其整齊而强加之。此見阿字託始之義。』」

〔三〕程炎震云：「導、彝同年生，彝蓋差長，故李闡爲顏含碑云：『王公雖重，故是吾家阿龍。君是王親丈人，故呼王小字。』碑見續古文苑卷十五。晉人自言呼小字之例如此。洪容齋隨筆卷七以爲晉人浮虛之習，似未考也。」嘉錫案：彝與導長幼不可知。晉人於相與親狎者，亦得呼其小字，不必皆丈人行也。程氏因此遂謂彝長於導，未免過泥。

容齋隨筆卷七曰：「顏魯公書遠祖西平靖侯顏含碑，晉李闡之文也。云：『含爲光祿大夫，馮懷欲爲王導降禮，君不從曰：「王公雖重，故是吾家阿龍。」君是王親丈人，故呼王小字。』晉書亦載此事，而不書小字。世說：『王丞相拜司空，桓廷尉歎曰：「人言阿龍超，阿龍故自超。」』呼三公小字，晉人浮虛之習如此。」

〔四〕御覽引郭子注云：「導小名赤龍。」

〔五〕此事出郭子，見御覽三百九十四。

2 王丞相過江，自說昔在洛水邊，數與裴成公、阮千里諸賢共談道。羊曼曰：「人久以此許卿，何須復爾？」王曰：「亦不言我須此，但欲爾時不可得耳！」欲，一作歎。

3 王右軍得人以蘭亭集序方金谷詩序，〔一〕又以己敵石崇，〔二〕甚有欣色。〔三〕王羲之臨河敘曰：「永和九年，歲在癸丑，〔四〕莫春之初，會于會稽山陰之蘭亭，修禊事也。羣賢畢至，少長咸集。〔五〕此地有崇山峻嶺，茂林修竹。又有清流激湍，映帶左右。引以爲流觴曲水，列坐其次。是日也，天朗氣清，惠風和暢，娛目騁懷，信可樂也。雖無絲竹管絃之盛，一觴一詠，亦足以暢敘幽情矣。故列序時人，錄其所述。右將軍司馬太原孫丞公等二十六人，賦詩如左，前餘姚令會稽謝勝等十五人，不能賦詩，罰酒各三斗。」〔六〕

【箋疏】

【一】寰宇記九十六：「越州山陰縣蘭亭在縣西南二十七里。輿地志云：『山陰郭西有蘭渚，渚有蘭亭，王羲之所謂曲水之勝境。製序於此。』」水經注四十漸江水注云：「湖水下注浙江，又逕會稽山陰縣，浙江又東與蘭谿水合。湖南有天柱山，湖口有亭，號曰蘭亭，亦曰蘭上里。太守王羲之、謝安兄弟數往造焉。太守王廙之移亭水中。晉司空何無忌之臨郡也，起亭於山椒，極高盡眺矣。亭宇雖壞，基陛尚存。」

【二】嘉錫案：此以金谷詩序與石崇分言之者，蓋時人不獨謂兩序文詞足以相敵，且以逸少爲蘭亭宴集主人，猶石崇之在金谷也。今晉書羲之傳乃云：「或以潘岳金谷詩序方其文，羲之比於石崇，聞而甚喜。」與此不同。考諸書引用金谷詩序，無題爲潘岳者，其文已略見品藻篇「金谷中蘇紹最勝」條注中。觀其波瀾意度，知逸少臨河敍實有意仿之。故時人以爲比。潘岳金谷集詩在文選內，不聞有序。縱安仁嘗別爲之序，亦必非逸少所仿也。桂馥札樸六據羲之傳遂謂石崇金石詩敍即安仁代作，實非崇文。夫石季倫非不能文者，何須安仁捉刀？況他書並無此言，晉書單文孤證，恐係紀載之誤，未可便以爲據也。

【三】程炎震云：「晉書取此，東坡譏之。」

【四】太平廣記二百七引羊欣筆陣圖曰：「王羲之三十三書蘭亭序。」宋桑世昌蘭亭考八引同。嘉錫案：晉書羲之本傳但云年五十九卒，不著年月。陶弘景真誥十六闡幽微注云：「逸少爲會稽太守，永和十一年去郡，告靈不復仕。至昇平五年辛酉歲亡，年五十九。」真誥雖不可信，而隱居之注，考證不苟，必有所據。張懷瓘書斷卷中亦云：「昇平五年卒，年五十九。」後來如黃伯思東觀餘論卷下跋瘞鶴銘後，謂王逸少以晉惠帝大安二年癸亥歲生，至穆帝升平五年辛酉歲卒。蘭亭考載李兼跋，與伯思同，因以推知右軍蘭亭之遊，年五十有一。大抵皆據書斷爲説也。至錢大昕疑年録一獨移下十八年，謂生大興四年辛巳，卒太元四年己卯。且以東觀餘論爲誤，而不言其何所本。徧檢晉書考異、諸史拾遺、及養新録諸書亦並無一言。第以其説推之，則永和九年正得年三十有三，疑卽本之羊欣筆陣圖耳。考本書汰侈篇曰：「王右軍少時，在周侯末坐，割牛心噉之，於此改觀。」本傳亦曰：「年十三，嘗謁周顗，顗察而異之。時重牛心炙，坐客未噉，顗先割啗羲之，由是始知名。」按元帝大興紀元盡四年，改元永昌。周顗卽以其年四月爲王敦所害。若如錢氏之説，則當顗之死，右軍方在襁褓之中，安能與其末座噉牛心炙耶？蓋所謂羊欣筆陣圖者，本不可信，遠不如真誥書斷之足據也。

〔五〕御覽一百九十四引王隱晉書曰：「王羲之初渡江，會稽有佳山水，名士多居之。與孫綽、許詢、謝尚、支遁等宴集於山陰之蘭亭。」嘉錫案：蘭亭考一載蘭亭詩及雲谷雜記一載蘭亭石刻，皆無許詢、謝尚、支遁等三人。然考法書要録三所載唐何延之蘭亭記，僅略舉主賓十一人姓名，其中乃有支遁。不審何以不在石刻四十二人之內，又不審當修禊賦詩之時，許詢、謝尚果在座中與否也。古事難考，如此類者多矣。

〔六〕嚴可均録此序入全晉文卷二十六。自注云：「此與帖本不同，又多篇末一段，蓋劉孝標從本集節録者。」嘉錫案：今本世説注經宋人晏殊、董弅等妄有删節，以唐本第六卷證之，幾無一條不遭塗抹。況於人人習見之蘭亭序哉。然則此序所删除之字句，未必盡出於孝標之節録也。

4 王司州先爲庾公記室參軍，後取殷浩爲長史。始到，庾公欲遣王使下都。王自啟求住曰：「下官希見盛德，淵源始至，猶貪與少日周旋。」

5 郗嘉賓得人以己比符堅，大喜。

【校文】

「符堅」 景宋本作「苻堅」，是。

6 孟昶未達時，家在京口。〔一〕晉安帝紀曰：「昶字彥達，平昌人。父馥，中護軍。昶矜嚴有志局，少爲王恭所知。豫義旗之勳，遷丹陽尹。盧循既下，昶慮事不濟，仰藥而死。」嘗見王恭乘高輿，被鶴氅裘。于時微雪，昶於籬間窺之，歎曰：「此真神仙中人！」〔二〕

【箋疏】

〔一〕程炎震云：「太元十五年二月，王恭爲青、兗二州刺史，鎮京口。」

〔二〕李慈銘云：「案顏氏家訓勉學篇云：『梁朝全盛之時，貴游子弟無不燻衣剃面，傅粉施朱，駕長簷車，跟高齒屐，坐棊子方褥，憑斑絲隱囊，從容出入，望若神仙。』昶之所謂，正此類也。王恭憑藉戚畹，早據高資，學術全無，驕淫自恣。及荷孝武之重委，任北府之屏藩，首創亂謀，妄清君側。要求既遂，跋扈益張，再動干戈，連橫羣小。昧於擇將，還以自焚。坐使諸桓得志，晉祚遽移。金行之亡，實爲罪首。梟首滅族，未抵厥辜。孟昶寒人，奴顏乞相，驚其炫麗，望若天人，鄙識瑣談，何足稱述？而當時歎爲名士，後世載其風流，六代陵遲，職由於此。昶得遭時會，緣藉侯封，其子靈休，遂移志願。臨汝之飾，貽譏千秋。其父報仇殺人，其子必將行刼，此之謂矣！」嘉錫案：矜飾容止，固是南朝士大夫一病。然名士風流，儀形儁美者，自易爲人所企羡，此亦常情。晉書王恭傳載此事云：「恭美姿儀，人多愛悅，或目之云『濯濯如春月柳。』嘗被鶴氅裘，涉雪而行。孟昶窺見之，歎曰：『此真神仙中人也！』」然則昶之贊恭，乃美其姿容，非第羡其高輿鶴氅裘而已。蓴客乃鄙昶爲寒人，詆爲奴顏乞相，不知本書所載，若此者多矣！卽如上篇王長史於積雪中著公服入尚書，王敬和歎爲不復似世中人，此與昶之贊恭何異？敬和宰相之子，豈亦寒人奴顏乞相耶？蓴客此評，深爲無謂。若移家訓語入容止篇下，以見風氣之弊，則善矣。

傷逝第十七

1 王仲宣好驢鳴。魏志曰：「王粲字仲宣，山陽高平人。曾祖龔、父暢，〔一〕皆爲漢三公。粲至長安見蔡邕，邕奇之，倒屣迎之曰：『此王公孫，有異才，吾不及也！吾家書籍，盡當與之。』避亂荆州，依劉表，以粲貌寢通脱，不甚重之。太祖以從征吳，道中卒。」〔二〕既葬，文帝臨其喪，顧語同遊曰：「王好驢鳴，可各作一聲以送之。」赴客皆一作驢鳴。按戴叔鸞母好驢鳴，叔鸞每爲驢鳴以説其母。人之所好，儻亦同之。〔三〕

【箋疏】

〔一〕「父暢」，當從三國志本傳作「祖父暢」。王粲父名謙，爲何進長史。

〔二〕程炎震云：「『太祖』以下，當有脱文。」又云：「魏志粲傳：建安二十一年，從征吳。二十二年春，道病卒，時年四十一。」

〔三〕嘉錫案：叔鸞名良，事見後漢書逸民傳。此可見一代風氣，有開必先。雖一驢鳴之微，而魏、晉名士之嗜好，亦襲自後漢也。況名教禮法，大於此者乎？

2 王濬沖爲尚書令，著公服，乘軺車，經黃公酒壚下過，韋昭漢書注曰：「壚，酒肆也。以土爲墮，四邊高似壚也。」顧謂後車客：「吾昔與嵇叔夜、阮嗣宗共酣飲於此壚，竹林之遊，亦預其末。自嵇生夭、阮公亡以來，便爲時所羈紲。今日視此雖近，邈若山河。」〔一〕竹林七賢論曰：「俗傳若此。潁川庾爰之嘗以問其伯文康，文康云：『中朝所不聞，江左忽有此論，皆好事者爲之也。』」

【箋疏】

〔一〕程炎震云：「王戎爲尚書令，在惠帝永寧二年，去嵇、阮之亡，且四十年矣。此語殊闊於世情。晉書取此而不云爲尚書令時，蓋亦知戴逵之說而不能割愛也。」嘉錫案：此事蓋出裴啟語林。輕詆篇注引續晉陽秋曰：「晉隆和中，河東裴啟撰語林，時人多好其事，文遂流行。後說太傅事不實，而有人於謝坐敍其黃公酒壚，司徒王珣爲之賦。謝公加以與王不平，乃云：『君遂復作裴郎學。』自是衆咸鄙其事矣。」可與此注所引七賢論互證。臨川既載謝安語入輕詆，而仍敍黃公酒壚於此，其不能割愛，與晉書同。又案：淮南覽冥訓云：「考其功烈，上際九天，下契黃壚。」注云：「黃泉下壚土也。」文選曹子建責躬詩云：「昊天罔極，生命不圖。嘗懼顛沛，抱罪黃壚。」魏志王粲傳注引吳質別傳曰：「文帝崩，質思慕作詩曰：『何意中見棄，棄我歸黃壚。』」然則黃壚所以喻人死後歸土，猶之九京黃泉之類也。此疑王戎追念嵇、阮云亡，生死永隔，故有黃壚之歎。傳者不解其義，遂附會爲黃公酒壚耳。

3 孫子荊以有才，少所推服，唯雅敬王武子。武子喪時，〔一〕名士無不至者。子荊後來，臨屍慟哭，賓客莫不垂涕。哭畢，向靈牀曰：「卿常好我作驢鳴，今我爲卿作。」體似真聲，〔二〕賓客皆笑。孫舉頭曰：「使君輩存，令此人死！」語林曰：「王武子葬，孫子荊哭之甚悲，賓客莫不垂涕。既作驢鳴，賓客皆笑。孫曰：『諸君不死，而令武子死乎？』賓客皆怒。」

【校文】

注「孫曰」　景宋本及沈本「孫」下俱有「聞之」二字。

注「而令武子死乎」　景宋本及沈本「令」下有「王」字。

【箋疏】

〔一〕程炎震云：「晉書濟傳：年四十六，先渾卒，不著何年。」

〔二〕李慈銘云：「案『真聲』誤倒。晉書王濟傳作『體似聲真』，今據改。李本亦誤。」

4　王戎喪兒萬子，〔一〕山簡往省之，王悲不自勝。簡曰：「孩抱中物，何至於此？」王曰：「聖人忘情，最下不及情；情之所鍾，正在我輩。」王隱晉書曰：「戎子綏，欲取裴遁女。綏既蚤亡，戎過傷痛，不許人求之，遂至老無敢取者。」簡服其言，更爲之慟。一說是王夷甫喪子，山簡弔之。〔二〕

【箋疏】

〔一〕賞譽篇注引晉諸公贊曰：「王綏字萬子，年十九卒。」

〔三〕程炎震云：「晉書王衍傳取此，云衍嘗喪幼子。蓋以萬年十九卒，不得云孩抱中物也。」嘉錫案：今晉書王衍傳作「衍嘗喪幼子，山簡弔之」。即注所載一說也。吳士鑑注曰：「王戎喪子，年已十九，不得云孩抱中物。世說誤衍作戎，合爲一事。注引王綏事以實之，亦誤也。」

5 有人哭和長輿曰：「峨峨若千丈松崩。」〔一〕

【箋疏】

〔一〕程炎震云：「晉書四十五和嶠傳云：『元康二年卒，永平初策謚曰簡。』周保緒晉略列傳五曰：『元康在永平後，嶠非先卒，必豫於衛瓘之禍，何謚之有？』清殿本攷證曰：『永平定屬永康之誤，今改正。』按永康元年四月，賈后廢後，追復故皇太子位號，嶠得策謚，事或有之。然晉初追謚者少，衛瓘受禍，僅乃得之。張華且不得謚，恐嶠非其比也。疑永平字不誤。嶠自永熙元年卒，誤爲元康二年耳。永熙元年之明年，即永平元年。」

6 衛洗馬以永嘉六年喪，謝鯤哭之，感動路人。永嘉流人名曰：「玠以六年六月二十日亡，葬南昌城許徵墓東。玠之薨，謝幼輿發哀於武昌，感慟不自勝。人問：『子何卹而致哀如是？』答曰：『棟梁折矣，何得不哀？』」咸和中，丞相王公教曰：「衛洗馬當改葬。〔一〕此君風流名士，海內所瞻，可脩薄祭，以敦舊好。」玠別傳曰：「玠咸和中改遷於江寧。丞相王公教曰：『洗馬明當改葬。此君風流名士，海內民望，可脩三牲之祭，以

敦舊好。〔二〕

【箋疏】

〔一〕建康實錄五曰：「玠卒，葬新亭東，今在縣南十里。」自注曰：「按地志：咸和中王導爲揚州刺史，下令云云，改葬卽此地也。未悉本葬何處？」嘉錫案：許嵩未考世說注，故不知其本葬南昌城。

7 顧彥先平生好琴，及喪，〔一〕家人常以琴置靈牀上。張季鷹往哭之，不勝其慟，遂徑上牀，鼓琴，作數曲竟，撫琴曰：「顧彥先頗復賞此不？」因又大慟，遂不執孝子手而出。〔二〕

【箋疏】

〔一〕程炎震云：「永嘉六年，顧榮卒。晉書榮傳：子毗。」

〔二〕嘉錫案：顏氏家訓風操篇曰「江南凡弔者，主人之外，不識者不執手」云云。然則凡弔者，皆須執主人之手。此條言不執孝子手，後王東亭條言不執末婢手，皆著其獨於死者悼慟至深，本不爲生者弔，故不執手，非常禮也。

8 庾亮兒遭蘇峻難遇害。諸葛道明女爲庾兒婦，既寡，將改適，亮子會，會妻父彪，〔一〕竝已見上。與亮書及之。亮答曰：「賢女尚少，故其宜也。感念亡兒，若在初沒。」

【箋疏】

〔一〕李慈銘云：「案父當作文。會妻名文彪也。見卷中方正篇注。」

程炎震云：「此父字當作文。文彪，會妻名也。見方正篇注。」

9 庾文康亡，何揚州臨葬云：〔一〕「埋玉樹箸土中，使人情何能已已！」搜神記曰：「初，庾亮病，術士戴洋曰：『昔蘇峻事，公於白石祠中許賽車下牛，從來未解。爲此鬼所考，不可救也。』明年，亮果亡。」〔二〕靈鬼志謠徵曰：「文康初鎮武昌，出石頭，百姓看者於岸歌曰：『庾公上武昌，翩翩如飛鳥；庾公還揚州，白馬牽旒旐。』又曰：『庾公初上時，翩翩如飛鴉；庾公還揚州，白馬牽旒車。』後連徵不入，尋薨，下都葬焉。」

【箋疏】

〔一〕程炎震云：「咸康六年，庾亮卒。何充時爲護軍將軍、參錄尚書事。」

〔二〕還冤志曰：「晉時庾亮誅陶稱。後咸康五年冬節會，文武數十人忽然悉起向階拜揖。庾驚問故？並云：『陶公來。』陶公是稱父侃也。庾亦起迎。陶公扶兩人，悉是舊怨，傳詔左右數十人皆操伏戈。陶公謂庾曰：『老僕舉君自代，不圖此恩；反戮其孤，故來相問。陶稱何罪？身已得訴于帝矣。』庾不得一言，遂寢疾。八年一月死。」嘉錫案：此與搜神記不同，雖荒誕之言，無足深論，然使世無鬼神則已，如猶姑存其說，則與其謂亮死於白石之鬼，不如謂亮死於陶侃。使知嫉功妒能，背恩負義之不可爲，亦以見人心世道之公也。亮以咸康五年殺陶稱，六年正月卒。還冤記作八年，傳寫之誤耳。

10 王長史病篤，寢臥鐙下，轉麈尾視之，歎曰：「如此人，曾不得四十！」〔一〕及亡，劉尹臨殯，以犀柄麈尾箸柩中，因慟絕。〔二〕濛別傳曰：「濛以永和初卒，年三十九。沛國劉惔與濛至交，及卒，惔深悼之。雖友于之愛，不能過也。」

【箋疏】

〔一〕程炎震云：「法書要録卷九載張懷瓘書斷稱：『濛以永和三年卒，年三十九。』」

〔二〕高僧傳八釋道慧傳云：「慧以齊建元二年卒，春秋三十有一。臨終呼取麈尾授友人智順，順慟曰：『如此之人，年不至四十，惜矣！』因以麈尾納棺中而葬焉。」嘉錫案：智順此言，正斅王濛耳。

11 支道林喪法虔之後，精神霣喪，風味轉墜。支遁傳曰：「法虔，道林同學也。儁朗有理義，遁甚重之。」常謂人曰：「昔匠石廢斤於郢人，莊子曰：「郢人堊漫其鼻端若蠅翼，使匠石運斤斲之，堊盡而鼻不傷，郢人立不失容。」牙生輟絃於鍾子，韓詩外傳曰：「伯牙鼓琴，鍾子期聽之，方鼓琴，志在太山，子期曰：『善哉乎，鼓琴！巍巍乎，若太山！』莫景之閒，志在流水，子期曰：『善哉乎，鼓琴！洋洋乎，若流水！』鍾子期死，伯牙擗琴絕絃，終身不復鼓之，以爲在者無足爲之鼓琴也。」推己外求，良不虛也！冥契既逝，發言莫賞，中心蘊結，余其亡矣！」卻後一年，支遂殞。〔一〕

【箋疏】

〔一〕程炎震云：「高僧傳卷四云：『乃著切晤章，臨亡成之，落筆而卒。』」又云：「『外求』高僧傳作『求人』。」

高僧傳四云：「遁有同學法虔，精理入神，先遁亡。遁歎曰云云，乃著切悟章。臨亡成之，落筆而卒。」

12 郗嘉賓喪，左右白郗公「郎喪」，既聞，不悲，因語左右：「殯時可道。」公往臨殯，一慟幾絕。中興書曰：「超年四十一，先愔卒。〔一〕超所交友，皆一時俊乂。及死之日，貴賤爲誄者四十餘人。」續晉陽秋曰：「超黨戴桓氏，爲其謀主，以父愔忠於王室，不令知之。將亡，出一小書箱付門生，云：『本欲焚此，恐官年尊，必以傷慼爲斃。〔二〕我亡後，若大損眠食，則呈此箱。』愔後果慟悼成疾，門生乃如超旨，則與桓温往反密計。愔見卽大怒曰：『小子死恨晚！』後不復哭。」

【箋疏】

〔一〕程炎震云：「晉書超傳不著卒年。通鑑繫之太元二年十二月，當必有據。」又云：「宋本作『二』，晉書亦云『四十二』。」

〔二〕「斃」晉書作「弊」，是。

13 戴公見林法師墓，支遁傳曰：「遁太和元年終于剡之石城山，因葬焉。」曰：「德音未遠，而拱木已積。冀神理緜緜，不與氣運俱盡耳！」王珣法師墓下詩序曰：「余以寧康二年，命駕之剡石城山，卽法師之丘也。高墳鬱爲荒楚，丘隴化爲宿莽，遺跡未滅，而其人已遠。感想平昔，觸物悽懷。」其爲時賢所惜如此。

14 王子敬與羊綏善。綏清淳簡貴，爲中書郎，少亡。綏已見。王深相痛悼，語東亭云：「是國家可惜人！」

15 王東亭與謝公交惡。中興書曰：「珣兄弟皆壻謝氏，以猜嫌離婚。太傅既與珣絶婚，又離妻，〔一〕由是二族遂成仇釁。」王在東聞謝喪，〔二〕便出都詣子敬道：「欲哭謝公。」子敬始卧，聞其言，便驚起曰：「所望於法護。」〔三〕法護，珣小字。王於是往哭。督帥刁約不聽前，曰：「官平生在時，不見此客。」王亦不與語，直前，哭甚慟，不執末婢手而退。末婢，謝琰小字。琰字瑗度，安少子。開率有大度，爲孫恩所害。贈侍中司空。

【箋疏】

〔一〕李慈銘云：「案離下脱珉字。」嘉錫案：「又離珉妻」，事見晉書王珣傳。

〔二〕嘉泰吳興志四云：「三鵝岡，在長興縣西南六十五里，有晉謝安墓。岡中有斷處，梁朝有童謠：『鳥山出天子』，故鑿焉。」又十三云：「謝太傅廟，在縣南三鵶岡，廟前卽其墓。」按「三鵞」「三鵶」，必有一誤。元和郡縣志二十五云：「上元縣謝安墓在縣東南十里石子崗北。」景定建康志四十三云：「謝安墓在城南九里梅嶺崗。」南唐書：「梅頤崗相接處，卽謝安墓。」輿地紀勝十七云：「謝安墓在上元縣東十里石子岡北。」陳始興王叔陵傳：「晉世王公貴人，多葬梅嶺。及叔陵所生母彭氏卒，啟求梅嶺，乃發故太傅謝安舊墓，棄去安柩，以藏其母。」嘉錫案：安石墓本在建康，而嘉泰吳興志乃云墓在長興者，錢泳履園叢話卷十九云：「謝安墓在長興縣西南六十里，地名三鵶岡。今尚有子孫守墓者。陳叔陵發冢以葬其母，裔孫夷吾適爲長興令，徙葬於此。」

〔三〕程炎震云：「子敬長元琳五歲，故得斥其小字。晉書珣傳云『詣族弟獻之』，誤矣。」

16 王子猷、子敬俱病篤，而子敬先亡。獻之以泰元十三年卒，年四十五。〔一〕子猷問左右：「何以都不聞消息？此已喪矣！」語時了不悲。便索輿來奔喪，都不哭。子敬素好琴，便徑入坐靈牀上，取子敬琴彈，弦既不調，擲地云：「子敬！子敬！人琴俱亡。」因慟絕良久，月餘亦卒。幽明錄曰：「泰元中，有一師從遠來，莫知所出。云：『人命應終，有生樂代者，則死者可生。若逼人求代，亦復不過少時。』人聞此，咸怪其虛誕。王子猷、子敬兄弟，特相和睦。子敬疾屬纊，子猷謂之曰：『吾才不如弟，位亦通塞，請以餘年代弟。』師曰：『夫生代死者，以己年限有餘，得以足亡者耳。今賢弟命既應終，君侯算亦當盡，復何所代？』子猷先有背疾，子敬疾篤，恆禁來往。聞亡，便撫心悲惋，都不得一聲，背卽潰裂。推師之言，信而有實。」〔二〕

【校文】

「子敬子敬」　景宋本及沈本無下「子敬」二字。

【箋疏】

〔一〕程炎震云：「法書要錄九載張懷瓘書斷曰：『子敬爲中書令，太元十一年卒於官，年四十三。族弟珉代居之，至十三年而卒，年三十八。』案所載珉年，與晉書合，知所稱子敬之年，亦當不誤。此注或傳寫之譌耳。」

〔二〕嘉錫案：據世說：子敬亡時，子猷尚能奔喪，且有人琴俱亡之歎。其不哭也，蓋强自抑止，以示其曠達，猶原壤之登木，莊生之鼓缶耳！非不能哭也。安得謂之都不得一聲乎？當時雖復慟絕，然月餘乃卒，若其背疾卽時潰裂，恐不能活至月餘矣。世說、幽明錄均劉義慶所著，而其叙事不同如此，當由雜采諸書，不出一源故也。持矛刺盾，兩相乖謬，其爲虛誕，不攻自破。蓋爲天師道者，欲自神其術，造此妄說，以惑庸愚。以子敬兄弟名高，又家世奉道，故託之以取信耳。孝標取以作注，以爲實有此事，不免爲其所欺矣。

17 孝武山陵夕，王孝伯入臨，〔一〕告其諸弟曰：「雖榱桷惟新，便自有黍離之哀！」中興書曰：「烈宗喪，會稽王道子執政，寵幸王國寶，委以機任。王恭入赴山陵，故有此歎。」

【箋疏】

〔一〕程炎震云：「晉書安紀：『太元二十一年十月，葬孝武帝於隆平陵。王恭自京口入赴。』」

18 羊孚年三十一卒，〔一〕桓玄與羊欣書曰：「賢從情所信寄，暴疾而殞，孚已見。宋書曰：

「欣字敬元，太山南城人。少懷静默，秉操無競。美姿容，善笑言，長於草隸。」羊氏譜曰：「孚卽欣從祖。」〔二〕祝予之歎，如何可言！」公羊傳曰：「顔淵死，子曰：『噫！天喪予！』子路亡，子曰：『噫！天祝予！』」何休曰：「祝者，斷也。天將亡夫子耳。」

【箋疏】

〔一〕李慈銘云：「案卷上言語篇注引羊氏譜，稱孚卒年四十六。」

程炎震云：「言語篇『桓玄問羊孚』條注引羊氏譜，作『年四十六』。」

〔二〕李慈銘云：「案孚與欣爲從祖兄弟，皆徐州刺史忱之曾孫。孚祖楷，父綏。欣祖權，父不疑。以年論之，孚當爲欣之兄。此注從祖下脱一兄字，各本皆誤。」

19 桓玄當篡位，語卞鞠云：卞範已見。「昔羊子道恆禁吾此意。今腹心喪羊孚，爪牙失索元，索氏譜曰：「元字天保，燉煌人。父緒，散騎常侍。元歷征虜將軍、歷陽太守。」幽明録曰：「元在歷陽，疾病，西界一年少女子姓某，自言爲神所降，來與元相聞，許爲治護。元性剛直，以爲妖惑，收以付獄，戮之於市中。女臨死曰：『卻後十七日，當令索元知其罪。』如期，元果亡。」而忽忽作此詆突，詎允天心？」

棲逸第十八

1 阮步兵嘯，聞數百步。蘇門山中，忽有真人，樵伐者咸共傳說。阮籍往觀，見其人擁厀巖側。籍登嶺就之，箕踞相對。籍商略終古，上陳黃、農玄寂之道，下考三代盛德之美，以問之，仡然不應。復敍有爲之教，棲神導氣之術以觀之，彼猶如前，凝矚不轉。籍因對之長嘯。良久，乃笑曰：「可更作。」籍復嘯。意盡，退，還半嶺許，聞上唒然有聲，如數部鼓吹，林谷傳響。顧看，迺向人嘯也。〔一〕魏氏春秋曰：「阮籍常率意獨駕，不由徑路，車跡所窮，輒慟哭而反。嘗遊蘇門山，有隱者莫知姓名，〔二〕有竹實數斛，杵臼而已。籍聞而從之，談太古無爲之道，論五帝三王之義，蘇門先生翛然曾不眄之。〔三〕籍乃嘐然長嘯，韻響寥亮。蘇門先生乃逌爾而笑。籍既降，先生喟然高嘯，有如鳳音。籍素知音，乃假蘇門先生之論，以寄所懷。其歌曰：『日沒不周西，月出丹淵中。陽精晦不見，陰光代爲雄。亭亭在須臾，厭厭將復隆。富貴俛仰閒，貧賤何必終。』」〔四〕竹林七賢論曰：「籍歸，遂著大人先生論，〔五〕所言皆胷懷閒本趣，大意謂先生與己不異也。觀其長嘯相和，亦近乎目擊道存矣。」

【校文】

注「三王之義」　「王」，景宋本及沈本作「皇」。

【箋疏】

〔一〕嘉錫案：此出戴逵竹林七賢論，見類聚十九、御覽三百九十二引，較世說稍略。

〔二〕文選集注四十二引公孫羅文選鈔曰：「隱有三種：一者求於道術，絕棄喧囂，以居山林。二者無被徵召，廢於業行，真隱人。三者求名譽，詐在山林，望大官職，召卽出仕，非隱人也，徼名而已。」

〔三〕御覽五百十引袁淑真隱傳曰：「蘇門先生嘗行，見採薪於阜者。先生嘆曰：『汝將以是終乎？哀哉！』薪者曰：『以是終者，我也；不以是終者，我也。且聖人無懷，何其爲哀？聖人以道德爲心，不以富貴爲志。』因歌二章，莫知所終。」嘉錫案：袁淑所言，略本之阮籍大人先生傳。然此特籍之寓言耳，未必真有是採薪者，乃能與先生相應答也。

〔四〕嘉錫案：此歌卽大人先生傳中採薪者所歌二章之一。

〔五〕阮嗣宗集大人先生傳云：「大人先生，蓋老人也，不知姓字。陳天地之始，言神農、黃帝之事昭然也。莫知其生年之數，嘗居蘇門之山，故世或謂之閒。養性延壽，與自然齊光。其視堯、舜之所事，若手中耳。先生目爲中區之在天下，曾不若蠅蚊之著帷，故終不目爲事，而極意乎異方奇域。遊覽觀樂，非世所見，徘徊無所終極，遺其書于蘇門之山而去，天下莫知其所如往也。」

2 嵇康遊於汲郡山中，遇道士孫登，遂與之遊。康臨去，登曰：「君才則高矣，保身之道不足。」康集序曰：「孫登者，不知何許人。無家，於汲郡北山土窟住。夏則編草為裳，冬則被髮自覆。好讀易，鼓一絃琴，見者皆親樂之。」魏氏春秋曰：「登性無喜怒，或沒諸水，出而觀之，登復大笑。時時出入人間，所經家設衣食者，一無所辭，去皆舍去。」文士傳曰：「嘉平中，汲縣民共入山中，見一人，所居懸巖百仞，叢林鬱茂，而神明甚察。自云『孫姓，登名，字公和』。康聞，乃從遊三年。問其所圖，終不荅。然神謀所存良妙，康每薾然歎息。將別，謂曰：『先生竟無言乎？』登乃曰：『子識火乎？生而有光，而不用其光，果然在於用光。人生有才，而不用其才，果然在於用才。故用光在乎得薪，所以保其曜；用才在乎識物，所以全其年。今子才多識寡，難乎免於今之世矣！子無多求！』康不能用。及遭呂安事，在獄為詩自責云：『昔慚下惠，今愧孫登！』」王隱晉書曰：「孫登即阮籍所見者也。嵇康執弟子禮而師焉。魏、晉去就，易生嫌疑，貴賤竝沒，故登或默也。」〔一〕

【箋疏】

〔一〕李慈銘云：「案水經洛水篇注曰：『臧榮緒晉書稱：孫登嘗經宜陽山，作炭人見之，與語，登不應。作炭者覺其精神非常，咸共傳說。太祖聞之，使阮籍往觀，與語，亦不應。籍因大嘯。登笑曰：「復作向聲。」又為嘯。求與俱出，登不肯，籍因別去。登上峯，行且嘯，如簫韶笙簧之音，聲振山谷。籍怪而問作炭人，作炭人曰：「故是向人聲。」籍更求之，不知所止。推問久之，乃知姓名。』余按孫綽敘高士傳言在蘇門山。又別作登傳。孫盛魏氏春秋亦言在蘇門山，又不列姓名。阮嗣宗感著大人先生論，言『吾不知其人。既神游自得，不與物交』。阮氏尚不能動其英操，復不識何人而能得其姓名。案酈氏之論甚覈。蘇門長嘯者與汲郡山中孫登，自是二人。王隱蓋以時地相同，牽而合之。榮緒推問二語，卽承隱書而附會。唐修晉書復沿臧說，不足信也。」嘉錫案：葛洪神仙傳六孫登傳敍事與嵇康集序及文士傳略同，只多太傅楊駿遺以布袍，登以刀斫碎，及登死，駿給棺埋之，而登復活二事。並無一字及於阮籍者。蓋洪爲西晉末人，去登時不遠，故其書雖怪誕，猶能知登與蘇門先生之爲二人也。水經清水注云：「百門陂方五百步，在共縣故城西，卽共和之故國也。共伯既歸帝政，逍遙於共山之上。山在國北，所謂共北山也，仙者孫登之所處。袁彥伯竹林七賢傳：『嵇叔夜嘗採藥山澤，遇之于山，冬以被髮自覆，夏則編草爲裳，彈一絃琴，而五聲和。』」御覽五百二引王隱晉書曰：「魏末有孫登，字公和，汲郡人。無家屬，時人於汲郡北山上土窟中得之。夏則編草爲裳，冬則被髮覆面，對人無言。好讀易，鼓琴。初，宜陽山中作炭者忽見有人不語，精神不似常人。帝使阮籍往視，與語，亦不應。籍因大嘯，野人乃笑曰：『爾復作向聲。』籍又爲嘯。籍將求出，野人不聽而去。登山並嘯，如簫韶笙簧之音，聲震山谷。而還問，炭人曰：『故是向人耳。』尋知求（此句中有脫誤），不知所止。推問久之，乃知姓名。」嘉錫案：大人先生傳及魏氏春秋並言蘇門先生，不知姓名，而王隱以爲卽嵇康所師事之孫登，與嵇、阮本集皆不合，顯出附會。劉孝標引以爲注，失於考覈矣。今試以王隱之言與水經注所引臧榮緒書互較，知榮緒所述，全出於隱，並「推問久之」二句，亦隱之原文。如此，榮緒直錄之耳。李蒓客以爲榮緒卽承隱書而附會，非也。

魏志王粲傳注引魏氏春秋曰：「初，康採藥於汲郡共北山中，見隱者孫登。康欲與之言，登默然不對。踰時將去，康曰：『先生竟無言乎？』登乃曰：『子才多識寡，難乎免於今之世。』及遭呂安事，爲詩自責曰：『欲寡其過，謗議沸騰。性不傷物，頻致怨憎。昔慙柳下，今愧孫登。內負宿心，外赧良朋。』」又晉陽秋云：「康見孫登，登對之長嘯，踰時不言。康辭還曰：『先生竟無言乎？』登曰：『惜哉！』」嘉錫案：魏、晉兩春秋皆孫盛所撰，其敍康之見登，一則曰踰時將去；再則曰踰時不言。然則康、登相見，不過一炊許時耳，而張隲文士傳謂康從游三年。久暫不同，顯然乖異。盛與隲雖不知孰先孰後，然裴松之嘗譏隲虛僞妄作，不可勝紀，則其書疑未可信。

3 山公將去選曹，欲舉嵇康；康與書告絕。〔一〕康別傳曰：「山巨源爲吏部郎，遷散騎常侍，舉康，康辭之，並與山絕。豈不識山之不以一官遇己情邪？亦欲標不屈之節，以杜舉者之口耳！乃荅濤書，自說不堪流俗，而非薄湯武。大將軍聞而惡之。」

【箋疏】

〔一〕程炎震云：「魏志二十一嵇康傳注曰：『案濤行狀，濤以景元二年除吏部郎。』蓋當年卽遷，故康書云：『女年十三，男年八歲。』而景元四年康被誅時，嵇紹十歲也。晉書康傳亦云：『濤去選官，舉康自代。』惟文選注引魏氏春秋云：『山濤爲選曹郎，舉康自代。』而裴松之因之，蓋漏去濤之遷官一節耳。」

程炎震云：「康書云『聞足下遷』，是濤已遷官之證。又云：『前年從河東還，顯宗、阿都說足下議以吾自代。』則別是一事，不必定是代爲吏部郎。」

4 李廞是茂曾第五子，清貞有遠操，而少羸病，不肯婚宦。居在臨海，住兄侍中墓下。既有高名，王丞相欲招禮之，故辟爲府掾。廞得牋命，〔一〕笑曰：「茂弘乃復以一爵假人！」〔二〕文字志曰：「廞字宗子，江夏鍾武人。祖康，〔三〕秦州刺史。父重，平陽太守。世有名望。廞好學，善草隸，與兄式齊名。躄疾不能行坐，常仰臥，彈琴、讀誦不輟。河閒王辟太尉掾，以疾不赴。後避難，隨兄南渡，司徒王導復辟之。廞曰：『茂弘乃復以一爵加人！』永和中卒。廞嘗爲二府辟，故號李公府也。式字景則，廞長兄也。思理儒隱，有平素之譽。渡江，累遷臨海太守、侍中。年五十四而卒。」

【箋疏】

〔一〕程炎震云：「御覽三百八十六引牋命作板命，是也。」

〔二〕嘉錫案：廞本不肯婚宦，兼素有高名，恥復屈身掾史，故其言如此。漢書朱雲傳曰：「薛宣爲丞相，雲往見之，宣從容謂雲曰：『在田野亡事，且留我東閤，可以觀四方奇士。』雲曰：『小生迺欲相吏耶？』」李廞之意，亦若此而已。

〔三〕程炎震云：「祖康當作祖秉，見德行篇。」

5 何驃騎弟以高情避世，而驃騎勸之令仕。答曰：「予第五之名，何必減驃騎？」中興書曰：「何準字幼道，廬江灊人。驃騎將軍充第五弟也。雅好高尚，徵聘一無所就。充位居宰相，權傾人主，而準散帶衡門，不及世事。于時名德皆稱之。年四十七卒。有女，爲穆帝皇后。贈光祿大夫。子惔，〔一〕讓不受。」

【箋疏】

〔一〕程炎震云：「恢，晉書準傳作惔。」

6 阮光祿在東山，蕭然無事，常內足於懷。阮裕別傳曰：「裕居會稽剡山，志存肥遁。」有人以問王右軍，右軍曰：「此君近不驚寵辱，老子曰：「寵辱若驚，得之若驚，失之若驚。」雖古之沈冥，何以過此？」楊子曰：「蜀、莊沈冥。」李軌注曰：「沈冥，猶玄寂，泯然无迹之貌。」

7 孔車騎少有嘉遁意，年四十餘，始應安東命。未仕宦時，常獨寢，歌吹自箴誨，自稱孔郎，遊散名山。孔愉別傳曰：「永嘉大亂，愉入臨海山中，不求聞達，中宗命爲參軍。」百姓謂有道術，爲生立廟。今猶有孔郎廟。〔一〕

【校文】

「歌吹」　景宋本無「吹」字。

「名山」　景宋本及沈本俱作「山石」。

【箋疏】

〔一〕李慈銘云：「案『歌吹自箴誨』句有誤。晉書孔愉傳云：『東還會稽，入新安山中，改姓孫氏。以稼穡讀書爲務，信著鄉里。後忽捨去，皆謂爲神人，而爲之立祠。』」

程炎震云：「晉書七十八愉傳云：『永嘉中，元帝以安東將軍鎮揚土，命爲參軍。邦族尋求，莫知所在。建興初，始出應召。』又晉書云：『入新安山中。』」

水經注四十漸江水注云：「湖水又逕會稽山陰縣。縣南九里有侯山，山孤立長湖中，晉車騎將軍孔敬康少時遯世，棲跡此山。」嘉泰會稽志九：「會稽縣侯山在縣西四里。舊經云：『南湖侯山，迴在湖中，俗名九里山。蓋昔時去縣之數也。』孔愉少棲此山。」寰宇記一百四曰：「歙縣孔靈村，在縣南二十五里。按晉書云：『孔愉字敬康，會稽人。永嘉之亂，避地入新安山谷中，以稼穡讀書爲業，信著鄰里。後忽捨去，皆以爲神人，爲之立廟。』按所居止在此，故謂之孔靈山。祀其上。」羅願新安志三歙縣古跡云：「孔靈村在縣南三十里。孔愉東還會稽，入新安山中，事見晉書本傳。而世說亦云：『自稱孔郎，游散名山，百姓爲生立廟。』是其事也。今此村禱賽猶及孔愉先生云。」自註曰：「愉別傳云『愉入臨海山中』，而晉書又以爲會稽有新安山，然世說既稱游散名山，明非一處。今此地以孔名，而寰宇志、祥符經皆言是愉隱處，不可沒也。」嘉錫案：晉書言歸會稽，後入新安山中耳。非謂會稽有新安山也。

8 南陽劉驎之，高率善史傳，隱於陽岐。〔一〕于時符堅臨江，荆州刺史桓沖將盡訏謨之益，徵爲長史，遣人船往迎，贈貺甚厚。驎之聞命，便升舟，悉不受所餉，〔二〕緣道以乞窮乏，〔三〕比至上明亦盡。〔四〕一見沖，因陳無用，翛然而退。居陽岐積年，衣食有無常與村人共。值己匱乏，村人亦如之。甚厚，〔五〕爲鄉閭所安。鄧粲晉紀曰：「驎之字子驥，南陽安衆人。少尚質素，虛退寡欲。好遊山澤閒，志存遁逸。桓沖嘗至其家，驎之方條桑，謂沖：『使君既枉駕光臨，宜先詣家君。』沖遂詣其父。父命驎之，然後乃還，拂短褐與沖言。父使驎之自持濁酒葅菜供賓，沖敕人代之。父辭曰：『若使官人，則非野人之意也。』沖爲慨然，至昏乃退。因請爲長史，固辭。居陽岐，去道斥近，人士往來，必投其家。驎之身自供給，贈致無所受。去家百里，有孤嫗疾，將死，謂人曰：『唯有劉長史當埋我耳！』驎之身往候之疾終，爲治棺殯。其仁愛皆如此。以壽卒。」〔六〕

【校文】

「符堅臨江」　北堂書鈔六十八引作「苻永固臨江上」。

「桓沖」　北堂書鈔引作「桓車騎」。

「倏然」　北堂書鈔引作「蕭然」。嘉錫案：書鈔所引與今本不同處，皆義得兩通，未詳孰是。

注「拂短褐」　「短」，景宋本作「裋」。

【箋疏】

〔一〕李詳云：「詳案：陽岐，村名，去荆州二百里。見後任誕篇注。」
程炎震云：「陽岐注見任誕篇『桓車騎在荆州』條。」

〔二〕李慈銘云：「案當作『悉受所餉』，『不』字衍。」

〔三〕李詳云：「乞，與也。」

〔四〕程炎震云：「晉書七十四桓沖傳『孱陵縣界，地名上明，北枕大江，西接三峽。於是移鎮上明。』水經注三十四江水篇：『江水又東經上明城北。晉太元中苻堅之寇荊州也，刺史桓沖徙渡江南，使劉波築之，徙州治此城。其地夷敞，北據大江』。通典一百八十三『江陵郡松滋縣西有廢上明城，卽沖所築』。通鑑一百四『桓沖自江陵移鎮上明』，在太元二年。」

通鑑地理通釋十三引郡縣志云：「三明故城，亦謂之桓城，在江陵府松滋縣西一里，居上明之地，而桓沖所築，故兼二名。苻堅南侵，沖爲荊州刺史，渡江南上明，築城以禦之。上明在縣東三十步，明猶渠也。晉末朱齡石開三明，引江水以灌稻田，後隄壞，遂廢。」嘉錫案：郡縣志卽元和郡縣圖志也。今本殘闕，故無此條。輿地紀勝六十四亦引之，不如此詳。宋書朱齡石傳：「義熙八年，高祖西伐劉毅，齡石從至江陵。九年始自江陵伐蜀。」其開三明，當在此時。事在桓沖之後。然沖時既有上明，則當已有此三渠。其後淤廢，齡石重開之耳。

〔五〕李慈銘云：「案『厚』字疑衍。」

〔六〕御覽五百三引王隱晉書曰：「鄧粲，長沙人也。少以高潔著名，與南陽劉驎之、南郡劉尚公同志友善，並不應州郡辟命。荊州刺史桓公卑辭厚禮，請粲爲別駕。粲嘉其好賢，乃起應召。驎之、尚公謂粲曰：『卿道學深，衆所推服，忽然改節，誠失所望。』」嘉錫案：據史通古今正史篇，王隱以咸康六年奏上其書，不應下及太元時爲鄧粲立傳。御覽所引，不知爲何書之誤。然由此可見粲所紀驎之事，乃親所見聞，皆實録也。今晉書八十二粲傳，與御覽畧同。

御覽五百四引晉中興書曰：「劉驎之字子驥，一字道民。好遊于山澤，志在存道，常採藥至名山，深入忘返。見有一澗水，南有二石囷，一囷開，一囷閉，或説囷中皆仙方秘藥，驎之欲更尋索，終不能知。桓沖請爲長史，固辭，居于陽岐。人士往來，無不投止，驎之自供給，人人豐足。凡人致贈，一無所受。」嘉錫案：初學記五引臧榮緒晉書略同。惟名山作衡山，今晉書隱逸傳從之。案此敍驎之所見，頗類桃花源，蓋卽一事而傳聞異辭。陶淵明集五桃花源記，正太元中事，其末曰：「南陽劉子驥，高尚士也。聞之，欣然規往，未果，尋病終。後遂無問津者。」據記，驎之蓋卽卒於太元閒。晉書謂驎之爲光祿大夫耽之族。而淵明作其外祖父孟嘉傳，言耽與嘉同在桓溫府，淵明從父太常夔嘗問嘉於耽，則淵明與耽世通家，宜得識驎之，故知其有欲往桃源事，惟不知與晉中興書所記，孰得其真耳。嘉錫又案：搜神後記卷一兼載桃源及衡山二事，其書卽託名陶潛。但易桃花源記中之南陽劉子驥爲太守劉歆，作僞之迹顯然。然亦梁以前書也。

9 南陽翟道淵〔一〕與汝南周子南少相友，〔二〕共隱于尋陽。庾太尉說周以當世之務，周遂仕，翟秉志彌固。其後周詣翟，翟不與語。晉陽秋曰：「翟湯字道淵，南陽人，漢方進之後也。篤行任素，義讓廉潔，饋贈一無所受。值亂多寇，聞湯名德，皆不敢犯。」尋陽記曰：「初，庾亮臨江州，聞翟湯之風，束帶躡屐而詣焉。亮禮甚恭。湯曰：『使君直敬其枯木朽株耳。』亮稱其能言，表薦之。徵國子博士，不赴。〔三〕主簿張玄曰：『此君卧龍，不可動也。』終于家。」

【箋疏】

〔一〕程炎震云：「道淵，晉書九十四湯傳作道深，唐人避諱改也。南陽晉書作尋陽，帝紀兩見。前云尋陽，後云南陽，當兩存之。」

御覽五百三引晉中興書曰：「翟湯字長淵，尋陽人。耕而後食。凡有饋贈，一無所受。庾亮薦湯，以國子博士徵，不起。」嘉錫案：湯爲方進之後，則其先本南陽翟氏，過江後僑居尋陽。長淵之與道淵，不知孰是。

〔二〕程炎震云：「子南別見尤悔篇『庾公欲起周子南』條。」

〔三〕程炎震云：「晉書成紀：咸和八年四月，以束帛徵。康紀：建元元年六月，又以束帛徵。」

10 孟萬年及弟少孤，居武昌陽新縣。萬年遊宦，有盛名當世，少孤未嘗出，京邑人士思欲見之，乃遣信報少孤，云「兄病篤」。狼狽至都。時賢見之者，莫不嗟重，因相謂曰：「少孤如此，萬年可死。」袁宏孟處士銘曰：「處士名陋，字少孤，武昌陽新人，吳司空孟宗後也。少而希古，布衣蔬食，棲遲蓬蓽之下，絕人閒之事，親族慕其孝。大將軍命會稽王辟之，稱疾不至，相府歷年虛位，而澹然無悶，卒不降志，時人奇之。」〔一〕

【箋疏】

〔一〕程炎震云：「晉書云『以壽終』。此銘仍稱會稽王，則在簡文未立時。」

御覽五百四引晉中興書曰：「孟陋字少孤，少而貞潔，清操絕倫，口不言世事。時或漁弋，雖家人亦不知所之。太宗輔政，以爲參軍，不起。桓温躬往造焉。或謂温宜引在府，温歎曰：『會稽王不能屈，非敢擬議也。』陋聞之曰：『億兆之人，無官者十居八九，豈皆高士哉？我病疾不堪，忝相王之命，非敢爲高也。』」今晉書隱逸傳同。

11 康僧淵在豫章，去郭數十里，立精舍。旁連嶺，帶長川，芳林列於軒庭，清流激於堂宇。乃閒居研講，希心理味，庾公諸人多往看之。觀其運用吐納，風流轉佳。加已處之怡然，亦有以自得，聲名乃興。後不堪，遂出。〔一〕僧淵已見。

【校文】

「加已處之怡然」　景宋本及沈本俱無「已」字。

【箋疏】

〔一〕程炎震云：「高僧傳云：『後卒於寺。』」

12 戴安道既厲操東山，續晉陽秋曰：「逵不樂當世，以琴書自娛，隱會稽剡山，國子博士徵，不就。」而其兄欲建式遏之功。戴氏譜曰：「逯字安丘，譙國人。祖碩，父綏，有名位。逯以武勇顯，有功，封廣陵侯，仕至大司農。」

謝太傅曰：「卿兄弟志業，何其太殊？」戴曰：「下官『不堪其憂』，家弟『不改其樂』。」

【箋疏】

〔一〕李慈銘云：案『逯』晉書作『逯』，附見謝玄傳。言是逵之弟，封廣信侯。『家弟』作『家兄』。」

13 許玄度隱在永興南幽穴中，每致四方諸侯之遺。或謂許曰：「嘗聞箕山人，似不爾耳！」許曰：「筐篚苞苴，故當輕於天下之寶耳！」〔一〕

〔一〕鄭玄禮記注云：「苞苴，裹肉也。或以葦，或以茅。」此言許由尚致堯帝之讓，筐篚之遺，豈非輕邪？

【箋疏】

〔一〕嘉錫案：易繫辭傳曰：「天地之大德曰生，聖人之大寶曰位。」此言天下之寶，謂堯讓許由以天子之位耳。

14 范宣未嘗入公門。韓康伯與同載，遂誘俱入郡。范便於車後趨下。〔一〕

〔一〕續晉陽秋曰：「宣少尚隱遁，家于豫章，以清潔自立。」

【箋疏】

〔一〕吳承仕曰：「據此，是晉時車制與周制畧同。據攷工記，皆從車後登降也。」

15 郗超每聞欲高尚隱退者，輒爲辦百萬資，并爲造立居宇。在剡爲戴公起宅，甚精整。戴始往舊居，與所親書曰：「近至剡，如官舍。」郗爲傅約亦辦百萬資，傅隱事差互，故不果遺。約，瓊小字。〔一〕

【箋疏】

〔一〕嘉錫案：劉注但稱約爲傅瓊小字，而不言瓊爲何如人，似有脫文。本書識鑒篇言「郗超與傅瑗周旋」，南史傅亮傳云：「亮，晉司隸校尉咸之玄孫也。父瑗，與郗超善。」瓊疑亦咸之曾孫，瑗之兄弟行，故得與超相識。其隱事差互，事不可考。

16 許掾好遊山水，而體便登陟。時人云：「許非徒有勝情，實有濟勝之具。」〔一〕

【箋疏】

〔一〕「許」，后山詩集注引作「卿」。

17 郗尚書與謝居士善。常稱：「謝慶緒識見雖不絕人，可以累心處都盡。」尚書，郗恢也。別見。檀道鸞續晉陽秋曰：「謝敷字慶緒，會稽人，崇信釋氏。初入太平山中十餘年，以長齋供養爲業，招引同事，化納不倦。以母老還南山若邪中。內史郗愔表薦之，徵博士，不就。初，月犯少微星，一名處士星。〔一〕古云：『以處士當之。』

時戴逵居剡，既美才藝而交遊貴盛，先敷著名，時人憂之。俄而敷死，會稽人士以嘲吳人云：『吳中高士，便是求死不得。』〔一〕」

【箋疏】

〔一〕程炎震云：「初學記一御覽七引此，『一名處士星』上有『少微』二字。」

賢媛第十九[一]

【箋疏】

[一] 嘉錫案：本篇凡三十二條，其前十條皆兩漢、三國事。有晉一代，唯陶母能教子，爲有母儀，餘多以才智著，於婦德鮮可稱者。題爲賢媛，殊覺不稱其名。唐修晉書，列女傳纔三十四人，而五人出於外族。其晉人行義足尚者，不過十餘人耳。考之傳記，晉之婦教，最爲衰敝。夫君子之道，造端夫婦。故關雎以爲風始，未有家不齊而國能治者。婦職不修，風俗陵夷，晉之爲外族所侵擾，其端未必不由於此也。故具列當時有識之言，以爲世戒。干寶晉紀總論曰：「其婦女莊櫛織紝，皆取成於婢僕，未嘗知女工絲枲之業，中饋酒食之事也。先時而婚，任情而動，故皆不恥淫逸之過，不拘妬忌之惡。有逆于舅姑，有反易剛柔，有殺戮妾媵，有黷亂上下，父兄弗之罪也，天下莫之非也。又況責之聞四教於古，修貞順於今，以輔佐君子者哉？」抱朴子外篇疾謬篇曰：「今俗婦女，休其蠶織之業，廢其玄紞之務。不績其麻，市也婆娑。舍中饋之事，修周旋之好。更相從詣，之適親戚。承星舉火，不已於行。多將侍從，暐曄盈路。婢使吏卒，錯雜如市。尋道褻謔，可憎可惡。或宿于他門，或冒夜而返。游戲佛寺，觀視畋漁。登高臨水，去境慶弔。開車褰幃，周章城邑。盃觴路酌，絃歌行奏。轉相高尚，習非成俗。生致因緣，無所不肯。誨淫之源，不急之甚。刑于寡妻，邦家乃正。願諸君子，少可禁絕。婦無外事，所以防微矣。」

1 陳嬰者，東陽人。〔一〕少脩德行，箸稱鄉黨。秦末大亂，東陽人欲奉嬰爲主，母曰：〔二〕「不可！自我爲汝家婦，少見貧賤，一旦富貴，不祥！不如以兵屬人：事成，少受其利；不成，禍有所歸。」〔三〕史記曰：「嬰故東陽令史，居縣素信，爲長者。東陽人欲立長，乃請嬰。嬰母見之。〔四〕乃以兵屬項梁，梁以嬰爲上柱國。」

【校文】

注「嬰母見之」　「見」，景宋本及沈本作「諫」。

【箋疏】

〔一〕史記正義引括地志云：「東陽故城，在楚州盱眙縣東七十里，秦東陽縣城也，在淮水南。」

〔二〕史記集解引張晏曰：「陳嬰母，潘旌人。墓在潘旌。」索隱曰：「潘旌是邑聚之名，後爲縣，屬臨淮。」

〔三〕史記項羽本紀曰：「東陽少年殺其令，欲置長，無適用，乃請陳嬰。嬰謝不能，遂彊立嬰爲長。縣中從者，得二萬人。少年欲立嬰，便爲王異軍蒼頭特起。陳嬰母謂嬰曰：『自我爲汝家婦，未嘗聞汝先古之有貴者。今暴得大名，不祥，不如有所屬。事成，猶得封侯；事敗，易以亡，非世所指名也。』嬰乃不敢爲王，以兵屬項梁。」列女傳八陳嬰母傳略同。世説此條事同而辭異，未知其所本。

〔四〕嘉錫案：史記東陽人之請嬰，乃請爲東陽長耳，未嘗請見嬰母。嬰母云云，自以告嬰，非見東陽人而語之也。此注所引過求省略，遂失本意。

2 漢元帝宮人既多，乃令畫工圖之，欲有呼者，輒披圖召之。其中常者，皆行貨賂。王明君姿容甚麗，志不苟求，工遂毀爲其狀。〔一〕後匈奴來和，求美女於漢帝，帝以明君充行。既召見而惜之。但名字已去，不欲中改，於是遂行。漢書匈奴傳曰：「竟寧元年，呼韓邪單于求朝，自言願壻漢氏以自親，元帝以後宮良家子王嬙字明君賜之。單于懽喜，上書願保塞。」文穎曰：「昭君本蜀郡秭歸人也。」琴操曰：「王昭君者，齊國王穰女也。年十七，儀形絕麗，以節聞國中。長者求之者，王皆不許，乃獻漢元帝。帝造次不能別房帷，昭君恚怒之。會單于遣使，帝令宮人裝出，使者請一女。帝乃謂宮中曰：『欲至單于者起。』昭君喟然越席而起。帝視之，大驚悔。是時使者竝見，不得止，乃賜單于。〔二〕單于大說，獻諸珍物。昭君有子曰世違。單于死，世違繼立。凡爲胡者，父死妻母。昭君問世違曰：『汝爲漢也？爲胡也？』世違曰：『欲爲胡耳。』昭君乃吞藥自殺。」〔三〕石季倫曰：「昭以觸文帝諱，故改爲明。」

【校文】

注「單于求朝」　「求」，景宋本及沈本作「來」。

注「昭君恚怒之」　「之」，景宋本及沈本作「久」。

【箋疏】

〔一〕李詳云：「御覽三百八十一作『志不苟求，工遂毀爲甚醜』，當從御覽，否則今本必去爲字，方令人解。」嘉錫案：此以求字絕句。爲者，作也。謂工人於作畫時故意毀其容貌。無不可解者，不必從御覽也。

〔二〕西京雜記二敍昭君事，與此畧同。然其事實不可信。宋王觀國學林四曰：「前漢元帝紀『竟寧元年正月，匈奴呼韓邪單于來朝。賜單于待詔掖庭王嬙爲閼氏』。匈奴傳曰『王昭君號寧胡閼氏』。後漢南匈奴傳曰『王昭君字嬙，南郡人。漢元帝時，以良家子選入掖庭。時呼韓邪來朝，帝敕宮女五人賜之。昭君入宮數歲，不得見御，積悲怨，乃請掖庭令求行。呼韓邪臨辭大會，帝召五女以示之。昭君豐容靚飾，光明漢宮，顧景裴回，竦動左右。帝見大驚，意欲留之，而難於失信，遂與匈奴』。小說西京雜記曰：『漢元帝嘗令畫工圖宮人，欲呼者，披圖以召。故宮人多行賂於畫工。王昭君姿容甚麗，無所苟求，工遂毀其狀。後匈奴求美女，帝以昭君充行。既召見，帝悅之，而名字已去，遂不復留。帝怒，殺畫工毛延壽』。觀國案：前漢元帝紀曰：『匈奴呼韓邪單于來朝，詔賜單于待詔掖廷王嬙爲閼氏。』蓋單于請婚，當時朝議許與單于和親。則漢之君臣講之素定矣。及單于來朝，而以待詔掖廷王嬙爲閼氏，豫選定也。其禮儀恩數，皆已素定，非臨事而爲之也。而後漢匈奴傳乃謂『以宮女五人賜之』，又謂『昭君自求行』，又謂『呼韓邪臨朝辭，帝召五女以示之，而昭君豐容靚飾，帝見大驚，意欲留之而難於失信』。此皆誤也。蓋王嬙爲閼氏者，行婚禮也。若以宮女五人賜之，則何人爲閼氏耶？漢既許婚矣，必待單于臨辭，然後以五女示之耶？後漢匈奴傳所言王昭君一節，首尾皆乖謬之甚。殺畫工毛延壽之事，尤不可信。按匈奴和親，乃漢家大事。若以宮女妻之，而未嘗簡閱其人，憑圖畫以定大事，恐當時君臣，不如此之鹵莽。漢賜單于閼氏，乃披畫圖擇貌陋者賜之，又非和親之意。蓋小說多出于傳聞，不可全信。」嘉錫案：觀國所引西京雜記與今本字句多不合，而反與世說相同。但多殺毛延壽一事，未詳其故。至其駁後漢書及雜記，則甚有理。漢書明言呼韓邪願壻漢氏以自親，則其意在求尚漢公主，非如雜記以世說所言，但求美女而已。漢以呼韓邪已爲藩臣，與漢高和親時强弱不侔，不欲以宗室女妻之，而賜之以後宮良家子。故昭君之爲閼氏，漢所命也。豈泛賜以宮女數人，而使之自擇者哉？且如後漢書之說，則昭君之下嫁匈奴，乃出於其所自請，初非因畫工毀其容貌，元帝案圖而遣之也。雜記之說，真顏師古所謂「其書淺俗，出於里巷，多有妄說」者矣。世說從而述之，孝標亦未加以辨正，皆惑也。

〔三〕嘉錫案：漢書匈奴傳云：「王昭君號寧胡閼氏，生一男伊屠智牙師，爲右日逐王。大閼氏生四子：長曰雕陶莫皐。呼韓邪死，雕陶莫皐立，爲復株絫若鞮單于。復株絫單于復妻王昭君，生二女。」後漢書南匈奴傳曰：「初，單于弟右谷蠡王伊屠知牙師以次當左賢王。左賢王卽是單于儲副，單于欲傳其子，遂殺知牙師。（此單于輿時事，輿亦呼韓邪庶子。）知牙師者，王昭君子也。昭君生二子。及呼韓邪死，其前閼氏子代立，欲妻之。昭君上書求歸。成帝勑令從胡俗，遂復爲後單于閼氏焉。」據兩漢書所言，則昭君子不名世違，且未立爲單于，昭君亦未自殺。琴操之言，與正史不合。孝標不引兩漢書而引琴操，豈欲曲成昭君之美耶？

3 漢成帝幸趙飛燕，飛燕讒班婕妤祝詛，於是考問。辭曰：「妾聞死生有命，富貴在天。脩善尚不蒙福，爲邪欲以何望？〔一〕若鬼神有知，不受邪佞之訴；〔二〕若其無知，訴之何益？故不爲也。」漢書外戚傳曰：「成帝趙皇后，本長安宮人。初生，父母不舉，三日不死，乃收養之。及壯，屬河陽主家學歌舞，號曰飛燕。帝微行過主，見而說之，召入宮，大得幸，立爲后。班婕妤者，雁門人。〔三〕成帝初，選入宮，大得幸，立爲婕妤。帝遊後庭，嘗欲與同輦，婕妤辭之。趙飛燕譖許皇后及婕妤，婕妤對有辭致，〔四〕上憐之，賜黃金百斤。飛燕嬌妒，〔五〕婕妤恐見危，中求供養太后於長信宮。〔六〕帝崩，婕妤充奉園陵。薨，葬園中。」

【箋疏】

〔一〕嘉錫案：漢書外戚傳作「修正尚不蒙福」，正與邪對，所以辨祝詛之無益，此改爲脩善，非也。

〔二〕漢書作「不受不臣之訴」。嘉錫案：趙飛燕譖告許皇后、班倢伃挾媚道祝詛後宮，詈及主上，故曰「不臣之訴」。改爲「邪佞」，則其語泛而不切。

〔三〕陳漢章列女傳斠注曰：「今本漢書外戚傳無雁門人三字。」

〔四〕嘉錫案：「有辭致」三字，乃櫽括之詞，非原文。

〔五〕漢書作「趙氏姊弟驕妒」。

〔六〕李慈銘云：「案中字當衍。今本漢書作『恐久見危，求共養太后長信宮』，無中字。」

4 魏武帝崩，文帝悉取武帝宮人自侍。及帝病困，卞后出看疾。太后入户，見直侍竝是昔日所愛幸者。太后問：「何時來邪？」云：「正伏魄時過。」因不復前而歎曰：「狗鼠不食汝餘，〔一〕死故應爾！」至山陵，亦竟不臨。魏書曰：「武宣卞皇后，琅邪開陽人。以漢延熹三年生齊郡白亭，有黃氣滿室移日。父敬侯怪之，以問卜者王越。越曰：〔二〕『此吉祥也。』年二十，太祖納於譙。性約儉，不尚華麗，有母儀德行。」

【箋疏】

〔一〕左氏莊六年傳曰：「楚文王伐申過鄧。鄧祁侯曰：『吾甥也。』止而享之。騅甥、聃甥、養甥請殺楚子，鄧侯弗許曰：『人將不食吾餘。』」杜注曰：「言自害其甥，必爲人所賤。」嘉錫案：卞后言此，斥丕之所爲，禽獸不如也。

〔二〕程炎震云：「魏志后妃傳注引兩越字均作旦。」

5 趙母嫁女，女臨去，敕之曰：「慎勿爲好！」女曰：「不爲好，可爲惡邪？」母曰：「好尚不可爲，其況惡乎？」列女傳曰：〔一〕「趙姬者，桐鄉令東郡虞韙妻，潁川趙氏女也。才敏多覽。韙既沒，文皇帝敬其文才，〔二〕詔入宮省。上欲自征公孫淵，姬上疏以諫。作列女傳解，號趙母注。〔三〕賦數十萬言。赤烏六年卒。」淮南子曰：「人有嫁其女而教之者，曰：『爾爲善，善人疾之。』對曰：『然則當爲不善乎？』曰：『善尚不可爲，而況不善乎？』」〔四〕景獻羊皇后曰：「此言雖鄙，可以命世人。」〔五〕

【校文】

「其況惡乎」　沈本無「其」字。

注「姬上書以諫」　沈本無「以」字。

【箋疏】

〔一〕李慈銘云：「案隋書經籍志，自劉向撰列女傳後，有高氏列女傳八卷，項原列女後傳十卷，皇甫謐列女傳六卷，綦母邃列女傳七卷。此所引當是項原列女傳。」

〔二〕李慈銘云：「案文皇帝當作大皇帝，謂孫權也。」

〔三〕李慈銘云：「孫氏志祖曰：『後漢書皇后紀論，文選李善注言列女傳有虞貞節注，蓋卽趙母注也。』」

〔四〕淮南說山訓曰：「人有嫁其子而教之曰：『爾行矣，愼無爲善！』曰：『不爲善，將爲不善邪？』應之曰：『善且由弗爲，況不善乎？』」孝標所引與今本不同。

〔五〕嘉錫案：敦煌本古類書殘本第二種貞烈部首引獻皇后語二條，羊皇后語一條。羅振玉跋謂卽晉景獻羊后是也。其第四條曰：「昔人有女將嫁，其父誡之曰：『愼勿立善名。』女曰：『當作惡，可乎？』父曰：『善名尚不可立，而況於惡乎？』后聞之曰：『善哉！訓言「鳥惡網羅，人惡勝己」，豈虛也哉？』」意與此同而文異。其語較趙母及淮南子尤爲明晰。蓋古之教女，言之意，特不顧其遇事衰暴，斤斤於爲善之名，以招人之妒嫉，而非禁之使不爲善也。其所謂后聞之者，亦卽羊皇后，與孝標所引，當是同出一篇，而去取各異，故不同耳。

6 許允婦是阮衛尉女，德如妹，魏略曰：「允字士宗，高陽人。少與清河崔贊，俱發名於冀州。仕至領軍將軍。」陳留志名曰：「阮共字伯彥，尉氏人。清真守道，動以禮讓。仕魏，至衛尉卿。少子侃，字德如，有俊才，而飭以名理。風儀雅潤，與嵇康爲友。仕至河內太守。」奇醜。〔一〕交禮竟，允無復入理，家人深以爲憂。會允有客至，婦令婢視之，還答曰：「是桓郎。」桓郎者，桓範也。魏略曰：「範字允明，沛郡人。仕至大司農，爲宣王所誅。」婦云：「無憂，桓必勸入。」桓果語許云：「阮家既嫁醜女與卿，故當有意，〔二〕卿宜察之。」許便回入內。既見婦，卽欲出。婦料其此出，無復入理，便捉裾停之。〔三〕許因謂曰：「婦有四德，卿有其幾？」周禮：「九嬪掌婦學之法，以教九御。婦德、婦言、婦容、婦功。」鄭注曰：「德謂貞順，言謂辭令，容謂婉娩，功謂絲枲。」婦曰：「新婦所乏唯容爾。〔四〕然士有百行，君有幾？」許云：「皆備。」婦曰：「夫百行以德爲首，君好色不好德，何謂皆備？」〔五〕允有慚色，遂相敬重。〔六〕

【箋疏】

〔一〕「奇醜」下殘類書多「有德藝」三字。

〔二〕「故當有意」下，殘類書有「門承儒胄，必有德藝」二句。

〔三〕「便捉裾停之」，殘類書作「捉衫裙停之」。

〔四〕黃生義府下曰：「漢以還呼子婦爲新婦。後漢何進傳：『張讓向子婦叩頭云：「老臣得罪，當與新婦俱歸私門。」』世說王渾妻鍾氏云云，此自稱新婦。涼張駿時童謠云：『劉新婦簸，石新婦炊。』北齊時童謠云：『寄書與婦母，好看新婦子。』蓋必當時謂婦初來者爲新婦，習之既久，遂不復改耳。」嘉錫案：後漢書列女傳周郁妻阿傳曰：「郁父偉謂阿曰：『新婦賢者女，當以道匡夫。郁之不改，新婦過也。』」此呼其子婦也。本書文學篇王夫人云：「新婦少遺家難，一生所寄，唯在此兒。」又本篇本條許允婦曰：「新婦所乏，唯容爾！」此自稱也。其他類此者尚多，姑舉其顯著者耳。

〔五〕「何謂皆備」，殘類書此下作「放衫，允不敢去，甚有愧懟，乃謝過」。

〔六〕嘉錫案：此事見初學記十九引郭子及魏志夏侯玄傳注引魏氏春秋。殘類書貞烈部於引羊皇后語四條之次引列女傳魯女師一事，即母儀傳中之魯母師。復次引鍾、郝兩夫人、李勢女、諸葛誕女各一事，許允婦阮三事，周宣王姜后一事，五言詩一首，列女傳魯漆室女一事。其鍾、郝夫人以下至姜后凡七事，均不出書名。而六事見於世說，惟鍾、郝夫人及諸葛誕女兩事與世說合。其餘文字皆有異同。羅振玉跋疑其即采自世說。今本經宋人改訂，自不能無差異。余考之，殊不然。試以唐寫本及諸類書所引用者，與今本校，其於孝標之注固多所刊落，而正文則但有譌奪，絕無刪改。何以此數條爲例獨殊？不惟有溢出之句，乃至文詞事蹟亦頗不同，其非采自世說亦明矣。考周宣姜后事出劉向賢明傳，余初以鍾夫人等六事既雜厠於魯母師及姜后之閒，頗疑其亦是六朝人列女續傳之文，繼思此等兔園策子，恐不可以體例求之。其爲果出何書，蓋無可考。要之文辭爾雅，其必采自古書，則可斷言也。

7 許允爲吏部郎，多用其鄉里，魏明帝遣虎賁收之。其婦出誡允曰：〔一〕「明主可以理奪，難以情求。」既至，帝覈問之。允對曰：〔二〕「『舉爾所知。』臣之鄉人，臣所知也。陛下檢校爲稱職與不？若不稱職，臣受其罪。」既檢校，皆官得其人，於是乃釋。允衣服敗壞，詔賜新衣。初，允被收，舉家號哭。阮新婦自若云：「勿憂，尋還。」作粟粥待，頃之允至。魏氏春秋曰：「初，允爲吏部，選遷郡守。明帝疑其所用非次，將加其罪。允妻阮氏跣出，謂曰：『明主可以理奪，不可以情求。』允頷之而入。帝怒詰之，允對曰：『某郡太守雖限滿，文書先至，年限在後，日限在前。』帝前取事視之，乃釋然。遣出，望其衣敗，曰：『清吏也。』」〔三〕

【箋疏】

〔一〕「其婦出誡允」，殘類書作「有人告明帝，明帝收之。其婦出閤，隔紗帳誡允」。

〔二〕「允對曰」下殘類書作「臣比奉詔，各令『舉爾所知』」。

〔三〕嘉錫案：此事見類聚四十八引郭子，與魏氏春秋不同，世說則采自郭子也。

8　許允爲晉景王所誅，門生走入告其婦。婦正在機中，神色不變，曰：「蚤知爾耳！」魏志曰：「初，領軍與夏侯玄、李豐親善，有詐作尺一詔書，以玄爲大將軍，允爲太尉，共録尚書事。無何，有人天未明乘馬以詔版付允，門吏曰：『有詔。』因便驅走。允投書燒之，不以關呈景王。」魏略曰：「明年，李豐被收，允欲往見大將軍。已出門，允回遑不定，中道還取袴。大將軍聞而怪之曰：『我自收李豐，士大夫何爲悤悤乎？』會鎮北將軍劉靜卒，以允代靜。大將軍與允書曰：『鎮北雖少事，而都典一方。念足下震華鼓，建朱節，歷本州，此所謂著繡晝行也。』會有司奏允前擅以廚錢穀，乞諸俳及其官屬。減死徙邊，道死。」魏氏春秋曰：「允之爲鎮北，喜謂其妻曰：『吾知免矣！』妻曰：『禍見於此，何免之有？』」〔一〕晉諸公贊曰：「允有正情，與文帝不平，遂幽殺之。」婦人集載阮氏與允書，陳允禍患所起，辭甚酸愴，文多不録。〔二〕門人欲藏其兒，婦曰：「無豫諸兒事。」後徙居墓所，景王遣鍾會看之，若才流及父，當收。〔三〕兒以咨母。母曰：「汝等雖佳，才具不多，率胸懷與語，便無所憂。不須極哀，會止便止。又可少問朝事。」〔四〕兒從之。會反以狀對，卒免。世語曰：「允二子：奇，字子太。猛，字子豹。竝有治理。」晉諸公贊曰：「奇，泰始中爲太常丞，世祖嘗祠廟，奇應行事，朝廷以奇受害之門，不令接近，出爲長史。世祖下詔，述允宿望，又稱奇才，擢爲尚書祠部郎。猛禮學儒博，加有才識，爲幽州刺史。」〔五〕

【校文】

注「取袴」，「袴」，景宋本作「絝」。

注「允有正情」，沈本作「主」。

【箋疏】

〔一〕魏志夏侯玄傳曰：「後豐等事覺，徙允爲鎮北將軍，假節督河北軍事。未發，以放散官物，收付廷尉，徙樂浪。道死。」注引魏略，與此同。「減死徙邊」下，作「允以嘉平六年秋徙，妻子不得自隨，行道未到，以其年冬死」。嘉錫案：師欲殺允而先遷其官，且與書通殷勤者，蓋師雖因允與夏侯玄、李豐親善而疑之，然無實狀可指。所謂詐作尺一詔書走馬付允，事殊恍惚，有無不可知。即令有之，而其人不知誰何，無從質證。故師雖疑允，亦無可發怒，乃令出鎮河北，慰諭使去，欲以軍法誅之耳。阮氏明智，知其將然。故曰：「禍見於此也。」師既念念欲殺允，於其未行，適有放散官物事，因摭以爲罪，便收付獄，不復待其至河北矣。

〔二〕嘉錫案：魏志魏略均言允徙邊道死，而此云文帝幽殺之。允實死於司馬師爲大將軍時。文帝當是景帝之誤。道死之與幽殺，亦自不同。考魏志毌丘儉傳注引儉及文欽等表曰：「近者領軍許允，當爲鎮北，以廚錢給賜，而師舉奏加辟，雖云流徙，道路餓殺。天下聞之，莫不哀傷。」則允實爲師所殺，非僅死於道路而已。或疑儉等之表，出於仇口，欲著師之罪，未必不故甚其辭。然世說此條本之孫盛魏氏春秋，亦云「允爲景王所誅」。裴松之齊王紀注據夏侯玄傳及魏略以考允之事，而云：「允收付廷尉，徙樂狼，追殺之。」不用道死之說。夫豈無所見而云然？蓋師以允與李豐交結，事出曖昧，所坐放散官物，又罪不至死，故使人暗害之，託云道卒。魚豢、陳壽，多爲時諱，亦不敢著其實。傅暢書著於胡中（見魏志傅嘏傳注）。無所避忌。孫盛書則作於東晉，爲時已遠，故皆得存其直筆耳。當司馬懿勒兵閉城門，奏廢曹爽時，使允及陳泰解語爽，允與泰因說爽，使早自歸罪（見爽傳及注）。則允本黨於司馬氏，而卒死於師手，允之所不及料也。惜乎不見阮氏與允書，莫能知其禍患所由起矣。

〔三〕嘉錫案：此事亦見魏志注引魏氏春秋。疑郭子中或亦有之。殘類書載此事，首數語與世說同。神色不變下作「歎曰：『故知耳爾。』（當作爾耳）織仍不止。門生欲抱其兒藏之，婦曰：『無預君事。』後提子徙居墓側，積年露宿，晨夕哭臨。景帝聞之，使大將軍鍾會看之，（大將軍下有脫字，會後在司馬昭大將軍府管記室事，疑此處所脫亦是記室二字。）并視□□，若子神彩及父，當收養之，所司供給。帝慙其婦，悔之不已。」以上許允婦三事，殘類書所引，均與世說不盡同。而此一事，尤爲文情俱異。世說言「才流及父當收」者，慮其長大後不可制，或爲晉室之害，故欲收殺之，以除後患耳。而類書所引，則是師聞阮氏之哀毀，內愧於心，乃使鍾會視其子，若人材似父，有可造就，當令官爲收養，以示恩意。兩者情事，大相逕庭。知其所出，決非一書。羅氏跋謂其卽采自世說，真大誤也。兩書所言雖未知孰是？然允本司馬氏之黨，師特以疑而殺之，其罪狀原不甚明。否則當已與李豐、夏侯玄等諸所連及者，同夷三族矣。觀允出鎮時，師所與書，其平日交情可知。允既死，師愧對其婦，感念舊勛，因思收養其孤，容或有之，不可謂事所必無。懿父子兄弟殺人之父，亦已多矣！除深仇如：曹爽、王淩、李豐等皆族滅外，其餘亦未嘗因慮其子之報讎，而盡誅其童稚。後來昭殺嵇康，尋亦中悔，未嘗并誅嵇紹也。類書之言，故當存之，以資參考矣。

〔四〕嘉錫案：會蓋假弔問之名以來，故必涕泣。會止兒亦止，以示不知其父得禍之酷。又令兒少問及朝廷之事者，陽爲愚不曉事，不知會之偵己，無所疑懼也。

〔五〕政事篇「成帝在石頭」條引許氏譜曰「猛吏部郎」，與此不同。隋志云：「梁有太子中庶子許孟集三卷，錄一卷，亡。」文廷式補晉書藝文志六云：「許孟當作許猛。」

9 王公淵娶諸葛誕女。入室，言語始交，王謂婦曰：「新婦神色卑下，殊不似公休！」婦曰：「大丈夫不能仿佛彥雲，而令婦人比蹤英傑！」魏氏春秋曰：「王廣字公淵，王淩子也。有風量才學，名重當世。與傅嘏等論才性同異，行於世。」魏志曰：「廣有志尚學行，淩誅，并死。」臣謂王廣名士，豈以妻父爲戲，此言非也。

10 王經少貧苦，仕至二千石，母語之曰：「汝本寒家子，仕至二千石，此可以止乎！」經不能用。爲尚書，助魏，不忠於晉，〔一〕被收。涕泣辭母曰：「不從母敕，以至今日！」母都無慼容，語之曰：「爲子則孝，爲臣則忠。有孝有忠，何負吾邪？」〔二〕世語曰：「經字彥偉，〔三〕清河人。高貴鄉公之難，王沈、王業馳告文王，經以正直不出。因沈、業申意，後誅經及其母。」晉諸公贊曰：「沈、業將出，呼經，不從，曰：『吾子行矣！』」漢晉春秋曰：「初，曹髦將自討司馬昭，經諫曰：『昔魯昭不忍季氏，敗走失國，爲天下笑。今權在其門久矣，朝廷四方，皆爲之致死，不顧逆順之理，非一日也。且宿衛空闕，寸刃無有，陛下何所資用？而一旦如此，無乃欲除疾而更深之邪？』髦不聽。後殺經，并及其母。將死，垂泣謝母。母顏色不變，笑而謂曰：『人誰不死，往所以止汝者，恐不得其所也。以此并命，何恨之有？』」干寶晉紀曰：「經正直，不忠於我，故誅之。」按傅暢、干寶所記，則是經實忠貞於魏，而世語既謂其正直，〔四〕復云因沈、業申意，何其相反乎？故二家之言深得之。

【校文】

注「笑而謂曰」「笑」，景宋本及沈本作「哭」。

【箋疏】

〔一〕孫志祖讀書脞録續編三曰：「陳壽魏志不爲王經立傳，而附見於夏侯尚傳末。朱昭芑史糾譏之。志祖案：壽爲司馬氏之臣，不能無所回避。其曲筆猶可諒也。宋臨川王義慶作世說時，晉室久移，乃於賢媛篇載經母事而曰：『經助魏，不忠於晉。』此何言歟？夫司馬氏亦魏臣也。經以身殉國，豈得謂之助魏不忠於晉乎？臨川此言，三綱壞矣。」嘉錫案：世說雜采羣書，此條出自裴啓語林，見御覽四百四十。「助魏不忠於晉」，亦用語林本文。裴啓晉人，其立言自不得不如此。然云助魏，正是許其以身殉國。云不忠於晉，則其忠於魏可知。微文見意，何損於經？且曰「爲子則孝，爲臣則忠」，其稱經亦至矣。孫氏此言，似正而實未達文義，殆不足取。

〔二〕魏志夏侯玄傳注引晉武帝太始元年詔曰：「故尚書王經，雖身陷法辟，然守志可嘉。門戶湮没，意常愍之。其賜經孫郎中。」

〔三〕文選四十七三國名臣序贊曰：「王經字承宗，李注云：『裴松之曰：「經字彥緯」，今云承宗，蓋有二字也。』」嘉錫案：今本魏志夏侯尚傳注引世語作「字彥偉」，與此同。而文選集注九十四引陸善經李善注皆作「字彥緯」，當從之。

〔四〕程炎震云：「魏志高貴鄉公紀注引重經字是也。」又云：「此正直，謂以尚書在直，非忠貞之謂也。因沈、業申意，固是誣善之辭，然孝標誤認正直二字與干寶同解，肆其彈射，亦爲失矣。」

11 山公與嵇、阮一面，契若金蘭。山妻韓氏，覺公與二人異於常交，問公。公曰：「我當年可以爲友者，唯此二生耳！」妻曰：「負羈之妻亦親觀狐、趙，意欲窺之，可乎？」他日，二人來，妻勸公止之宿，具酒肉。夜穿墉以視之，達旦忘反。公入曰：「二人何如？」妻曰：「君才致殊不如，正當以識度相友耳。」公曰：「伊輩亦常以我度爲勝。」〔一〕晉陽秋曰：「濤雅素恢達，度量弘遠，心存事外，而與時俛仰。嘗與阮籍、嵇康諸人箸忘言之契。至于羣子，屯蹇於世，濤獨保浩然之度。」〔二〕王隱晉書曰：「韓氏有才識，濤未仕時，戲之曰：『忍寒，我當作三公，不知卿堪爲夫人不耳？』」〔三〕

【校文】

「君才致」　景宋本及沈本俱無「才」字。

注「雅素」　景宋本作「雅量」。

【箋疏】

〔一〕程炎震云：「此文全出於竹林七賢論，見全晉文一百三十七引御覽四九，又四百四十四。」

〔二〕嘉錫案：嵇、阮雖以放誕鳴高，然皆狹中不能容物。如康之箕踞不禮鍾會（見簡傲篇），與山濤絕交書自言「不喜俗人，剛腸疾惡，輕肆直言，遇事輒發」。又幽憤詩曰「惟此褊心，顯明臧否」。皆足見其剛直任性，不合時宜。籍雖至慎，口無臧否（見德行篇）。然能爲青白眼，見凡俗之士，輒以白眼對之（見簡傲篇注）。則亦孤僻，好與俗忤。特因畏禍，能銜默不言耳。康卒掇殺身之禍。籍亦僅爲司馬昭之狎客，苟全性命而已。濤一見司馬師，便以呂望比之，尤見賞於昭，委以腹心之任，搖尾於姦雄之前，爲之功狗。是固能以柔媚處世者，宜其自以爲度量勝嵇、阮，必當作三公也。嗚呼！觀於竹林諸人之事，則人之生當亂世而欲身名俱泰，豈不難哉！然士苟能不以富貴爲心，則固有辟人辟世，處進退存亡而不失其正者。雖不爲山濤，豈無自全之道也歟？　嘉錫又案：晉書濤本傳云：「與鍾會、裴秀並申款昵。以二人居勢争權，濤平心處中，各得其所，而俱無恨焉。鍾會作亂於蜀，文帝將西征，時魏氏諸王公並在鄴。帝謂濤曰：『西偏吾自了之，後事深以委卿。』以本官行軍司馬，給親兵五百人鎮鄴。」夫鍾會之爲人，嵇康所不齒，而濤與之欵昵，又處會與裴秀交鬨之際，能並得其歡心，豈非以會爲司馬氏之子房，而秀亦參謀略，皆昭之寵臣，故曲意交結，相與比周，以希詭遇之獲歟？至爲昭居留守之任，以監視魏之王公，儼然以鍾繇、華歆自命。身爲人作伍伯，視宗室如囚徒，非權奸之私昵，誰肯任此？與時俯仰是矣。然實身入局中，未嘗心存事外也。通鑑八十四：「帝決意伐吴，賈充、荀勗、馮紞固争之。帝大怒，充免冠謝罪。僕射山濤退而告人曰：『自非聖人，外寧必有内憂。今釋吴爲外懼，豈非筭乎？』」胡注曰：「山濤身爲大臣，不昌言於朝，而退以告人，蓋求合於賈充者也。」胡氏此言，深得濤之用心。蓋濤善揣摩時勢，故司馬氏權重，則攘臂以與其逆謀；賈充寵盛，則緘口以避其朋黨。進不廷争，以免帝怒；退有後言，以結充歡。首鼠兩端，所如輒合。此真所謂心存事外，與時俯仰也。傳言「濤再居選職，每一官缺，輒擬數人，視帝意所欲爲先」。其迎合之術，可謂工矣。操是術以往，其取三公，直如俯拾地芥，豈但以度量勝嵇、阮而已乎？

【三】嘉錫案：嵇、阮諸人，雖屯蹇於世，然如濤浩然之度，則固叔夜之所深羞，而嗣宗之所不屑也。

12 王渾妻鍾氏生女令淑，虞預晉書曰：「渾字玄沖，太原晉陽人，魏司徒昶子。仕至司徒。」武子爲妹求簡美對而未得。有兵家子，有儁才，欲以妹妻之，乃白母，王氏譜曰：「鍾夫人名琰之，太傅繇之孫。」〔二〕曰：「誠是才者，其地可遺，然要令我見。」武子乃令兵兒與羣小雜處，使母帷中察之。既而，母謂武子曰：「如此衣形者，是汝所擬者非邪？」武子曰：「是也。」母曰：「此才足以拔萃，然地寒，不有長年，不得申其才用。觀其形骨，必不壽，不可與婚。」武子從之。兵兒數年果亡。

【箋疏】

〔二〕程炎震云：「晉書云：『字琰，繇曾孫。父徽，黃門郎。』下條亦云曾孫。」

13 賈充前婦，是李豐女。豐被誅，離婚徙邊。婦人集曰：「充妻李氏，名婉字淑文。〔一〕豐誅，徙樂浪。」後遇赦得還，充先已取郭配女。賈氏譜曰：「郭氏名玉璜，卽廣宣君也。」〔二〕武帝特聽置左右夫人。李氏別住外，不肯還充舍。晉諸公贊曰：「世祖踐阼，李氏赦還，而齊獻王妃欲令充遣郭氏，更納其母。充不許，爲李氏築宅，而不往來。充母柳氏將亡，充問所欲言者。柳曰：『我教汝迎李新婦尚不肯，安問他事！』」郭氏語充：「欲就省李。」充曰：「彼剛介有才氣，卿往不如不去。」充別傳曰：「李氏有淑性令才也。」郭氏於是盛威儀，多將侍婢。既至，入户，李氏起迎，郭不覺腳自屈，因跪再拜。既反，語充，充曰：「語卿道何物？」〔三〕按晉諸公贊曰：「世祖以李豐得罪晉室，又郭氏是太子妃母，無離絶之理，乃下詔勅斷，不得往還。」而王隱晉書亦云：「充既與李絶婚，更取城陽太守郭配女，名槐。李禁錮解，詔充置左右夫人。充母柳亦勑充迎李。槐怒，攘臂責充曰：『刊定律令，爲佐命之功，我有其分。李那得與我竝？』充乃架屋永年里中以安李。槐晚乃知。充出，輒使人尋充。〔四〕詔許充置左右夫人。充答詔以謙讓不敢當盛禮。」晉贊既云世祖下詔不遣李還，而王隱晉書及充別傳竝言詔聽置立左右夫人。充憚郭氏，不敢迎李。三家之説竝不同，未詳孰是。然李氏不還，別有餘故，而世説云「自不肯還」，謬矣。且郭槐彊狠，豈能就李而爲之拜乎？皆爲虛也。〔五〕

【校文】

注「彊狠」「狠」，景宋本作「很」。

【箋疏】

〔一〕李詳云：「詳案：隋書經籍志：梁有晉太傅賈充妻李扶集一卷。是充妻之名扶也。」嘉錫案：李氏名字，劉注引婦人集甚明。婉之與扶，無因致誤。隋志有司徒王渾妻鍾夫人集一卷，此之李扶，疑亦李夫人之誤。下條注「世稱李夫人訓」，可以爲證。

〔二〕李慈銘云：「案郭氏先封廣城君，病篤改封宜城君。無廣宣之號。」

〔三〕吳承仕曰：「『語卿道何物』以今語譯之，當云：『我曾告訴你說的是什麼？』何物即什麼，麼即物之聲轉。」

〔四〕嘉錫案：注稱充別傳云云，而上文所引別傳，但有「李氏有淑性令才也」八字，并無此處所述之語。其引王隱晉書，乃兩言「詔充置左右夫人」，文義重複，知「使人尋充」之下，蓋脱去「充別傳曰」四字。然仍無充憚郭氏不敢迎李之事。疑其猶有脱文，或以所敘與王隱書同，故櫽括其詞，不復詳引耳。

〔五〕嘉錫案：以注之所引合觀之，三家之言皆是也。晉諸公贊言世祖踐阼，李氏赦還，當是以泰始元年十二月遇赦。文館詞林六百六十八：西晉武帝即位，改元大赦，詔所謂「自謀反大逆不道已下，在今年十二月七日昧爽以前，皆赦除之」是也。其時充年四十八矣。齊王攸年已十九，李氏女必已爲齊王妃。武帝素敬憚攸（見攸傳），故李自樂浪還後，帝以其王妃之母，不便令充離異。充又寵後妻而輕故劍，不肯聽其母之言，遣郭納李。帝亦不欲重違其意，乃調停其間，聽令兩妻竝立。此王隱書及充別傳所以言「詔充置左右夫人」也。充既奉詔，其母亦勑充迎李，而郭槐攘臂與之爭。充畏其悍，乃託言「謙讓不敢當盛禮」，爲李氏別架屋而不與之同居，猶不敢令郭知之。諸公贊言其不相往來，然王隱書言「槐晚乃知之。充出，輒使人尋充」，則其初之不免密相往來可知也。其後乃奉勑禁斷，不得往還。以爲郭氏是太子妃之母，無離絶之理。晉書亦言「郭槐女爲太子妃，帝乃下詔，斷如李比，皆不得還」。按之通鑑七十九及后妃傳：充之謀結婚太子，在泰始七年。而册拜太子妃，則在八年二月，去李氏之還，已六年矣。此必郭氏疑充猶未與李氏絶，乃交通宮掖，求帝下詔，假王言以臨之。所謂李豈得罪晉室者，託詞焉耳。否則此詔何以不下於李氏初還之時，而顧待至六年以後乎？王隱書及沖別傳所言「詔置左右夫人」，與晉諸公贊言「世祖下詔，勑斷往還」，本非一時之事。傅暢與王隱等各記其所聞，雖不相通，而未嘗牴牾。孝標未能細心推勘，乃疑三家之説不同耳。卽李氏之不還，雖緣郭槐妒嫉，及有勑禁斷，然二女同居，其志必不相得。當「詔置左右夫人時」，郭固不願與李竝，李亦未必願與郭爲伍。孝標必以世説云「李自不肯還」爲謬，亦非也。今晉書充傳兼采三家及世說，得之矣。由斯以談，武帝感充能爲晉爲成濟之事，及己之得立爲太子，充與有力，其待充乃如慈母之愛嬌子，務順適其意，惟恐不至。既爲創匹嫡之制，又寵樹其後妻，斷其結髮之恩，顛倒錯謬，未有如斯之甚者也！晉書何曾傳言曾嘗告其子遵等曰：「國家創業垂統，未嘗聞經國遠圖，惟說平生常事，非貽厥孫謀之道也。」今觀帝之於賈充，不惜以王言綸綍，屢與人牀第之事，豈但非經國遠圖而已乎？開國之規模如此，有以知晉祚之不長矣。

14 賈充妻李氏作女訓，行於世。李氏女，齊獻王妃，郭氏女，惠帝后。充卒，李、郭女各欲令其母合葬，經年不決。賈后廢，李氏乃祔，葬遂定。晉諸公贊曰：「李氏有才德，世稱『李夫人訓』者。生女合，〔一〕亦才明，即齊王妃。」婦人集曰：「李氏至樂浪，遺二女典式八篇。」〔二〕王隱晉書曰：「賈后字南風，爲趙王所誅。」

【箋疏】

〔一〕程炎震云：「晉書四十九充傳云：『李氏生二女：褒、裕。褒一名荃，裕一名濬。』此合字，蓋即荃字之誤。」

〔二〕文廷式補晉書藝文志四曰：「初學記卷四：『華勝起於晉代，見賈充妻李夫人典戒。云像瑞圖金勝之形，又取像西王母戴勝也。』玉燭寶典卷一引賈充李夫人典誡云：「每見時人月旦，問信（文氏誤作訊）到户，至花勝交相遺與，爲之煩心勞倦。」嘉錫案：兩書作「戒」或「誡」，而此作「式」，未知孰是？疑當作「誡」。世說所言女訓，蓋卽此書，文氏分著於録，非也。

15 王汝南少無婚，自求郝普女。〔一〕郝氏譜曰：「普字道匡，太原襄城人。仕至洛陽太守。」〔二〕司空以其癡，會無婚處，任其意，便許之。魏氏志曰：「王昶字文舒，仕至司空。」既婚，果有令姿淑德。生東海，遂爲王氏母儀。或問汝南何以知之？曰：「嘗見井上取水，舉動容止不失常，未嘗忤觀。以此知之。」汝南別傳曰：「襄城郝仲將，〔三〕門至孤陋，非其所偶也。君嘗見其女，便求聘焉。果高朗英邁，母儀冠族。其通識餘裕，皆此類。」

【箋疏】

〔一〕程炎震云：「王昶卒時，湛才十一歲，豈能自見婦耶？」

〔二〕程炎震云：「襄城不屬太原，洛陽亦無太守，皆有誤字。御覽四百九十引此事，云出郭子，注云：『郝氏，襄城人。父匡，字仲時，一名普，洛陽太守。』」

〔三〕嘉錫案：郝氏譜云「普字道匡」，而此稱郝仲將，郭子注又云「匡字仲時」。「時」、「將」二字，必有一誤，以其名匡推之，疑作「時」爲是。

16 王司徒婦，鍾氏女，太傅曾孫，王氏譜曰：「夫人，黃門侍郎鍾琰女。」〔一〕亦有俊才女德。婦人集曰：「夫人有文才，其詩賦頌誄行於世。」〔二〕鍾、郝爲娣姒，雅相親重。鍾不以貴陵郝，郝亦不以賤下鍾。東海家內，則郝夫人之法。京陵家內，範鍾夫人之禮。〔三〕

【箋疏】

〔一〕李慈銘云：「案晉書列女傳：琰父徽，黃門侍郎。三國志：繇孫名見者，曰豫，封列侯；曰駿，嗣爲定陵侯；（毓七子，而毓弟會。傳又有兄子峻，蓋即一人。）曰邕；曰毅；曰迪。邕、毅皆隨鍾會死於蜀。徽又一人也。琰是鍾夫人名，此注誤。」

程炎震云：「琰當作徽，說見前。」

〔二〕文廷式晉書藝文志丁部曰：「初學記卷三引鍾夫人詩曰：『列列季冬，素雪其霏。』類聚九十二有鍾夫人鶯賦。」

〔三〕姚振宗隋志考證二十四云：「王汝南者，名湛，字處仲，仕至汝南太守。東海者，湛子承，字安期，東海內史。王司徒名渾，襲父爵，京陵侯湛之兄也。」嘉錫案：姚氏意謂京陵家內，即指渾家也。然上文言「則郝夫人之法」，係舉其子承之家庭。此言「範鍾夫人之禮」，何以獨舉其夫？且渾之官以司徒爲重，不應忽稱其世爵。余謂此亦指其子孫襲封者言之也。考晉書渾傳：渾子濟嗣，先渾卒。子卓，字文宣，嗣渾爵，拜給事中。卓名不顯，故世說但稱爲京陵侯之家耳。

17 李平陽，秦州子，李重已見。永嘉流人名曰：「康字玄胄，〔一〕江夏人，魏秦州刺史。」中夏名士。于時以比王夷甫。孫秀初欲立威權，咸云：「樂令民望不可殺，減李重者又不足殺。」晉諸公贊曰：「孫秀字俊忠，琅邪人。初，趙王倫封琅邪，秀給爲近職小吏。倫數使秀作書疏，文才稱倫意。倫封趙，秀徙户爲趙人，用爲侍郎，信任之。」晉陽秋曰：「倫篡位，秀爲中書令，事皆決於秀。爲齊王所誅。」遂逼重自裁。初，重在家，有人走從門入，出髻中疏示重。重看之色動，入內示其女，女直叫「絶」。了其意，出則自裁。〔二〕按諸書皆云：「重知趙王倫作亂，有疾不治，遂以致卒。」〔三〕而此書乃言自裁，甚乖謬。且倫、秀兇虐，動加誅夷，欲立威權，自當顯戮，何爲逼令自裁？此女甚高明，重每咨焉。

【箋疏】

〔一〕李慈銘云：「案康當作秉，已見前。」

〔二〕程炎震云：「李重之死，本傳云『永康初』，永康止一年，故通鑑繫之元年。」

〔三〕李慈銘云：「案前品藻篇亦有『仰藥自裁』之言。則重之死，當時固有異論。」嘉錫案：品藻篇載李弘度答謝公曰：「趙王篡逆，亡伯雅正，恥處亂朝，遂至仰藥。」孝標於彼注但引晉諸公贊，言「重有疾不治，至於篤甚，卒。」而不言仰藥之是非，顧於此發之，何也？

18 周浚作安東時，行獵，値暴雨，過汝南李氏。李氏富足，而男子不在。有女名絡秀，聞外有貴人，與一婢於內宰豬羊，作數十人飲食，事事精辦，不聞有人聲。密覘之，獨見一女子，狀貌非常，浚因求爲妾。父兄不許。絡秀曰：「門戶殄瘁，何惜一女？若連姻貴族，將來或大益。」父兄從之。八王故事曰：「浚字開林，汝南安城人。少有才名。太康初，平吳，自御史中丞出爲揚州刺史。元康初，加安東將軍。」遂生伯仁兄弟。〔一〕絡秀語伯仁等：「我所以屈節爲汝家作妾，門戶計耳！按周氏譜：「浚取同郡李伯宗女。」此云爲妾，妄耳。汝若不與吾家作親親者，吾亦不惜餘年。」伯仁等悉從命。由此李氏在世，得方幅齒遇。〔二〕

【箋疏】

〔一〕程炎震云：「伯仁死於永昌九年壬午，年五十四。則生於泰始五年己丑。開林若於元康初爲安東始納絡秀，伯仁已二十餘歲。此之誣妄，不辨可明。孝標更以譜證之，尤爲堅據。晉書乃猶取入列女，誤矣。」

〔二〕李慈銘云：「郝氏懿行云：『方幅，當時方言，猶今語云公然也。』世語曰：『王以圍棋爲手談。故其在哀制中，祥後客來，方幅會戲。』宋書武三王義季傳云：『本無馳驅中原，方幅爭鋒理。』吳喜傳云：『不欲方幅露其罪惡。』與此皆同。」嘉錫案：此郝氏晉宋書故之說也。其實出於意測，殊非確詁。如世說此條，若解作「由此李氏在世，得公然齒遇」，已不成語。又如周禮宰夫注：「若今時舉孝廉方正。」賈疏云：「方正者，人雖無別行，而有方幅正直者也。」真誥稽神樞第一敍大茅山事云：「至齊初，乃敕句容人王文清仍立此館，號爲崇玄。開置堂宇廂廊，殊爲方副。」皆不得解爲公然也。蓋截木爲方，裁帛爲幅，皆整齊有度。故六朝人謂凡事之出於光明顯著者爲方幅。此言「方幅齒遇」，猶言正當禮遇之也。

19 陶公少有大志，家酷貧，與母湛氏同居。同郡范逵素知名，舉孝廉，逵未詳。投侃宿。于時冰雪積日，侃室如懸磬，而逵馬僕甚多。侃母湛氏語侃曰：「汝但出外留客，吾自爲計。」湛頭髮委地，下爲二髲，一作髢。賣得數斛米，斫諸屋柱，悉割半爲薪，剉諸薦以爲馬草。日夕，遂設精食，從者皆無所乏。〔一〕逵既歎其才辯，又深愧其厚意。明旦去，侃追送不已，且百里許。逵曰：「路已遠，君宜還。」侃猶不返，逵曰：「卿可去矣！至洛陽，當相爲美談。」侃迺返。逵及洛，遂稱之於羊晫、顧榮諸人，大獲美譽。晉陽秋曰：「侃父丹，娶新淦湛氏女，〔二〕生侃。湛虔恭有智算，以陶氏貧賤，紡績以資給侃，使交結勝己。侃少爲尋陽吏，鄱陽孝廉范逵嘗過侃宿，時大雪，侃家無草，湛徹所臥薦剉給。陰截髮，賣以供調。〔三〕逵聞之歎息。逵去，侃追送之。逵曰：『豈欲仕乎？』侃曰：『有仕郡意。』逵曰：『當相談致。』過廬江，向太守張夔稱之。召補吏，舉孝廉，除郎中。時豫章顧榮或責羊晫曰：『君奈何與小人同輿？』〔四〕晫曰：『此寒俊也。』」王隱晉書曰：「侃母既截髮供客，聞者歎曰：『非此母不生此子。』乃進之於張夔。羊晫亦簡之。後晫爲十郡中正，舉侃爲鄱陽小中正，始得上品也。」

【校文】

注「侃父丹」下，沈本有「吴揚武將軍」五字。

【箋疏】

〔一〕宋詩紀事五引詩律武庫云：「晉陶侃少時，家貧，有友人見訪，無以致誠。其鄰人頗賢，謂侃曰：『子門有長者車，何不延之，以論當世事？』侃曰：『貧不能備酒醴。』鄰人密於牆頭度以濁酒隻鷄，遂成終日之樂。本朝王冀公欽若過其廟題詩云：『九重天闕夢掉臂，黃鷄白酒鄰舍恩。』用此事也。」嘉錫案：此不知出何書，疑即因陶母事而傅會。姑識於此，容俟再考。

〔二〕李詳云：「詳案：晉書列女傳湛氏傳『侃父丹娉爲妾』，與晉陽秋異。然云娉，似非妾稱。」

〔三〕與地紀勝二十三云：「饒州延賓坊在蕭家巷，世傳爲陶侃所居。陶侃傳：孝廉范逵嘗過侃，倉卒無以待。其母乃截髮得雙髢，以易酒炙。樂飲極歡。故後世以延賓坊名之。又云：陶侃字士行，鄱陽人，後徙居于潯陽。今城中有延賓坊，即其故居也。」

〔四〕程炎震云：「晉書云：『時豫章國郎中令楊晫，侃州里士也，爲鄉論所歸。侃詣之，晫曰：「易稱『貞固足以幹事』，陶士行是也。」與同乘，見中書郎顧榮』，此注有脫文。」嘉錫案：晉書侃傳云：「時豫章國郎中令楊晫，侃州里也，爲鄉論所歸。侃詣之，晫曰：『易稱「貞固足以幹事」，陶士行是也。』與同乘，見中書郎顧榮。榮甚奇之。吏部郎溫雅謂晫曰：『奈何與小人共載。』晫曰：『此人非凡器也。』」御覽二百六十五引晉書曰：「楊晫、陶侃共載詣顧榮。州大中正溫雅責晫與小人共載，晫曰：『江州名少風俗，卿已不能養成寒儁，且可不毀之。』楊晫代雅爲大中正，舉侃爲鄱陽小中正。」其事與今晉書同而文異。職官分紀四十引作王隱晉書，是也。此注所引晉陽秋，初不言羊晫事，而忽云或責暐與小人同載，語意突兀。且「豫章顧榮」四字，亦無着落。蓋由宋人妄删，原文必不如此。

20 陶公少時，作魚梁吏，嘗以坩鮺餉母。〔一〕母封鮺付使，反書責侃曰：「汝爲吏，以官物見餉，非唯不益，乃增吾憂也。」侃別傳曰：「母湛氏，賢明有法訓。侃在武昌，與佐吏從容飲燕，常有飲限。或勸猶可少進，侃悽然良久曰：『昔年少，曾有酒失，二親見約，故不敢踰限。』及侃丁母憂，在墓下，忽有二客來弔，不哭而退，儀服鮮異，知非常人。遣隨視之，但見雙鶴沖天而去。」幽明録曰：「陶公在尋陽西南一塞取魚，自謂其池曰鶴門。」按吳司徒孟宗爲雷池監，以鮺餉母，母不受。非侃也。疑後人因孟假爲此說。〔二〕

【校文】

「鮺」　景宋本及沈本俱作「鮓」。

注「常有飲限」　沈本作「飲常有限」。

【箋疏】

〔一〕程炎震云：「晉書湛氏傳：『以一坩鮓遺母。』音義：『坩，苦甘反。』玉篇：『坩，口甘切，土器也。』廣韻二十三談：『坩，坩甒，苦甘切。』」又云：「說文：『鮺，臧魚也。南方謂之魿，北方謂之鮺。一曰大魚爲鮺，小魚爲魿。從魚，差省聲。』玉篇：『鮺，仄下切，藏魚也。鮓同上。』廣韻三十五馬：『鮓，釋名曰：鮓，葅也。以鹽米釀魚以爲葅，側下切。』御覽八百三十四謝玄與兄書：『昨日疏成後出釣，手所獲魚，以爲二坩鮓，今奉送。』又八百六十二與婦書略同。」

并據全晉文八十三。」

緯略一云：「謝玄與妹書曰：『昨出釣獲魚，以爲三坩鮓，今奉送。』亦用坩字。說文曰：『鮓，藏魚也。』坩音龕。纂文曰：『大坩爲坊。』東宮舊事曰：『白坩五枚。』」嘉錫案：謝玄語見御覽八百六十二作與婦書。

〔三〕程炎震云：「孟宗事見孝子傳，御覽六十五雷水部引之。」類聚七十二引列女後傳曰：「吳光祿勳孟宗爲監魚池司馬。罷職，道作兩器鮓以歸奉母。母怒之曰：『吾老，爲母戒言，唯聽飲彼水，何吾言之不從也？』宗曰：『於道作之，非池魚也。』母曰：『汝爲主魚吏，而獲鮓以歸，豈可家至户告耶？』乃還鮓於宗。宗伏，謝罪，遂沈鮓於江。」嘉錫案：此注作雷池監，而列女後傳作監魚池司馬，彼此不同。三國志孫皓傳：「建衡三年，司空孟仁卒。」注引吳録曰：「仁字恭武，江夏人也。本名宗，避皓字易焉。除爲鹽池司馬。自能結網，手以捕魚，作鮓寄母。母因以還之曰：『汝爲魚官，而以鮓寄我，非遠嫌也。』」「鹽」疑當作「監」，以形近致誤。

21 桓宣武平蜀，以李勢妹爲妾，〔一〕甚有寵，常著齋後。主始不知，既聞，與數十婢拔白刃襲之。續晉陽秋曰：「温尚明帝女南康長公主。」正值李梳頭，髮委藉地，膚色玉曜，不爲動容。徐曰：「國破家亡，無心至此。今日若能見殺，乃是本懷。」主慚而退。妒記曰：「温平蜀，以李勢女爲妾，郡主兇妒，不即知之。後知，乃拔刃往李所，因欲斫之。見李在窗梳頭，姿貌端麗，徐徐結髮，斂手向主，神色閑正，

辭甚悽惋。主於是擲刀前抱之曰：『阿子，〔二〕我見汝亦憐，何況老奴。』遂善之。」〔三〕

【箋疏】

〔一〕程炎震云：「御覽一百五十四引妹作女。」

〔二〕宋書五行志二曰：「晉穆帝升平中，童子輩忽歌於道，曰阿子聞。曲終輒曰：『阿子，汝聞不？』無幾，穆帝崩。太后哭曰：『阿子，汝聞不？』」嘉錫案：據此，則「阿子」乃晉人呼兒女之詞。蓋公主憐愛李勢妹，以兒女子畜之，呼爲「阿子」者，親之也。類聚十八引妒記作「阿姊」者，非。

〔三〕敦煌本殘類書第二種曰：「桓宣武平蜀以李勢女爲妾，甚有寵，私置之後齋。公主初不知，既聞，領數十婢將棒襲之。正值李梳頭，髮委藉地，姿貌絶麗，膚色玉曜，不爲動容。徐下地結髮，斂手而言曰：『國破家亡，父母屠□，偷存旦暮，無心以生。今日若能見殺，實愜本懷。』主乃擲刀杖，泣而前抱之曰：『我見汝尚憐愛，心神悽愴，何況賊種老奴耶！』因厚禮相遇。」與此事同而加詳。羅叔言先生跋，疑其卽采自世說。今本經宋人改訂，自不能無差異。嘉錫案：余嘗以唐寫本世說與宋本校，知宋人所删者，劉孝標注耳。其臨川正文，但偶有三數字不同，未有刊削如此者。類書蓋別有所本，非采自世說也。然其敍事詳贍，過於世說及妒記矣。

22 庾玉臺，希之弟也。希誅，將戮玉臺。希已見。玉臺，庾友小字。庾氏譜曰：「友字惠彦，司空冰第三子。歷中書郎、東陽太守。」玉臺子婦，宣武弟桓豁女也。庾氏譜曰：「友字弘之，長子宣，娶宣武弟桓豁之女，〔一〕字女幼。」徒跣求進，閽禁不內。女厲聲曰：「是何小人？我伯父門，不聽我前！」因突入，號泣請曰：「庾玉臺常因人腳短三寸，當復能作賊不？」宣武笑曰：「壻故自急。」〔二〕遂原玉臺一門。中興書曰：「桓温殺庾希弟倩，希聞難而逃，希弟友當伏誅。子婦桓氏女，請温，得宥。」

【校文】

注「請温得宥」　沈本作「訴」。

【箋疏】

〔一〕李詳云：「詳案：晉書庾冰傳作桓祕女。」

〔二〕嘉錫案：友若不獲赦，則宣亦當從坐。故曰「壻故自急」。

23 謝公夫人幃諸婢，使在前作伎，使太傅暫見，便下幃。太傅索更開，夫人云：「恐傷盛德。」〔一〕

〔一〕劉夫人已見。

【箋疏】

〔一〕類聚三十五引妒記曰：「謝太傅劉夫人，不令公有別房。公既深好聲樂，後遂頗欲立妓妾。兄子外生等微達此旨，共問訊劉夫人，因方便稱關雎螽斯有不忌之德。夫人知以諷己，乃問：『誰撰此詩？』答云：『周公。』夫人曰：『周公是男子，相爲爾，若使周姥撰詩，當無此也。』」嘉錫案：自古未聞有以關雎螽斯爲周公撰者。謝氏子弟不應發此無稽之言。且夫人爲真長之妹，孫綽就謝公宿，言至欵雜，夫人謂「亡兄門未有此客」（見輕詆篇）。何至出辭鄙倍如此？疑是時人造作此言，以爲戲笑耳。然亦可見其以妒得名，乃有此等傳說矣。

24 桓車騎不好箸新衣。浴後，婦故送新衣與。桓氏譜曰：「沖娶琅耶王恬女，字女宗。」〔一〕車騎大怒，催使持去。婦更持還，傳語云：「衣不經新，何由而故？」桓公大笑，箸之。

【箋疏】

〔一〕嘉錫案：仇隟篇注引桓氏譜又曰：「桓沖後娶潁川庾蔑女，字姚。」此條所記之婦，不知是王是庾也。

25 王右軍郗夫人謂二弟司空、中郎曰：司空愔已見。郗曇別傳曰：「曇字重熙，鑒少子。性韻方質，和正沈簡。累遷丹陽尹、北中郎將、徐、兗二州刺史。」「王家見二謝，〔一〕傾筐倒庋；二謝：安、萬。見汝輩來，平平爾。汝可無煩復往。」

【校文】

「倒庋」「庋」，景宋本及沈本作「屣」。

【箋疏】

〔一〕嘉錫案：此王家乃指其夫右軍。

26 王凝之謝夫人既往王氏，大薄凝之。既還謝家，意大不說。太傅慰釋之曰：「王郎，逸少之子，人材亦不惡，汝何以恨乃爾？」答曰：「一門叔父，則有阿大、中郎。〔一〕羣從兄弟，則有封、胡、遏、末。〔二〕封胡，謝韶小字。遏末，謝淵小字。韶字穆度，萬子，車騎司馬。淵字叔度，奕第二子，義興太守。時人稱其尤彥秀者。或曰封、胡、遏、末。封謂朗，〔三〕遏謂玄，末謂韶，朗玄淵，一作胡謂淵，遏謂玄，末謂韶也。不意天壤之中，乃有王郎！」

【校文】

「乃」 景宋本作「迺」。

【箋疏】

〔一〕程炎震云：「中郎，謝萬。阿大不知何指，當即謂安。」嘉錫案：道韞不應面呼安為阿大，疑是謝尚耳。尚父鯤，只生尚一人，故稱阿大。安兄弟六人，見紕漏篇注。大兄奕，次兄據，均見言語篇及注。則安乃第三，非大也。其於叔父獨不及安者，尊者之前，不敢斥言之也。

〔二〕李慈銘云：「案晉書謝萬傳作封、胡、羯、末。」

〔三〕李慈銘云：「案此處封謂下脫韶胡謂三字。韶玄朗三字誤衍，當作『封謂韶，胡謂朗，遏謂玄，末謂淵』。晉書謝萬傳可證。彼淵作川，唐人避高祖諱。又案一作下脫封謂朗三字，以文義推之可知。」程炎震云：「晉書七十九謝萬傳及九十六列女傳作『封、胡、羯、末』。又云『封謂謝韶，胡謂謝朗，羯謂謝玄，末謂謝川』。按川卽淵，唐人避諱改。」

陸龜蒙甫里集八自注云：「羯，謝玄小字。末，謝川小字。」與晉書合。嘉錫案：傷逝篇云：「王東亭聞謝喪，往哭，不執末婢手而出。」注云：「末婢，謝琰小字。」則末當卽謝琰。孝標此注乃謂「遏末，謝淵小字」。晉書亦謂末是謝淵，淵與琰爲從父兄弟，不應小字同用末字，其誤必矣。

27 韓康伯母，隱古几毁壞，卞鞠見几惡，欲易之。鞠，卞範之。母之外孫也。答曰：「我若不隱此，汝何以得見古物？」〔一〕

【箋疏】

〔一〕嘉錫案：晉書範之傳云：「玄僭位，以範之爲侍中，封臨汝縣公。玄既奢侈無度，範之亦盛營館第，自以佐命元勳，深懷矜伐，以富貴驕人。」然則範之爲人，蓋習於奢靡，平生服用，必力求新異，韓母言不因己不得見古物，蓋譏之也。

28 王江州夫人語謝遏曰：「汝何以都不復進，夫人，玄之妹。爲是塵務經心，天分有限。」〔一〕

【箋疏】

〔一〕嘉錫案：王江州卽凝之，夫人卽謝道韞。後條明云「謝遏絶重其姊」。御覽八百二十四引有謝玄與姊書，則道韞是姊，非妹。況其言爲爾汝之辭，直相誠勵，亦非所以對兄。妹字決爲傳寫之誤無疑。

29 郗嘉賓喪，婦兄弟欲迎妹還，終不肯歸。郗氏譜曰：「超娶汝南周閔女，名馬頭。」曰：「生縱不得與郗郎同室，死寧不同穴！」毛詩曰：「穀則異室，死則同穴。」鄭玄注曰：「穴謂壙中墟也。」

30 謝遏絶重其姊，張玄常稱其妹，欲以敵之。有濟尼者，並遊張、謝二家。人問其優劣？答曰：「王夫人神情散朗，故有林下風氣。顧家婦清心玉映，自是閨房之秀。」〔一〕

【箋疏】

〔一〕嘉錫案：林下，謂竹林名士也。賞譽篇曰：「林下諸賢，各有儁才子」是其證。此言王夫人雖巾幗，而有名士之風，言顧不如王。晉書列女傳所載道韞事蹟，如施青綾步障爲小郎解圍，嫠居後見劉柳與之談議，皆足見其神情之散朗，非復尋常閨房中人舉動。類聚八十八引其擬嵇中散詩曰：「遙望山上松，隆冬不能彫。願想遊下憩，瞻彼萬仞條。騰躍不能升，頓足俟王喬。時哉不我與，大運所飄颻。」居然有論養生服石髓之意，此亦林下風氣之一端也。道韞以一女子而有林下風氣，足見其爲女中名士。至稱顧家婦爲閨房之秀，不過婦人中之秀出者而已。不言其優劣，而高下自見，此晉人措詞妙處。

31 王尚書惠嘗看王右軍夫人，〔一〕宋書曰：「惠字令明，瑯邪人。歷吏部尚書，贈太常卿。」問：「眼耳未覺惡不？」婦人集載謝表曰：「妾年九十，孤骸獨存，願蒙哀矜，賜其鞠養。」〔二〕答曰：「髮白齒落，屬乎形骸；至於眼耳，關於神明，那可便與人隔？」

【箋疏】

〔一〕程炎震云：「王惠，劭之孫，導之曾孫，右軍孫行也。」

〔二〕嘉錫案：真誥闡幽微篇注云：「逸少昇平五年辛酉歲亡，年五十九。」夫人若與右軍年相上下，則其九十歲當在太元十七年前後。然王凝之至隆安三年五月始爲孫恩所害，夫人上此表時，若凝之猶在，則不應云孤骸獨存。夫人爲郗愔之姊，愔以太元九年卒，年七十二。夫人蓋較愔僅大二三歲，則其九十歲時，正當隆安三四年間，其諸子死亡殆盡，朝廷憫凝之歿於王事，故賜其母以鞠養也。

32 韓康伯母殷，隨孫繪之之衡陽，韓氏譜曰：「繪之字季倫。父康伯，太常卿。繪之仕至衡陽太守。」於闔廬洲中逢桓南郡。卞鞠是其外孫，時來問訊。謂鞠曰：「我不死，見此豎二世作賊！」在衡陽數年，繪之遇桓景真之難也，〔一〕續晉陽秋曰：「桓亮字景真，大司馬溫之孫。父濟，給事中。叔父玄，篡逆見誅。亮聚衆於長沙，自號湘州刺史。殺太宰甄恭、衡陽前太守韓繪之等十餘人。爲劉毅軍人郭珍斬之。」〔二〕殷撫屍哭曰：「汝父昔罷豫章，徵書朝至夕發。汝去郡邑數年，爲物不得動，遂及於難，夫復何言？」

【箋疏】

〔一〕程炎震云：「桓亮之難，在義熙元年乙巳，距永和十二年殷浩歿時，整五十年。浩卒年五十二。康伯之母如是浩姊，年當百餘；如是浩妹，亦九十餘矣。」嘉錫案：晉書韓伯傳第云母殷氏，舅殷浩，不言是浩姊或妹。建康實錄九云：「太元五年八月，太常韓伯卒。伯母殷浩姊，伯早孤，卒時年四十九。」以此推之，康伯當生於咸和七年壬辰，下至義熙元年乙巳繪之死時，首尾七十四年。其母爲殷浩之姊，生康伯時，年當三十餘，至此固已百餘歲矣。

又案：闔廬洲不知所在，偏考地理書未見。晉書安帝紀：隆安二年七月，王恭、庾楷、殷仲堪、桓玄、楊佺期等舉兵反。九月輔國將軍劉牢之擊敗恭，收送京師，斬之。玄等走尋陽。通鑑一百十云：「冬十月，仲堪自蕪湖南歸，玄等狼狽西還，追仲堪，至尋陽及之。壬午，盟于尋陽。朝廷深憚之，以荆州還仲堪，優詔慰諭，仲堪等乃受詔，各還所鎭。玄乃屯於夏口，引始安太守濟陰卞範之以爲謀主。」世說言康伯母隨孫繪之之衡陽，逢桓玄，必是由建康赴任，遇之於道中。又言卞鞠時來問訊，知在範之已爲玄長史之後。然則闔廬洲必在大江之中，去夏口不遠。考影宋本寰宇記一百十三曰：「興國軍永興縣闔閭山，在州東四百七十里，（興國軍本屬鄂州，故言在州東。）在縣之北。史記云：『闔閭九年，子胥伐楚。』吳越春秋云：『子胥將兵破楚，掘平王之墓，屯軍城於此山。』御覽四十八地部有闔閭山，引武昌記曰：「昔闔閭與伍子胥屯衆於此山爲城，故曰闔閭山。」輿地廣記二十五云：「永興縣有闔閭山，吳王闔閭與楚相持屯此。」此雖皆只言闔閭山而不言洲，然宋之興國軍卽晉之陽新縣，其東北濱大江。夏口在武昌郡，自尋陽泝江至武昌，中途必過陽新。闔廬洲蓋卽在闔閭山下。玄方由尋陽退屯夏口，故康伯母遇之於此。此洲所以不見紀載者，殆已沈没，或變爲陸地，與岸相連矣。範之事見寵禮篇注。晉書附桓玄傳云：「範之爲始安太守，桓玄少與之遊。及玄爲江州，引爲長史，委以心膂之任，潛謀密計，莫不決之。後玄將爲篡亂，範之與殷仲文陰撰策命。玄平，斬於江陵。」方康伯母遇之江中時，範之正從玄作亂，而韓母乃面斥玄爲賊，蓋欲以訓戒之也。惜乎範之不能從其外祖母之言，終與逆賊同死，負母意矣。晉之士大夫感温之恩，多黨附桓氏。母以一婦人獨名其父子作賊，雖是銜其兄浩被廢之讎，然詞嚴義正，能明於順逆，可不謂賢歟？

〔二〕李慈銘云：「案太宰下當有脱字。」又云：「案郭珍，桓玄傳作郭彌。」

術解第二十

1 荀勖善解音聲，時論謂之闇解。遂調律呂，正雅樂。每至正會，殿庭作樂，自調宮商，無不諧韻。阮咸妙賞，時謂神解。每公會作樂，而心謂之不調。既無一言直勖，意忌之，〔二〕遂出阮爲始平太守。後有一田父耕於野，得周時玉尺，便是天下正尺。荀試以校己所治鐘鼓、金石、絲竹，皆覺短一黍，於是伏阮神識。〔三〕晉後略曰：「鐘律之器，自周之末廢，而漢成、哀之間，諸儒修而治之。至後漢末，復隳矣。〔四〕魏氏使協律知音者杜夔造之，不能考之典禮，徒依于時絲管之聲、時之尺寸而制之，甚乖失禮度。於是世祖命中書監荀勖依典制，定鐘律。既鑄律管，募求古器，得周時玉律數枚，比之不差。又諸郡舍倉庫，或有漢時故鐘，以律命之，皆不叩而應，聲響韻合，又若俱成。」晉諸公贊曰：「律成，散騎侍郎阮咸謂『勖所造聲高，高則悲。夫亡國之音哀以思，其民困。今聲不合雅，懼非德政中和之音，必是古今尺有長短所致。然今鐘磬是魏時杜夔所造，不與勖律相應，音聲舒雅，而久不知夔所造，〔五〕時人爲之，不足改易。』勖性自矜，乃因事左遷咸爲始平太守，而病卒。後得地中古銅尺，校度勖今尺，短四分，方明咸果解音，然無能正者。」干寶晉紀曰：「荀勖始造正德大象之舞，以魏杜夔所制律呂，校大樂本音不和。〔六〕後漢至魏，尺長於古四分有餘，而夔據之，是以失韻。乃依周禮，積粟以起度量，以度古器，符于本銘，遂以爲式，用之郊廟。」

【箋疏】

〔一〕通典一百四十四曰：「阮咸，亦秦琵琶也，而項長過於今制，列十有三柱。武太后時，蜀人蒯朗於古墓中得之。晉竹林七賢圖阮咸所彈與此類同，因謂之『阮咸』。咸世實以善琵琶知音律稱。」又自注曰：「蒯朗初得銅者，時莫有識之。太常少卿元行沖曰：『此阮咸所造。』乃令匠人改以木爲之，聲甚清雅。」

〔二〕李慈銘云：「案直下疑當重一勖字。謂咸無一言直勖，故勖忌之也。又案直同值，遇也。謂咸遭勖意忌也。」

〔三〕程炎震云：「晉書樂志云『出咸爲始平相』，誤。又云：『於此伏咸之妙，復徵咸歸。』」又云：「晉書律歷志云：『後始平掘地得古銅尺，歲久欲腐，不知何代所出，果長勖尺四分。』又史臣案云：『又漢章帝時，零陵文學史奚景於泠道舜祠下得玉律，度以爲尺，相傳謂之漢官尺。以校荀勖尺，勖尺短四分。漢官、始平兩尺度同。』又云：『文選注引晉諸公贊作「中護軍長史阮咸」。』」

〔四〕李慈銘云：「案墮，有徒規徒可二反。作隳者俗謬。」

〔五〕李慈銘云：「案不知疑當作不如，謂勖所造不如夔也。」又「案此當以舒雅讀句，其聲舒雅，而人不知是夔所造。蓋勖未曾製鐘磬，猶是夔所爲也。」

〔六〕李慈銘云：「案本音當作八音。晉書律歷志、宋書律志俱作八音。」

2　荀勖嘗在晉武帝坐上食筍進飯，謂在坐人曰：「此是勞薪炊也。」坐者未之信，密遣問

之，實用故車腳。〔一〕

【箋疏】

〔一〕隋書王劭傳劭上表請變火曰：「昔師曠食飯，云是勞薪所爨。晉平公使視之，果然車輞。」

3 人有相羊祜父墓，後應出受命君。祜惡其言，遂掘斷墓後，以壞其勢。相者立視之曰：「猶應出折臂三公。」俄而祜墜馬折臂，位果至公。幽明錄曰：「羊祜工騎乘。有一兒五六歲，端明可喜。掘墓之後，兒卽亡。羊時爲襄陽都督，因盤馬落地，遂折臂。于時士林咸歎其忠誠。」

4 王武子善解馬性。嘗乘一馬，箸連錢障泥。前有水，終日不肯渡。〔一〕王云：「此必是惜障泥。」使人解去，便徑渡。語林曰：「武子性愛馬，亦甚別之。故杜預道『王武子有馬癖，和長輿有錢癖。』武帝問杜預：『卿有何癖？』對曰：『臣有左傳癖。』」

【校文】

注「武帝問杜預」　景宋本及沈本無「杜」字。

【箋疏】

〔一〕程炎震云：「連錢，晉書濟傳作連乾。御覽三百五十九引同。」又云：「終日不肯渡，御覽引無日字，是也。」

5 陳述爲大將軍掾，甚見愛重。及亡，郭璞往哭之，甚哀，乃呼曰：「嗣祖，焉知非福！」俄而大將軍作亂，如其所言。陳氏譜曰：「述字嗣祖，潁川許昌人。有美名。」

6 晉明帝解占冢宅，聞郭璞爲人葬，帝微服往看。因問主人：「何以葬龍角？此法當滅族！」主人曰：「郭云：『此葬龍耳，不出三年，當致天子。』」帝問：「爲是出天子邪？」答曰：「非出天子，能致天子問耳。」〔一〕青鳥子相冢書曰：「葬龍之角，暴富貴，後當滅門。」

【校文】

注「青鳥子相冢書」　「鳥」，宋本作「烏」。

7 郭景純過江，居于暨陽，〔一〕墓去水不盈百步，時人以爲近水。景純曰：「將當爲陸。」璞別傳曰：「璞少好經術，明解卜筮。永嘉中，海內將亂，璞投策歎曰：『黔黎將同異類矣！』便結親暱十餘家，南渡江，居於暨陽。」今沙漲，去墓數十里皆爲桑田。其詩曰：「北阜烈烈，巨海混混；壘壘三墳，唯母與昆。」

【校文】

注「永嘉中」　「中」，沈本作「末」。

【箋疏】

〔一〕李慈銘云：「案暨陽，晉屬毗陵郡，卽今常州府江陰縣。」寰宇記九十二江陰縣條下曰：「郭璞宅在黃山北長廣村，去縣七里，吳時烽火之所也。」日知錄三十一曰：「晉書郭璞傳：『璞以母憂去職，卜葬地于暨陽，去水百步許。人以近水爲言，璞曰：「當卽爲陸矣。」其後沙漲，去墓數十里皆爲桑田。』王惲集乃云：『金山西北大江中，亂石閒有叢薄，鴉鵲棲集，爲郭璞墓。』按史文元謂去水百步許，不在大江之中。且當時卽已沙漲爲田，而暨陽在今江陰縣界，不在京口，又所葬者璞之母，而非璞也。世之所傳皆誤。」顧氏自注云：「世說載璞詩曰：『壘壘三墳，惟母與昆。』則璞又有二兄同葬。」嘉錫案：王象之輿地紀勝九江陰軍古跡條下曰：「今父老云：申港八里許，有郭璞母墓。」象之此說，尚與史合。而其卷七鎭江府景物條云：「金山前有三島，號『石牌』，稱郭璞墓。」則又與俗傳相合。周必大奏事錄曰：「金山龍游寺山門，借石門山爲案，乃焦山三石峯耳。其外小山，稍有樹木，而鳥雀不棲者，世傳爲郭璞墓。」又二老堂雜誌五記鎭江府金山曰：「山在京口江心，號龍遊寺，南朝謂之浮玉山。別有小島，相傳爲郭璞墓，大水不能沒，下元水府亦在此。」必大此二條皆不免惑於世俗訛傳。然亦可見其說已盛傳於宋，不始於王惲也。

8 王丞相令郭璞試作一卦，〔一〕卦成，郭意色甚惡，云：「公有震厄！」王問：「有可消伏理不？」郭曰：「命駕西出數里，得一柏樹，截斷如公長，置牀上常寢處，災可消矣。」王從其語。

數日中，果震柏粉碎，子弟皆稱慶。王隱晉書曰：「璞消災轉禍，扶厄擇勝，時人咸言京、管不及。」大將軍云：「君乃復委罪於樹木。」〔二〕

【箋疏】

〔一〕程炎震云：「晉書璞傳云：『時參王導軍事。』」

〔二〕南史張裕傳曰：「初裕曾祖澄當葬父，郭璞爲占墓地曰：『葬某處，年過百歲，位至三司，而子孫不蕃。某處，年幾減半，位裁卿校，而累世貴顯。』澄乃葬其劣處。位光祿，年六十四而亡。其子孫遂昌云。」嘉錫案：合世說所載上二事觀之，則璞在當時，必以卜葬相冢墓著盛名，故有此等傳說。後世以葬書託之於璞，非無因也。又案：御覽九百五十四引幽明録，與此畧同，惟無王大將軍語。幽明録亦義慶所著也。

9 桓公有主簿善別酒，有酒輒令先嘗。好者謂「青州從事」，惡者謂「平原督郵」。青州有齊郡，平原有鬲縣。「從事」言「到臍」，〔一〕「督郵」言在「鬲上住」。〔二〕

【箋疏】

〔一〕李詳云：「詳案：臍古亦作齊，莊子達生篇：『與齊俱入。』釋文：『司馬云：「齊，回水，如磨齊也。」』史記封禪書：『祠天齊淵。』索隱：『臨淄城南有天齊泉，言如天之腹齊也。』」

〔二〕任淵山谷内集注一引至「平原督郵」止。以下作注云「青州有齊郡」云云。「言到臍」作「謂到齊下」，「言在鬲上住」作「謂到高上住也」。今本誤作大字，混入正文。

10 郗愔信道甚精勤，〔一〕常患腹內惡，諸醫不可療。聞于法開有名，〔二〕往迎之。既來，便脉云：「君侯所患，正是精進太過所致耳。」合一劑湯與之。一服，卽大下，去數段許紙如拳大；剖看，乃先所服符也。〔三〕晉書曰：「法開善醫術，嘗行，莫投主人，妻產，〔四〕而兒積日不墮。法開曰：『此易治耳。』殺一肥羊，食十餘臠而針之。須臾兒下，羊膋裹兒出。其精妙如此。」

【箋疏】

〔一〕程炎震云：「郗愔奉天師道，見後排調篇『二郗奉道』條。」

御覽六百六十六引太平經曰：「郗愔字方回，高平金鄉人。爲晉鎮軍將軍。心尚道法，密自遵行。善隸書，與右軍相埒。手自起寫道經，將盈百卷。於今多有在者。」排調篇注引中興書曰：「郗愔及弟曇，奉天師道。」晉書愔附父鑒傳云：「與姊夫王羲之、高士許恂竝有邁世之風。俱棲心絕穀，修黃、老之術。」

〔二〕隋書經籍志有議論備豫方一卷，于法開撰。高僧傳四于法開傳曰：「晉升平五年，孝宗有疾，開視脉，知不起，不肯復入。康獻后令曰：『帝小不佳，昨呼于公視脈，但到門不前，種種辭憚，宜收付廷尉。』俄而帝崩，獲免。」嘉錫案：此可見法開視脈之精。

文廷式純常子枝語卷十四云：「魏、晉沙門皆依師爲姓。余以僧傳攷之：于法蘭高陽人。于道邃燉煌人。于法開不知何許人，然事闞公爲弟子，則從師姓也。其姓于，未知何本。竊意其師必于闐國人，以國爲姓，文不具耳。」

〔三〕真誥運象篇有九月六日夕紫微夫人喻作示許長史并與同學詩，注云：「同學，謂郗方回也。」又有九月九日紫微夫人喻作因許示郗詩注云：「郗猶是方回也。」嘉錫案：許長史名謐，一名穆，即道士許邁之弟。邁事附見晉書王羲之傳。真誥稱愔爲同學，是愔已入道受籙，同於道士。而許穆又示以神仙之詩，將謂飛升可望，固宜其信道精勤矣。嘉錫又案：魏志張魯傳注引典略，謂太平道及五斗米道皆教病人叩頭思過，因以符水飲之。甄命授亦云：「若翻然奉張陵道者，我當與其一符使服之。如此，必愈而豁矣。」是奉天師道者，皆以符水治病。然亦有無病服符者。真誥協昌期篇有「明堂內經開心辟妄符」：用開日旦朱書，再拜服之，一月三服。郗愔所服，蓋此類也。

〔四〕李慈銘云：「案投下有脫字。嘉泰會稽志作『嘗旅行，莫投主人，其家妻產』。」

11 殷中軍妙解經脈，〔一〕中年都廢。有常所給使，忽叩頭流血。浩問其故？云：「有死事，終不可說。」詰問良久，乃云：「小人母年垂百歲，抱疾來久，若蒙官一脈，便有活理。訖就屠戮無恨。」浩感其至性，遂令舁來，爲診脈處方。始服一劑湯，便愈。於是悉焚經方。

【箋疏】

〔一〕程炎震云：「晉書八十四仲堪傳云：『躬學醫術，究其精妙。』隋書經籍志：梁有殷荊州要方一卷，殷仲堪撰，亡。不聞殷浩，蓋傳寫之失也。」　嘉錫案：諸書並不言殷浩通醫術，余初亦疑爲仲堪之誤。既而考之唐寫本陶弘景本草集注序録云「自晉世已來，其貴勝阮德如、張茂先、裴逸民、皇甫士安及江左葛稚川、蔡謨、殷淵源諸名人等，並亦研精藥術。凡此諸人，各有所撰用方」云云，乃知殷中軍果妙解經脈，非多讀古書見古本，不能知也。大觀本草所録陶隱居序，殷淵源作商仲堪，蓋宋人所妄改。文廷式純常子枝語卷三十三曰：「圖書集成藝術典醫部名醫別傳引醫學入門云：『殷浩精通經脈，著方書。』」

巧藝第二十一

1 彈棊始自魏宮內，用妝奩戲。〔一〕傅玄彈棊賦敍曰：「漢成帝好蹴踘，劉向以謂勞人體，竭人力，非至尊所宜御。乃因其體作彈棊。今觀其道，蹴踘道也。」〔二〕按玄此言，則彈棊之戲，其來久矣。且梁冀傳云：「冀善彈棊，格五。」而此云起魏世，謬矣。文帝於此戲特妙，用手巾角拂之，無不中。有客自云能，帝使爲之。客箸葛巾角，低頭拂棊，妙踰於帝。〔三〕典論常自敍曰：〔四〕「戲弄之事，少所喜，唯彈棊略盡其妙。少時嘗爲之賦。〔五〕昔京師少工有二焉：〔六〕合鄉侯東方世安、張公子，〔七〕常恨不得與之對也。」博物志曰：「帝善彈棊，能用手巾角。時有一書生，又能低頭以所冠葛巾角撇棊也。」

【校文】

注「常自敍曰」「常」，景宋本及沈本作「帝」。

【箋疏】

〔一〕李詳云：「詳案：御覽七百五十五引此作『彈碁始自魏文帝宮內裝器戲也』。」

沈濤交翠軒筆記一曰：「老學庵筆記『大名龍興寺佛殿有魏宮玉石彈棊局』云云（詳見前）。案呂頤浩燕魏雜記：『北京隆興寺佛殿兩楹簷下有魏宮彈碁局，魏文帝時欵識存焉。王欽臣賦詩云：「鄴城臺榭付塵埃，玉局依然獨未灰。妙手一彈那復得，寶奩當日爲誰開。飄零久已拋紅子，埋沒惟斯近紫苔。此藝不傳真可惜，摩挲聊記再看來。」此局因沈積中爲朔漕，進入禁中，不復見矣。』宋時以大名府爲北京，今隆興寺遺址猶存。仲至此詩，宋詩紀事亦失采。」

李詳云：「御覽又引彈棊經後序曰：『自後漢沖、質已後，此藝中絶。至獻帝建安中，曹公執政，禁闌幽密，至於博弈之具，皆不得安寘宮中，宮人因以金釵玉梳戲於粧奩之上，卽取類於彈棊也。及魏文帝受禪，宮人所爲，更習彈碁焉。』」嘉錫案：彈棊經後序，此下尚有「故帝與吳季重曰『彈棊閒設』者也。」二句。考魏志王粲傳注引魏畧曰：「大將軍西征，太子南在孟津小城，與質書曰『每念昔日南皮之游，誠不可忘。彈棊閒設，終以博弈』」云云。「大將軍西征」，文選四十二與朝歌令吳質書注引典畧作「大軍西征」，是也。案魏志武帝紀：建安十九年十二月，公至孟津。二十年三月，公西征張魯。曹丕與質書當在此時。南皮之游，又在其前。而後序乃謂「文帝受禪，宮人更習彈棊，故帝與質書」云云，蓋徒欲附會世說彈棊始自魏宮之說，而不知其歲月之不合也。後序有「唐順宗在春宮日」及「長慶末」之語，蓋唐末人所作，其敍漢、魏事絶不可信。恐讀者誤信其說，以爲可以調停世說及劉孝標注，故因審言所引，駁之如此。

御覽引藝經曰：「彈棊二人對局，黑白棊各六枚，先列棊相當，下呼上擊之。」嘉錫案：黑白棊各六枚者，一人之棊也。兩人則二十四枚。皇朝事實類苑卷五十二引贊寧要言云：「彈棊或云粧奩戲，不知造者。故有鐓背局，似香奩蓋故也。」贊寧之意，蓋謂棊局有似香奩者，後人因造爲起於魏宮粧奩戲之說，其實非也。

〔二〕嘉錫案：葛洪作西京雜記，託之劉歆云：「成帝好蹴踘，羣臣以蹴踘爲勞體，非至尊所宜。帝曰：『朕好之，可擇似而不勞者奏之。』家君作彈棊以獻。帝大悅，賜青羔裘、紫絲履，服以朝覲。」與玄敍小異，余疑其說或出於七略蹴踘新書條下。

〔三〕周亮工書影五曰：「古技藝中所不傳者，彈棊。友人有言秦中一好古家藏有古彈碁局，方二尺，中心高如覆盂，皆與古所傳合，予未之見。然彈碁之法不傳，局卽存，無庸也。」老學菴筆記十曰：「呂進伯作考古圖云：『古彈棊局，狀如香爐。蓋謂其中隆起也。李義山詩云：「玉作彈棊局，中心亦不平。」今人多不能解。』以進伯之說觀之，則粗可見，但恨其藝之不傳也。大名龍興寺佛殿有魏宮玉石彈棊局，上有黃初中刻字，政和中取入禁中。」嘉錫案：詩話總龜二十八引古今詩話曰：「彈棊，今人罕爲之。有譜一卷，蓋唐賢所爲。其局方二尺，中心高如覆盂，其巔爲小壺，四角微起。李商隱詩云『玉作彈棊局，中心最不平』，謂其中高也。樂天詩云『彈棋局上事，最妙是長斜』，謂抹角長斜，一發過半局。今譜中具有此法。柳子厚敍：用二十四棊者，卽此謂也。」其說較之放翁尤爲詳盡。文帝用手巾角拂之，書生以葛巾角撇棊者，蓋時人皆以手彈之使起，二人獨不用手，所以爲巧。

〔四〕李慈銘云：「案常當是帝字之誤。」

〔五〕藝文類聚七十四、御覽七百五十五均引有魏文帝彈棊賦。

〔六〕「少工」，魏志注作「先工」，**當據改**。「焉」，魏志注作「馬」。

〔七〕「世安」，魏志作「安世」。

2 陵雲臺樓觀精巧，〔一〕先稱平衆木輕重，然後造構，乃無錙銖相負揭。臺雖高峻，常隨風搖動，而終無傾倒之理。魏明帝登臺，懼其勢危，別以大材扶持之，樓卽穨壞。論者謂輕重力偏故也。洛陽宮殿簿曰：「陵雲臺上壁方十三丈，高九尺。樓方四丈，高五丈。棟去地十三丈五尺七寸五分也。」〔二〕

【箋疏】

〔一〕程炎震云：「水經注十六穀水篇引洛陽記曰：『陵雲臺東有金市。金市北對洛陽壘。』御覽一百七十八引述征記曰：『陵雲臺在明光殿西，高八丈，累塼作道，通至臺上。』則陵雲臺永嘉後猶存。」御覽一百七十八引述征記曰：「陵雲臺在光明殿西，高八丈，累塼作道，通至臺上。登迴迴眺，究觀洛邑，暨南望少室，亦山丘之秀極也。」嘉錫案：臺高八丈，未爲極峻，不稱「陵雲」之名。蓋亦字有脫誤也。洛陽伽藍記一曰：「千秋門內道北有西游園，園中有凌雲臺，卽是魏文帝所築者。臺上有八角井。高祖於井北造涼風觀。觀東有靈芝釣臺，累木爲之，出於海中，去地二十丈。風生户牖，雲起梁棟。丹楹刻桷，圖寫列仙。刻石爲鯨魚，背負釣臺。既如從地踊出，又似空中飛下。」案此所謂靈芝釣臺，亦是累木爲之。蓋卽規仿陵雲臺。但此釣臺當是北魏高祖所造，非魏文所築。聊並録之，以相參證耳。

〔三〕藝文類聚六十二引楊龍驤洛陽記曰：「陵雲臺高二十三丈，登之見孟津。」此注中「十三丈」上疑脱「二」字。編珠二引洛陽記曰：「凌雲臺高十三丈，鑄五龍飛鳳凰焉。」

3 韋仲將能書。〔一〕魏明帝起殿，〔二〕欲安榜，使仲將登梯題之。既下，頭鬢皓然，因敕兒孫：「勿復學書。」〔三〕文章敍錄曰：「韋誕字仲將，京兆杜陵人，太僕端子。有文學，善屬辭。以光祿大夫卒。」〔四〕衞恆四體書勢曰：「誕善楷書，魏宮觀多誕所題。明帝立陵霄觀，誤先釘榜，乃籠盛誕，轆轤長絙引上，使就題之。去地二十五丈，誕甚危懼。乃戒子孫，絶此楷法，箸之家令。」〔五〕

【箋疏】

〔一〕御覽七百四十七引三輔決錄曰：「韋誕字仲將，除武都太守。以書不得之郡，轉侍中。洛陽、鄴、許三都宮觀始就，命誕銘題，以爲永制。以御筆、墨皆不任用，因奏曰：『夫工欲善其事，必先利其器。用張芝筆、左伯紙及臣墨，兼此三具，又得臣手，然後可以逞徑丈之勢，方寸千言。』」

〔二〕水經穀水注曰：「魏明帝上法太極，于洛陽南宮起太極殿于漢崇德殿之故處。南宮既建，明帝令侍中京兆韋誕以古篆書之。」

〔三〕李治敬齋古今黈六云：「晉書：王獻之爲謝安長史，太極殿新修成，欲使獻之題其榜，難言之。試謂曰：『魏時凌雲殿榜未題而匠者誤釘之，乃使韋仲將懸橙書之。比訖，鬚髮盡白，裁餘氣息。還語子弟，宜絶此法。』獻之揣知其旨，正色曰：『仲將，魏之大臣，寧有此事？使其若此，有以知魏德之不長也。』書法録云：『魏明帝凌雲臺初成，令韋誕題牓，高下異好，就點正之。因危懼，以戒子孫，無爲大字楷法。』王僧虔名書録云：『魏明帝起凌雲臺，誤先釘牓，而未之題。籠盛韋誕，鹿盧引上書之。去地二十五丈，誕甚危懼，乃戒子孫，絶此楷法。』李子曰：魏明帝之爲人，人主中俊健者也。興工造事，必不孟浪。況凌雲殿非小小營構，其爲匠氏者，必極天下之工；其爲將作者，必欲當時之選。樓觀題牓，以人情度之，宜必先定，豈有大殿已成，而使匠石輩遽掛白牓哉？誤釘後書之說，萬無此理。而名書録載之，晉史又載之，是皆好事者之過也。名書録又謂去地二十五丈，以籠盛誕，鹿盧引上書之，果可信耶？書法録言高下異好，令就點定。誕因危懼，以戒子孫。則此說其或有之。晉書又稱誕比書訖，鬚髮盡白。此尤不可信者。前人記周興嗣：一夕次千文成，鬚髮盡白，已屬繆妄。而誕之書牓，特茶頃耳，危懼雖甚，安能遽白乎？」嘉錫案：晉書王獻之傳載謝安欲令獻之題牓事，與本書方正篇注所引宋明帝文章志全同，非唐之史臣所能杜撰也。至於魏時起凌雲臺誤先釘榜，乃以鹿盧引韋誕上使書，則不獨晉書言之，法書要録所載王僧虔啟上古來能書人名，（與李治所引不同）即世說此條及注引衞恒四體書勢，亦已先言之矣。但或以爲殿，或以爲臺爲觀，互有不同耳。夫陵雲臺觀，萬人屬目，乃竟釘未書之榜，誠非情理所有。然衞恒去韋誕時不遠，又與王僧虔皆世代書家，縱所言不能無少誤，然父師相傳，豈得全無所本乎？李氏竟似未見世說者，可怪也。李所引書法録，不知出何書，其文乃與張懷瓘書斷全同。據其所言，此榜仍是在平地書就，及懸之臺上，方覺其不佳。榜既高大，又已釘牢，取之甚難，故懸誕使上，令就加描潤耳。高下異好，書畫之常。懷瓘此說，必別有所據，足以正從來相傳之失矣。又知誕之戒子孫，乃專令絕大字楷法，並非禁使永不學書也。若夫鬚髮盡白，乃是後來形容過甚之詞，衞恒、王僧虔及廣記所引書法錄皆無此說，分別觀之可矣。

〔四〕程炎震云：「魏志二十一劉劭傳注引文章敍錄云：『誕太僕瑞之子。建安中爲郡上計吏，特拜郎中。稍遷侍中、中書監。以光祿大夫遜位。年七十五，卒於家。』」

〔五〕程炎震云：「晉書三十六恒傳、四體書勢無此文。惟篆書篇云：『韋誕師淳而不及。太和中，誕爲武都太守，以能書留補侍中。魏氏寶器銘題，皆誕書也。』三國志劉劭傳注引同。詳其文意，謂誕善篆書，非謂楷隸也。」

4 鍾會是荀濟北從舅，〔一〕二人情好不協。荀有寶劍，可直百萬，常在母鍾夫人許。孔氏志怪曰：「勖以寶劍付妾。」會善書，學荀手跡，作書與母取劍，仍竊去不還。世語曰：「會善學人書，伐蜀之役，於劍閣要鄧艾章表，皆約其言。令詞旨倨傲，多自矜伐。艾由此被收也。」荀勖知是鍾而無由得也，思所以報之。後鍾兄弟以千萬起一宅，始成，甚精麗，未得移住。荀極善畫，乃潛往畫鍾門堂，作太傅形象，〔二〕衣冠狀貌如平生。二鍾入門，便大感慟，宅遂空廢。孔氏志怪曰：「于時咸謂勖之報會，過於所失數十倍。彼此書畫，巧妙之極。」

【箋疏】

〔一〕程炎震云：「晉書三十九勖傳：『武帝受禪，改封濟北郡公，固辭爲侯。』」

〔三〕程炎震云：「勔，御覽一百八十又三百四十三引並作深，是也。門堂下有並字是也。餘同不悉出。」

5 羊長和博學工書，文字志曰：「忱性能草書，亦善行隸，有稱於一時。」能騎射，善圍棊。諸羊後多知書，而射、奕餘藝莫逮。

6 戴安道就范宣學，中興書曰：「逵不遠千里，往豫章詣范宣，宣見逵，異之，以兄女妻焉。」視范所爲：范讀書亦讀書，范鈔書亦鈔書。唯獨好畫，范以爲無用，不宜勞思於此。戴乃畫南都賦圖；范看畢咨嗟，甚以爲有益，始重畫。

7 謝太傅云：「顧長康畫，有蒼生來所無。」〔一〕續晉陽秋曰：「愷之尤好丹青，妙絕於時。曾以一廚畫寄桓玄，皆其絕者，深所珍惜，悉糊題其前。桓乃發廚後取之，好加理。後愷之見封題如初，而畫竝不存，直云：『妙畫通靈，變化而去，如人之登仙矣。』」

【箋疏】

〔一〕歷代名畫記五引劉義慶世說云：「謝安謂長康曰：『卿畫自生人以來未有也。』又云：『卿畫蒼頡，古來未有也。』」並與今本不合。又引云：「桓大司馬每請長康與羊欣論書畫，竟夕忘疲。」今本亦無此語。名畫記一云：「桓玄性貪好奇，天下法書名畫，必使歸己。及玄篡逆，晉府名迹，玄盡得之。玄敗，宋高祖先使臧喜入宮載焉。」

8 戴安道中年畫行像甚精妙。庾道季看之，語戴云：「神明太俗，由卿世情未盡。」戴云：「唯務光當免卿此語耳。」列仙傳曰：「務光，夏時人也。耳長七寸，好鼓琴，服菖蒲韭根。湯將伐桀，謀於光，光曰：『非吾事也。』湯曰：『伊尹何如？』務光曰：『彊力忍詬，不知其它。』湯克天下，讓於光，光曰：『吾聞無道之世，不踐其土。況讓我乎？』負石自沈於盧水。」〔一〕

【箋疏】

〔一〕「韭」，名畫記五引作「薤」。「盧水」引作「瀘水」。

9 顧長康畫裴叔則，頰上益三毛。人問其故？顧曰：「裴楷儁朗有識具，正此是其識具。」看畫者尋之，定覺益三毛如有神明，殊勝未安時。愷之歷畫古賢，皆爲之贊也。

10 王中郎以圍棊是坐隱，支公以圍棊爲手談。〔一〕博物志曰：「堯作圍棊，以教丹朱。」語林曰：「王以圍棊爲手談，故其在哀制中，祥後客來，方幅會戲。」〔二〕

【箋疏】

〔一〕水經注二十二渠水注引語林曰：「王中郎以圍棊爲坐隱，或亦謂之手談，又謂之爲棊聖。」

〔二〕隋書音樂志引沈約奏曰：「檀弓叢雜，又非方幅典誥之書也。」梁書徐勉傳：「嘗爲書誡子崧曰：『前割西邊，施宣武寺。既失西廂，不復方幅。』」陳書姚察傳：「補東宮學士，宮內所須，方幅手筆，皆付察立草。」南史蕭坦之傳：「帝夜遣內左右，密賂文季，文季不受。帝大怒。坦之曰：『官若詔敕出賜，令舍人主書送往，文季寧敢不受？政以事不方幅，故仰遣耳。』」又豫章王綜傳：「普通四年，爲都督南兗州刺史，頗勤於事，而不見賓客。其辭訟則隔簾理之，方幅出行，垂帷於輿。每云：『惡人識其面也。』」嘉錫案：詳此諸證，則方幅之言，謂事物之正當者耳。另參賢媛篇「周浚作安東時」條。

11 顧長康好寫起人形。續晉陽秋曰：「愷之圖寫特妙。」欲圖殷荊州，殷曰：「我形惡，不煩耳。」顧曰：「明府正爲眼爾。仲堪眇目故也。但明點童子，飛白拂其上，使如輕雲之蔽日。」〔一〕日，一作月。〔二〕

【箋疏】

〔一〕歷代名畫記一顧愷之曰：「畫人最難，次山水狗馬，其臺閣，一定器耳，差易爲也。」

〔二〕程炎震云：「晉書九十二愷之傳亦作月。」

12 顧長康畫謝幼輿在巖石裏。人問其所以？顧曰：「謝云：『一丘一壑，自謂過之。』此子宜置丘壑中。」

13 顧長康畫人，或數年不點目精。人問其故？顧曰：「四體妍蚩，本無關於妙處；傳神寫照，正在阿堵中。」〔一〕

【箋疏】

〔一〕書鈔一百五十四引俗説云：「顧虎頭爲人畫扇，作嵇、阮，都不點眼睛，便送還扇主，曰：『點睛便能語也。』」

14 顧長康道畫：「手揮五絃易，目送歸鴻難。」〔一〕

【箋疏】

〔一〕程炎震云：「晉書：『愷之每重嵇康四言詩，因爲之圖。』」嘉錫案：晉書愷之傳云「愷之每重嵇康四言詩，因爲之圖」云云。世説不言作圖，語意不明。文選二十四嵇叔夜贈秀才入軍詩云：「目送歸鴻，手揮五絃，俯仰自得，游心泰玄。」按淮南子俶真訓云：「夫目視鴻鵠之飛，耳聽琴瑟之聲，而心在雁門之閒。」叔夜之意，蓋出於此。李善注未引。

寵禮第二十二

1 元帝正會，引王丞相登御牀，王公固辭，中宗引之彌苦。王公曰：「使太陽與萬物同暉，臣下何以瞻仰？」中興書曰：「元帝登尊號，百官陪位，詔王導升御坐，固辭然後止。」

2 桓宣武嘗請參佐入宿，袁宏、伏滔相次而至，莅名府中，復有袁參軍，彥伯疑焉，令傳教更質。傳教曰：「參軍是袁、伏之袁，復何所疑？」

3 王珣、郗超竝有奇才，爲大司馬所眷拔。珣爲主簿，超爲記室參軍。超爲人多須，珣狀短小。于時荊州爲之語曰：〔一〕「髯參軍，短主簿。能令公喜，能令公怒。」〔二〕續晉陽秋曰：「超有才能，珣有器望，竝爲溫所暱。」

【校文】

「多須，珣狀短小」　「須」，景宋本作「髯」。「珣」下景宋有「行」字，非。沈本有「形」字。

【箋疏】

〔一〕程炎震云：「晉書超傳作『府中語曰』。此荆州字誤。珣弱冠從温，已移鎮姑熟，不在荆州矣。」

〔二〕嘉錫案：此出晉陽秋，見書鈔六十九引。

4 許玄度停都一月，劉尹無日不往，乃歎曰：「卿復少時不去，我成輕薄京尹！」語林曰：「玄度出都，真長九日十一詣之，曰：『卿尚不去，使我成薄德二千石。』」

5 孝武在西堂會，伏滔預坐。還，下車呼其兒，兒，即系也。丘淵之文章録曰：「系字敬魯，仕至光禄大夫。」〔一〕語之曰：「百人高會，臨坐未得他語，先問『伏滔何在？在此不？』〔二〕此故未易得。爲人作父如此，何如？」

【箋疏】

〔一〕程炎震云：「晉書九十二滔傳系作系之。」李詳云：「詳案：晉書伏滔傳載滔子系之，與劉注異。」

〔二〕李慈銘云：「案臨上當有脱字。晉書伏滔傳作『百人高會，天子先問伏滔在坐不？』」

6 卞範之爲丹陽尹，羊孚南州暫還，往卞許，云：「下官疾動不堪坐。」卞便開帳拂褥，羊徑上大牀，入被須枕。卞冋坐傾睞，移晨達莫。羊去，卞語曰：「我以第一理期卿，卿莫負我。」丘淵之文章錄曰：「範之字敬祖，濟陰宛句人。祖嘅，下邳太守。父循，尚書郎。桓玄輔政，範之遷丹陽尹。玄敗，伏誅。」

任誕第二十三〔一〕

【箋疏】

〔一〕嘉錫案：國於天地，必有興立。管子曰：「四維不張，國乃滅亡。」自古未有無禮義，去廉恥，而能保國長世者。自曹操求不仁不孝之人，而節義衰；自司馬昭保持阮籍，而禮法廢。波靡不返，舉國成風，紀綱名教，蕩焉無存。以馴致五胡之亂，不惟亡國，且幾亡種族矣。君子見微而知著，讀世說任誕之篇，亦千古之殷鑒也。文選四十九干寶晉紀總論曰：「風俗淫僻，恥尚失所，學者以老、莊爲宗，而黜六經；談者以虛薄爲辯，而賤名檢；行身者以放濁爲通，而狹節信。」又曰：「觀阮籍之行，而覺禮教崩弛之由。」又曰：「民風國勢如此，雖以中庸之才，守文之主治之，辛有必見之於祭祀，季札必得之於聲樂，范燮必爲之請死，賈誼必爲之痛哭。又況我惠帝以蕩蕩之德臨之哉？」李善注引王隱晉書曰：「貴游子弟，多祖述於阮籍，同禽獸爲通。」抱朴子外篇刺驕篇曰：「世人聞戴叔鸞、阮嗣宗傲俗自放，見謂大度，而不量其材力非傲生之匹，而慕學之。或亂項科頭，或裸袒蹲夷，或濯脚於稠衆，或溲便於人前，或停客而獨食，或行酒而止所親。此蓋左衽之所爲，非諸夏之快事也。昔辛有見被髮而祭者，知戎之將熾。余觀懷、愍之世，俗尚驕褻，夷、虜自遇，其後羌胡、猾夏，侵掠上京，及悟斯事，乃先著之妖怪也。」戴叔鸞即後漢逸民傳之戴良，見後「阮籍當葬母」條。

全晉文三十五應詹上疏陳便宜曰：「元康以來，賤經尚道。以玄虛宏放爲夷達，以儒術清儉爲鄙俗。望白署空，顯以台衡之望；尋文謹案，目以蘭薰之器。永嘉之弊，未必不由此也。」

1 陳留阮籍，譙國嵇康，河內山濤，三人年皆相比，康年少亞之。預此契者：沛國劉伶，陳留阮咸，河內向秀，琅邪王戎。七人常集于竹林之下，〔一〕肆意酣暢，故世謂「竹林七賢。」〔二〕晉陽秋曰：「于時風譽扇于海內，至于今詠之。」

【箋疏】

〔一〕程炎震云：「阮以漢建安十五年庚寅生，山以建安二十年乙未生，少阮五歲。嵇以魏黃初四年癸卯生，少阮十三歲。王戎以魏青龍二年甲寅生，蓋於七人中最後死也。沈約七賢論曰：『仲容年齒不懸，風力粗可。』」

〔二〕程炎震云：「文選卷二十一五君詠注引魏氏春秋曰：『康寓居河內之山陽縣，與河內向秀友善，遊於竹林。』水經注卷九清水篇曰：『長泉水出白鹿山，東南伏流，逕十三里，重源濬發於鄧城西北，世亦謂之重泉也。又逕七賢祠東，左右[illegible]篁列植，冬夏不變貞萋，向子期所謂「山陽舊居」也。後人立廟於其處。廟南又有一泉，東南流注於長泉水。郭緣生述征記所云「嵇公故居，時有遺竹」也。』御覽一百八十引述征記曰：『山陽縣城東北二十里，魏中散大夫嵇康園宅，今悉爲田墟，而父老猶謂嵇公竹林，時有遺竹也。』」

2 阮籍遭母喪，〔一〕在晉文王坐進酒肉。司隸何曾亦在坐，晉諸公贊曰：「何曾字穎考，陳郡陽夏人。父夔，魏太僕。曾以高雅稱，加性仁孝，累遷司隸校尉。用心甚正，朝廷師之。仕晉至太宰。」〔二〕曰：「明公方以孝治天下，而阮籍以重喪，顯於公坐飲酒食肉，宜流之海外，以正風教。」文王曰：「嗣宗毀頓如此，君不能共憂之，何謂？且有疾而飲酒食肉，固喪禮也！」籍飲噉不輟，神色自若。〔三〕干寶晉紀曰：「何曾嘗謂阮籍曰：『卿恣情任性，敗俗之人也。今忠賢執政，綜核名實，若卿之徒，何可長也！』復言之於太祖，籍飲噉不輟。故魏、晉之閒，有被髮夷傲之事，背死忘生之人，反謂行禮者，籍爲之也。」魏氏春秋曰：「籍性至孝，居喪雖不率常禮，而毀幾滅性。然爲文俗之士何曾等深所讎疾。大將軍司馬昭愛其通偉，而不加害也。」

【校文】

注「加性仁孝」　「加」，沈本作「天」。

注「師之」　「師」，景宋本作「憚」。

【箋疏】

〔一〕程炎震云：「晉書三十三曾傳：『嘉平中爲司隸校尉，積年遷尚書。正元中爲鎮北將軍。』則嗣宗喪母，亦當在嘉平中，時年四十餘，昭未輔政。籍傳敍於文帝讓九錫後，誤。」

〔二〕晉書曾傳言「曹爽專權，宣帝稱疾，曾亦謝病。爽誅，乃起視事。魏帝之廢也，曾預其謀焉。」是曾乃司馬氏之死黨。

〔三〕避暑録話上云：「阮籍既爲司馬昭大將軍從事，聞步兵厨酒美，復求爲校尉。史言雖去職常游府內，朝宴必與。以能遺落世事爲美談。以吾觀之，此正其詭譎，佯欲遠昭而陰實附之。故示戀戀之意，以重相諧結。不然，籍與嵇康當時一流人物也，何禮法之士疾籍如仇，昭則每爲保護，康乃遂至於殺身？籍何以獨得於昭如是耶？至勸進之文，真情乃見。籍著大人論，比禮法士如羣蝨之處褌中。吾謂籍附昭乃褌中之蝨，但偶不遭火焚耳。使王淩、毌丘儉等一得志，籍尚有噍類哉？」嘉錫案：觀阮籍詠懷詩，則籍之附昭，或非其本心。然既已懼死而畏勢，自匿於昭，爲昭所親愛。又見高貴鄉公之英明，大臣諸葛誕等之不服，鑒於何晏等之以附曹爽而被殺，恐一旦司馬氏事敗，以逆黨見誅。故沈湎於酒，陽狂放誕，外示疏遠，以避禍耳。後人謂籍之自放禮法之外，端爲免司馬昭之猜忌及鍾會輩之讒毀，非也。使籍果不附昭，以昭之奸雄，豈不能燭其隱而遽爲所瞞，從而保護之，且贊其至慎，憂其毀頓也哉？觀其於高貴鄉公時，一醉六十日以拒司馬昭之求婚。逮高貴鄉公已被弒，諸葛誕已死，昭之篡形已成，遂爲之草勸進文，籍之情可以見矣。世之論籍者，惟葉氏爲得之。然王淩、毌丘儉之死，在懿及師時，非昭所殺。葉說亦有誤。又案：此出王隱晉書，見書鈔六十一。亦出干寶晉紀，見文選集注八十八嵇叔夜與山巨源絕交書注。

3 劉伶病酒，渴甚，從婦求酒。婦捐酒毀器，涕泣諫曰：「君飲太過，非攝生之道，必宜斷之！」伶曰：「甚善。我不能自禁，唯當祝鬼神，自誓斷之耳！便可具酒肉。」婦曰：「敬聞命。」供酒肉於神前，請伶祝誓。伶跪而祝曰：「天生劉伶，以酒爲名，〔一〕一飲一斛，五斗解醒。毛公注曰：「酒病曰醒。」婦人之言，慎不可聽。」便引酒進肉，隗然已醉矣。見竹林七賢論。

【箋疏】

〔一〕黃生義府下曰：「世說：『天生劉伶，以酒爲名。』古名、命二字通用，謂以酒爲命也。孟子：『其閒必有名世者。』漢楚元王傳作『命世』。此二字通用之證。」

4　劉公榮與人飲酒，雜穢非類，人或譏之。答曰：「勝公榮者，不可不與飲；不如公榮者，亦不可不與飲；是公榮輩者，又不可不與飲。」故終日共飲而醉。劉氏譜曰：「昶字公榮，沛國人。」晉陽秋曰：「昶爲人通達，仕至兗州刺史。」

5　步兵校尉缺，廚中有貯酒數百斛，阮籍乃求爲步兵校尉。文士傳曰：「籍放誕有傲世情，不樂仕宦。晉文帝親愛籍，恒與談戲，任其所欲，不迫以職事。籍常從容曰：『平生曾遊東平，樂其土風，願得爲東平太守。』文帝說，從其意。籍便騎驢徑到郡，皆壞府舍諸壁障，使內外相望，然後教令清寧。十餘日，便復騎驢去。後聞步兵廚中有酒三百石，忻然求爲校尉。於是入府舍，與劉伶酣飲。」竹林七賢論又云：「籍與伶共飲步兵廚中，並醉而死。」此好事者爲之言。籍景元中卒，而劉伶太始中猶在。〔一〕

【箋疏】

〔一〕程炎震云：「晉書伶傳云：『泰始初，對策罷，以壽終。』」

6 劉伶恒縱酒放達，或脫衣裸形在屋中，人見譏之。伶曰：「我以天地爲棟宇，屋室爲幝衣，諸君何爲入我幝中？」鄧粲晉紀曰：「客有詣伶，值其裸袒，伶笑曰：『吾以天地爲宅舍，以屋宇爲幝衣，諸君自不當入我幝中，又何惡乎？』其自任若是。」

7 阮籍嫂嘗還家，籍見與別。或譏之。曲禮：「嫂叔不通問。」故譏之。籍曰：「禮豈爲我輩設也？」

8 阮公鄰家婦有美色，當壚酤酒。阮與王安豐常從婦飲酒，阮醉，便眠其婦側。夫始殊疑之，伺察，終無他意。王隱晉書曰：「籍鄰家處子有才色，未嫁而卒。籍與無親，生不相識，往哭，盡哀而去。其達而無檢，皆此類也。」

【校文】

注「往哭」 「哭」下沈本有「之」字。

9 阮籍當葬母，蒸一肥豚，飲酒二斗，然後臨訣，〔一〕直言「窮矣」！都得一號，因吐血，廢頓良久。〔二〕鄧粲晉紀曰：「籍母將死，與人圍棋如故，對者求止，籍不肯，留與決賭。既而飲酒三斗，舉聲一號，嘔血數升，廢頓久之。」

【校文】

「直言」　「言」沈本作「云」。

【箋疏】

〔一〕嘉錫案：居喪而飲酒食肉，起於後漢之戴良。故抱朴子以良與嗣宗並論。良事已見德行篇「王戎、和嶠條」下。

〔二〕李慈銘云：「案父母之喪，苟非禽獸，無不變動失據。阮籍雖曰放誕，然有至慎之稱。文藻斐然，性當不遠。且仲容喪服追婢，遂爲清議所貶，沈淪不調。阮簡居喪偶黍臛，亦至廢頓，幾三十年。嗣宗晦迹尚通，或者居喪不能守禮，何至聞母死而留棋決賭，臨葬母而飲酒烹豚？天地不容，古所未有。此皆元康之後，八達之徒，沈溺下流，妄誣先達，造爲悖行，崇飾惡言，以籍風流之宗，遂加荒唐之論。争爲梟獍，坐致羯胡率獸食人，掃地都盡。鄧粲所紀，世說所販，深爲害理，貽誤後人。有志名教者，亟當辭而闢之也。」嘉錫案：以空言翻案，吾所不取。籍之不顧名教如此，而不爲清議所廢棄者，賴司馬昭保持之也。觀何曾事自見。

10 阮仲容、咸也。步兵居道南，〔一〕諸阮居道北。北阮皆富，南阮貧。七月七日，北阮盛曬衣，〔二〕皆紗羅錦綺。仲容以竿掛大布犢鼻褌於中庭。〔三〕人或怪之，答曰：「未能免俗，聊復爾耳！」竹林七賢論曰：「諸阮前世皆儒學，善居室，唯咸一家尚道棄事，好酒而貧。舊俗：七月七日，法當曬衣，諸阮庭中，爛然錦綺。咸時總角，乃竪長竿，掛犢鼻褌也。」

【箋疏】

〔一〕李慈銘云：「案阮籍爲步兵校尉，阮咸未嘗爲此官。此條阮仲容下『步兵』二字蓋衍。後人或疑仲容、步兵連文，是竝舉咸、籍二人。故晉書阮咸傳遂云：『咸與籍居道南。』蓋卽本世說之文。然臨川如果竝舉咸、籍，則籍當先咸，而云『仲容步兵』，成何文理？且下但言掛褌，何須連及嗣宗？注引七賢論，亦無籍事。又孝標於下條注曰：『籍也』，而於此無注。則原本無此二字可知。唐修晉書，多本世說，而咸傳載此，乃有咸與籍之文。則爾時世說已誤也。」

〔二〕御覽卷三十一引韋氏月録曰：「七月七日曬曝革裘，無虫。」又引崔寔四民月令曰：「七月七日暴經書及衣裳，習俗然也。」全唐詩沈佺期七夕曝衣篇自注引王子陽園苑疏云：「太液池邊有武帝閣，帝至七月七日夜，宮女出后衣曝之。」

〔三〕養新録四曰：「史記司馬相如傳：『相如自著犢鼻褌。』韋昭曰：『今三尺布作，形如犢鼻矣。』案廣雅：『衳襣，幝也。幝無襠者謂之䘼。䘼，度没反。』說文無䘼字，當爲突，卽犢鼻也。突、犢聲相近，重言爲犢鼻，單言爲突。後人又加衣旁耳。」

11 阮步兵籍也。喪母，裴令公楷也。往弔之。〔一〕阮方醉，散髮坐牀，箕踞不哭。裴至，下席於地，哭弔唁畢，便去。〔二〕或問裴：「凡弔，主人哭，客乃爲禮。阮既不哭，君何爲哭？」裴曰：「阮方外之人，故不崇禮制；我輩俗中人，故以儀軌自居。」時人歎爲兩得其中。名士傳曰：「阮籍喪親，不率常禮，裴楷往弔之，遇籍方醉，散髮箕踞，旁若無人。楷哭泣盡哀而退，了無異色，其安同異如此。」戴逵論之曰：「若裴公之制弔，欲冥外以護內，有達意也，有弘防也。」

【校文】

注「制弔」　「制」，景宋本及沈本俱作「致」。

【箋疏】

〔一〕程炎震云：「阮長於裴且三十歲，宜裴以儀軌自居。然阮喪母在嘉平中，楷時未弱冠，似未必有此事。」又云：「御覽五百六十一引裴楷別傳云：『初陳留阮籍遭母喪，楷弱冠往弔。』」

〔二〕書鈔八十五引裴楷別傳云：「阮籍遭母喪，楷往弔。籍乃離喪位，神氣晏然，縱情嘯詠，旁若無人。楷便率情獨哭，哭畢而退。」

12 諸阮皆能飲酒，仲容至宗人閒共集，不復用常桮斟酌，以大甕盛酒，〔一〕圍坐，相向大酌。時有羣豬來飲，直接去上，〔二〕便共飲之。

【箋疏】

〔一〕「甕」，山谷外集注七引作「盆」。

〔二〕程炎震云：「晉書四十九阮咸傳云：『咸直接去其上。』」

13 阮渾長成，風氣韻度似父，亦欲作達。步兵曰：「仲容已預之，卿不得復爾。」竹林七賢論曰：「籍之抑渾，蓋以渾未識己之所以爲達也。後咸兄子簡，亦以曠達自居。父喪，行遇大雪，寒凍，遂詣浚儀令，令爲它賓設黍臛，簡食之，以致清議，廢頓幾三十年。是時竹林諸賢之風雖高，而禮教尚峻，迨元康中，遂至放蕩越禮。樂廣譏之曰：『名教中自有樂地，何至於此？』樂令之言有旨哉！謂彼非玄心，徒利其縱恣而已。」

14 裴成公婦，王戎女。王戎晨往裴許，不通徑前。裴從牀南下，女從北下，相對作賓主，了無異色。裴氏家傳曰：「頠取戎長女。」

15 阮仲容先幸姑家鮮卑婢。及居母喪，姑當遠移，初云當留婢，既發，定將去。仲容借客驢箸重服自追之，累騎而返。曰：「人種不可失！」卽遙集之母也。竹林七賢論曰：「咸既追婢，於是世議紛然。自魏末沈淪閭巷，逮晉咸寧中，始登王途。〔一〕」阮孚別傳曰：「咸與姑書曰：『胡婢遂生胡兒。』姑答書曰：

『魯靈光殿賦曰：「胡人遥集於上楹」，可字曰遥集也。』故孚字「遥集」。」

【校文】

「定將去」　「定」，沈本作「迺」。

【箋疏】

〔一〕程炎震云：「咸云人種，則孚在孕矣。孚傳云：『年四十九卒』，以蘇峻作逆推之，知是咸和二年。則生於咸寧五年。泰始五年荀勖正樂時，咸已爲中護軍長史、散騎侍郎，而云『咸寧中始登王途』，非也。」

16 任愷既失權勢，不復自檢括。或謂和嶠曰：「卿何以坐視元裒敗而不救？」〔一〕和曰：「元裒如北夏門，拉攞自欲壞，非一木所能支。」〔二〕晉諸公贊曰：「愷字元裒，樂安博昌人。有雅識國幹，萬機大小多綜之。與賈充不平，充乃啟愷掌吏部，又使有司奏愷用御食器，坐免官，世祖情遂薄焉。」

【箋疏】

〔一〕程炎震云：「晉書愷傳云：『賈充遣尚書右僕射高陽王珪奏愷，遂免官。』攷武紀，珪爲僕射在太始七年，至十年薨。愷之免官，當在此數年中。和嶠時爲中書令，故人責以不救也。」

〔二〕程炎震云：「北夏門蓋即大夏門。」　嘉錫案：晉書地理志：「洛陽北有大夏、廣莫二門。」洛陽伽藍記序曰：「北面西頭，漢曰夏門，魏、晉曰大夏門。嘗造三層樓，去地二十丈。洛陽城門樓皆兩重，惟大夏門甍棟干雲。」和嶠於洛陽十二門獨舉北夏門者，蓋以其最壯麗繁盛也。說文：「拉，摧也。」「攞」字始見集韻八戈及類篇十二上云：「良何切，揀也。」韻會舉要二十哿云：「朗可切，裂也。」均與拉攞之義不相近。此乃六朝俗字，其義則推物使動也。今通作挪。玉篇云：「挪，奴多切，搓挪也。」又見王仁煦切韻及篆隸萬象名義。蓋搓挪則物自移動，二字不知孰爲後起。任愷爲侍中，總門下樞要，管綜既繁，權勢日重，自爲人所側目。加以與賈充不平，充朋黨甚盛，浸潤多端，毀言日至，雖慈母猶不免投杼，況人主乎？嶠與愷親善，武帝所素知。若復以口舌相救，將益爲帝所疑，於事終無所益。蓋愷之必敗，如城門之自壞，非一朝一夕之故矣。故其言如此。

17 劉道真少時，常漁草澤，善歌嘯，聞者莫不留連。有一老嫗，識其非常人，甚樂其歌嘯，乃殺豚進之。道真食豚盡，了不謝。嫗見不飽，又進一豚，食半餘半，迺還之。後爲吏部郎，嫗兒爲小令史，道真超用之。不知所由，問母；母告之。於是齎牛酒詣道真，道真曰：「去！去！無可復用相報。」劉寶已見。

18 阮宣子常步行，以百錢掛杖頭，至酒店，便獨酣暢。雖當世貴盛，不肯詣也。名士傳曰：「脩性簡任。」

19 山季倫爲荊州,〔一〕時出酣暢。人爲之歌曰:「山公時一醉,徑造高陽池。〔二〕日莫倒載歸,茗芋無所知。〔三〕復能乘駿馬,倒箸白接籬。〔四〕舉手問葛彊,何如并州兒?」高陽池在襄陽。彊是其愛將,并州人也。襄陽記曰:「漢侍中習郁於峴山南,依范蠡養魚法作魚池,池邊有高隄,種竹及長楸,芙蓉菱芡覆水,是遊燕名處也。山簡每臨此池,未嘗不大醉而還,曰:『此是我高陽池也!』襄陽小兒歌之。」

【箋疏】

〔一〕程炎震云:「晉書四十三本傳:永嘉三年,簡鎮襄陽。」

〔二〕水經注二十八沔水注曰:「沔水逕蔡洲,又與襄陽湖水合。水上承鴨湖,東南流逕峴山西。又東南流,注白馬陂水。又東,入侍中襄陽侯習郁漁池。郁依范蠡養法作大陂,陂長六十丈,廣四十步。池中起釣臺。池北亭,郁墓所在也。列植松篁于池側。沔水上,郁所居也。又作石洑,逗引大池水,於宅北作小魚池。池長七十步,廣二十步,西枕大道,東北二邊,限以高隄,楸竹夾植,蓮芡覆水,是遊宴之名處也。山季倫之鎮襄陽,每臨此池,未嘗不大醉而還。」元和郡縣志二十一曰:「襄陽縣習郁池在縣南十四里。」太平寰宇記一百四十五曰:「習郁池在襄陽東十五里。」

雞肋編上曰:「余嘗守官襄陽,今州城在峴、萬兩山之間。峴山在東,萬山在西。習池在鳳林寺。山北岸爲漢江所齧,甚邇。數十年之後,當不復見矣。」

王世貞宛委餘編八曰:「余過襄陽,城之十餘里爲習家池,不能二畝許,乃是流泉滙而爲池耳。前半里許,俯大江。按水經注：『沔水逕蔡洲，與襄陽湖水合』云云，然則今之習池，非復昔之舊矣。又其地高，不可引湖水。」

〔三〕茗艼，水經沔水注及類聚九引襄陽記作「酩酊」。黃生義府下云：「酩酊二字古所無。世說『茗艼無所知』，蓋借用字。今俗云懵懂，即茗艼之轉也。又列子『眠娗諈諉』，張湛注：『眠娗，不開通貌。』詳註義，則眠娗當即讀茗艼。」

〔四〕張淏雲谷雜記二曰：「杜子美詩云：『醉把青荷葉，狂遺白接羅。』王洙注引世說山簡倒著白接羅事，且云：『接羅，衫也。』予按郭璞爾雅注云：『白鷺頭翅背上皆有長翰毛，今江東人取以爲睫攡。』又廣韻云：『接羅，白帽。』而集韻又作䍦及𣮎，亦云『白帽』。李白答人贈烏紗帽云：『領得烏紗帽，全勝白接羅。』則接羅爲帽明甚，非衫也。洙誤矣。」

爾雅釋鳥郭注曰：「白鷺頭翅背上皆有長翰毛，今江東人取以爲睫攡，名之曰白鷺縗。」郝懿行疏曰：「郭云『江東人取以爲睫攡』者，廣韻云：『接羅，白帽，即睫攡也。』御覽引此注，正作接攡。」嘉錫案：景宋本御覽六百八十七引郭注及世說實作接離，不作攡及籬也。

元李治敬齋古今黈卷十曰：「晉書山簡傳：襄陽人歌曰：『日暮倒載歸。』人說倒載甚多，俱不灑脫。吾以爲倒身于車中，無疑也。言倒即倒臥，言載即其車。可知倒載來歸，既而復能騎駿馬也。蓋歸時以茗艼之故，倒臥車中；比入城，酒稍解，遂能騎馬。雖能騎馬，終被酒困，故倒著白接離也。上倒上聲，下倒去聲，着入聲。」

20 張季鷹縱任不拘，時人號爲江東步兵。或謂之曰：「卿乃可縱適一時，獨不爲身後名邪？」答曰：「使我有身後名，不如卽時一桮酒！」〔一〕文士傳曰：「翰任性自適，無求當世，時人貴其曠達。」

【校文】

「獨不爲」　景宋本及沈本無「獨」字。

【箋疏】

〔一〕明陸樹聲長水日抄曰：「張季鷹因秋風起，思吳中蓴菜鱸魚，幡然曰：『人生貴適志，安能羈宦數千里，以要名爵？』觀其語顧榮曰：『天下紛紛，禍難未已。夫有四海之名者，求退良難。吾本志山林，無望於時。』故託言以去，而或者乃謂之曰：『子獨不爲身後名？』不知翰方逃名當世，何暇計身後名耶？」

21 畢茂世云：「一手持蟹螯，一手持酒桮，拍浮酒池中，便足了一生。」晉中興書曰：「畢卓字茂世，新蔡人。〔一〕少傲達，爲胡毋輔之所知。太興末，爲吏部郎，嘗飲酒廢職。比舍郎釀酒熟，卓因醉，夜至其甕間取飲之。主者謂是盜，執而縛之，知爲吏部也，釋之。卓遂引主人燕甕側，取醉而去。溫嶠素知愛卓，請爲平南長史，卒。」

【箋疏】

〔一〕程炎震云：「晉書卓傳云：新蔡鮦陽人。」

22 賀司空入洛赴命，爲太孫舍人。〔一〕經吳閶門，在船中彈琴。張季鷹本不相識，先在金閶亭，聞絃甚清，下船就賀，因共語。便大相知說。問賀：「卿欲何之？」賀曰：「入洛赴命，正爾進路。」張曰：「吾亦有事北京。」因路寄載，便與賀同發。初不告家，家追問迺知。

【箋疏】

〔一〕程炎震云：「晉書六十八循傳作『太子舍人』，是愍懷太子也。永康元年，愍懷廢死，後立其子為皇太孫，太子官屬即轉為太孫官屬。」

23 祖車騎過江時，公私儉薄，無好服玩。王、庾諸公共就祖，忽見裘袍重疊，珍飾盈列，諸公怪問之。祖曰：「昨夜復南塘一出。」祖于時恒自使健兒鼓行劫鈔，在事之人，亦容而不問。〔一〕晉陽秋曰：「逖性通濟，不拘小節。又賓從多是桀黠勇士，逖待之皆如子弟。永嘉中，流民以萬數，揚土大饑，賓客攻剽，逖輒擁護全衞，〔二〕談者以此少之，〔三〕故久不得調。」

【箋疏】

〔一〕此條有敬胤注。

〔二〕程炎震云：「晉書逖傳：『逖撫慰之曰：「比復南塘一出不？」或為吏所繩，逖輒擁護救解之。』蓋用晉陽秋語而較詳，於事為合。如世說所云，則士雅自行刼矣。」

〔三〕嘉錫案：賓客攻剽，而逖擁護之者，此古人使貪使詐之術也。孟嘗君以雞鳴狗盜之徒為食客，亦是此意。談者少之，遂歸罪於遜，以爲自使健兒刼鈔矣。

24 鴻臚卿孔羣好飲酒。王丞相語云：「卿何爲恒飲酒？不見酒家覆瓿布，日月糜爛？」〔一〕羣曰：「不爾，不見糟肉，乃更堪久。」羣嘗書與親舊：「今年田得七百斛秫米，不了麴蘖事。」羣已見上。

【箋疏】

〔一〕程炎震云：「晉書羣傳：日月下有久字。」

25 有人譏周僕射：「與親友言戲，穢雜無檢節。」鄧粲晉紀曰：「王導與周顗及朝士詣尚書紀瞻觀伎。瞻有愛妾，能爲新聲。顗於衆中欲通其妾，露其醜穢，顏無怍色。有司奏免顗官，詔特原之。」周曰：「吾若萬里長江，何能不千里一曲。」〔一〕

【箋疏】

〔一〕嘉錫案：伯仁名德，似不宜有此。然魏、晉之間，蔑棄禮法，放蕩無檢，似此者多矣。御覽八百四十五引典論曰：「孝靈末，常侍張讓子奉爲太醫令，與人飲，輒去衣露形，爲戲樂也。」可見此風起於漢末。本書德行篇曰：「王平子、胡毋彥國諸人皆以任放爲達，或有裸體者。」注引王隱晉書曰：「魏末阮籍嗜酒荒放，露頭散髮，裸袒箕踞。其後貴游子弟阮瞻、王澄、謝鯤、胡毋輔之之徒皆祖述於籍，謂得大道之本。故去巾幘，脫衣服，露醜惡，同禽獸。甚者名之爲通，次者名之爲達也。」伯仁與瞻等同時，不免名士習氣，故其舉動相同。特因其死在瞻等之後，晚年名德日重，故不與諸人同科耳。或謂諸人雖裸袒，不過朋友作達，何至衆中欲通人妾？不知王隱謂瞻等露醜惡，同禽獸，則亦何所不至？且此自是當時風氣。亦不獨瞻等爲然也。抱朴子疾謬篇曰：「輕薄之人，迹厠高深。交成財贍，名位粗會，便背禮叛教，託云率任。才不逸倫，强爲放達。以傲兀無檢者爲大度，以惜護節操爲澀少。於是臘鼓垂，無賴之子，白醉耳熱之後，結黨合羣，遊不擇類，携手連袂，以遨以集。入他堂室，觀人婦女，指玷修短，評論美醜。或有不通主人，便共突前，嚴飾未辦，不復窺聽。犯門折關，踰垝穿隙，有似抄刼之至也。其或妾媵藏避不及，至搜索隱僻，就而引曳，亦怪事也。然落拓之子，無骨骾而好隨俗者，以通此者爲親密，距此者爲不恭。於是要呼憒雜，入室視妻，促膝之狹坐，交杯觴於咫尺。絃歌淫冶之音曲，以誂文君之動心。載號載呶，謔戲醜褻。窮鄙極黷，爾乃笑（此句疑脫一字）。亂男女之大節，蹈相鼠之無儀。然而俗習行慣，皆曰此乃京城上國公子王孫貴人所共爲也。」沈約宋書五行志一亦曰：「晉惠帝元康中，貴游子弟相與爲散髮倮身之飲，對弄婢妾。逆之者傷好，非之者負譏。希世之士，恥不與焉。蓋胡翟侵中國之萌也。豈徒伊川之民，一被髮而祭者乎？」二書之言，雖詳略不同，而曲折相合，知當時之風氣如此。伯仁大節無虧而言戲穢雜，蓋習俗移人，賢者不免。以彼任率之性，又好飲狂藥，昏醉之後，亦復何所不至？固不可以一眚掩其大德，亦不必曲爲之辯，以爲必無此事也。

26 溫太真位未高時，屢與揚州、淮中估客樗蒱，與輒不競。嘗一過，大輸物，戲屈，無因得反。與庾亮善，於舫中大喚亮曰：「卿可贖我！」庾卽送直，然後得還。經此數四。中興書曰：「嶠有儁朗之目，而不拘細行。」

27 溫公喜慢語，卞令禮法自居。卞壼別傳曰：「壼正色立朝，百寮嚴憚，貴遊子弟，莫不祗肅。」至庾公許，大相剖擊。溫發口鄙穢，庾公徐曰：「太真終日無鄙言。」重其達也。

28 周伯仁風德雅重，深達危亂。過江積年，恆大飲酒。嘗經三日不醒，時人謂之「三日僕射」。〔一〕晉陽秋曰：「初，顗以雅望，獲海內盛名，後屢以酒失。庾亮曰：『周侯末年，可謂鳳德之衰也。』」語林曰：「伯仁正有姊喪，三日醉，姑喪，二日醉，大損資望。每醉，諸公常共屯守。」

【校文】

「雅重」　北堂書鈔五十九引作「雅凝」。

【箋疏】

〔一〕晏殊類要二十八引作「顗常醉，及渡江，三日醒。」

馬國翰語林輯本注曰：「御覽四百九十七引『周伯仁過江恒醉，止有姊喪三日醒，姑喪三日醒也』。案劉（孝標）引當與御覽同。後人以世說有三日不醒語，遂改兩醒字爲兩醉字。止訛爲正，三訛爲二耳。」嘉錫案：御覽所引，於文理事情，皆較世說注爲協。馬說是也。南史陳慶之傳載慶之子暄與兄子秀書云「昔周伯仁度江，唯三日醒。吾不以爲少」云云。正是用語林，可以爲證。

29 衛君長爲溫公長史，溫公甚善之。每率爾提酒脯就衛，箕踞相對彌日。衛往溫許，亦爾。衛永已見。

30 蘇峻亂，諸庾逃散。庾冰時爲吳郡，單身奔亡，〔一〕民吏皆去。唯郡卒獨以小船載冰出錢塘口，蘧篨覆之。〔二〕時峻賞募覓冰，屬所在搜檢甚急。卒捨船市渚，因飲酒醉還，舞棹向船曰：「何處覓庾吳郡？此中便是。」冰大惶怖，然不敢動。監司見船小裝狹，謂卒狂醉，都不復疑。自送過淛江，寄山陰魏家，得免。中興書曰：「冰爲吳郡，蘇峻作逆，遣軍伐冰，冰棄郡奔會稽。」後事平，冰欲報卒，適其所願。卒曰：「出自廝下，不願名器。少苦執鞭，恆患不得快飲酒。使其酒足餘年畢矣，無所復須。」冰爲起大舍，市奴婢，使門內有百斛酒，終其身。時謂此卒非唯有智，且亦達生。

【箋疏】

〔一〕程炎震云：「咸和二年二月，庾冰奔會稽。」

〔二〕李詳云：「詳案：說文：『籧篨，粗竹席也。』通鑑九十四作蘧蒢。胡注：『從草者，今蘆蓏也。』案古人從艸從竹之字互用，胡氏亦望文生義耳。其實竹席、蘆席，皆可覆之。」嘉錫案：方言五曰：「簟，宋、魏之閒謂之笙，或謂之籧苗。自關而西，或謂之簟，或謂之𥵽，其麤者謂之籧篨。自關而東，或謂之篕棪。」郭注曰：「江東呼籧篨爲廢，音廢。」

31　殷洪喬作豫章郡，〔一〕殷氏譜曰：「羨字洪喬，陳郡人。〔二〕父識，鎮東司馬。羨仕至豫章太守。」臨去，都下人因附百許函書。既至石頭，〔三〕悉擲水中，因祝曰：「沈者自沈，浮者自浮，殷洪喬不能作致書郵。」〔四〕

【箋疏】

〔一〕程炎震云：「羨於咸康中爲長沙，見庾翼傳。作豫章未知何時？蓋亦成帝時。」

〔二〕書鈔一百三引語林作「郡下人」。御覽五百九十五作「郡人」。

〔三〕能改齋漫錄九曰：「汪藻彥章爲江西提學，作石頭驛記云：『自豫章絕江而西，有山屹然。並江西出，曰石頭渚。世以爲殷洪喬投書之地。今且千載，而洪喬之名與此山俱傳。』然則石頭之名，汪彥章徇流俗之失，竟以爲洪喬投書之地，失之矣。予嘗考之，蓋江南有兩石頭：鍾山龍蟠，石頭虎踞，與夫王敦、蘇峻之所據者，此隸乎金陵者也。

余孝頃與蕭勃卽石頭作兩城，二子各據其一，此豫章之石頭也。洪喬爲豫章太守，都下人士因其行，致書百餘函，次石頭皆投之。蓋金陵晉室所都，都下人士以羨出守，故因書以附之。投之石頭，謂羨出都而投，而非抵豫章而投也。後人以羨嘗守豫章，而豫章適有石頭，故因石頭之名號投書渚矣。」嘉錫案：此事原有二說。世說及今晉書殷浩傳均作都下人附書。羨既不肯爲人作致書郵，則不必携至豫章而後擲之水中。吴曾以爲是金陵之石頭，固自有理。然御覽七十一引晉書曰：「殷羨建元中爲豫章太守。去郡，郡人多附書一百餘封。行至江西石頭渚岸，以書擲水中，故時人號爲投書渚。」是附書者，乃豫章郡人，而非都下人士。且明明指爲江西石頭渚矣。寰宇記一百六載其事於洪州南昌縣石頭渚條下，並不始於汪彥章。吴曾之說知其一，未知其二也。世說此條本之語林。書鈔、御覽引語林，均作「郡人附書」。疑世說都字爲傳寫之譌。唐史臣不覺其誤，反據以改舊晉書，所謂郢書而燕說之也。景定建康志十九云：「投書渚，今在城西。」是亦以爲金陵之石頭。而所引晉史，仍作「殷羨去郡，人多附書」。則又兩失之矣。

說郛卷五十引豫章古今記曰：「石頭津在郡江之西岸，亦名沈書浦。晉殷羨字洪喬，爲豫章太守，臨去，因附書百封。羨將至石頭，沈之，內有囑托事，擲於水中曰：『有事者沈，無事者浮。』故名焉。」

〔四〕嘉錫案：此出語林，見御覽五百九十五引。

32 王長史、謝仁祖同爲王公掾。王濛別傳曰：「丞相王導辟名士時賢，協贊中興。旌命所加，必延俊乂，辟濛爲掾。」長史云：「謝掾能作異舞。」謝便起舞，神意甚暇。晉陽秋曰：「尚性通任，善音樂。」語林曰：「謝鎭西酒後，於槃案閒，爲洛市肆工鴝鵒舞，甚佳。」王公熟視，謂客曰：「使人思安豐。」戎性通任，尚類之。

33 王、劉共在杭南，〔一〕酣宴於桓子野家。伊已見。謝鎭西往尚書墓還，葬後三日反哭。諸人欲要之，初遣一信，猶未許，然已停車。重要，便回駕。諸人門外迎之，把臂便下，裁得脫幘箸帽。酣宴半坐，乃覺未脫衰。尚書，謝裒，尚叔也。已見。宋明帝文章志曰：「尚性輕率，不拘細行。兄葬後，往墓還，王濛、劉惔共遊新亭，濛欲招尚，先以問惔曰：『計仁祖正當不爲異同耳。』惔曰：『仁祖韻中自應來。』乃遣要之。尚初辭，然已無歸意。及再請，卽回軒焉。其率如此。」

【校文】

注「尚初辭」下，沈本有「不往」二字。

【箋疏】

〔一〕程炎震云：「杭，朱雀桁也。」

34 桓宣武少家貧，戲大輸，債主敦求甚切，思自振之方，莫知所出。陳郡袁耽，俊邁多能。袁氏家傳曰：「耽字彥道，陳郡陽夏人，魏中郎令渙曾孫也。魁梧爽朗，高風振邁，少倜儻不羈，有異才，士人多歸之。

仕至司徒從事中郎。」宣武欲求救於耽，耽時居艱，恐致疑，試以告焉。應聲便許，略無慊吝。遂變服懷布帽隨温去，與債主戲。耽素有藝名，債主就局曰：「汝故當不辦作袁彥道邪？」遂共戲。十萬一擲，直上百萬數。投馬絕叫，〔一〕傍若無人，探布帽擲對人曰：「汝竟識袁彥道不？」〔二〕郭子曰：「桓公樗蒱，失數百斛米，求救於袁耽。耽在艱中，便云：『大快。我必作采，卿但大喚。』卽脫其衰，共出門去。覺頭上有布帽，擲去，箸小帽。既戲，袁形勢呼袒，擲必盧雉，二人齊叫，敵家頃刻失數百萬也。」〔三〕

【校文】

「慊吝」　景宋本作「嫌悋」。「慊」，沈本作「嫌」。

注「少倜儻不羈，有異才」　沈本作「少有異才，倜儻不羈」。

【箋疏】

〔一〕吳承仕曰：「投馬之馬，當卽今所謂籌馬歟？」

〔二〕程炎震云：「晉書八十三耽傳云：『其通脫若此。』」

〔三〕嘉錫案：御覽七百五十四引郭子曰：「桓公年少至貧，嘗樗蒱，失數百斛米。齒既惡，意亦沮，自審不復振，乃請救於袁彥道。桓具以情告，袁欣然無忤，便卽俱去門，云『我不但拔卿、要爲卿破之，我必作快齒，卿但快喚』云云。」較此注所引，互有詳略。

35 王光祿云：「酒，正使人人自遠。」光祿，王蘊也。續晉陽秋曰：「蘊素嗜酒，末年尤甚。及在會稽，略少醒日。」

36 劉尹云：「孫承公狂士，每至一處，賞翫累日，或回至半路卻返。」中興書曰：「承公少誕任不羈，家於會稽，性好山水。及求鄞縣，遺心細務，縱意遊肆，名阜盛川，靡不歷覽。」

37 袁彥道有二妹：一適殷淵源，一適謝仁祖。袁氏譜曰：「耽大妹名女皇，適殷浩。小妹名女正，適謝尚。」語桓宣武云：「恨不更有一人配卿。」

38 桓車騎在荊州，張玄爲侍中，使至江陵，路經陽岐村，〔一〕村臨江，去荊州二百里。俄見一人，持半小籠生魚，徑來造船云：「有魚，欲寄作膾。」張乃維舟而納之。問其姓字，稱是劉遺民。〔二〕中興書曰：「劉驎之，一字遺民。」已見。張素聞其名，大相忻待。劉既知張銜命，問：「謝安、王文度竝佳不？」張甚欲話言，劉了無停意。既進膾，便去，云：「向得此魚，觀君船上當有膾具，是故來耳。」於是便去。張乃追至劉家，爲設酒，殊不清旨。張高其人，不得已而飲之。方共對飲，劉便先起，云：「今正伐荻，不宜久廢。」張亦無以留之。

【校文】

「無停意」「停」，渚宮舊事引作「留」。

「方共對飲」「共」，渚宮舊事引作「欲」。

【箋疏】

〔一〕水經注三十五云：「江水又右逕陽岐山北，山枕大江。」寰宇記一百四十六云：「陽岐山在石首縣西一百步。」程炎震云：「舊唐書地理志：『石首縣顯慶元年移治陽岐山下。』御覽四十九引荊南記云：『石首縣陽岐山，山無所出，不足可書。本屬南平界。』又引范元年記云：『故老相承云：胡伯始以本縣境無山，此山上計偕簿。』按此山當有脫文，今姑仍之。」

〔二〕李慈銘云：「案史通雜說上史記篇注云：『劉遺民、曹纘皆於檀氏春秋有傳。』今晉書則了無其名。宋書周續之傳言彭城劉遺民遁迹廬山，與續之及陶淵明稱潯陽三隱。白居易宿西林寺詩注有柴桑令劉遺民。郎瑛七修類稾謂劉遺民名程之。據此注引何法盛書，則遺民是驎之別字，豈柴桑令又一人歟？今晉書劉驎之傳，不言一字遺民。」嘉錫案：此條自「名程之」以上，皆孫志祖之說，見讀書脞錄卷三。渚宮舊事五作「問其姓氏，稱劉道岷」。注云：「一云字道民。」案道民、遺民，自是兩人。隋書經籍志云：「梁有老子玄譜一卷，晉柴桑令劉遺民撰，亡。」又云：「梁有柴桑令劉遺民集五卷，録一卷，亡。」經典釋文序録有劉遺民玄譜一卷，注云：「字遺民，彭城人，東晉柴桑令。」廣弘明集三十二有釋慧遠與隱士劉遺民等書，道宣注云：「彭城劉遺民，以晉太元中除宜昌、柴桑二縣令。值廬山靈邃，足以往而不返。丁母憂，去職入山。於西林澗北，別立禪坊，養志閑處。在山一十五年，年五十七。」蓮社高賢傳云：「劉程之字仲思，彭城人。劉裕以其不屈，乃旌其號曰遺民。」據此，則其人雖與劉驎之同時，同號遺民，而其名字、里貫、仕履以及平生事蹟，乃無一同者。其非一人，瞭然易見。棲逸篇注言驎之居陽岐，去道斥近。晉書驎之傳亦言居於陽岐，在官道之側。與此條張玄往江陵，而道經陽岐村者合。然則與玄遇者，自是驎之，與白蓮社中之劉遺民固絕不相干也。御覽五百四引晉中興書曰：「劉驎之字子驥，一字道民。」與此注引作一字遺民者不同。考水經注四十引有劉道民詩。蓋驎之自字道民，後人校世說者但知有廬山之劉遺民，遂妄改爲「遺」耳。又案：蓮社高賢傳，乃宋大觀間沙門懷語據陳舜俞本重修。舜俞原書，見宋本廬山記卷三，題爲十八賢傳。其劉遺民傳云：「劉程之字仲思，彭城聚里人。解褐府參軍。程之既慕遠公名德，欲白首同社，乃錄尋陽、柴桑，以爲入山之資。歲滿棄去，結廬西林，蔽以榛莽。義熙間，公侯復辟之，皆不應。後易名遺民。義熙六年庚戌終，春秋五十七。」無劉裕以其不屈，旌其號曰遺民之說。高賢傳之言，疑出傅會。佛祖通載八亦云：「司徒王謐、丞相桓玄、侍中謝混、太尉劉裕咸嘉其賢，欲相推薦。程之力辭。太尉亦以其志不屈，與羣公議遺民之號旌焉。」與高賢傳同一不可據。

39 王子猷詣郗雍州，中興書曰：「郗恢字道胤，高平人。父曇，北中郎將。恢長八尺，美頿頷，風神魁梧。烈宗器之，以爲蕃伯之望。自太子左率，擢爲雍州刺史。」雍州在內，見有毾㲪，〔一〕云：「阿乞那得此物？」阿乞、恢小字。令左右送還家。郗出見之，王曰：「向有大力者負之而趨。」莊子曰：「夫藏舟於壑，藏山於澤，謂之固矣。然有大力者負之而走，昧者不知也。」郗無忤色。

【校文】

「⿰翕毛㲪」「⿰翕毛」，沈本作「毾」。

【箋疏】

〔一〕李慈銘云：「案⿰翕毛㲪，當作毾㲪。一切經音義引通俗文：『織毛褥曰氍毹，細者謂之毾㲪。』後漢書西域傳注引埤倉：『毾㲪，毛席也。』北堂書鈔引通俗文：『氍毹之細者曰毾㲪。』玉篇：『毾㲪，席也。』集韻：『毾㲪，罽也。』字書、韻書，竝無⿰翕毛字。」程炎震云：「⿰翕毛即毾字。玉篇：『毾，他臘切，毾㲪席。㲪，都能切，毾㲪也。』廣韻二十八盍：『毾，吐盍切，毾㲪。』又十七登：『㲪，都滕切，毾㲪。』後漢書百十八西域傳：『天竺國有細布好毾㲪』，注：『毾，它盍反。㲪，音登。』埤蒼：『白毛席也。』釋名曰：『施之承大牀前，小榻上，以登牀也。』」按今本釋名卷六作榻登，賢注所引亦小異。」吳承仕曰：「據此，是⿰翕毛㲪尚希有，故時人珍之。」

40 謝安始出西戲，失車牛，便杖策步歸。道逢劉尹，語曰：「安石將無傷？」謝乃同載而歸。

41 襄陽羅友有大韻，少時多謂之癡。嘗伺人祠，欲乞食，往太蚤，門未開。主人迎神出見，問以非時，何得在此？答曰：「聞卿祠，欲乞一頓食耳。」〔一〕遂隱門側。至曉，得食便退，了無怍容。爲人有記功，從桓宣武平蜀，按行蜀城闕觀宇，內外道陌廣狹，植種果竹多少，皆默記之。後宣武漂洲與簡文集，〔二〕友亦預焉。共道蜀中事，亦有所遺忘，友皆名列，曾無錯漏。宣武驗以蜀城闕簿，皆如其言。坐者歎服。謝公云：「羅友詎減魏陽元！」〔三〕後爲廣州刺史，當之鎮，刺史桓豁語令莫來宿。〔四〕答曰：「民已有前期。主人貧，或有酒饌之費，見與甚有舊，請別日奉命。」征西密遣人察之。至日，乃往荊州門下書佐家，處之怡然，不異勝達。在益州語兒云：「我有五百人食器。」家中大驚。其由來清，而忽有此物，定是二百五十沓烏樏。〔五〕

晉陽秋曰：「友字它仁，襄陽人。少好學，不持節檢。性嗜酒，當其所遇，不擇士庶。又好伺人祠，往乞餘食，雖復營署壚肆，不以爲羞。桓溫常責之云：『君太不逮！須食，何不就身求？乃至於此！』友傲然不屑，答曰：『就公乞食，今乃可得，明日已復無。』溫大笑之。始仕荊州，後在溫府。以家貧乞祿，溫雖以才學遇之，而謂其誕肆，非治民才，許而不用。後同府人有得郡者，溫爲席起別，友至尤晚。問之，友答曰：『民性飲道嗜味，昨奉教旨，乃是首旦出門，於中路逢一鬼，大見揶揄，云：「我只見汝送人作郡，何以不見人送汝作郡？」』民始怖終慚，回還以解，不覺成淹緩之罪。』溫雖笑其滑稽，而心頗愧焉。後以爲襄陽太守，累遷廣、益二州刺史。在藩舉其宏綱，不存小察，甚爲吏民所安說。薨於益州。」〔六〕

【校文】

「至日」「日」，景宋本及沈本作「夕」。

注「字它仁」「它」，沈本作「宅」。

注「以才學遇之」沈本「才」作「文」。

注「起別」「起」，景宋本及沈本作「赴」。

注「始怖終慚」「怖」，景宋本及沈本作「恠」。

【箋疏】

〔一〕錢大昕恒言錄二曰：「世說羅友曰：『聞君祠，欲乞一頓食耳。』南史徐湛之傳：『今日有一頓飽食，欲殘害我兒子。』杜子美詩：『頓頓食黃魚。』舊唐書食貨志：『宜付所司決，痛杖一頓。』阮常生注曰：『常生案：水經注：「爾雅曰：『山一成謂之頓丘。』釋名謂『一頓而成丘，無高下小大之殺也』。」』」

〔二〕李慈銘云：「案漂洲，當作溧洲，本作烈洲，亦作洌洲。在今江南江寧縣西南七十里，以旁有烈山得名。此因烈誤洌，因洌誤溧，遂譌爲漂耳。晉書桓温傳作洌洲。桓沖傳亦誤作漂州。」程炎震云：「御覽六十九引丹陽記曰：『烈洲在縣西南。』輿地志云：『吳舊津所也。內有小水，堪泊船，商客多停以避烈風，故以名焉。王濬伐吳宿於此。簡文爲相時，會桓元子之所也。亦曰漂洲。洲上有山，山形似栗。伏滔北征賦謂之烈洲。』又曰：『江寧縣二十五里有洌洲。』按漂洲當作溧洲，卽洌洲也。簡文會温於洌洲，通鑑在哀帝興寧三年二月。胡三省曰：『今姑孰江中有洌山，卽其地。又會桓元子之所也。』子字原脫，今補。」

〔三〕程炎震云：「桓溫以永和三年丁未平蜀，至興寧三年乙丑，凡十九年，是真强記者矣。」晉書：「魏舒字陽元，任城樊人也。官至司徒，謚曰康。」傳不言其强記，其事未詳。

〔四〕程炎震云：「興寧三年，桓豁爲荊州。」

〔五〕李慈銘云：「案沓，重也。樏已見卷中之上雅量篇。其器似盤中有隔，猶唐之牙盤，今之手盒。一器中攢聚數十隔。故友二百五十重烏樏者，每隔之下必有其托，遂成五百食器矣。友家清貧，蓋用黑漆此器，故曰烏樏。」程炎震云：「玉篇：『沓，重疊也。』廣韻：『沓，重也，合也。』樏當爲有蓋之器，故一樏可爲兩人食器也。」嘉錫案：廣韻：「樏，力委切，似盤，中有隔也。」解見雅量篇「王夷甫嘗屬族人事」條。御覽七百五十九引東宮舊事曰：「漆三十五子方樏一沓，蓋二枚。」與此可以互證。樏之爲器，其形似盤而有蓋，又似盒，中分數隔。一隔之中，別置小盤以盛菜，如今之碟子，爲其便於洗滌也，故謂之樏。樏之爲言累也。盒爲母，而碟爲子，幾隔則爲幾子。故杜蘭香傳有七子樏，而祖台之志怪謂之七子盒盤也。盒與碟合爲一副，則謂之沓。沓者，疊也。言隔之上又有碟，其形疊疊然也。但東宮舊事之與世說，又自不同。舊事之所謂沓，舉盒言之，故三十五子而爲一沓。則樏一而碟三十五也。此所謂沓者，舉碟言之，欲其數之多，故以一碟一隔爲一沓。蓋取出其碟，隔中亦可以盛菜，故二百五十沓，而可爲五百人食器也。第不知凡爲幾樏？樏有幾子耳？程氏以樏與蓋，爲兩人食器，非也。樏必有隔，無隔則不得謂之樏。三十五子之樏，而止有一蓋，則碟多而蓋少。一沓惡能分食兩人乎？烏樏者，塗之使黑，而不用漆，極言其淸貧耳。後人或去盒，獨用其碟。古無碟子，既不可名楪，又似盤而小，復不可名盤，遂謂之疊。酉陽雜俎十五云：「劉錄事食鱠數疊，咯出一骨珠子，乃置於茶甌中，以疊覆之。」又云：「有大蝦蟆如疊。」金石萃編一百三唐濟瀆廟北海壇祭器碑，有椀二百箇，疊子五十隻，盤子五十隻。王氏跋云：「疊子厠於椀後，卽今俗名碟子。疊有重累之義。碟音舌，集韻云『治皮也』，不與碗同類。今俗作碟，非也。」其說是矣。以余考之：碟字，宋人本作楪。歸田錄四云：「呂文穆公爲宰相，有一朝士家藏古鑑，自言能照二百里，欲因公弟獻以求知。公笑曰：『吾面不過楪子大，安用照二百里？』」東京夢華錄四云：「都人風俗奢侈，凡酒店中兩人對坐飲酒，亦須用注碗一副，盤盞兩副，果菜碟各五片，水菜碗三五隻。」武林舊事六記酒樓云：「酒未至，則先設看菜數楪。及舉盃，則又換細菜。」又卷九記高宗幸張俊府，俊所進奉寶器，有玉椽頭楪兒一，玉圓臨安樣楪兒一。凡所謂楪子楪兒，皆卽疊也。不知何時又轉爲碟。碟固俗字，然玉篇云：「楪，餘涉切，牖也。」又「楪榆，縣名」。以楪爲疊，亦非其本義也。今人知碟子之出於楪者，鮮矣。故牽連並考之如此。通鑑長編卷一百四十三范仲淹言滕宗諒在邠州，聲樂數日，樂人弟子得銀楪子三二十片。案三二十片，蓋卽三二十隻也。以其小而淺，故謂之片。又案：類聚八十二引杜蘭香傳，有七子樏。詳見雅量篇「王夷甫嘗屬族人事」條。

〔六〕渚宮舊事五云：「友墓在公安縣南。」

42 桓子野每聞淸歌，輒喚「奈何！」謝公聞之曰：「子野可謂一往有深情。」

43 張湛好於齋前種松柏。晉東宮官名曰：「湛字處度，高平人。」張氏譜曰：「湛祖嶷，正員郎。父曠，鎮軍司馬。湛仕至中書郎。」〔一〕時袁山松出遊，每好令左右作挽歌。山松別見。續晉陽秋曰：「袁山松善音樂，北人舊歌有行路難曲，辭頗疎質，山松好之，乃爲文其章句，婉其節制，每因酒酣，從而歌之。聽者莫不流涕。初，羊曇善唱樂，桓尹能挽歌，及山松以行路難繼之，時人謂之三絕。」今云挽歌，未詳。〔二〕時人謂「張屋下陳屍，袁道上行殯」。裴啟語林曰：「張湛好於齋前種松，養鴝鵒。袁山松出遊，好令左右作挽歌。時人云云。」

【箋疏】

〔一〕隋書經籍志曰：「列子八卷，東晉光祿勳張湛注。」宋書良吏王歆之傳曰：「高平張祐，以吏材見知。祐祖湛，晉孝武時以才學爲中書侍郎、光祿勳。」

〔二〕程炎震云：「御覽四百九十七酣醉門引俗語曰：『宋禕死後，葬在金城南山，對瑯玡郡門。袁山松爲瑯邪太守，每醉，輒乘輿上宋禕冢，作行路難歌。』晉書八十三山松傳竝取兩說。」

御覽四百九十七引俗說曰：「袁山松爲瑯琊太守，每醉，輒乘輿上宋禕冢，作行路難歌。」詳見品藻篇「宋禕曾爲王大將軍妾」條。

讀書脞録續編四曰：「志祖案：山松既歌行路難曲，復於出游好令左右作挽歌也。自是二事，不當牽合，晉書本傳兩載之。」

44 羅友作荆州從事，〔一〕桓宣武爲王車騎集別。車騎，王洽，別見。友進坐良久，辭出，宣武曰：「卿向欲咨事，何以便去？」答曰：「友聞白羊肉美，一生未曾得喫，故冒求前耳。無事可咨。今已飽，不復須駐。」了無慚色。

【箋疏】

〔一〕渚宮舊事五云：「友與兄崇及甥習鑿齒同爲温從事。」

45 張驎酒後挽歌甚悽苦，〔一〕桓車騎曰：「卿非田橫門人，何乃頓爾至致？」驎，張湛小字也。譙子法訓云：「有喪而歌者。或曰：『彼爲樂喪也，有不可乎？』譙子曰：『書云：「四海遏密八音。」何樂喪之有？』曰：『今喪有挽歌者，何以哉？』譙子曰：『周聞之：蓋高帝召齊田橫至于户鄉亭，自刎奉首，從者挽至於宮，不敢哭而不勝哀，故爲歌以寄哀音。彼則一時之爲也。鄰有喪，舂不相引，挽人銜枚，孰樂喪者邪？』」按莊子曰：「紼謳所生，必於斥苦。」司馬彪注曰：「紼，引柩索也。斥，疏緩也。苦，用力也。引紼所以有謳歌者，爲人有用力不齊，故促急之也。」春秋左氏傳曰：「魯哀公會吴伐齊，其將公孫夏命歌虞殯。」杜預曰：「虞殯，送葬歌，示必死也。」史記絳侯世家曰：「周勃以吹簫樂喪。」然則挽歌之來久矣，非始起於田橫也。然譙氏引禮之文，頗有明據，非固陋者所能詳聞。疑以傳疑，以俟通博。

【箋疏】

〔一〕程炎震云：「晉書卷二十禮志曰：『漢、魏故事，大喪及大臣之喪，執紼者挽歌。新禮以爲輓歌出於漢武帝役人之勞謌，聲哀切，遂以爲送終之禮。雖音曲摧愴，非經典所制，違禮設衔枚之義。方在號慕，不宜以歌爲名，除(不)輓歌。摯虞以爲：輓歌因倡和而爲摧愴之聲，衔枚所以全哀。此亦以感衆。雖非經典所載，是歷代故事。詩稱「君子作歌，惟以告哀」。以歌爲名，亦無所嫌。宜定新禮如舊，詔從之。』」

46 王子猷嘗暫寄人空宅住，便令種竹。或問：「暫住何煩爾？」王嘯詠良久，直指竹曰：「何可一日無此君？」中興書曰：「徽之卓犖不羈，欲爲傲達，放肆聲色頗過度。時人欽其才，穢其行也。」

47 王子猷居山陰，夜大雪，眠覺，開室，命酌酒。四望皎然，因起仿偟，詠左思招隱詩。中興書曰：「徽之任性放達，棄官東歸，居山陰也。」左詩曰：「杖策招隱士，荒塗横古今。巖穴無結構，丘中有鳴琴。白雪停陰岡，丹葩曜陽林。」忽憶戴安道，時戴在剡，〔一〕卽便夜乘小船就之。經宿方至，造門不前而返。人問其故，王曰：「吾本乘興而行，興盡而返，何必見戴？」

【箋疏】

〔一〕程炎震云：「山陰剡，卽揚州會稽縣。」

48 王衛軍云：「酒正自引人箸勝地。」王薈已見。

【校文】

注「䉕」 景宋本及沈本俱「𦿔」，是。

49 王子猷出都，尚在渚下。〔一〕舊聞桓子野善吹笛，續晉陽秋曰：「左將軍桓伊善音樂，孝武飲燕，謝安侍坐，帝命伊吹笛。伊神色無忤，既吹一弄，乃放笛云：『臣於箏乃不如笛，然自足以韻合歌管。臣有一奴，善吹笛，且相便串，請進之。』帝賞其放率，聽召奴。奴既至，吹笛，伊撫箏而歌怨詩，因以爲諫也。」〔二〕而不相識。遇桓於岸上過，王在船中，客有識之者云：「是桓子野。」王便令人與相聞云：「聞君善吹笛，試爲我一奏。」桓時已貴顯，素聞王名，卽便回下車，踞胡牀，〔三〕爲作三調。弄畢，便上車去。客主不交一言。

【箋疏】

〔一〕程炎震云：「晉書八十一伊傳云：『王徽之赴召京師，泊舟青溪側。』」

〔二〕類聚四十四引語林曰：「桓野王善解音，晉孝武祖宴西堂，樂闋酒闌，將詔野王箏歌。野王辭以須笛。於是詔其常吹奴碩，賜姓曰張，加四品將軍，引使上殿。張碩意氣激揚，吹破三笛。末取睹脚笛，然後乃理調成曲。」野王蓋子野之誤。書鈔一百十引語林云：「晉孝武祖宴西堂，詔桓子野彈箏，桓乃撫箏而歌怨詩，悲厲之響，一堂流涕。」嘉錫案：事詳晉書八十一桓宣傳。

〔三〕演繁露十四云：「今之交床，制本虜來，始名胡床。桓伊下馬據胡床，取笛三弄，是也。隋以讖有胡，改名交床。」嘉錫案：御覽卷六百九十九引風俗通曰：「靈帝好胡服帳，京師皆競爲之。」又卷七百六引云：「靈帝好胡床。」晉書五行志曰：「泰始之後，中國相尚用胡床。」

50 桓南郡被召作太子洗馬，玄別傳曰：「玄初拜太子洗馬，時朝廷以温有不臣之迹，故抑玄爲素官。」船泊荻渚。〔一〕王大服散後已小醉，往看桓。桓爲設酒，不能冷飲，頻語左右：「令温酒來！」桓乃流涕嗚咽，王便欲去。桓以手巾掩淚，因謂王曰：「犯我家諱，何預卿事？」〔二〕晉安帝紀曰：「玄哀樂過人，每歡戚之發，未嘗不至嗚咽。」王歎曰：「靈寶故自達。」靈寶，玄小字也。異苑曰：「玄生而有光照室，善占者云：『此兒生有奇耀，宜目爲天人。』宣武嫌其三文，〔三〕復言爲『神靈寶』，猶復用三。既難重前，卻減『神』一字，名曰『靈寶』。」語林曰：「玄不立忌日，止立忌時，其達而不拘，皆此類。」

【校文】

注「宜目爲天人」「目」，景宋本作「字」。

【箋疏】

〔一〕程炎震云：「晉書玄傳云：『年二十三，始拜太子洗馬。』則是太元十六年，王忱已爲荊州。此荻渚當在江陵。」

〔二〕嘉錫案：顔氏家訓風操篇曰：「禮云：『見似目瞿，聞名心瞿。』有所感觸，惻愴心眼。若在從容平常之地，幸須申其情耳。必不可避，亦當忍之，不必期於顛沛而走也。梁世謝舉甚有聲譽，聞諱必哭，爲世所譏。又有臧逢世，臧嚴之子，篤學修行，不墜門風。孝元經牧江州，遣往建昌督事，郡縣民庶，競修牋書。有稱嚴寒者，必對之流涕。不省取記，多廢公事。」由顏氏之言觀之，知聞諱而哭，乃六朝之舊俗。故雖凶悖如桓玄，不敢不謹守此禮也。御覽卷五百六十二引世說曰：「桓玄呼人温酒，自道其父名。既而曰：『英雄正自粗疏。』」今世說既無其語，且正與此相反，不知本出何書。恐是孝標之注，蓋引他書，以明與世說不同。今本爲宋人所削耳。

〔三〕吴承仕曰：「嫌有三文，『天人』非三文也。此註恐有奪誤。」嘉錫案：宣武嫌其三文，若字爲天人，則止二文。蓋天人下脱一字。今本異苑亦誤作「目爲天人」。

51 王孝伯問王大：「阮籍何如司馬相如？」王大曰：「阮籍胷中壘塊，故須酒澆之。」言阮皆同相如，而飲酒異耳。

52 王佛大歎言：「三日不飲酒，覺形神不復相親。」晉安帝紀曰：「忱少慕達，好酒，在荊州轉甚，一飲或至連日不醒，遂以此死。」〔一〕宋明帝文章志曰：「忱嗜酒，醉輒經日，自號上頓。世諺以大飲爲『上頓』，起自忱也。」

【箋疏】

【一】程炎震云：「北堂書鈔一百四十八引祖台之與王荆州忱書曰：『君須復飲，不廢止之，將不獲已耶？通人識士，累於此物，古人屏爵去邑，焚壘毀榼。』案邑字有誤。御覽四百五十七引作卮。」嘉錫案：竇革酒譜誡失篇亦引云：「古人以酒爲戒，願君屏爵棄卮，焚罍毀榼。殛儀狄於羽山，放杜康於三危。古人繫重離必有贈言，僕之與君，其能已乎？」合此兩書觀之，知台之嘗勸忱戒酒，而忱不從，故卒死於酒。書鈔所引，無「殛儀狄」以下六句，且有脫誤。嚴可均未檢酒譜，故全晉文卷一百三十八所輯其文不全，今爲補之如此。

宋書范泰傳曰：「荆州刺史王忱嗜酒，醉輒累旬。及醒，則儼然端肅。」

53 王孝伯言：「名士不必須奇才。但使常得無事，痛飲酒，熟讀離騷，便可稱名士。」【一】

【箋疏】

【一】「便」，山谷内集注十二引作「自」。又十九引作「便足」。嘉錫案：賞譽篇云：「王恭有清辭簡旨，而讀書少。」此言不必須奇才，但讀離騷，皆所以自飾其短也。恭之敗，正坐不讀書。故雖有憂國之心，而卒爲禍國之首，由其不學無術也。自恭有此說，而世之輕薄少年，畧識之無，附庸風雅者，皆高自位置，紛紛自稱名士。政使此輩車載斗量，亦復何益於天下哉？

54 王長史登茅山，大慟哭曰：「琅邪王伯輿，終當爲情死。」王氏譜曰：「廞字伯輿，琅邪人。父薈，衛將軍。廞歷司徒長史。」周祇隆安記曰：「初，王恭將唱義，使喻三吳，廞居喪，拔以爲吳國內史。國寶既死，恭罷兵，令廞反喪服。廞大怒，卽日據吳都以叛。恭使司馬劉牢之討廞，廞敗，不知所在。」〔一〕

【箋疏】

〔一〕宋書王華傳云：「父廞，司徒左長史。晉隆安初，王恭起兵討王國寶，時廞丁母憂在家。恭檄令起兵，廞卽聚衆應之。以女爲貞烈將軍，以女人爲官屬。國寶既死，恭檄廞罷兵。廞起兵之際，多所誅戮。至是，不復得已。因舉兵以討恭爲名。恭遣劉牢之擊廞，廞敗走，不知所在。」嘉錫案：廞之所以卒至於叛，晉書王薈傳謂「廞墨絰合衆，誅殺異己。自謂義兵一動，勢必未寧，可乘閒而取富貴。而曾不旬日，恭符廞去職，遂大怒，迴衆討恭」。與宋書互有詳畧。要之，皆狂奴故態耳。其以女爲將軍，亦任誕之一端也。

簡傲第二十四

1 晉文王功德盛大，坐席嚴敬，擬於王者。漢晉春秋曰：「文王進爵爲王，司徒何曾與朝臣皆盡禮，唯王祥長揖不拜。」唯阮籍在坐，〔一〕箕踞嘯歌，酣放自若。

【箋疏】

〔一〕程炎震云：「咸熙元年，昭進爵爲王，阮已先一年卒矣。」

2 王戎弱冠詣阮籍，時劉公榮在坐。阮謂王曰：「偶有二斗美酒，當與君共飲。彼公榮者，無預焉。」二人交觴酬酢，公榮遂不得一桮。而言語談戲，三人無異。或有問之者，阮荅曰：「勝公榮者，不得不與飲酒；不如公榮者，不可不與飲酒；唯公榮，可不與飲酒。」晉陽秋曰：「戎年十五，隨父渾在郎舍，阮籍見而說焉。每適渾俄頃，輒在戎室久之。乃謂渾：『濬沖清尚，非卿倫也。』戎嘗詣籍共飲，而劉昶在坐不與焉。昶無恨色。既而戎問籍曰：『彼爲誰也？』曰：『劉公榮也。』濬沖曰：『勝公榮，故與酒；不如公榮，不可不與酒；唯公榮者，可不與酒。』」〔一〕竹林七賢論曰：「初，籍與戎父渾俱爲尚書郎，每造渾，坐未安，輒曰：『與卿語，不如與阿戎語。』就戎，必日夕而返。籍長戎二十歲，〔二〕相得如時輩。劉公榮通士，性尤好酒。籍與戎酬酢終日，而公榮不蒙一桮，三人各自得也。戎爲物論所先，皆此類。」

【校文】

「一桮」 「桮」，景宋本作「榼」。

注「酬酢」 「酬」，景宋本及沈本作「醻」。

【箋疏】

〔一〕容齋隨筆卷十二云：「此事見戎傳，而世說爲詳。又一事云：『公榮與人飲酒，雜穢非類，人或譏之，答曰：「勝公榮者，不可不與飲；不如公榮者，亦不可不與飲。」故終日共飲而醉。』（按見任誕篇）二者稍不同。公榮待客如此，費酒多矣。顧不蒙一杯於人乎？」嘉錫案：余以爲此卽一事，而傳聞異辭耳。又晉陽秋所載濬沖語，世說以爲籍語，亦爲小異。晉書從世說。

程炎震云：「晉書四十三戎傳作戎問籍答。」

〔二〕程炎震云：「籍長戎實二十四歲。」

3 鍾士季精有才理，先不識嵇康。鍾要于時賢儁之士，俱往尋康。康方大樹下鍛，〔一〕向子期爲佐鼓排。〔二〕康揚槌不輟，傍若無人，移時不交一言。鍾起去，康曰：「何所聞而來？何所見而去？」鍾曰：「聞所聞而來，見所見而去。」〔三〕文士傳曰：「康性絕巧，能鍛鐵。家有盛柳樹，〔四〕乃激水以圜之，夏天甚清涼，恆居其下傲戲，乃身自鍛。家雖貧，有人説鍛者，康不受直。唯親舊以雞酒往與共飲噉，清言而已。」魏氏春秋曰：「鍾會爲大將軍兄弟所暱，聞康名而造焉。會名公子，以才能貴幸，乘肥衣輕，賓從如雲。康方箕踞而鍛，會至不爲之禮，〔五〕會深銜之。後因呂安事，而遂譖康焉。」

【校文】

注「有人説鍛者」　「説」，景宋本及沈本作「就」。

【箋疏】

〔一〕李慈銘云：「案説文：『鍛，小冶也。』急就篇：『鍛鑄鉛錫鐙錠鐎。』顔師古注：『凡金鐵之屬，椎打而成器者，謂之鍛。銷冶而成者，謂之鑄。』王應麟補注引蒼頡篇曰：『鍛，椎也。』」

〔二〕程炎震云：「後漢書杜詩傳：『遷南陽太守，造作水排，鑄爲農器。』賢注：『排音蒲拜反，冶鑄者爲排以吹炭。排當作橐，古字通用。』魏書韓暨傳：『徙監冶謁者，舊時冶作馬排，每一熟石，用馬百匹。更作人排，又費工力。暨乃因長流爲水排。』裴注曰：『排，蒲拜反，爲排以吹炭。』晉書杜預傳：『又作人排新器。』音義曰：『排，蒲界反。』玉篇：『韛，皮拜切，韋橐也。可以吹火令熾，亦作橐。』廣韵十六怪：『韛，韋囊，吹火。橐，上同，竝蒲拜反。』蓋古只作排，後乃造韛橐字。文選二十一五君詠注引向秀別傳曰：『秀嘗與嵇康偶鍛於洛邑，故鍾得見之。』又十六思舊賦注引魏氏春秋『康寓居河內之山陽，鍾會爲大將軍所昵』云云。蓋中有刪節，故併兩處爲一。」

李詳云：「詳案：玄應一切經音義卷一云：『韛囊，埤蒼作韛。東觀漢記作排。王弼注書作橐。同皮拜反，所以治家用炊火令熾者也。』後漢書杜詩傳：『造作水排，鑄爲農器。』章懷注：『排，音蒲拜反，冶鑄者爲排以吹炭。排當作橐，古字通用也。』案鞴以熟牛皮爲之，故字從韋。吾鄉冶銅者尚有此製。鞴、韝同字。」嘉錫案：審言箋引音義有刪改，且誤以「作排」以下均爲埤蒼語。今據原書改正。冶家，音義作治家，審言改作「鍛家」，並非。慧琳音義四十二誤亦同。

〔三〕嘉錫案：嵇、鍾問答之語，亦出魏氏春秋。見三國志王粲傳注引。

〔四〕崔豹古今注曰：「合歡樹似梧桐，枝葉繁，互相交結。每風來輒自解，了不相牽綴。樹之階庭，使人不忿。嵇康種之舍前。」

〔五〕魏志王粲傳注、文選思舊賦注並引魏氏春秋曰「康寓居河內之山陽，鍾會聞康名而造之。康方箕踞而鍛」云云。嘉錫案：晉之河內郡山陽縣，在今河南修武縣西北。嘗疑會以貴公子居京師，賓從如雲，未必走數百里，遠至山陽訪康。考御覽四百九引向秀別傳曰：「秀字子期，少爲同郡山濤所知。又與譙國嵇康、東平呂安友善。其趍舍進止，無不必同。造事營生，業亦不異。常與康偶鍛於洛邑，與呂安灌園於山陽。收其餘利，以供酒食之費。或率爾相攜，觀原野，極游浪之勢，亦不計遠近。或經日乃歸，復常業。」據此，是嵇、向偶鍛之地在洛邑，不在山陽。故會得與一時賢儁俱往尋康。魏氏春秋所謂康居山陽，特記其竹林之游，而於此事，則未及分析言之耳。

4 嵇康與呂安善，每一相思，千里命駕。晉陽秋曰：「安字仲悌，東平人，冀州刺史招之第二子。〔一〕

志量開曠，有拔俗風氣。」干寶晉紀曰：「初，安之交康也，其相思則率爾命駕。」安後來，值康不在，喜出户延之，不入。晉百官名曰：「嵇喜字公穆，歷揚州刺史，康兄也。阮籍遭喪，往弔之。籍能爲青白眼，見凡俗之士，以白眼對之。及喜往，籍不哭，見其白眼，喜不懌而退。康聞之，乃齎酒挾琴而造之，遂相與善。」干寶晉紀曰：「安嘗從康，或遇其行，康兄喜拭席而待之，弗顧，獨坐車中。康母就設酒食，求康兒共與戲。良久則去，其輕貴如此。」題門上作「鳳」字而去。喜不覺，猶以爲欣，故作。「鳳」字，凡鳥也。許慎説文曰：「鳳，神鳥也。從鳥，凡聲。」

【校文】

注「中悌」　「中」，景宋及沈本作「仲」。

【箋疏】

〔一〕程炎震云：「魏志十六杜恕傳：『鎮北將軍呂昭，又領冀州牧。』注引世語曰：『昭字子展。長子巽，字長悌，爲相國掾，有寵於司馬文王。次子安，字仲悌。次子粹，字季悌，河南尹。』按昭爲冀州，蓋在太和中。」

5　陸士衡初入洛，咨張公所宜詣；劉道真是其一。陸既往，劉尚在哀制中。性嗜酒，禮畢，初無他言，唯問：「東吳有長柄壺盧，卿得種來不？」〔一〕陸兄弟殊失望，乃悔往。〔二〕

【箋疏】

〔一〕嘉錫案：通典八十八孫爲祖持重議載劉寶以爲孫爲祖不三年，引據經典甚詳。則寶亦治喪服之學者，而其居喪乃如此！違其實而習其文，此魏、晉之經學，所爲有名無實也。

〔二〕抱朴子外篇譏惑論東晉初江表風俗之失曰：「又聞貴人在大哀，或有疾病，服石散，以數食宣藥勢，以飲酒爲性命。疾患危篤，不堪風冷，幃帳茵褥，任其所安。於是凡瑣小人之有財力者，了不復居於喪位，常在別房，高牀重褥，美食大飲。或與密客，引滿投空，至於沈醉。曰：『此京、洛之法也。』不亦惜哉！余之鄉里先德君子，其居重難，或并在衰老，於禮唯應縗麻在身，不成喪致毀者，皆過哀啜粥，口不經甘。時人雖不肖者，莫不企及自勉。而今人乃自取如此！何其相去之遼緬乎？」嘉錫案：據抱朴之言，則居喪飲酒，自是京、洛閒之習俗。蓋自阮籍居母喪，飲酒食肉，士大夫慕其放達，相習成風。劉道真任誕之徒，自不免如此。恣情任性，自放於禮法之外耳。非必因有疾，及服寒食散也。抱朴吳人，言其鄉先德居喪，莫不守禮。士衡兄弟，吳中舊族，習於禮法，故乍聞道真之語，爲之駭然失望。當時因風尚不同，南北相輕，此亦其一事。及五馬南浮，名士過江如鯽。三吳子弟，仰其風流，羣相仿效，雖凡瑣小人，亦從風而靡矣。

6 王平子出爲荊州，晉陽秋曰：「惠帝時，太尉王衍甫言於選者，以弟澄爲荊州刺史，從弟敦爲青州刺史。澄、敦俱詣太尉辭。〔一〕太尉謂曰：『今王室將卑，故使弟等居齊、楚之地，外可以建霸業，內足以匡帝室，所望於二弟也！』」王太尉及時賢送者傾路。時庭中有大樹，上有鵲巢。平子脫衣巾，徑上樹取鵲子。涼衣拘閡樹枝，便復脫去。得鵲子還，下弄，神色自若，傍若無人。〔二〕鄧粲晉紀曰：「澄放蕩不拘，時謂之達。」

【箋疏】

〔一〕程炎震云：「晉書四十三澄傳作『惠帝末』是也。通鑑八十六以澄刺荊，繫之永嘉元年。蓋光熙元年劉弘卒，卽議代者，明年澄乃之鎮耳。通鑑攷異引晉春秋，青州作揚州。溫公駁之，蓋所見本偶誤耳。」又云：「光熙元年，王衍爲司空。明年十一月，爲司徒。」

〔二〕李慈銘云：「案王澄一生，絕無可取。狂且恃貴，輕侻喪身。既無當世之才，亦絕片言之善。虛叨彊寄，致亂逃歸。徒以王衍、王戎，紛紜標榜。一自私其同氣，一自附於宗英。大言不慚，厚相封殖。觀於此舉，脫衣上樹，裸體探雛，直是無賴妄人，風狂乞相。以爲簡傲，何啻寱言？晉代風流，概可知矣。舍方伯之威儀，作驅烏之兒戲，而委以重任，鎮扼上流。夷甫之流，謀國如是。晉之不競，亦可識矣。」

7 高坐道人於丞相坐，恆偃臥其側。見卞令，肅然改容云：「彼是禮法人。」高坐傳曰：「王公曾詣和上，和上解帶偃伏，悟言神解。見尚書令卞望之，便斂衿飾容。時歎皆得其所。」

8 桓宣武作徐州，時謝奕爲晉陵。中興書曰：「奕自吏部郎，出爲晉陵太守。」先粗經虛懷，而乃無異常。及桓還荊州，〔一〕將西之間，意氣甚篤，奕弗之疑。唯謝虎子婦王悟其旨。虎子，謝據小字，奕弟也。其妻王氏，已見。每曰：「桓荊州用意殊異，必與晉陵俱西矣！」俄而引奕爲司馬。奕既上，猶推布衣交。在溫坐，岸幘嘯詠，無異常日。宣武每曰：「我方外司馬。」遂因酒，轉無朝夕禮。〔二〕桓舍入內，奕輒復隨去。後至奕醉，溫往主許避之。主曰：「君無狂司馬，我何由得相見？」

【箋疏】

〔一〕程炎震云：「建元元年，溫爲徐州。永和元年，還荊州。此還字當作遷。」

〔二〕程炎震云：「晉書七十九奕傳，朝夕作朝廷。」嘉錫案：「遂因酒，轉無朝夕禮」，書鈔六十八引作「遂因酒縱誕」。

9 謝萬在兄前，欲起索便器。于時阮思曠在坐曰：「新出門戶，篤而無禮。」

10 謝中郎是王藍田女壻，謝氏譜曰：「萬取太原王述女，名荃。」嘗箸白綸巾，肩輿徑至揚州聽事見王，〔一〕直言曰：「人言君侯癡，君侯信自癡。」藍田曰：「非無此論，但晚令耳。」述別傳曰：「述少真獨退靜，人未嘗知，故有晚令之言。」

【箋疏】

〔一〕程炎震云：「萬以升平三年敗廢。五年起爲散騎常侍。述時皆爲揚州。」又云：「文選十六閑居賦注引周遷輿服雜事記曰：『步輿方四尺，素木爲之，以皮爲襻搹之。自天子至於庶人，通得乘之。』」

11 王子猷作桓車騎騎兵參軍，桓問曰：「卿何署？」答曰：「不知何署，時見牽馬來，似是馬曹。」中興書曰：「桓沖引徽之爲參軍，蓬首散帶，不綜知其府事。」桓又問：「官有幾馬？」答曰：「不問馬，何由知其數？」論語曰：「廄焚，孔子退朝曰：『傷人乎？』不問馬。」注：「貴人賤畜，故不問也。」又問：「馬比死多少？」答曰：「未知生，焉知死？」論語曰：「子路問死。孔子曰：『未知生，焉知死？』」馬融注曰：「死事難明，語之無益，故不答。」

12 謝公嘗與謝萬共出西，過吳郡。阿萬欲相與共萃王恬許，恬已見。時爲吳郡太守。太傅云：「恐伊不必酬汝，意不足爾！」萬猶苦要，太傅堅不回，萬乃獨往。坐少時，王便入門內，謝殊有欣色，以爲厚待己。良久，乃沐頭散髮而出，亦不坐，仍據胡牀，在中庭曬頭，神氣傲邁，了無相酬對意。謝於是乃還。未至船，逆呼太傅。安曰：「阿螭不作爾！」〔一〕王恬，小字螭虎。

【箋疏】

〔一〕李慈銘云：「案作當作足，此仍述安石語。『不足爾』，言不足往也。」嘉錫案：江左王、謝齊名，實在安立功名以後。此時謝氏兄弟甫有盛名，而其先本非世族，故阮裕譏爲新興門戶。王恬貴游子弟，宜其不禮謝萬也。

13 王子猷作桓車騎參軍。〔一〕桓謂王曰：「卿在府久，比當相料理。」初不答，直高視，以手版拄頰云：「西山朝來，致有爽氣。」

【箋疏】

〔一〕渚宮舊事五作「王子猷爲桓溫參軍」，誤也。

14 謝萬北征，常以嘯詠自高，未嘗撫慰衆士。〔一〕謝公甚器愛萬，而審其必敗，乃俱行。從容謂萬曰：「汝爲元帥，宜數喚諸將宴會，以說衆心。」萬從之。因召集諸將，都無所說，直以如意指四坐云：「諸君皆是勁卒。」諸將甚忿恨之。〔二〕謝公欲深箸恩信，自隊主將帥以下，無不身造，厚相遜謝。及萬事敗，軍中因欲除之。復云：「當爲隱士。」故幸而得免。萬敗事已見上。

【箋疏】

〔一〕嘉錫案：晉書王羲之傳：「萬爲豫州都督，羲之遺萬書誡之曰：『以君邁往不屑之韻，而俯同羣辟，誠難爲意也。然所謂通識，正自當隨事行藏，乃爲遠耳。願君每與士之下者同，則盡善矣。食不二味，居不重席，此復何有？而古人以爲美談。濟否所由，實在積小以致高大。君其存之！『萬不能用。』觀此章所敘，萬之輕傲諸將，正所謂邁往不屑之氣也。右軍之言，深中其病。以此等狂妄之徒，而付之征討之任，其敗固宜。

〔三〕通鑑一百胡注曰：「如意，鐵如意也。凡奮身行伍者，以兵與卒爲諱。既爲將矣，而稱之爲卒，所以益恨也。」

15 王子敬兄弟見郗公，躡履問訊，甚修外生禮。及嘉賓死，皆箸高屐，儀容輕慢。〔一〕命坐，皆云「有事，不暇坐。」既去，郗公慨然曰：「使嘉賓不死，鼠輩敢爾！」愔子超，有盛名，且獲寵於桓溫，故爲超敬愔。〔二〕

【箋疏】

〔一〕程炎震云：「龍城札記三曰：『屐可以遊山，亦可以燕居著之，謝安之屐齒折，是也。紈綺少年喜着高齒屐，見顏氏家訓中。大抵通侻之服，非正服也。宋阮長之爲中書郎，直省，應往鄰省，誤着屐出閤。依事，自列門下。事見南史。蓋宮省謹嚴之地，宜着履舄。在直所，容可不拘，而出閤則必不可以褻，此其所以自劾也。』」

〔二〕惜抱軒筆記五曰：「晉書郗超傳言王獻之兄弟於超死後簡敬於郗愔，此本世說，吾謂其誣也。子敬佳士，豈慢舅若此？且超權重，爲人所畏，乃簡文時。及孝武時，桓溫喪，超失勢矣。豈存没尚足輕重於其父哉？」

16 王子猷嘗行過吳中，見一士大夫家，極有好竹。主已知子猷當往，乃灑埽施設，在聽事坐相待。王肩輿徑造竹下，諷嘯良久。主已失望，猶冀還當通，遂直欲出門。主人大不堪，便令左右閉門不聽出。王更以此賞主人，乃留坐，盡歡而去。

17 王子敬自會稽經吳，聞顧辟疆顧氏譜曰：「辟疆，吳郡人。歷郡功曹、平北參軍。」有名園。〔一〕先不識主人，徑往其家，值顧方集賓友酣燕。而王遊歷既畢，指麾好惡，傍若無人。顧勃然不堪曰：「傲主人，非禮也；以貴驕人，非道也。失此二者，不足齒人，傖耳！」便驅其左右出門。王獨在輿上回轉，〔二〕顧望左右移時不至，然後令送箸門外，怡然不屑。

【校文】

「不足齒人」 「人」，沈本作「之」。

【箋疏】

〔一〕吳郡志十四云：「晉辟疆園，自西晉以來傳之，池館林泉之盛，號吳中第一。晉、唐人題詠甚多，今莫知遺跡所在。考龜蒙之詩，則在唐爲任晦園亭。今任園亦不可考矣。」嘉錫案：顧辟疆東晉人，志云「西晉以來傳之」，誤也。

〔二〕李慈銘云：「晉書作『不足齒之傖耳，便驅出門』。此處人字疑是之字形誤。惟晉書言『便驅出門』，蓋采世說之文而誤。子敬固爲無禮，亦安得遽摽之門外？依臨川所說，乃是驅其左右，斯爲近理云。王獨在輿上者，六朝貴游登臨游歷，多以肩輿。如陶淵明門生舁竹輿，上條王子敬看竹亦云『肩輿徑造竹下』也。」程炎震云：「人，宋本作之。晉書八十獻之傳亦作之。」嘉錫案：顏氏家訓涉務篇曰：「梁世士大夫皆尚褒衣博帶，大冠高履。出則車輿，入則扶侍。郊郭之內，無乘馬者。」今以晉人之事觀之，則出必車輿，自是江南習俗。之推指爲梁事，特就身所親歷言之耳。

世說新語卷下之下

排調第二十五〔一〕

【箋疏】

〔一〕程炎震云：「排當作俳。金樓子捷對篇曰：『諸如此類，合曰俳調。過乃疏鄙，不足多稱。』魏志二十九華陀傳注引曹植辯道論曰：『自家王與太子及余兄弟，並以爲調笑。』文心雕龍諧隱篇云：『魏文因俳說以著笑書，薛綜憑宴會而發嘲調。』亦一證也。」

1 諸葛瑾爲豫州，遣別駕到臺，瑾已見。語云：「小兒知談，卿可與語。」連往詣恪，江表傳曰：「恪字元遜，瑾長子也。少有才名，發藻岐嶷，辯論應機，莫與爲對。孫權見而奇之，謂瑾曰：『藍田生玉，真不虛也！』仕吳至太傅。爲孫峻所害。」恪不與相見。後於張輔吳坐中相遇，環濟吳紀曰：「張昭字子布，忠正有才義，仕吳，爲輔吳將軍。」別駕喚恪：「咄咄郎君。」恪因嘲之曰：「豫州亂矣，何咄咄之有？」答曰：「君明臣賢，未聞其亂。」恪曰：「昔唐堯在上，四凶在下。」答曰：「非唯四凶，亦有丹朱。」於是一坐大笑。〔一〕

【箋疏】

〔一〕程炎震云：「黃龍元年，瑾爲豫州牧。張昭嘉禾五年卒。當在此八年中。恪死時年五十一，是時三十上下矣。」

2 晉文帝與二陳共車，過喚鍾會同載，卽駛車委去。比出，已遠。既至，因嘲之曰：「與人期行，何以遲遲？望卿遙遙不至。」會答曰：「矯然懿實，何必同羣？」帝復問會：「皐繇何如人？」答曰：「上不及堯、舜，下不逮周、孔，亦一時之懿士。」〔一〕二陳，騫與泰也。會父名繇，故以「遙遙」戲之。騫父矯，宣帝諱懿，泰父羣，祖父寔，故以此酬之。

【箋疏】

〔一〕李慈銘云：「案皐陶古皆作咎繇。說文言部譔字下引虞書咎繇譔。許君所稱，古文尚書也。離騷、尚書大傳、漢書皆作咎繇。故司馬昭以戲鍾會，非僅取同音也。」

李詳云：「詳案：鍾會父繇。魏時自音繇，非如今時音由也。禮檀弓：『詠斯猶。』鄭注：『猶當爲搖聲之誤，秦人猶、搖聲相近。』又爾雅釋詁：『繇，喜也。』郭注：『禮記：「詠斯猶。」猶卽繇，古今字耳。』

援鶉堂筆記三十云：「蓋舊讀繇爲遙，以其父名爲戲也。今皆讀爲由音。」

3 鍾毓爲黃門郎，有機警，在景王坐燕飲。時陳羣子玄伯、武周子元夏同在坐，魏志曰：

「武周字伯南，沛國竹邑人。仕至光祿大夫。」共嘲皝。景王曰：「臯繇何如人？」對曰：「古之懿士。」顧謂玄伯、元夏曰：「君子周而不比，羣而不黨。」〔一〕孔安國注論語曰：「忠信爲周，阿黨爲比。黨，助也。君子雖衆，不相私助。」

【箋疏】

〔一〕嘉錫案：此與上一條卽一事，而傳聞有異耳。

4 嵇、阮、山、劉在竹林酣飲，王戎後往。步兵曰：「俗物已復來敗人意！」魏氏春秋曰：「時謂王戎未能超俗也。」王笑曰：「卿輩意，亦復可敗邪？」

5 晉武帝問孫皓：吳錄曰：「皓字元宗，一名彭祖，大皇帝孫也。景帝崩，皓嗣位，爲晉所滅，封歸命侯。」「聞南人好作爾汝歌，頗能爲不？」皓正飲酒，因舉觴勸帝而言曰：「昔與汝爲鄰，今與汝爲臣。上汝一桮酒，令汝壽萬春。」帝悔之。

6 孫子荊年少時欲隱，語王武子「當枕石漱流」，誤曰「漱石枕流」。王曰：「流可枕，石可漱乎？」孫曰：「所以枕流，欲洗其耳；逸士傳曰：「許由爲堯所讓，其友巢父責之。由乃過清冷水洗耳拭目，

曰：『向聞貪言，負吾之友。』」所以漱石，欲礪其齒。」〔二〕

【箋疏】

〔一〕李詳云：「詳案：蜀志秦宓傳『枕石漱流，吟詠緼袍』。」嘉錫案：此乃彭羕傳羕薦宓於許靖語，不在宓傳。李氏謂是秦宓傳中語，誤。又案：宋書樂志三魏武帝秋胡行曰：「遨游八極，枕石漱流飲泉。沈吟不決，遂上升天。」「枕石漱流」四字，始見於此。然彭羕薦秦子勑亦用之，未必襲自魏武，疑其前更有出處也。晉書隱逸宋纖傳，太守楊宣畫其像作頌曰：「爲枕何石？爲漱何流？身不可見，名不可求。」知此語爲魏、晉人所常用矣。此出王隱晉書，見御覽五十一引。

7 頭責秦子羽云：子羽未詳。「子曾不如太原温顒、潁川荀寓、温顒已見。荀氏譜曰：「寓字景伯，祖式，太尉。父保，〔一〕御史中丞。」世語曰：「寓少與裴楷、王戎、杜默俱有名，仕晉，至尚書。」范陽張華、士卿劉許、〔二〕晉百官名曰：「劉許字文生，涿鹿都人。父放，魏驃騎將軍。許，惠帝時爲宗正卿。」按許與張華同范陽人，故曰士卿，互其辭也。宗正卿，或曰士卿。義陽鄒湛、〔三〕河南鄭詡。晉諸公贊曰：「湛字潤甫，新野人。以文義達，仕至侍中。詡字思淵，滎陽開封人，爲衞尉卿。祖泰，揚州刺史。父褒，〔四〕司空。」此數子者，或謇喫無宮商，〔五〕或尪陋希言語，或淹伊多姿態，或讙譁少智諝，或口如含膠飴，或頭如巾齏杵。〔六〕文士傳曰：「華爲人少威儀，多姿態。」推意此語，則此六句，還以目上六人，而口如含膠飴，則指鄒湛。湛辯麗英博，而有此稱。未詳。而猶以文采可觀，意思詳序，攀龍附鳳，並登天府。」張敏集：載頭責子羽文曰：〔七〕「余友有秦生者，雖有姊夫之尊，少而狎焉。同時好暱，〔八〕有太原溫長仁顒、潁川荀景伯寓、范陽張茂先華、士卿劉文生許、南陽鄒潤甫湛、河南鄭思淵詡。數年之中，繼踵登朝，而此賢身處陋巷，屢沽而無善價，亢志自若，終不衰墮，爲之慨然。又怪諸賢既已在位，曾無伐木嚶鳴之聲，甚違王貢彈冠之義，故因秦生容貌之盛，爲頭責之文以戲之，并以嘲六子焉。雖似諧譃，實有興也。其文曰：『維泰始元年，頭責子羽曰：「吾託子爲頭，萬有餘日矣。大塊稟我以精，造我以形。我爲子植髮膚，置鼻耳，安眉須，插牙齒，眸子摛光，雙顴隆起。〔九〕每至出入之間，遨遊市里，行者辟易，坐者竦跽。或稱君侯，或言將軍，捧手傾側，佇立崎嶇。如此者，故我形之足偉也。子冠冕不戴，金銀不佩，釵以當笄，帢以代幗，〔一〇〕旨味弗嘗，食粟茹菜，限摧園閈，糞壤汙黑，歲莫年過，曾不自悔。子厭我於形容，我賤子乎意態。若此者乎，必子行己之累也。子遇我如讐，我視子如仇，居常不樂，兩者俱憂，〔一一〕何其鄙哉！子欲爲人寶也，〔一二〕則當如皋陶、后稷、巫咸、伊陟，保乂王家，永見封殖。子欲爲名高也，則當如許由、子臧、卞隨、務光，洗耳逃祿，千歲流芳。子欲爲遊說也，則當如陳軫、蒯通、陸生、鄧公，〔一三〕轉禍爲福，令辭從容。〔一四〕子欲爲進趣也，則當如賈生之求試，終軍之請使。砥礪鋒穎，以幹王事。子欲爲恬淡也，則當如老聃之守一，莊周之自逸。廓然離欲，志陵雲日。子欲爲隱遁也，〔一五〕則當如榮期之帶索，漁父之瀺灂，棲遲神丘，垂餌巨壑。此一介之所以顯身成名者也。〔一六〕今子上不希道德，中不效儒墨，塊然窮賤，守此愚惑。察子之情，覩子之志，退不爲於處士，進無望於三事，而徒翫日勞形，習爲常人之所喜，不亦過乎！」於是子羽愀然深念而對曰：「凡所教敕，謹聞命矣。以受性拘係，〔一七〕不聞禮義，設以天幸，〔一八〕爲子所寄。今欲使吾爲忠也，即當如伍胥屈平。欲使吾爲信也，則當殺身以成名。欲使吾爲介節邪，則當赴水火以全貞。此四者，人之所忌，故吾不敢造意。」頭曰：「子所謂天刑地網，剛德之尤，不登山抱木，則褰裳赴流。吾欲告爾以養性，誨爾以優游，而以蟣蝨同情，〔一九〕不聽我謀，悲哉！俱寓人體，而獨爲子頭！且擬人其倫，喻子儕偶。子不如太原温顒、〔二〇〕潁川荀寓、范陽張華、士卿劉許、南陽鄒湛、河南鄭詡。此數子者，或謇喫無宮商，或尪陋希言語，或淹伊多姿態，或讙譁少智諝，或口如含膠飴，或頭如巾齏杵，〔二一〕而猶文采可觀，意思詳序，攀龍附鳳，並登天府。夫舐痔得車，沈淵得珠，〔二二〕豈若夫子徒令脣舌腐爛，手足沾濡哉？居有事之世，而恥爲權圖，譬猶鑿池抱甕，難以求富。嗟乎子羽！何異檻中之熊，〔二三〕深穽之虎，石間饑蟹，竇中之鼠。事力雖勤，見功甚苦。宜其拳局翦蹙，〔二四〕至老無所希也。支離其形，猶能不困，非命也夫！豈與夫子同處也。〔二五〕』」

【校文】

「謇喫」　「喫」，景宋本及沈本作「吃」。

注「許由子威」　「威」，沈本作「臧」。

注「廓然離欲」　「欲」，沈本作「俗」。

注「不聞禮義」　「聞」，景宋本及沈本俱作「閑」。

注「爲忠也」「爲信也」　「也」，沈本俱作「邪」。

注「而以蟣蝨同情」　「以」，沈本作「與」。

注「而猶文采可觀」　「猶」下沈本有「以」字。

注「剪蹙」「剪」，景宋本及沈本俱作「煎」。

【箋疏】

〔一〕李慈銘云：「案『式』當作『彧』、『保』當作『俁』。三國志荀彧傳『子俁御史中丞』，注引荀氏家傳曰『俁字叔倩，子寓，字景伯』，又引世語云云，與此同。」程炎震云：「『祖式、父保』，當據魏志十荀彧傳改作『祖彧、父俁』。」

〔二〕魏志劉放傳曰：「放薨，子正嗣。」注云：「臣松之案：頭責子羽曰『士卿劉許』，字文生，正之弟也。與張華六人，並稱文辭可觀，意思詳序。晉惠帝世，許爲越騎校尉。」隋志云：「梁有宗正劉訏集二卷，錄一卷亡。」新唐志作劉許。程炎震云：「魏書劉放傳『子正』，裴注曰：『頭責子羽文曰「士卿劉許」，字文生，正之弟也。與張華六人並稱，文辭可觀，意思詳序。』」

〔三〕晉書地理志：武帝平吳，分南陽立義陽郡。張敏此文作於泰始元年，在未平吳之前。故注引此文，兩稱南陽鄒湛。此作義陽者，蓋後來所改。然惠帝時分南陽立新野郡，而此不稱新野，則臨川所據者晉初之本也。

〔四〕李慈銘云：「案『褒』當作『袠』。晉書鄭袤傳：『袤字林叔，滎陽開封人，漢大司農衆之元孫。』父卽范書所言公業也。」

〔五〕通雅卷五曰：「謇㥛，一作謇喫。列子曰：謇㥛凌誶，好陵責罵人也。㥛，吃也。說文曰：急性也。方言：謇㥛，吃也。或謂之軋，謂之歰。郭璞曰：江東曰喋，皆謂口吃好言之狀。頭責子羽文『或謇喫無宮商』。喫，廣韻音毄。」

〔六〕嘉錫案：言其頭小而鋭，如搗韲之杵，而冠之以巾也。初學記十九引劉思真醜婦賦云「頭似研米槌」。

〔七〕隋志有晉尚書郎張敏集二卷，梁五卷。唐宋志仍二卷。洪邁容齋五筆四曰：「故篋中得舊書一帙，題爲晉代名臣文集，凡十有四家。所載多不能全。有張敏者，太原人，仕歷平南參軍、太子舍人、濟北長史。其一篇曰頭責子羽文，極爲尖新。古來文士，皆無此作。恐藝文類聚、文苑英華或有之。惜其泯沒不傳，謾采之以遺博雅君子。其文九百餘言，頗有東方朔客難，劉孝標絶交論之體，集仙傳所載神女成公智瓊傳見於太平廣記，蓋敏之作也。」嚴可均全晉文八十曰：「張敏太原中都人，咸寧中爲尚書郎，領祕書監，太康初出爲益州刺史。」文廷式補晉書藝文志丁部六曰：「張敏集，遂初堂書目尚著録。是此書南宋猶存。」嘉錫案：張敏仕履，得洪氏、嚴氏所述而始全。然洪氏未考世説，故不知頭責子羽文具存孝標注中。且云文苑英華或有之。夫英華上繼文選，起自梁代，安得有晉人文耶？嚴氏又未考五筆，故所載官職不完。智瓊傳見廣記六十一，不著姓名。洪氏知爲張敏所作者，據晉代名臣文集也。嚴氏僅從書鈔百二十九采其神女傳三句，而於此傳全篇失收，傳中有張華神女賦序一篇，全晉文五十八張華文中亦未録入，皆千慮之一失也。文選五十六劍閣銘注引臧榮緒晉書曰：「張載作劍閣銘，益州刺史張敏見而奇之，乃表上其文。世祖遣使鐫石記焉。」據今晉書張載傳，事在太康初。

〔八〕李慈銘云：「案洪氏邁容齋五筆引此文小有異同。其此本灼然誤者，輒注其旁。可互通者別出之。『狎焉』作『狎之』，『好暱』作『暱好』。」

〔九〕漢書東方朔傳：「上復問朔：『方今公孫丞相、兒大夫、董仲舒之倫，先生自視何與比哉？』朔對曰：『臣觀其舌齒牙，樹頰頦，吐脣吻，擢項頤，結股脚，連脽尻，遺蛇其迹，行步偊旅，臣朔雖不肖，尚兼此數子者。』」張敏所謂植髮膚云云，其意度蓋出於此。

〔一〇〕李慈銘云：洪本「兩『不』字俱作『弗』。『帢』作『幍』，乃『帢』之誤，『帢』卽『帢』字。『幗』作『帶』，當以洪本爲是，帶與戴佩韻。」

〔一一〕漢書匈奴傳曰：「高后時，冒頓寖驕，迺爲書使使遺高后曰：『陛下獨立，孤僨獨居。兩者不樂，無以自虞。』」

〔一二〕李慈銘云：「『人寶』洪本作『仁賢』，誤。」

〔一三〕漢書鼂錯傳曰：「錯已死，謁者僕射鄧公爲校尉，擊吳楚爲將，還見上，上問曰：『道軍所來，聞鼂錯死，吳楚罷不？』鄧公曰：『吳爲反數十歲矣。發怒削地，以誅錯爲名，其意不在錯也。且臣恐天下之士，拑口不敢復言矣。』上曰：『何哉？』鄧公曰：『夫鼂錯患諸侯彊大不可制，故請削之，以尊京師。萬世之利也。計畫始行，卒受大戮，內杜忠臣之口，外爲諸侯報仇。臣竊爲陛下不取也。』於是景帝喟然長息曰：『公言善，吾亦恨之。』迺拜鄧公爲城陽中尉。鄧公，成固人也。多奇計。建元年中上招賢良，公卿言鄧先。鄧先時免，起家爲九卿，一年，復謝病，免歸。」

〔一四〕李慈銘云：「洪本令作含，疑此誤。」（以下「李云」並據洪邁容齋五筆校。）

〔一五〕李云：「廓作漢，欲作俗。六『也』字俱作『耶』，古也耶通用，也自爲古。」

〔一六〕李云：「一介之下有人字，此脫。」

〔一七〕李云：「受上無以字，此誤衍。」

〔一八〕李云：「設作誤。三『也』字亦皆作耶，伍作包。」

〔一九〕李云：「以作與。」

〔二〇〕李云：「子不如作曾不如。案當作子曾不如。」

〔二一〕程炎震云：「文心雕龍諧隱篇作握春杵。」

〔二二〕李云：「猶下有以字，與正文合。得珠作竊珠。」

〔二三〕李云：「檻中作牢檻。」

〔二四〕李云：「剪作煎。」

〔二五〕李云：「洪本作命也夫與子同處。」

8 王渾與婦鍾氏共坐，見武子從庭過，渾欣然謂婦曰：「生兒如此，足慰人意。」婦笑曰：「若使新婦得配參軍，生兒故可不啻如此！」〔一〕王氏家譜曰：「倫字太沖，司空穆侯中子，司徒渾弟也。醇粹簡遠，貴老、莊之學，用心淡如也。爲老子例略、周紀。年二十餘，舉孝廉，不行。歷大將軍參軍。年二十五卒，大將軍爲之流涕。」〔二〕

【校文】

注「倫字太沖」「倫」，沈本作「淪」。

【箋疏】

〔一〕李慈銘云：「案閨房之內，夫婦之私，事有難言，人無由測。然未有顯對其夫，欲配其叔者。此即倡家蕩婦，市里淫姍，尚亦慙於出言，赧其顏頰。豈有京陵盛閥，太傅名家，夫人以禮著稱，乃復出斯穢語？齊東妄言，何足取也！『倫』當作『淪』。」

〔二〕程炎震云：「御覽三百九十一引郭子同，惟末有『淪字太沖，爲晉文王大將軍，從征壽春，遇疾亡，時人惜焉』五句。蓋郭子本文，而臨川刪之，下軍字上當脱參字。」

9 荀鳴鶴、陸士龍二人未相識，〔一〕俱會張茂先坐。張令共語。以其並有大才，可勿作常語。陸舉手曰：「雲閒陸士龍。」荀答曰：「日下荀鳴鶴。」陸曰：「既開青雲覩白雉，何不張爾弓，布爾矢？」荀答曰：「本謂雲龍騤騤，定是山鹿野麋。獸弱弩彊，是以發遲。」張乃撫掌大笑。

晉百官名曰：「荀隱字鳴鶴，潁川人。」荀氏家傳曰：「隱祖昕，樂安太守。父岳，中書郎。隱與陸雲在張華坐語，互相反覆，陸連受屈，隱辭皆美麗，張公稱善云。世有此書，尋之未得。〔二〕歷太子舍人，延尉平，蚤卒。」

【箋疏】

〔一〕晉書陸機傳吳士鑑注曰：「荀岳墓碣云：『岳字於伯，小字異姓，樂平府君之第一子。夫人東萊劉仲雄之女。息男隱，字鳴鶴。隱，司徒左西曹掾。子男瓊，字華孫。』又歷敍岳之官閥，自本郡功曹史至中書侍郎。案世說注引家傳：『岳父昕，樂安太守。』當據碑作『樂平』以正之。家傳：隱官廷尉平，而碑作左西曹掾。蓋初爲廷尉平，而終於西曹掾，亦當以碑爲得實。劉仲雄名毅，有傳。惟荀昕不見史傳，碑又不敢直書其名。攷魏志荀攸傳：攸叔父衢。裴注引荀氏家傳曰：『衢子祈，字伯旗，位至濟陰太守。』疑昕與祈即一人，因字形相近而誤。或曾歷濟陰、樂平兩郡，而碑與傳各舉其一耳。」嘉錫案：荀岳墓碣見芒洛冢墓遺文三編，題爲墓誌銘，畧云：「君樂平府君第二子。」碑陰又云：「岳字於伯，小字異妵。」考妵字始見左傳昭二十一年云：「宋華妵居於公里。」說文云：「妵，女字也。從女，主聲。」廣韻上聲四十五厚云：「妵，天口切，人名。」吳氏引作「樂平第一子」，又引作「小字異妵」。蓋諦視拓本不審耳。碑立於元康五年十月，而云「息男隱，字鳴鶴，年十九」。隱雖蚤卒，未必即死於是年。然則碑言隱官司徒掾，蓋立碑時之官。家傳言歷廷尉平，蚤卒，則其最後之官。吳氏以爲終於西曹掾，非也。樂平君之名，以其字伯旗推之，當是旍常之旍。作祈與昕者，皆傳寫之誤。

〔三〕「世有此書，尋之未得」兩句，乃孝標之語，謂有一書具載鳴鶴、士龍反覆之辭，而尋之未得，故不能知其詳也。

10 陸太尉詣王丞相，陸玩已見。王公食以酪。陸還遂病。明日與王牋云：「昨食酪小過，通夜委頓。民雖吳人，幾爲傖鬼。」〔一〕

【箋疏】

〔一〕程炎震云：「晉書玩傳云：『其輕易權貴如此。』」嘉錫案：吴人以中州人爲傖人，見雅量篇「褚公於章安令」條。又案：類聚七十二引笑林曰：「吴人至京，爲設食者有酪蘇，未知是何物也，强而食之。歸吐，遂至困頓。謂其子曰：『與傖人同死，亦無所恨，然汝故宜慎之。』」笑林爲魏邯鄲淳所著，在陸玩之前，疑玩即用其語，以戲王導耳。

11 元帝皇子生，〔一〕普賜羣臣。殷洪喬謝曰：殷羡已見。「皇子誕育，普天同慶。臣無勳焉，而猥頒厚賚。」中宗笑曰：「此事豈可使卿有勳邪？」

【箋疏】

〔一〕程炎震云：「元帝六男，惟簡文帝生於即位之後，此當即簡文也。」

12 諸葛令、王丞相共爭姓族先後，王曰：「何不言葛、王，而云王、葛？」令曰：「譬言驢馬，不言馬驢，驢寧勝馬邪？」〔一〕諸葛恢。

【校文】

注「諸葛恢」「恢」下景宋本及沈本有「已見」二字。

【箋疏】

〔一〕嘉錫案：凡以二名同言者，如其字平仄不同，而非有一定之先後，如夏商、孔顔之類。則必以平聲居先，仄聲居後，此乃順乎聲音之自然，在未有四聲之前，固已如此。故言王、葛驢馬，不言葛、王馬驢，本不以先後爲勝負也。如公穀、蘇李、嵇阮、潘陸、邢魏、徐庾、燕許、王孟、韓柳、元白、温李之屬皆然。

13 劉真長始見王丞相，時盛暑之月，丞相以腹熨彈棊局，曰：「何乃渹？」〔一〕吳人以冷爲渹。劉既出，人問：「見王公云何？」劉曰：「未見他異，唯聞作吳語耳！」語林曰：「真長云：『丞相何奇？止能作吳語及細唾也。』」〔二〕

【箋疏】

〔一〕李慈銘云：「案玉篇：『渹，虛觥切，水浪渹渹聲。』廣韻：『呼宏切，水石聲，又大也。』集韻：『水相激聲。』俱無冷訓。說文：『訇，騃言聲。』韻會引作『駭言聲』。訇從言，勻省聲，虎橫切。渹卽從訇聲。蓋因寒而駭呼，其聲若宏，因爲渹字耳。今吳下亦無此方言。」嘉錫案：演繁露卷六云：「玉篇：『渹者，虛觥反，水石聲也。』腹熨棋局，水石之聲，非所言也。今鄉俗狀涼冷之狀者曰『冷渹渹』，卽真長之謂吳語也乎？」案程大昌爲休寧人，其地於春秋及三國時正屬吳，據其所言，則南宋猶有此吳語矣。蓴客乃以今吳下無此方言爲疑。然則劉真長、裴榮期、劉義慶、劉孝標皆不解方言，誤以他郡語作吳語也乎？

李詳云：「詳案：太平御覽七百五十五引作『何如乃瀙』，注：『吳人以冷爲瀙也。音楚敬切。』說文：『瀙，冷寒也。』段注引此條云：『御覽引此事，渹作瀙。』集韻類篇同楚慶切，吳人謂冷也。今吳俗謂冷物附他物，其語如鄭國之鄭，卽瀞字也。』」

文廷式純常子枝語卷三云：「御覽七百五十四引世說：『丞相以腹熨彈棊局，問曰：何如乃瀞？』注：『吳人以冷爲瀞也，音楚敬切。』卷三十四引語林作『何乃渹』。渹字亦音楚敬切。余謂瀞、渹皆凊字之別體耳。曲禮：『冬溫而夏凊。』釋文：『凊，才性反，字從冫，冰冷也。本或作水旁，非也。』呂氏春秋有度篇：『冬不用爨，非愛爨也，清有餘也。』卽此字。」

〔二〕嘉錫案：吾鄉呼冷物附身涼浸肌骨者，其音如靚，亦卽瀞字。此句之義，當以段氏說爲定。俞正燮癸巳類稾七有「夥頤何乃渹還音義」一篇，謂何字爲句，卽陳涉傳之「夥頤」，似可備一說。至謂「乃渹」卽六朝俗語之「寧馨」，則迂曲不可通矣。程氏本銅熨斗齋隨筆七之說，亦以「乃渹」爲「那亨」。日知錄二十九曰：「五方之語，雖各不同，然使友天下之士而操一鄉之音，亦君子之所不取也。故仲由之喭，君子病之；鴃舌之人，孟子所斥。而宋書謂『高祖雖累葉江南，楚言未變，雅道風流，無聞焉爾』。又謂『長沙王道憐素無才能，言音甚楚。舉止施爲，多諸鄙拙』。世說言『劉真長見王丞相，惟聞作吳語』。又言『王大將軍年少時，舊有田舍名，語音亦楚』(見豪爽篇)。又言『支道林入東，見王子猷兄弟還，人問「見諸王何如？」答曰：「見一羣白項烏，但聞喚啞啞聲。」』(見輕詆篇)夫以創業之君，中興之相，不免時人之議，而況於士大夫乎？北齊楊愔稱裴讞之曰：『河東士族，京官不少，惟此家兄弟全無鄉音。』其所賤可知矣。」嘉錫又案：顧氏謂士大夫不宜操鄉音，固是通論，然瑯玡王氏本非吳人，而以吳語爲真長、道林所笑，故當別自有意，非鄉音之謂也。蓋四方之音不同，各操土風，互相非笑，惟以帝王都邑所在，聚四方之人，而通其語言，去泰去甚，便爲正音，顏氏家訓論之詳矣（已見雅量篇「桓公伏甲設饌」條）。東漢、魏、晉並都洛陽，風俗語言爲天下之準則。及五胡雲擾，中原士夫相牽過江，雖久居吳土，舉目有山河之異。而舉止風流，猶有承平故態。談玄便思正始名士，詠詩必學洛下書生。雖曰樂操土風，亦所以自表其爲故家舊族也。王導系出瑯玡，生於京、洛，思舊之情，時縈夢寐。觀其於洛水邊游戲，（見企羨篇「王丞相過江」條，及輕詆篇「王丞相輕蔡公」條。）津津樂道，知其不忘故土矣。第以元帝初鎮建康，吳人不附，導勸帝虛己順心，引用南士（見晉書本傳）。又自欲與陸玩結婚（見方正篇），皆所以調和南北，消弭異同也。即其造次之間，偶作吳語，亦將以此達彼我之情，猶之禹入裸國而裸耳。陳寅恪曰：「王導、劉惔本北人，而又皆士族，導何故用吳語接之？蓋東晉之初，基業未固，導欲籠絡江東人心，作吳語者，亦其開濟政策之一端也。觀世說政事篇所載『王丞相拜揚州，賓客數百人，並加霑接，人人有說色。因過胡人前彈指曰：「蘭闍！蘭闍！」羣胡同笑。』則知導接胡人，尚操胡語。然此不過一時之權略，自不可執以爲三百年之常規明矣。」寅恪此言，可謂識微之論。然則真長之譏王導，無乃猶未察其用心，而索之於形骸之內也乎？抱朴子譏惑篇曰：「上國衆事，所以勝江表者多，然亦有可否者。君子行禮，不求變俗，謂違本邦之他國，不改其桑梓之法也。況其在於父母之鄉，亦何爲當事棄舊，而更强學乎？乃有轉易其聲音，以效北語。既不能便良，似可恥可笑。所謂不得邯鄲之步，而有匍匐之嗤者，此猶其小者耳。乃有遭喪者，而學中國哭者，令忽然無復念之情。昔鍾儀、莊舃不忘本聲，孔子云：『喪親者若嬰兒之失母，其號豈常聲之有？寧令哀有餘而禮不足。』哭以洩哀，妍媸何在？而乃治飾其音，非痛切之謂也。」葛洪抱朴子成於建武元年（見自敍）。然則西晉之末，因中原士大夫之渡江，三吳子弟慕其風流，已有轉易聲音以效北語者。相沿日久，浸以成俗。但中原士大夫與吳中士庶談，或不免作吳語。王子猷兄弟雖系出高門，而生長江左，習慣自然，竟忘舊俗。羣居共語，開口便作吳音。固宜爲支道林之所譏笑矣。陳寅恪曰：「宋書顧琛傳云：『先是宋世江東貴達者，會稽孔季恭、季恭子靈符、吳興丘淵之及琛吳音不變。』寅恪案：史言唯此數人吳音不變，則其餘士族雖本吳人，亦不操吳音，斷可知矣。（此下有論洛生詠一節，已見雅量篇「桓公伏甲」條下。）顏氏家訓音辭篇云：『易服而與之談，南方士庶，數音可辨。隔垣而與之語，北方朝野，終日難分。』寅恪案：南北所以如此不同者，蓋江左士族操北語，而庶人操吳語。河北則社會階級雖殊，而語音無別故也。南史王敬則傳云：『王敬則，臨淮射陽人也，僑居晉陵南沙縣。』南齊書王敬則傳云：『敬則名位雖達，不以富貴自遇。接士庶皆吳語，而殷勤周悉。』寅恪案：據敬則傳，東晉南朝官吏接士人則用北語，接庶人則用吳語。是士人皆北語階級，而庶人皆吳語階級，得以推知。此點可與顏氏家訓音辭篇互證。」又曰：「永嘉南渡之士族，其北方原籍雖各有不同，然大抵操洛陽近傍之方言，似無疑義。故吳人之仿效北語，亦當同是洛陽近傍之方言。如洛生詠，即其一證也。」嘉錫案：寅恪之論吳語，詳矣。然東晉士大夫僑居既久，又日與吳中士庶應接，自不免雜以吳音。況其子孫生長江南，習其風土，則其所操北語必不能盡與洛下相同。蓋不純北，亦不純南，自成爲一種建康語耳。觀顏氏家訓音辭篇以洛下與金陵並言，可以悟矣。

14 王公與朝士共飲酒，舉瑠璃盌謂伯仁曰：「此盌腹殊空，謂之寶器，何邪？」以戲周之無能。答曰：「此盌英英，誠爲清徹，所以爲寶耳！」

【校文】

諸「盌」字，景宋本俱作「椀」。

「所以爲寶耳」　「耳」下沈本有「公乃王導」四字，分列兩行，爲小法。

15 謝幼輿謂周侯曰：「卿類社樹，遠望之，峨峨拂青天；就而視之，其根則羣狐所託，下聚溷而已！」謂顗好媟瀆故。答曰：「枝條拂青天，不以爲高；羣狐亂其下，不以爲濁；聚溷之穢，卿之所保，何足自稱？」

16 王長豫幼便和令，丞相愛恣甚篤。每共圍棊，丞相欲舉行，長豫按指不聽。〔一〕丞相笑曰：「詎得爾？相與似有瓜葛。」蔡邕曰：「瓜葛，疎親也。」〔二〕

【箋疏】

〔一〕程炎震云：「『按指不聽』，晉書六十五悅傳云『爭道』。」

〔二〕珩璜新論云：「俗所謂瓜葛，亦有所出也。後漢禮儀志上陵儀注：『苟先帝有瓜葛之屬，男女畢會也。』」嘉錫案：

玉臺新詠二樂府詩集七十七魏明帝種瓜篇云：「與君新爲婚，瓜葛相牽連。」

17 明帝問周伯仁：「真長何如人？」答曰：「故是千斤犗特。」〔一〕王公笑其言。伯仁曰：「不如捲角牸，有盤辟之好。」〔二〕以戲王也。

【箋疏】

〔一〕玉篇云：「犗，加敗切。犗之言割也，割去其勢，故謂之犗。」說文云：「扑特，牛父也。」嘉錫案：真長年少有才，故伯仁比之騙牛，言其馴擾而有千斤之力也。

〔二〕嘉錫案：玉篇云：「牸，母牛也。」論語鄉黨篇：「足躩如也。」集解引包氏曰：「足躩，盤辟貌。」敦煌本論語鄭注作「逡巡貌」。然則盤辟卽逡巡也。漢書何武傳曰：「坐舉方正，所舉者，槃辟雅拜。」師古曰：「槃辟，猶言槃旋也。」又儒林傳曰：「魯徐氏善爲頌。」注蘇林曰：「不知經，但能盤辟爲禮容。」以此數說考之，則盤辟爲從容雅步，不能速行之貌也。牛老則捲角，筋力已盡，行步盤旋，不能速進。政事篇載庾亮譏導曰：「公之遺事，天下未以爲允。」又言「導晚年畧不復省事，自歎曰：『人言我憒憒，後人當思此憒憒。』」是導在當時雖爲元老宿望，而有不了事之稱，故伯仁以此戲之。

18 王丞相枕周伯仁厀，指其腹曰：「卿此中何所有？」答曰：「此中空洞無物，然容卿輩數百人。」

19 干寶向劉真長中興書曰:「寶字令升,新蔡人。祖正,〔一〕吳奮武將軍。父瑩,丹陽丞。〔二〕寶少以博學才器著稱,歷散騎常侍。」敍其搜神記,孔氏志怪曰:「寶父有嬖人,寶母至妬,葬寶父時,因推著藏中。經十年而母喪,開墓,其婢伏棺上,就視猶煖,漸有氣息。輿還家,終日而蘇。說寶父常致飲食,與之接寢,恩情如生。家中吉凶,輒語之,校之悉驗。平復數年後方卒。寶因作搜神記,中云『有所感起』是也。」〔三〕劉曰:「卿可謂鬼之董狐。」春秋傳曰:「趙穿攻晉靈公於桃園,趙宣子未出境而復。太史書:『趙盾弒其君。』宣子曰:『不然。』對曰:『子爲正卿,亡不越境,反不討賊,非子而誰?』孔子曰:『董狐,古之良史也,書法不隱。趙盾,古之賢大夫也,爲法受惡。』」

【箋疏】

〔一〕程炎震云:「祖正,晉書八十二寶傳作祖統。」

〔二〕文廷式純常子枝語卷六云:「晉書干寶傳:『父瑩,丹陽丞。』輿地紀勝:嘉興府古跡有干瑩墓。注云:『干寶父也。墓在海鹽。』」

〔三〕嘉錫案:唐無名氏文選集注六十二江文通擬郭弘農游仙詩注引雷居士豫章記云:「吳猛,豫章建寧人。干慶爲豫章建寧令,死已三日。猛曰:『明府算曆未應盡,似是誤耳。今爲參之。』乃沐浴衣裳,復死於慶側。經一宿,果相與俱生。慶云:『見猛天曹中論訴之。』慶卽干寶之兄。寶因之作搜神記。故其序云:『建武中,有所感起,是用發憤焉。』」案此所引「有所感起」句，與孝標注合。然今搜神記自序乃無此句。蓋今本出於後人搜輯，非干寶原書，其自序則録自晉書本傳，已經史臣刊削，不全故也。晉書兼載寶父婢再生及兄死復悟兩事。然不及吳猛，又不詳寶兄之名。御覽八百八十七廣記三百七十八引幽明録，記干慶事雖詳，然不言爲干寶之兄。獨見於文選集注，亦可謂珍聞也矣。

20 許文思往顧和許，顧先在帳中眠。許至，便徑就牀角枕共語。許琛已見。既而喚顧共行，顧乃命左右取枕上新衣，易己體上所著。許笑曰：「卿乃復有行來衣乎？」

【校文】

「取枕上新衣」「枕」，景宋本作「机枕」，沈本作「其枕」。

21 康僧淵目深而鼻高，王丞相每調之。僧淵曰：「鼻者面之山，管輅別傳曰：「鼻者天中之山。」相書曰：「鼻之所在爲天中，鼻有山象，故曰山。」目者面之淵。山不高則不靈，淵不深則不清。」〔一〕

【箋疏】

〔一〕李詳云：「案梁簡文謝安吉公主餉胡子一頭啟：『山高水深，宛在其貌。』即用僧淵此事。胡子者，胡奴也。僧淵本胡人。」

22 何次道往瓦官寺禮拜甚勤。〔一〕阮思曠語之曰：「卿志大宇宙，尹子曰：「天地四方曰宇，往古來今曰宙。」勇邁終古。」終古，往古也。楚辭曰：「吾不能忍此終古也。」何曰：「卿今日何故忽見推？」阮曰：「我圖數千户郡，尚不能得；卿迺圖作佛，不亦大乎！」思曠，裕也。

〔一〕充崇釋氏，甚加敬也。

23 庾征西大舉征胡，既成行，止鎮襄陽。晉陽秋曰：「翼率衆入沔，將謀伐狄。既至襄陽，狄尚彊，未可決戰。會康帝崩，兄冰薨，留長子方之守襄陽，自馳還夏。」殷豫章與書，送一折角如意以調之。豫章，殷羨。庾答書曰：「得所致，雖是敗物，猶欲理而用之。」

【校文】

注「還夏」　景宋本「夏」下有「口」字。

24 桓大司馬乘雪欲獵，先過王、劉諸人許。真長見其裝束單急，問：「老賊欲持此何作？」桓曰：「我若不爲此，卿輩亦那得坐談？」語林曰：「宣武征還，劉尹數十里迎之，桓都不語，直云：『垂長衣，談清言，竟是誰功？』劉答曰：『晉德靈長，功豈在爾？』」二人說小異，故詳載之。

25 褚季野問孫盛：「卿國史何當成？」孫云：「久應竟，在公無暇，故至今日。」褚曰：「古人

『述而不作』，何必在蠶室中？」漢書曰：「李陵降匈奴，武帝甚怒。太史令司馬遷盛明陵之忠，帝以遷爲陵遊說，下遷腐刑。乃述唐、虞以來，至于獲麟，爲史記。遷與任安書曰：『李陵既生降，僕又茸之以蠶室。』」蘇林注曰：「腐刑者，作密室蓄火，時如蠶室。舊時平陰有蠶室獄。」

26 謝公在東山，朝命屢降而不動。後出爲桓宣武司馬，將發新亭，朝士咸出瞻送。高靈時爲中丞，〔一〕亦往相祖。先時，多少飲酒，因倚如醉，戲曰：「卿屢違朝旨，高臥東山，諸人每相與言：『安石不肯出，將如蒼生何？』今亦蒼生將如卿何？」謝笑而不答。〔二〕高靈已見。

婦人集載桓玄問王凝之妻謝氏曰：「太傅東山二十餘年，遂復不終，其理云何？」謝答曰：「亡叔太傅先正，以無用爲心，顯隱爲優劣，始末正當動靜之異耳。」

【箋疏】

〔一〕高崧見言語篇「謝萬拜豫州都督」條。但彼注云：「阿酃，崧小字也。」此作靈爲異。

〔二〕程炎震云：「晉書七十一崧傳，不言嘗爲中丞，蓋略之。安傳則同此。又安傳云：『安甚有愧色。』」

27 初，謝安在東山居，布衣，時兄弟已有富貴者，〔一〕翕集家門，傾動人物。劉夫人戲謂安曰：「大丈夫不當如此乎？」謝乃捉鼻曰：「但恐不免耳！」〔二〕

【箋疏】

〔一〕通鑑一百胡注曰：「謝尚、謝奕、謝萬皆爲方伯，盛於一時。」

〔二〕通鑑注曰：「言恐亦不免如諸兄弟也。」嘉錫案：安意蓋謂己本無心於富貴，故屢辭徵召而不出。但時勢逼人，政恐終不得免耳。安少有鼻疾，語音重濁（見雅量篇注）。所以捉鼻者，欲使其聲輕細以示鄙夷不屑之意也。能改齋漫錄三乃謂「安所以不仕，政畏桓溫。其答妻之言，蓋畏溫知之而不免其禍，非爲不免富貴也」。以文義考之，其說非是。

28 支道林因人就深公買印山，〔一〕深公答曰：「未聞巢、由買山而隱。」〔二〕逸士傳曰：「巢父者，堯時隱人。山居，不營世利，年老以樹爲巢，而寢其上，故號巢父。」高逸沙門傳曰：「遁得深公之言，慙恧而已。」

【箋疏】

〔一〕程炎震云：「印山當作岇山，見德行言語篇注。高僧傳四亦作岇山。音義云：『吾浪切，山名，在越剡縣。』」

〔二〕嘉錫案：印山當作岇山。高僧傳四竺道潛傳曰：「支遁遣使求買岇山之側沃洲小嶺，欲爲幽棲之處。潛答云：『欲來輒給，豈聞巢、由買山而隱。』」

29 王、劉每不重蔡公。二人嘗詣蔡，語良久，乃問蔡曰：「公自言何如夷甫？」答曰：「身不如夷甫。」王、劉相目而笑曰：「公何處不如？」答曰：「夷甫無君輩客！」

30 張吳興年八歲，虧齒，玄之已見。先達知其不常，故戲之曰：「君口中何爲開狗竇？」張應聲答曰：「正使君輩從此中出入！」

【校文】

「答曰」 沈本無「答」字。

31 郝隆七月七日出日中仰卧。人問其故？答曰：「我曬書。」〔一〕征西寮屬名曰：「隆字佐治，汲郡人。仕吳至征西參軍。」〔二〕

【箋疏】

〔一〕玉燭寶典卷七及太平御覽卷三十一並引崔寔四民月令曰：「七月七日曝經書及衣裳。」故郝隆因此自謂曬書，亦兼用邊韶「腹便便，五經笥」之語耳。

〔二〕李慈銘云：「案『吳』字疑衍。」

32 謝公始有東山之志，後嚴命屢臻，勢不獲已，始就桓公司馬。于時人有餉桓公藥草，中有「遠志」。公取以問謝：「此藥又名『小草』，何一物而有二稱？」本草曰：「遠志一名棘菀，其葉名小草。」謝未卽答。時郝隆在坐，〔一〕應聲答曰：「此甚易解：處則爲遠志，出則爲小草。」謝甚有愧色。〔二〕桓公目謝而笑曰：「郝參軍此過乃不惡，〔三〕亦極有會。」

【箋疏】

〔一〕李詳云：「御覽九百八十九引『郝隆在坐』下有『謝因曰「郝參軍有知識，試復通看」』二語。」

〔二〕爾雅釋草曰：「葽繞，棘蒬。」注曰：「今遠志也。似麻黃赤華，葉銳而黃，其上謂之小草。」廣雅云：「大觀本草六引神農本經曰：『遠志味苦溫。主欬逆傷中，補不足，除邪氣，逆九竅，益智慧，耳目聰明不忘，強志倍力，久服輕身不老。葉名小草，一名棘菀，一名葽繞，一名細草。』注引陶隱居曰：『小草狀似麻，黃而青。』又引蘇頌圖經曰：『遠志，根黃色，形如蒿根，苗名小草。』古方通用遠志、小草，今醫但用遠志，稀用小草。」嘉錫案：據此，則遠志之與小草，雖一物而有根與葉之不同。葉名小草，根不可名小草也。郝隆之答，謂出與處異名，亦是分根與葉言之。根埋土中爲處，葉生地上爲出。既協物情，又因以譏謝公，語意雙關，故爲妙對也。

〔三〕「郝參軍此過」，「過」，御覽及渚宮舊事五並作「通」。

33 庾園客詣孫監，值行，見齊莊在外，尚幼，而有神意。庾試之曰：「孫安國何在？」卽答曰：「庾穉恭家。」庾大笑曰：「諸孫大盛，有兒如此！」又答曰：「未若諸庾之翼翼。」〔一〕還，語人曰：「我故勝，得重喚奴父名。」孫放別傳曰：「放兄弟並秀異，與庾翼子園客同爲學生。園客少有佳稱，因談笑嘲放曰：『諸孫於今爲盛。』盛，監君諱也。放卽答曰：『未若諸庾之翼翼。』放應機制勝，時人仰焉。司馬景王、陳、鍾諸賢相酬，無以踰也。」

【校文】

正文及注「庾園客」「園」，景宋本及沈本作「爰」。

【箋疏】

〔一〕李慈銘云：「案父執盡敬，禮有明文。入門問諱，尤宜致慎。而魏、晉以來，舉此爲戲，效市井之脣吻，成賓主之嫌仇。越檢踰閑，深堪忿疾。而鍾、馬行之於前，孫、庾效之於後。飲其狂藥，傳爲佳談。夫子云：『羣居終日，言不及義，好行小慧，難矣哉！』若此者，乃不義之極致，小慧之下流。誤彼後生，所宜深戒。『愛親者，不敢惡於人；敬親者，不敢慢於人。』斯道也，自天子以達於庶人，一也。」

34 范玄平在簡文坐，談欲屈，引王長史曰：「卿助我。」范汪別傳曰：「汪字玄平，潁陽人。左將軍略之孫。〔一〕少有不常之志，通敏多識，博涉經籍，致譽於時。歷吏部尚書、徐兗二州刺史。」王曰：「此非拔山力所能助！」史記曰：「項羽爲漢兵所圍，夜起歌曰：『力拔山兮氣蓋世，時不利兮騅不逝。』」

【箋疏】

〔一〕程炎震云：「晉書七十五汪傳潁陽作順陽，署作暑。」

35 郝隆爲桓公南蠻參軍，三月三日會，作詩。不能者，罰酒三升。隆初以不能受罰，既飲，攬筆便作一句云：「娵隅躍清池。」桓問：「娵隅是何物？」答曰：「蠻名魚爲娵隅。」桓公曰：「作詩何以作蠻語？」隆曰：「千里投公，始得蠻府參軍，那得不作蠻語也？」

【校文】

「三月三日會，作詩。不能者」　渚宮舊事五作「三月三日大會參佐，令賦詩，遲者」。

「三升」　景宋本及沈本作「三斗」。

「蠻語也」　渚宮舊事五無「也」字，「語」下有「溫大笑」三字。

36 袁羊嘗詣劉恢，〔一〕恢在內眠未起。袁因作詩調之曰：「角枕粲文茵，錦衾爛長筵。」劉尚晉明帝女，晉陽秋曰：「恢尚廬陵長公主，名南弟。」主見詩，不平曰：「袁羊，古之遺狂！」

唐詩曰：「晉獻公好攻戰，國人多喪，其詩曰：『角枕粲兮，錦衾爛兮；予美亡此，誰與獨旦？』」袁故嘲之。

【校文】

注「唐詩曰」　沈本「詩」下有「序」字。

【箋疏】

〔一〕程炎震云：「恢當作惔，各本皆誤，下同。」

37 殷洪遠答孫興公詩云：「聊復放一曲。」〔一〕劉真長笑其語拙，問曰：「君欲云那放？」殷曰：「榼臘亦放，何必其鎗鈴邪？」〔二〕殷融已見。

【箋疏】

〔一〕嘉錫案：「放一曲」，謂放聲長歌也。

〔二〕榼與榻同，見廣韻入聲二十八盍。榼臘者，擊鼓之聲也。說文曰：「鼛，鼓聲也。」段玉裁改鼓聲爲鼞聲。注云：「司馬法曰：『鼞聲不過闒。』音義曰：『闒，吐臘反。劉湯答反。闒即鼛字也。』投壺音義曰：『鄭呼爲鼞也。其聲下，其音榻榻然。榻音吐臘反，榻亦即鼛也。』史記上林賦：『鏗鎗鏜鼛』，漢書文選作『闒鞈』。郭璞曰：『闒鞈，鼓音也。』此渾言之耳。鼛亦鼓也。淮南兵畧訓：『若聲之與響，若鏜之與鞈。』高注：『鏜鞈，鼓鼞聲。』此謂鏜鼓聲，鞈鼞聲也。」嘉錫案：段氏所引司馬法，今本無。其文見周禮大司馬鄭注，故有陸德明音義也。鼛爲鼓聲，通作榻，故疾言之則爲榻榻，徐言之則爲榻臘。隋書樂志下：「龜茲、疎勒樂器，皆有答臘鼓。」答臘即榻臘，蓋象其聲以爲之名也。通典一百四十四曰：「答臘鼓制，廣羯鼓而短，以指揩之，其聲甚震。俗謂之揩鼓。」敦煌瑣綴中有唐人所作字寶，其入聲字有「手榼拉」，蓋榼臘本爲鼓聲，及轉爲答臘，又轉爲榼拉，遂爲揩鼓之專名。以其純用手擊，故謂之「手檐拉」。可與此條互證。說文曰：「鎗，鐘聲也。」段注曰：「引申爲他聲。」廣雅釋訓曰：「鈴，鈴聲也。」此云「檐臘亦放，何必鎗鈴」者，謂己詩雖不工，亦足以達意，何必雕章繪句，然後爲詩？猶之鼓雖無當於五聲，亦足以應節，何必金石鏗鎗，然後爲樂也？

38 桓公既廢海西，立簡文，晉陽秋曰：「海西公諱奕，字延齡，成帝子也。興寧中卽位。少同閹人之疾，使宮人與左右淫通生子。大司馬温自廣陵還姑孰，過京都，以皇太后令，廢帝爲海西公。」侍中謝公見桓公拜。桓驚笑曰：「安石，卿何事至爾？」謝曰：「未有君拜於前，臣立於後！」

39 郗重熙與謝公書，道：「王敬仁聞一年少懷問鼎。郗曇、王脩已見。史記曰：「楚莊王觀兵於周郊，周定王使王孫滿迎勞楚王，王問鼎大小輕重？對曰：『在德不在鼎。』莊王曰：『子無阻九鼎，楚國折鉤之喙，足以爲九鼎也。』」不知桓公德衰，爲復後生可畏？」春秋傳曰：「齊桓公伐楚，責苞茅之不貢。」論語曰：「後生可畏，焉知來者之不如今？」孔安國曰：「後生，少年。」

【校文】

注「郗曇王脩」　沈本無「王脩」二字。

40 張蒼梧是張憑之祖，嘗語憑父曰：「我不如汝。」憑父未解所以。蒼梧曰：「汝有佳兒。」張蒼梧碑曰：「君諱鎮，字義遠，吳國吳人。忠恕寬明，簡正貞粹。泰安中，除蒼梧太守。討王含有功，封興道縣侯。」憑時年數歲，斂手曰：「阿翁，詎宜以子戲父？」

41 習鑿齒、孫興公未相識，同在桓公坐。桓語孫「可與習參軍共語。」孫云：「『蠢爾蠻荊』，敢與大邦爲讎？」習云：「『薄伐獫狁』，至于太原。」〔一〕小雅詩也。毛詩注曰：「蠢，動也。荊蠻，荊之蠻也。獫狁，北夷也。」習鑿齒，襄陽人。孫興公，太原人。故因詩以相戲也。

【箋疏】

〔一〕渚宮舊事五云「王恂，太原人，爲征南主簿。在温坐嘲習鑿齒」云云，與本書及注皆不同。蓋別有所本。然爲征南主簿，乃琅玡王珣，非太原人。舊事不可從。

42 桓豹奴是王丹陽外生，形似其舅，桓甚諱之。豹奴，桓嗣小字。中興書曰：「嗣字恭祖，車騎將軍沖子也。少有清譽。仕至江州刺史。」王氏譜曰：「混字奉正，中軍將軍恬子。仕至丹陽尹。」宣武云：「不恒相似，時似耳！恒似是形，時似是神。」桓逾不説。〔一〕

【箋疏】

〔一〕朱子語類百三十八云：「因說外甥似舅，以其似母故也。問：『形似母，情性須別？』曰：『情性也似，大抵形是箇重濁底，占得地步較闊。情性是箇輕清底，易得走作。』」嘉錫案：語類所謂情性之似，卽神似也。如朱子說，則人之似其母，形似處多，而神似處少。桓嗣方以似其舅爲諱，而温謂其神似，故逾不說。但人生似舅，世所常有，不曉豹奴何故諱之也？

43. 王子猷詣謝萬，林公先在坐，瞻矚甚高。王曰：「若林公鬚髮並全，神情當復勝此不？」謝曰：「脣齒相須，不可以偏亡。春秋傳曰：「脣亡齒寒。」鬚髮何關於神明？」林公意甚惡。〔一〕曰：「七尺之軀，今日委君二賢。」

【校文】

「鬚」　景宋本俱作「須」。

【箋疏】

〔一〕容止篇：謝公云：「見林公雙眼黯黯明黑。」孫興公見林公稜稜露其爽。」嘉錫案：容止篇「王長史」條注言：「林公之形，信當醜異。」疑道林有齞脣歷齒之病。謝萬惡其神情高傲，故言正復有髮無關神明；但脣亡齒寒，爲不可缺耳。其言謔而近虐，宜林之怫然不悅也。

44 郗司空拜北府，南徐州記曰：「舊徐州都督以東爲稱。晉氏南遷，徐州刺史王舒加北中郎將。北府之號，自此起也。」王黃門詣郗門拜，云：「應變將略，非其所長。」驟詠之不已。郗倉謂嘉賓曰：「公今日拜，子猷言語殊不遜，深不可容！」倉，郗融小字也。郗氏譜曰：「融字景山，愔第二子，辟琅邪王文學，不拜而蚤終。」嘉賓曰：「此是陳壽作諸葛評。蜀志陳壽評曰：「亮連年動衆，而無成功，蓋應變將略，非其所長也。」王隱晉書曰：「壽字承祚，巴西安漢人。好學，善著述。仕至中庶子。初，壽父爲馬謖參軍，諸葛亮誅謖，髡其父頭。亮子瞻又輕壽。故壽撰蜀志，以愛憎爲評也。」人以汝家比武侯，復何所言？」

【校文】

注「故壽撰蜀志」 景宋本無「故壽」二字，非。

45 王子猷詣謝公，謝曰：「云何七言詩？」東方朔傳曰：「漢武帝在栢梁臺上，使羣臣作七言詩。」七言詩自此始也。子猷承問，荅曰：「昂昂若千里之駒，汎汎若水中之鳧。」出離騷。

46 王文度、范榮期俱爲簡文所要。范年大而位小，王年小而位大。將前，更相推在前。既移久，王遂在范後。王因謂曰：「簸之揚之，穅秕在前。」范曰：「洮之汰之，沙礫在後。」〔一〕王坦之、范啓已見。世說是孫綽、習鑿齒言。

【校文】

注「世說」「世」，景宋本及沈本作「一」。

【箋疏】

〔一〕程炎震云：「晉書五十六綽傳作孫、習語。」

詩小雅大東曰：「維南有箕，不可以簸揚。」書仲虺之誥曰：「肇我邦予有夏，若苗之有莠，若粟之有秕。」孔傳曰：「始我商家，國於夏世，欲見翦除，若莠生苗，若秕在粟，恐被鋤治簸颺。」釋文曰：「颺，音揚。」嘉錫案：文度之言，全出孔傳。釋慧琳一切經音義二十八引通俗文云：「淅米謂之洮汰。」榮期因文度比之爲糠秕，故亦取義於淅米。米經洮汰，則沙礫留於最後也。

47 劉遵祖少爲殷中軍所知，稱之於庾公。庾公甚忻然，便取爲佐。既見，坐之獨榻上與語。劉爾日殊不稱，庾小失望，遂名之爲「羊公鶴」。昔羊叔子有鶴善舞，嘗向客稱之。客試使驅來，氃氋而不肯舞。〔一〕故稱比之。徐廣晉紀曰：「劉爰之字遵祖，沛郡人。少有才學，能言理。歷中書郎、宣城太守。」

【校文】

「忻然」　景宋本及沈本無「然」字。

【箋疏】

〔一〕影宋本太平寰宇記百十八：「朗州武陵縣鶴澤。案劉義慶說苑曰：『晉羊祜領荊州，於沅陵澤中得鶴，教其舞以娛賓。因名爲鶴澤。』」王象之輿地紀勝六十八「常德府鶴澤」條下引爲說苑，不出姓名。且駁之曰：「象之竊謂羊祜在晉，止屯襄陽，不應得鶴於此，而有其地。及羊祜已没，杜預繼之，始平吳耳。其年月不相應，當攷。」嘉錫案：劉義慶說苑、隋唐志皆不著録，亦不見他書引用，恐是寰宇記之誤。以其既稱義慶姓名，姑存之以備參考。輿地紀勝六十四云：「晉羊祜鎮荊州，江陵澤中多有鶴，常取之教舞以娛賓客。因名曰鶴澤。後人遂呼江陵郡爲鶴澤。」

48 魏長齊雅有體量，〔一〕而才學非所經。初宦當出，虞存嘲之曰：「與卿約法三章：談者死，文筆者刑，商略抵罪。」魏怡然而笑，無忤於色。魏氏譜曰：「顗字長齊，會稽人。祖胤，處士。父說，大鴻臚卿。顗仕至山陰令。」漢書曰：「沛公入咸陽，召諸父老曰：『天下苦秦苛法久矣，今與父老約法三章耳：殺人者死，傷人及盜抵罪。』」應劭注曰：「抵，至也。但至於罪。」

【箋疏】

〔一〕程炎震云：「金樓子立言篇作魏長高。又云：『更覺長高之爲高，虞存之爲愚也。』則長齊當作長高，草書相近之誤耳。」

激之。袁、戴、謝並已見。

49 郗嘉賓書與袁虎，道戴安道、謝居士云：「恒任之風，當有所弘耳。」以袁無恒，故以此

50 范啓與郗嘉賓書曰：「子敬舉體無饒縱，掇皮無餘潤。」郗答曰：「舉體無餘潤，何如舉體非真者？」范性矜假多煩，故嘲之。

51 二郗奉道，二何奉佛，皆以財賄。謝中郎云：「二郗諂於道，二何佞於佛。」〔一〕中興書曰：「郗愔及弟曇奉天師道。」晉陽秋曰：「何充性好佛道，崇修佛寺，供給沙門以百數。久在揚州，徵役吏民，功賞萬計，是以爲遐邇所譏。充弟準，亦精勤，唯讀佛經，營治寺廟而已矣。」

【校文】

注「唯讀佛經」　景宋本及沈本無「唯」字。

注「而已矣」　景宋本及沈本無「矣」字。

【箋疏】

〔一〕嘉錫案：事詳術解篇「郗愔信道」條。法苑珠林五十五（支那撰述百二十卷本）引冥祥記曰：「晉司空廬江何充，字次道，弱而信法，心業甚精。常於齋堂，置於空座，筵帳精華，絡以珠寶，設之積年，庶降神異。後大會，道俗甚盛。」

可見其佞佛之甚也。高僧傳十竺佛圖澄傳曰：「尚書張良、張離等，家富事佛，各起大塔。澄謂曰：『事佛在於清靜無欲，慈矜爲心。檀越雖儀奉大法，而貪悋未已，遊獵無度，積聚不窮，方受現世之罪，何福報之可希耶？』」然則如充之聚斂財賄，以營寺塔，非惟達識之所譏，亦古德高僧所不許也。

52 王文度在西州，與林法師講，〔一〕韓、孫諸人並在坐。林公理每欲小屈，孫興公曰：「法師今日如著弊絮在荆棘中，觸地挂閡。」

【箋疏】

〔一〕程炎震云：「坦之未嘗爲揚州，支遁下都在哀帝時，王述方刺揚州，蓋就其父官廨中設講耳。」

53 范榮期見郗超俗情不淡，戲之曰：「夷、齊、巢、許，一詣垂名。何必勞神苦形，支策據梧邪？」郗未荅。韓康伯曰：「何不使遊刃皆虛？」莊子曰：「昭文之鼓琴，師曠之支策，惠子之據梧，三子之智幾矣，皆其盛也，故載之。末年，庖丁爲文惠君解牛，三年之後，未嘗見全牛也。用刀十九年矣，所解數千牛，而刀刃若新發於硎。文惠君問之，庖丁曰：『彼節者有閒，而刀刃無厚；以無厚入有閒，恢恢乎其於遊刃必有餘地。』」

【校文】

注「數千牛」　景宋本及沈本無「數」字。

54 簡文在殿上行，右軍與孫興公在後。右軍指簡文語孫曰：「此噉名客！」簡文顧曰：「天下自有利齒兒。」後王光祿作會稽，謝車騎出曲阿祖之。〔一〕王蘊、謝玄已見。王孝伯罷秘書丞在坐，謝言及此事，因視孝伯曰：「王丞齒似不鈍。」王曰：「不鈍，頗亦驗。」〔二〕

【箋疏】

〔一〕程炎震云：「謝玄時蓋鎮廣陵。」

〔二〕嘉錫案：「噉名客」與「利齒兒」，語意不甚可解。名既不可噉，且噉名亦何須利齒？若謂簡文此語爲指右軍言之，則右軍僅寥寥一語，未可便謂之「利齒兒」。考宋曾慥類說四十九載殷芸小說引世說作「右軍指孫曰：『此是啖石客。』簡文曰：『公豈不聞天下自有利齒兒耶？』」夫簡文既稱右軍爲公，則不得復呼之爲利齒兒，益知此語不爲右軍而發。蓋道家有啖石之法，右軍以興公善於持論，然多强辭奪理，故戲之爲啖石客。簡文聞之，便解其意，因答言彼齒牙堅利，自能啖石耳。亦以譏興公也。下文謝玄亦云「王丞齒似不鈍」，正是以右軍戲興公者譏之。後人不解啖石之義，妄改爲噉名。又以簡文語與右軍意不相干，復改右軍指孫爲指簡文語孫，於是右軍與簡文共嘲興公者，變爲二人互相嘲矣。不知使此語在簡文即位以後，則天子也。即在未即位以前，亦相王也。右軍非狂誕之徒，安敢如此輕相戲侮耶？宋晁載之續談助卷四載殷芸小說引世說「右軍指孫曰」，指下多一「謂」字，簡文下多「聞之」二字，餘與今本同，似不如類說所引爲得其真。惟「噉名」亦作「啖石」，知今本名字，確爲傳寫之誤矣。

55 謝過夏月嘗仰臥，謝公清晨卒來，不暇著衣，跣出屋外，方躡履問訊。公曰：「汝可謂前倨而後恭。」戰國策曰：「蘇秦說惠王而不見用，黑貂之裘弊，黃金百斤盡，大困而歸。父母不與言，妻不爲下機，嫂不爲炊。後爲從長，行過洛陽，車騎輜重甚衆，秦之昆弟妻嫂側目不敢視。秦笑謂其嫂曰：『何先倨而後恭？』嫂謝曰：『見季子位高而金多。』秦歎曰：『一人之身，富貴則親戚畏懼，貧賤則輕易之，而況於他人哉！』」

56 顧長康作殷荊州佐，請假還東。爾時例不給布颿，顧苦求之，乃得發。至破冢，遭風大敗。周祗隆安記曰：「破冢，洲名，在華容縣。」作牋與殷云：「地名破冢，真破冢而出。行人安穩，布颿無恙。」〔一〕

【箋疏】

〔一〕說文禾部新附云：「穩，蹂穀聚也。一曰安也。从禾，㥯省。古通用安隱。」禮記曲禮云：「主人不問，客不先舉。」鄭注云：「客自外來，宜問其安否無恙。」爾雅釋詁云：「恙，憂也。」郭注云：「今人云無恙，謂無憂也。」藝文類聚七十五引風俗通曰：「無恙，俗說疾也。凡人相見及書問者，曰：『無疾耶？』按上古之時，草居露宿。恙，噬蟲也，食人心。凡相勞問者曰：『無恙乎？』非爲疾也。」嘉錫案：應劭此語，顏師古匡謬正俗八已據爾雅駁之。謂恙非食人之蟲。然由此可見漢、晉時常語於人之無憂無病者，皆謂之無恙。布帆，物也，非人也，安得謂之無恙乎？蓋本當云：「布帆安穩，行人無恙。」因帆已破敗，不可言安穩，故易其語以見意。此乃以文滑稽耳。後人習聞此語，而不曉其意，以爲長康欲誑仲堪，詭言布帆未破，於是凡言及物之完好如故者，輒曰「布帆無恙」，非也。

57 苻朗初過江，裴景仁秦書曰：「朗字元達，苻堅從兄。〔一〕性宏放，神氣爽悟。堅常曰：『吾家千里駒也。』堅爲慕容沖所圍，朗降謝玄，用爲員外散騎侍郎。吏部郎王忱與兄國寶命駕詣之。沙門法汰問朗曰：『見王吏部兄弟未？』朗曰：『非一狗面人心，又一人面狗心者是邪？』忱醜而才，國寶美而狠故也。朗常與朝士宴，時賢並用唾壺，朗欲夸之，使小兒跪而張口，唾而含出。又善識味，會稽王道子爲設精饌，訖，問：『關中之食，孰若於此？』朗曰：『皆好。唯鹽味小生。』卽問宰夫，如其言。或人殺雞以食之，朗曰：『此雞棲，恒半露。』問之，亦驗。又食鵞炙，知白黑之處，咸試而記之，無豪釐之差。著苻子數十篇，蓋老、莊之流也。朗矜高忤物，不容於世，後衆讒而殺之。」王咨議大好事，問中國人物及風土所生，終無極已。王氏譜曰：「肅之字幼恭，右將軍羲之第四子。歷中書郎、驃騎咨議。」朗大患之。次復問奴婢貴賤，朗云：「謹厚有識，中者，乃至十萬；無意爲奴婢，問者，止數千耳。」

【校文】

正文及注諸「苻」字　景宋本俱作「苻」。

注「性宏放」「宏」，景宋本作「宕」。

【箋疏】

〔一〕嘉錫案：苻朗爲苻堅從兄子，此注「兄」下脱「子」字。

58 東府客館是版屋。謝景重詣太傅，時賓客滿中，初不交言，直仰視云：「王乃復西戎其屋。」〔一〕秦詩敍曰：「襄公備其兵甲，以討西戎，婦人閔其君子，故作詩曰：『在其版屋，亂我心曲。』」毛公注曰：「西戎之版屋也。」

【箋疏】

〔一〕程炎震云：「左思三都賦序曰：『見在其版屋，則知秦野西戎之宅。』」嘉錫案：此必座中之人有不可於意者，故不與之交言，且微辭以譏之。

59 顧長康啖甘蔗，先食尾。問所以，云：「漸至佳境。」〔一〕

【箋疏】

〔一〕嘉錫案：類聚八十七引世說曰：「顧愷之爲虎頭將軍，每食蔗，自尾至本。人或問？曰：『漸入佳境。』」與今本不同。考晉書職官志無虎頭將軍之號，亦絕不見於他書。宋人修太平御覽，多採用類聚，而其九百七十四甘蔗門改引晉書「顧愷之每食蔗」云云，則類聚之誤審矣。宋吳曾能改齋漫錄五引世說，與類聚全同。然曾所徵引，往往卽從類書販稗得之，未必所見世說果有異於今本也。歷代名畫記五曰：「顧愷之字長康，小字虎頭。」然則虎頭是小字，而非官名。及敍其仕履，僅云：「義熙初，爲散騎常侍。」且自注其下曰：「見晉史、中興書、檀道鸞續晉陽秋、劉義慶世說及顧集。」可見愷之並未嘗爲將軍也。孫志祖讀書脞錄五亦云虎頭將軍，未悉其爲何等官屬。仍當以名畫記爲正。

60 孝武屬王珣求女壻，曰：「王敦、桓温，磊砢之流，既不可復得，且小如意，亦好豫人家事，酷非所須。正如真長、子敬比，最佳。」珣舉謝混。後袁山松欲擬謝婚，續晉陽秋曰：「山松，陳郡人。祖喬，益州刺史。父方平，義興太守。山松歷秘書監、吳國內史。孫恩作亂，見害。初，帝爲晉陵公主訪壻於王珣，珣舉謝混云：『人才不及真長，不減子敬。』帝曰：『如此，便已足矣。』」王曰：「卿莫近禁臠。」〔一〕

【箋疏】

〔一〕李詳云：「詳案：晉書謝安傳附謝混載此語云：『元帝始鎮建業，公私窘罄，每得一㹠，以爲珍膳。項上一臠尤美，輒以薦帝。羣下未嘗敢食，于時呼爲禁臠。故珣因以爲戲。』」程炎震云：「混傳云云，蓋是世說本文，而今本失之。不然，禁臠二字，孝標不容無注也。」建康實録十曰：「案中興書：初元帝出鎮建鄴，屬永嘉喪亂，天下分離，公私窘罄。每得一㹠，爲珍膳。頂上一臠尤美，輒將薦帝，羣下未嘗敢食。於時呼爲禁臠。或曰鶉炙也。故珣以爲戲。」頂上，今晉書謝混傳作項上，亦無鶉炙之說。

61 桓南郡與殷荊州語次，因共作了語。顧愷之曰：「火燒平原無遺燎。」桓曰：「白布纏棺豎旒旐。」〔一〕殷曰：「投魚深淵放飛鳥。」次復作危語。〔二〕桓曰：「矛頭淅米劍頭炊。」〔三〕殷曰：「百歲老翁攀枯枝。」顧曰：「井上轆轤臥嬰兒。」殷有一參軍在坐，云：「盲人騎瞎馬，夜半臨深池。」〔四〕殷曰：「咄咄逼人！」〔五〕仲堪眇目故也。〔六〕中興書曰：「仲堪父嘗疾患經時，仲堪衣不解帶數年。自分劑湯藥，誤以藥手拭淚，遂眇一目。」

【箋疏】

〔一〕豎，渚宮舊事五作附。

〔二〕嘉錫案：古文苑有宋玉大言賦、小言賦，爲楚襄王、唐勒、景差、宋玉共造，如聯句之體。如大言賦：宋玉曰「方地爲車，圓天爲蓋。長劍耿耿倚天外」云云。了語、危語，意蓋仿此。

〔三〕程炎震云：「某氏曰：『内則云：「析稌。」魏武嘲王景興在會稽析粳米。』析與淅古字通，故韓、孟聯句有『析玉不可從』，俗謬改作淅。若淅米，則不合用矛頭也。」嘉錫案：此説穿鑿不可從，淅米固不合用矛頭，炊飯豈當用劍頭耶？此不過言於戰場中造飯，死生呼吸，所以爲危也。

〔四〕李慈銘云：「案晉書顧愷之傳脱『顧曰井上』一句，又脱『夜半』二字，皆誤。當據此補。」

〔五〕嘉錫案：「咄咄」，驚歎之辭。「咄咄逼人」，亦晉人口頭常語。法書要録卷一宋羊欣采古來能書人名曰：「王脩善隸、行，與羲之善，殆窮其妙，子敬每省修書云：『咄咄逼人。』」又卷十王右軍與司空郗公書曰：「獻之，字子敬，少有清譽，善隸書，咄咄逼人。」淳化閣帖卷五衛夫人書曰：「衛有一弟子王逸少，甚能學衛真書，咄咄逼人。」

〔六〕嘉錫案：此出語林，見類林雜說五引。

62 桓玄出射，有一劉參軍與周參軍朋賭，垂成，唯少一破。劉謂周曰：「卿此起不破，我當撻卿。」〔一〕周曰：「何至受卿撻！」劉曰：「伯禽之貴，尚不免撻，而況於卿？」尚書大傳曰：「伯禽與康叔見周公，三見而三笞。康叔有駭色，謂伯禽曰：『有商子者，賢人也，與子見之。』乃見商子而問焉。商子曰：『南山之陽有木焉，名喬。』二三子往觀之，見喬實高高然而上。反，以告商子。商子曰：『喬者，父道也。南山之陰有木焉，名曰梓。』二三子復往觀焉，見梓實晉晉然而俯。反以告商子。商子曰：『梓者，子道也。』二三子明日見周公，入門而趨，登堂而跪。周公拂其首，勞而食之，曰：『爾安見君子乎？』」禮記曰：「成王有罪，周公則撻伯禽。」亦其義也。周殊無忤色。桓語庾伯鸞曰：晉東宮百官名曰：「庾鴻字伯鸞，潁川人。」庾氏譜曰：「鴻祖義，吳國內史。父楷，左衞將軍。鴻仕至輔國內史。」〔二〕「劉參軍宜停讀書，周參軍且勤學問。」〔三〕

【箋疏】

〔一〕嘉錫案：此蓋桓玄僚屬，分朋賭射。劉、周同在一朋，周當起射，如不破的，則全朋不勝，故戲言激之。

〔二〕李慈銘云：「案義當作羲，太尉亮次子也。晉書作會稽內史。（此據楷傳。而羲本傳作吳興內史，則誤。吳興非國，當曰太守，不當曰內史也。吳興蓋吳國之譌。）左衞將軍，晉書作左將軍。輔國內史亦有誤。輔國惟有將軍，安得有內史？」

〔三〕嘉錫案：劉澂引故事，比擬不倫，以書傳資其利口，故曰宜停讀書。周被罵而無忤色，蓋本不知伯禽爲何人，故曰「且勤學問」。

63 桓南郡與道曜講老子，王侍中爲主簿在坐。桓曰：「王主簿，可顧名思義。」王未答，且大笑。桓曰：「王思道能作大家兒笑。」道曜，未詳。思道，王禎之小字也。老子明道，禎之字思道，故曰「顧名思義」。〔一〕

【箋疏】

〔一〕程炎震云：「禎當作楨，品藻篇『楨之字公幹』，則字當從木，晉書亦從木。」

64 祖廣行恒縮頭。詣桓南郡，始下車，桓曰：「天甚晴朗，祖參軍如從屋漏中來。」祖氏譜曰：「廣字淵度，范陽人。父台之，仕光祿大夫。廣仕至護軍長史。」

【校文】

注「仕光祿大夫」　景宋本及沈本無「仕」字。

65 桓玄素輕桓崖，崖在京下有好桃，玄連就求之，遂不得佳者。崖，桓脩小字。續晉陽秋曰：

「脩少爲玄所侮，於言端常嗤鄙之。」玄與殷仲文書，以爲嗤笑曰：「德之休明，肅愼貢其楛矢；如其不爾，籬壁閒物，亦不可得也。」國語曰：「仲尼在陳，有隼集陳侯之庭而死，楛矢貫之，石砮尺有咫。問於仲尼。對曰：『隼之來遠矣。此肅愼之矢也。昔武王克商，通道于九夷、百蠻，使各以方賄貢，於是肅愼氏貢楛矢。古者分異姓之職，〔一〕使不忘服也，故分陳以肅愼之貢；若求之故府，其可得。』使求得之，金櫝如初。」〔二〕

【箋疏】

〔一〕程炎震云：「國語作『分異姓以遠方之職貢』，此恐有脫字。」

〔二〕「如初」，國語作「如之」。

輕詆第二十六

1 王太尉問眉子：「汝叔名士，何以不相推重？」眉子已見。叔，王澄也。眉子曰：「何有名士終日妄語？」

2 庾元規語周伯仁：「諸人皆以君方樂。」周曰：「何樂？謂樂毅邪？」史記曰：「樂毅，中山人。賢而爲燕昭王將軍，率諸侯伐齊，終於趙。」庾曰：「不爾。樂令耳！」周曰：「何乃刻畫無鹽，以唐突西子也。」〔一〕列女傳曰：「鍾離春者，齊無鹽之女也。其醜無雙，黃頭深目，長壯大節，鼻昂結喉，肥項少髮，折腰出胷，皮膚若漆。行年三十，無所容入，衒嫁不售，乃自詣齊宣王，乞備後宮，因説王以四殆。王拜爲正后。」吳越春秋曰：「越王句踐得山中採薪女子，名曰西施，獻之吳王。」

【校文】

注「鍾離春」 「春」，景宋本作「舂」。

【箋疏】

〔一〕程炎震云：「文選卷四十任昉到大司馬記室牋曰：『惟此魚目，唐突璵璠。』注引孔融汝潁優劣論：陳羣曰：『頗有蕪菁，唐突人參。』張銑注：『唐突，詆觸也。』駢雅訓纂卷二曰：『按翟氏灝通俗編卷十三引毛詩鄭箋「家之性唐突難禁制」，後漢書殷頌傳「唐突諸郡」，曹植牛鬬詩「歘起相唐突」，晉子夜歌「小喜多唐突」，晉書周顗傳「唐突西施」，南史王思遠傳「唐突卿宰」，陸厥傳「那得此道人，禄蔌似隊父唐突人」，又後漢書孔融傳「揬突宮掖」，文選長笛賦「犇遯碭突」，揬與碭皆唐之通用字。困學紀聞云『唐突見南史陸厥傳』，不知其前已多見。』此條援據甚博，惟攷今本范書孔融傳實作唐，不作揬。惠氏棟後漢書補注卷十六唐突注引丁度曰：『搪突，觸也。』吳曾曰律有唐突之罪。」嘉錫案：能改齋漫録一曰：「律有唐突之罪。」漢馬融長笛賦曰：「瀗瀑噴沫，犇遯碭突。」李善注：「碭，徒郎切。」以唐爲碭。魏曹子建牛鬬詩云：「行至土山頭，歘起相搪突。」見太平廣記。

3 深公云：「人謂庾元規名士，胷中柴棘三斗許。」〔一〕

【箋疏】

〔一〕程炎震云：「周嬰卮林引此條，下有『深公即殷源也』六字。力辨其誤。今以此本無此注，故不録入。卮林又曰：『方正篇載深公語，則元規於法深不薄，今乃發輕詆。夫倚庾之貴以拒誹，訾庾之短以鬻重，法深豈高逸沙門哉？』」

4 庾公權重，足傾王公。庾在石頭，王在冶城坐。〔一〕大風揚塵，王以扇拂塵曰：「元規塵汙人！」〔二〕按王公雅量通濟，庾亮之在武昌，傳其應下，公以識度裁之，囂言自息。豈或回貳有扇塵之事乎？王隱晉書戴洋傳曰：「丹陽太守王導，問洋得病七年。洋曰：『君侯命在申，爲土地之主，而於申上治，火光昭天，此爲金火相爍，水火相炒，以故相害。』導呼冶令奕遜，使啓鎮東徙，今東冶是也。」丹陽記曰：「丹陽冶城，去宮三里，吳時鼓鑄之所，吳平猶不廢。」又云：「孫權築冶城，爲鼓鑄之所。」既立石頭大塢，不容近立此小城，當是徙縣治空城而置冶爾。冶城疑是金陵本治。〔三〕漢高六年，令天下縣邑，〔四〕秣陵不應獨無。

【校文】

注「昭天」 「昭」，景宋本作「照」。

注「金火相爍」 「爍」，景宋本及沈本作「鑠」。

【箋疏】

〔一〕李詳云：「詳案：困學紀聞書類周公城録條原注：『世説注云：「推周公城録：冶城宜是金陵本里。」』據此知今注『冶城』上當奪『推周公城録』五字，『宜』、『疑』、『治』、『里』，並以音同傳寫之誤。萬氏集證謂王原注當在言語篇『謝公登冶城』注中，非也。」嘉錫案：困學紀聞二曰：「禹貢釋文：周公職録云：『黄帝受命風后，受圖割地，分九州。』隋唐志無此書。太平御覽一百五十七引太一式占、周公城名録有此三句。夾漈通志藝文畧：周公城名録一卷。城、職字相似，恐傳寫之誤。」原注曰「世説注」云云。抱朴子内篇登涉引周公城名録，審言所引未全，今具録之，以見周公城録之確有其書也。姚振宗漢書藝文志拾補五曰：「或稱城名録，或稱職録，大抵是河洛圖緯之佚存者。」

程炎震云：「此云庾在石頭，王在冶城。蓋咸和元二年間。晉書導傳云：『亮居外鎮，據上流，擁强兵。』則是亮鎮武昌時，通鑑因之繫之咸康四年。蓋以蘇峻叛前，王、庾不聞有郄也。」

〔二〕嘉錫案：事見雅量篇「往來者云庾公有東下意」條。

〔三〕「縣治空城」、「金陵本冶」兩「治」字皆當作「冶」。

〔四〕李慈銘云：「縣邑下脫城字。」漢書注師古曰：「縣之與邑，皆令築城。」

5 王右軍少時甚澀訥，〔一〕在大將軍許，王、庾二公後來，右軍便起欲去。大將軍留之曰：「爾家司空、王丞相已見。元規，復可所難？」〔二〕

【箋疏】

〔一〕御覽七百三十九引語林曰：「王右軍少嘗患癲，一二年輒發動。後答許詢詩，忽復惡中得二十字云：『取歡仁智樂，寄暢山水陰。清泠澗下瀨，歷落松竹林。』既醒，左右誦之，讀竟，乃歎曰：『癲何預盛德事耶？』」按右軍病癲，他書未聞。裴啟與右軍同時，言或不妄。聊附於此，以爲談助。

〔二〕程炎震云：「王本可作何。」嘉錫案：「王本」卽明王世貞評點本。

6 王丞相輕蔡公，曰：「我與安期、千里共遊洛水邊，何處聞有蔡充兒？」〔一〕晉諸公贊曰：「充字子尼，陳留雍丘人。」充別傳曰：「充祖睦，蔡邕孫也。〔二〕充少好學，有雅尚，體貌尊嚴，莫有媟慢於其前者。高平劉整有儁才，而車服奢麗，謂人曰：『紗縠，人常服耳。』嘗遇蔡子尼在坐，終日不自安。」見憚如此。是時，陳留爲大郡，多人士，琅邪王澄嘗經郡境，問：『此郡多士，有誰乎？』〔三〕吏曰：『有江應元、蔡子尼。』時陳留多居大位者，澄問：『何以但稱此二人？』吏曰：『向謂君侯問人，不謂位也。』澄笑而止。充歷成都王東曹掾，故稱東曹。」妒記曰：「丞相曹夫人性甚忌，禁制丞相，不得有侍御，乃至左右小人，亦被檢簡，時有妍妙，皆加誚責。王公不能久堪，乃密營別館，衆妾羅列，兒女成行。後元會日，夫人於青疎臺中，望見兩三兒騎羊，皆端正可念。夫人遙見，甚憐愛之。語婢：『汝出問，是誰家兒？』給使不達旨，乃答云：『是第四五等諸郎。』曹氏聞，驚愕大恚。命車駕，將黃門及婢二十人，人持食刀，自出尋討。王公亦遽命駕，飛轡出門，猶患牛遲。乃以左手攀車蘭，〔四〕右手捉麈尾，以柄助御者打牛，狼狽奔馳，劣得先至。蔡司徒聞而笑之，乃故詣王公，謂曰：『朝廷欲加公九錫，公知不？』王謂信然，自敍謙志。蔡曰：『不聞餘物，唯聞有短轅犢車，長柄麈尾。』王大愧。後貶蔡曰：『吾昔與安期、千里，共在洛水。』」〔五〕

【校文】

「蔡充兒」之「充」及注「充」字，景宋本俱作「克」。

注「蔡邕孫也」　「孫也」，沈本作「從孫」。

注「嘗經郡境」　景宋本「郡」下有「入」字。

注「第四王等」「王」，景宋本作「五」。

注「吾昔與安期千里」景宋本及沈本無「昔」字。

【箋疏】

〔一〕李慈銘云：「案充，晉書蔡謨傳作克。」

〔二〕越縵堂日記第二十一册（五十七葉）云：「後漢書蔡邕傳邕上疏有『臣年四十有六，孤特一身』之語。不言其後有子否也。其女文姬傳謂『曹操愍邕無嗣』。案晉書羊祜傳：『祜爲蔡邕外孫，討吳有功，當晉爵土，請以封舅子蔡襲，遂封襲關內侯。』是邕有孫，昔人已有言之者。今案世說輕詆篇注引蔡充別傳曰：『充祖睦，蔡邕孫也。』則邕孫不止一人，尤有明證。充，司徒謨之父。晉書作克，附見謨傳。」嘉錫案：明周嬰卮林六曰：「羊祜討吳有功，將進爵土，乞以賜舅子蔡襲，襲非邕之孫乎？又世說新語注引蔡充別傳曰：『充祖睦，蔡邕孫也。』而晉書蔡謨傳曰：『蔡睦魏尚書。睦生德，樂平太守。德生充，爲東曹掾。充生謨，至司徒。謨生邵、系等。』世系昭然。謨未嘗爲庭堅之不祀也。而史言『曹操痛邕無嗣，遣使者以金璧贖琰還』，豈爲其子早凋故乎？然蔡豹傳曰：『豹高祖質，漢衛尉左中郎將邕叔父也。祖睦，魏尚書。父宏，陰平太守。』據此，則睦爲邕叔父之孫，與世說注不同，未知孰是？」周氏所考甚詳，越縵豈未之見耶？余以爲羊祜之舅子襲，自是蔡邕之孫。惟是否邕有子先死，僅遺幼孫，抑邕本無子孫，而襲父子以同宗入繼，皆不可知。至於蔡睦，則實非邕後。晉書蔡豹傳有明文可考。元和姓纂八亦云：「蔡攜生稜、稜生邕、質元孫克。」與晉書合。世說注多脫誤，不可據。各本作「充祖睦，蔡邕孫」者固誤，淳熙本作

「蔡邕從孫」，亦非也。以世次考之，睦乃蔡邕從子耳。

〔三〕李慈銘云：「案晉書作『琅邪太守呂豫遣吏迎澄，澄問吏曰』云云。此注入境問下，疑脫吏曰二字。多士疑當作名士。」

〔四〕「蘭」，類聚三十五引妬記作「攔」。案「攔」當從木，作「欄」字。

〔五〕注文「王大愧，後貶蔡曰」下袁本作「吾昔與安期、千里共在洛水集處，不聞天下有蔡克兒。正忿蔡前戲言耳」。

7 褚太傅初渡江，嘗入東，至金昌亭。吳中豪右，燕集亭中。謝歆金昌亭詩敘曰：〔一〕「余尋師，來入經吳，行達昌門，忽覩斯亭，傍川帶河，其榜題曰『金昌』。訪之耆老，曰：『昔朱買臣仕漢，還爲會稽內史，逢其迎吏，遊旅北舍，與買臣爭席。買臣出其印綬，羣吏慚服自裁。因事建亭，號曰「金傷」，失其字義耳。』」褚公雖素有重名，于時造次不相識別。敕左右多與茗汁，少箸粽，〔二〕汁盡輒益，使終不得食。褚公飲訖，徐舉手共語云：「褚季野！」於是四座驚散，無不狼狽。

【校文】

注「遊旅北舍」 景宋本「遊」作「逆」，「北」作「比」。袁本「遊」亦作「逆」。

【箋疏】

〔一〕全晉文百三十五云：「歆爵里未詳。」嘉錫案：隋志注：梁有車騎司馬謝韶集三卷，歆、韶形近，或即其人。

〔二〕李慈銘云：「案通鑑盧循遺劉裕益智粽。宋書：廢帝殺江夏王義恭，以蜜漬目睛，謂之鬼目粽。近儒段玉裁謂粽皆當作⿰米宋。廣韻、集韻、類篇、干祿字書皆有⿰米宋字，蜜漬瓜食也。桑感切。⿰米宋卽糝字，今之小菜。齊民要術引廣州記：『益智子取外皮，蜜漬爲糝。』其字徑作糝。胡三省注通鑑曰：『角黍，蓋誤認爲粽。』慈銘案：段說是也。玉篇、廣韻皆以粽爲糉之俗，訓云：『蘆葉裹黍。』與宋書所謂蜜漬者，迥不相合。世說此處粽字亦⿰米宋之誤。當以『少箸⿰米宋』讀句，謂多與以茗汁，而少與以小菜。如今客來與茶，別設菜果也。若作糉，則茗汁中豈可箸此？且古人角黍非常食之物，未聞有以此待客者。李本徑改作糉，益誤矣。」嘉錫案：北户録二云：「辯州以蜜漬益智子，食之亦甚美。」注引顏之推云：「今以蜜藏雜果爲粽。」字苑曰：「雜藏果也，音素感反。」嘉錫考之諸書，凡釋⿰米宋字，皆謂蜜漬瓜果。蓋卽今之所謂蜜餞。凡茶坊中猶爲客設之以佐茶。此俗古今不異。段氏、李氏解爲小菜，非是。藏小菜之法，以鹽不以蜜，且安有以小菜佐茗飲者乎？

8　王右軍在南，丞相與書，每歎子姪不令。云：「虎㹠、虎犢，還其所如。」〔一〕虎㹠，王彭之小字也。王氏譜曰：「彭之字安壽，琅邪人。祖正，尚書郎。父彬，衛將軍。彭之仕至黃門郎。虎犢，彪之小字也。彪之字叔虎，彭之第三弟。年二十而頭鬢皓白，時人謂之王白鬚。少有局幹之稱。累遷至左光祿大夫。」

【校文】

注　兩「鬚」字，景宋本俱作「須」。

【箋疏】

〔一〕程炎震云：「王導卒於咸康五年，彪之年三十四。此蓋彪之初爲郎時，右軍當在江州。」嘉錫案：言彭之、彪之，生長高門，而才質凡下，羊質虎皮，恰如其名也。嘉錫又案：言彭之真豚犬之流，彪之初生之犢，二人之才正如其小字耳。

9 褚太傅南下，孫長樂於船中視之。〔一〕長樂，孫綽。言次，及劉真長死，孫流涕，因諷詠曰：「人之云亡，邦國殄瘁。」大雅詩毛公注曰：「殄，盡。瘁，病也。」褚大怒曰：「真長平生，何嘗相比數，而卿今日作此面向人！」孫回泣向褚曰：「卿當念我！」〔二〕時咸笑其才而性鄙。

【箋疏】

〔一〕程炎震云：「此蓋褚裒彭咸敗後還鎮京口時，故云南下，永和五年也。其冬裒卒矣。」

〔二〕程炎震云：「御覽六十六引語林曰：『褚公遊曲阿後湖。狂風忽起，船傾。褚公已醉，乃曰：「此舫人皆無可以招天譴者，唯有孫興公多塵滓，正當以此厭天欲耳！」便欲捉孫擲水中。孫懼無計，唯大呼曰：「季野！卿念我！」』疑即此一事，而此文未全。褚裒曰『真長』云云，亦是常語，孫何爲便作哀鳴？知必有惡劇也。臨川蓋以捉擲水中非佳事，故節取之。又『季野！卿念我』下有注，以季野爲彥回字，誤，今不取。」又云：「曲阿在京口，地亦相合，故是一時事。」嘉錫案：此可見褚裒深惡綽之爲人。

10 謝鎮西書與殷揚州，爲真長求會稽。殷答曰：「真長標同伐異，俠之大者。常謂使君降階爲甚，乃復爲之驅馳邪？」

11 桓公入洛，過淮、泗，踐北境，〔一〕與諸僚屬登平乘樓，〔二〕眺矚中原，慨然曰：「遂使神州陸沈，〔三〕百年丘墟，王夷甫諸人，不得不任其責！」八王故事曰：「夷甫雖居台司，不以事物自嬰，當世化之，羞言名教。自臺郎以下，皆雅崇拱默，以遺事爲高。四海尚寧，而識者知其將亂。」晉陽秋曰：「夷甫將爲石勒所殺，謂人曰：『吾等若不祖尚浮虛，不至於此！』」袁虎率而對曰：「運自有廢興，豈必諸人之過？」桓公懍然作色，顧謂四坐曰：「諸君頗聞劉景升不？劉鎮南銘曰：「表字景升，山陽高平人。黃中通理，博識多聞。仕至鎮南將軍、荆州刺史。」有大牛重千斤，噉芻豆十倍於常牛，負重致遠，曾不若一羸牸。魏武入荆州，烹以饗士卒，于時莫不稱快。」〔四〕意以況袁。四坐既駭，袁亦失色。〔五〕

【校文】

「率而」　「而」，景宋本作「爾」。

【箋疏】

〔一〕程炎震云：「桓温入洛，是永和十二年伐姚襄時，過淮、泗，是太和四年征慕容暐時，首尾十四年，非一役也。此以入洛與過淮、泗竝擧，殊誤。晉書温傳叙此於伐姚襄時，而云自江陵北伐，過淮、泗，尤誤。案入洛之役，戴施屯河上，勒舟師以逼許、洛。温不自御也。周保緒晉畧列傳二十五曰：『温伐燕，自姑孰乘舟，順江而下。入淮、泗，登平乘樓。』此爲合矣。」　嘉錫案：通鑑一百亦敍袁宏之對於永和十二年，蓋沿用晉書之文。文學篇曰：「桓宣武北征，袁虎時從，被責免官。」注引温別傳曰：「温以太和四年上疏，自征鮮卑。」　又案：袁宏之免官，不見於晉書本傳。據孝標注，則在太和四年。與此條所云「過淮、泗，踐北境」，正一時之事。蓋宏因此對，失温之意，遂致被責免官矣。温雖頗慕風流，而其人有雄姿大略，志在功名，故能矯王衍等之失。英雄識見，固自不同。

〔二〕程炎震云：「宋書六十三王曇首傳：『太祖鎮江陵，曇首轉長史。太祖入奉大統，曇首固陳，上乃下嚴兵自衛。中兵參軍朱容子抱刀在平乘户外。』又六十一武三王江夏王義恭傳曰：『平乘船皆下兩頭，作露手形，不得擬象龍舟，悉不得朱油。』」

李詳云：「詳案：通鑑一百胡注：『平乘樓，大船之樓。』隋書楊素傳：『樓船亦有平乘之名。』」

〔三〕原本玉篇水部云：「莊子：『是陸沈者也。』司馬彪曰：『無水而沈也。』野王案：陸沈，猶淪翳也。言居陸而若沈溺無聞也。史記『陸沈於俗，避世金馬門』，是也。」　嘉錫案：陸沈者，無水而沈。淮南子覽冥訓：『是謂坐馳陸沈，晝冥宵明』及此條之神州陸沈，皆其本義。至於莊子則陽篇、史記滑稽傳之以陸沈喻隱淪，論衡謝短篇：「知古不知今，謂之陸沈。」以喻人之不學，則其引伸之義也。通鑑胡注曰：「以王衍等尚清談而不恤王事，以致夷狄亂華也。」身之之言，與劉注同意。

〔四〕晉書殷浩傳庾翼貽浩書曰：「王夷甫，先朝風流士也。然吾薄其立名非真，而始終莫取。若以道非虞、夏，自當超然獨往，而不能謀始，大合聲譽，極致名位，正當抑揚名教，以靜亂源。而乃高談莊、老，說空終日。雖云談道，實長華競。及其末年，人望猶存。思安懼亂，寄命推務。而甫自申述，徇小好名。既身囚胡虜，棄言非所。凡明德君子，遇會處際，寧可然乎？而世皆然之。益知名實之未定，弊風之未革也。」嘉錫案：晉人之論王夷甫者，庾翼之言爲最切矣。翼傳言見桓溫總角，便期之以遠略，謂有英雄之才。固宜其議論之有合也。又案：文學篇「袁伯彥作名士傳成」，注曰：「宏以裴叔則、樂彥輔、王夷甫、庾子嵩、王安期、阮千里、衞叔寶、謝幼輿爲中朝名士。」然則宏亦祖尚玄虛，服膺夷甫者。桓溫所謂諸人，正指中朝名士，固宜爲之強辯矣。

〔五〕通鑑注曰：「溫意以牛況宏，徒能糜俸祿，而無經世之用。」

12 袁虎、伏滔同在桓公府。桓公每遊燕，輒命袁、伏，袁甚恥之，恒歎曰：「公之厚意，未足以榮國士！與伏滔比肩，亦何辱如之？」〔一〕

【箋疏】

〔一〕嘉錫案：文選三國名臣序贊引晉陽秋曰：「袁宏爲大司馬府記室參軍。」本書言語篇注引中興書曰：「伏滔少有才學，舉秀才，大司馬桓溫參軍。」足證二人同在桓溫府也。考文選集注九十四引臧榮緒晉書云：「袁宏好學，善屬文，謝尚以爲豫州別駕，桓溫命爲安西參軍。」按之晉書帝紀，桓溫之爲安西將軍，在穆帝永和元年。其爲大司馬，在哀帝興寧元年前後。相距已十有八年。宏先爲安西參軍，則其入桓溫幕府，亦已久矣。今晉書文苑傳不敍宏入安西府事，第云累遷大司馬桓温記室者，畧之也。然又云「伏滔先在温府，與宏善」。則不知何據，疑其誤也。

13 高柔在東，甚爲謝仁祖所重。既出，不爲王、劉所知。仁祖曰：「近見高柔，大自敷奏，然未有所得。」真長云：「故不可在偏地居，輕在角䚥奴角反。中，〔一〕爲人作議論。」高柔聞之，云：「我就伊無所求。」人有向真長學此言者，真長曰：「我寔亦無可與伊者。」然遊燕猶與諸人書：「可要安固？」安固者，高柔也。孫統爲柔集敘曰：「柔字世遠，樂安人。才理清鮮，安行仁義。婚泰山胡毋氏女，年二十，既有倍年之覺，而姿色清惠，近是上流婦人。柔家道隆崇，既罷司空參軍、安固令，〔二〕營宅於伏川。馳動之情既薄，又愛翫賢妻，便有終焉之志。尚書令何充取爲冠軍參軍，僶俛應命，眷戀綢繆，不能相舍。相贈詩書，清婉辛切。」〔三〕

【校文】

注「辛切」　「辛」，沈本作「新」。

【箋疏】

〔一〕李詳云：「詳案：廣韻四覺：『䚥，屋角。』今人謂屋隅爲角䚥，當作此字。」嘉錫案：今俗作「角落」。

〔二〕程炎震云：「安固縣屬揚州臨海郡。」

〔三〕文廷式補晉書藝文志丁部曰「世説高柔在東」云云，與魏之高柔別是一人。魏高柔，字文惠，三國志有傳。書鈔一百一十高文惠與婦書曰：『今置琵琶一枚，音甚清亮也。』一百三十六高文惠婦與文惠書云：『今奉織成襪一量。』御覽六百八十九高文惠婦與文惠書：『今聊奉組生履一緉。』六百八十八高文惠婦與文惠書曰：『今奉總蛤十枚。』據世說注當是高世遠婦。書鈔、御覽誤也。」嘉錫案：文氏說是也。嚴可均全三國文五十四亦疑之，而不能定。今觀世遠夫婦往復書，蓋上擬秦嘉、徐淑，文采必有可觀，惜乎僅存殘篇斷句，無以窺其清婉辛切之旨矣。

14 劉尹、江虨、王叔虎、孫興公同坐，江、王有相輕色。虨以手歙叔虎云：「酷吏！」詞色甚彊。劉尹顧謂：「此是瞋邪？非特是醜言聲，拙視瞻。」言江此言，非是醜拙，似有忿於王也。

15 孫綽作列仙商丘子贊曰：「所牧何物？殆非真豬。儻遇風雲，爲我龍攄。」列仙傳曰：「商丘子胥者，商邑人。好吹竽牧豕，年七十，不娶妻而不老。問其須要，言『但食老朮、昌蒲根、飲水，如此便不饑不老耳』。貴戚富室，聞而服之，不能終歲輒止，謂將有匿術。孫綽爲贊曰：『商丘卓犖，執策吹竽。渴飲寒泉，飢食菖蒲。所牧何物？殆非真豬。儻逢風雲，爲我龍攄。』」時人多以爲能。王藍田語人云：「近見孫家兒作文，道何物、真豬也。」

【校文】

注「須要」　景宋本作「道要」。

16 桓公欲遷都，〔一〕以張拓定之業。孫長樂上表，諫此議甚有理。桓見表心服，而忿其爲異，令人致意孫云：「君何不尋遂初賦，而彊知人家國事？」孫綽表諫曰：「中宗龍飛，實賴萬里長江，畫而守之耳。不然，胡馬久已踐建康之地，江東爲豺狼之場矣。」綽賦遂初，陳止足之道。

【箋疏】

〔一〕程炎震云：「永和十二年，桓温請遷都洛陽。」

17 孫長樂兄弟就謝公宿，言至款雜。劉夫人在壁後聽之，具聞其語。謝公明日還，問：「昨客何似？」劉對曰：「亡兄門，未有如此賓客！」夫人，劉惔之妹。謝深有愧色。

18 簡文與許玄度共語，許云：「舉君、親以爲難。」簡文便不復答。許去後而言曰：「玄度故可不至於此！」按邴原別傳：「魏五官中郎將，嘗與羣賢共論曰：『今有一丸藥，得濟一人疾，而君、父俱病，與君邪？與父邪？』諸人紛葩，或父、或君。原勃然曰：『父子，一本也。亦不復難。』」君、親相校，自古如此。未解簡文誚許意。

【校文】

注「紛葩」 「葩」，沈本作「紛」。

19 謝萬壽春敗後，〔一〕還，書與王右軍云：「慙負宿顧。」〔二〕右軍推書曰：「此禹、湯之戒。」春秋傳曰：「禹、湯罪己，其興也勃焉。」言禹、湯以聖德自罪，所以能興。今萬失律致敗，雖復自咎，其可濟焉。故王嘉萬也。〔三〕

【箋疏】

〔一〕程炎震云：「升平三年，謝萬敗。」

〔二〕嘉錫案：晉書羲之傳：「萬爲豫州都督，羲之遺書誡之曰：『願君每與士之下者同，則盡善矣。』萬不能用，果敗。」故此書云「慙負宿顧」也。

〔三〕嘉錫案：注意謂萬雖自咎，亦無所濟。則不當以右軍爲嘉萬。況世說著其事於輕詆篇，是右軍此語，乃譏笑之詞，其不嘉萬亦明矣。王字疑當作不。

20 蔡伯喈睹睞笛椽，〔一〕孫興公聽妓，振且擺折。伏滔長笛賦敘曰：「余同寮桓子野有故長笛，傳之耆老云：『蔡邕伯喈之所製也。』初，邕避難江南，宿於柯亭之館，以竹爲椽，邕仰眄之，曰：『良竹也。』取以爲笛，音聲獨絕。〔二〕歷代傳之至於今。」王右軍聞，大嗔曰：「三祖壽一作臺。樂器，虺瓦一作厓凡。弔，孫家兒打折。」〔三〕

【箋疏】

〔一〕嘉錫案：據注，此笛爲桓子野所有。考類聚四十四引語林「子野令奴張碩吹睹脚笛」，與此作「睹睞」不同。疑以「睹脚」爲是。蓋邕睹竹椽之脚，而知其爲良材，遂以爲名。猶之琴名焦尾也。

〔二〕御覽一百九十四引郡國志曰：「柯亭，一名千秋亭，又名高遷亭。」會稽記云：「漢議郎蔡邕避難宿於此亭，仰觀椽竹，知有奇響，因取爲笛，果有異聲。」

後漢書邕傳注引張騭文士傳曰：「邕告吳人曰：『吾昔嘗經會稽高遷亭，見屋椽竹，東間第十六可以爲笛。』取用，果有異聲。」

〔三〕嘉錫案：此條語不可通，雖從「一作」，亦終難解，必有誤字也。

21 王中郎與林公絕不相得。王謂林公詭辯，林公道王云：「箸膩顏帢，〔一〕緆布單衣，挾左傳，逐鄭康成車後，問是何物塵垢囊！」〔二〕中郎，坦之。帢，帽也。裴子曰：「林公云：『文度箸膩顏，挾左傳，逐鄭康成，自爲高足弟子。篤而論之，〔三〕不離塵垢囊也。』」

【箋疏】

〔一〕李慈銘云：「案晉書五行志：『魏造白帢，橫縫其前以別後，名之曰顏帢。至永嘉之間，稍去其縫，名無顏帢。』據此，則江東時以顏帢爲舊制，故道林以膩顏帢誚之。」嘉錫案：「膩顏帢」居易録三十二已解釋甚詳，但未明引晉書五行志耳。

【二】嘉錫案：後漢書襄楷傳云：「天帝遺目好女，浮屠曰『此但革囊盛血』，遂不眄之。」注云：「四十二章經：天神獻玉女於其佛，佛曰：『此是革囊盛衆穢耳。』」「塵垢囊」卽「革囊盛衆穢」之意，其鄙坦之至矣。然由此可知坦之獨抱遺經，謹守家法，故能闢莊周之非儒道，箴謝安之好聲律。名言正論，冠絕當時。夫奏簫韶於溱洧，襲冠裳於裸國，固宜爲衆喙之所咻，羣犬之所吠矣。若支遁者，希聞至道，徒資利口，嗔癡太重，我相未除。曾不得爲善知識，惡足稱高逸沙門乎？書鈔百三十五引語林云：「王□爲諸人談，有時或排擯高秃，以如意注林公云：『阿柱，汝憶摇櫓時不？』阿柱，乃林公小名。」嘉錫案：書鈔所稱王某，蓋卽王中郎。本篇又言其嘗作沙門不得爲高士論。其輕侮支遁如此，宜遁之報以惡聲矣。又案：晉書坦之傳及經典釋文序録並不言坦之治左傳。隋書經籍志有春秋左氏經傳通解四卷、春秋旨通十卷並王述之撰。六朝人名有「之」字者，多去「之」爲單名。述之疑卽王述。故金樓子立言篇云「王懷祖頗有儒術」，蓋謂此也。坦之傳其父學，故支遁因而譏之耳。兩唐志於經傳通解不著録，而有王延之春秋旨通十卷，恐是傳寫之誤。經義考一百七十五遂以兩書爲南齊之尚書左僕射王延之撰，殆非也。

【三】莊子田子方篇老聃曰：「夫天下也者，萬物之所一也。得其所一而同焉，則四支百體，將爲塵垢；而死生終始，將爲晝夜。」「篤而論之」猶云「要而言之」。蓋魏、晉人常語也。金樓子立言下引諸葛亮曰：「追觀光武二十八將，下及馬援之徒，忠貞智勇，無所不有。篤而論之，非減曩時。」

22 孫長樂作王長史誄云：〔一〕「余與夫子，交非勢利，心猶澄水，同此玄味。」禮記曰：「君子之交淡若水，小人之交甘若醴。」王孝伯見曰：「才士不遜，亡祖何至與此人周旋！」

【箋疏】

〔一〕程炎震云：「法書要録卷九載張懷瓘書斷：王濛永和三年卒，年三十九。」

23 謝太傅謂子姪曰：「中郎始是獨有千載！」車騎曰：「中郎衿抱未虛，復那得獨有？」中郎，謝萬。

24 庾道季詫謝公曰：「裴郎云：『謝安謂裴郎乃可不惡，何得爲復飲酒？』庾龢、裴啓已見。裴郎又云：『謝安目支道林，如九方皐之相馬，略其玄黃，取其儁逸。』」支遁傳曰：〔一〕「遁每標舉會宗，而不留心象喻，解釋章句，或有所漏，文字之徒，多以爲疑。謝安石聞而善之曰：『此九方皐之相馬也，略其玄黃，而取其儁逸。』」列子曰：「伯樂謂秦穆公曰：『臣所與共儋纆薪菜者，有九方皐，此其於馬，非臣之下也。』公使行求馬，反，曰：『得矣！牡而黃。』使人取之，牝而驪。公曰：『毛物牡牝之不知，何馬之能知也？』伯樂曰：『若皐之觀馬者，天機也。得其精，亡其麤。在其內，亡其外。見其所見，不見其所不見。視其所視，遺其所不視。若彼之所相，有貴於馬也。』既而，馬果千里足。」謝公云：「都無此二語，裴自爲此辭耳！」庾意甚不以爲好，因陳東亭經酒壚下賦。

讀畢，〔二〕都不下賞裁，直云：「君乃復作裴氏學！」〔三〕於此語林遂廢。今時有者，皆是先寫，無復謝語。續晉陽秋曰：「晉隆和中，河東裴啓撰漢、魏以來迄于今時，言語應對之可稱者，謂之語林。時人多好其事，文遂流行。後說太傅事不實，而有人於謝坐敍其黃公酒壚，司徒王珣爲之賦，謝公加以與王不平，乃云：『君遂復作裴郎學。』自是衆咸鄙其事矣。安鄉人有罷中宿縣詣安者，安問其歸資。答曰：『嶺南凋弊，唯有五萬蒲葵扇，又以非時爲滯貨。』安乃取其中者捉之，於是京師士庶競慕而服焉。價增數倍，旬月無賣。夫所好生羽毛，所惡成瘡痏。謝相一言，挫成美於千載，及其所與，崇虛價於百金。上之愛憎與奪，可不慎哉！」

【校文】

注「僧纆」　「纆」，景宋本作「纏」。

注「牡而黄」　「牡」，景宋本作「牝」。

注「毛物牡牝」　「牡牝」，景宋本及沈本俱作「牝牡」。

注「得其精」　「得」，景宋本作「問」。

【箋疏】

〔一〕嘉錫案：支遁傳不知誰撰，蓋必作於語林成書之後，故采取其語，今高僧傳亦仍而不改。

〔二〕李慈銘云：「案讀畢下當有謝公字。」

〔三〕嘉錫案：傷逝篇載「王戎過黄公酒壚」事，注引竹林七賢論曰：「俗傳若此。潁川庾爰之嘗以問其伯文康。文康云：

『中朝所不聞，江左忽有此論，蓋好事者爲之耳。』」是此事之不實，庾亮已辯之於前。謝安蓋熟知之。乃俗語不實，流爲丹青。王珣既因之以作賦，裴啟又本之以著書。於草野傳聞，不加考辨，則安石之深鄙其事斥爲裴郎學，非過論也。但王珣賦甚有才情，謝以與王不平，故於其賦之工拙不置一詞。意以爲選題既誣，其文字亦無足道焉耳。

25 王北中郎不爲林公所知，乃箸論沙門不得爲高士論。大略云：「高士必在於縱心調暢，沙門雖云俗外，反更束於教，非情性自得之謂也。」

26 人問顧長康：「何以不作洛生詠？」答曰：「何至作老婢聲！」〔一〕洛下書生詠，音重濁，故云老婢聲。

【箋疏】

〔一〕嘉錫案：洛下書生詠者，效洛下讀書之音，以詠詩也。陸法言切韻序云：「吳、楚則時傷輕淺，燕、趙則多傷重濁。」洛下雖非燕、趙，而同在大河南北，故其音亦傷重濁。長康世爲晉陵無錫人，習於輕淺，故鄙夷不屑爲之。晉書王敦傳曰：「含軍敗，敦聞怒曰：『我兄，老婢也！』」長康漫論聲韻，而忽作此詈人之語，世說亦入之輕詆篇，則其言必有所爲。長康素爲桓温所親暱。温死，謝安執政，而長康作詩哭温，有「魚鳥無依」之歎（見言語篇「顧長康拜桓宣武墓」條）。然則「老婢」之譏，殆爲謝安發也。亦可謂不識好惡者矣。又案：「謝安少能作洛下書生詠，有鼻疾，語音濁。後名流多斅其詠，弗能及，手掩鼻而吟焉」，見雅量篇「桓公伏甲」條注引文章志。

27 殷顗、庾恒並是謝鎮西外孫。謝氏譜曰：「尚長女僧要適庾龢，次女僧韶適殷歆。」〔一〕殷少而率悟，庾每不推。嘗俱詣謝公，謝公熟視殷曰：「阿巢故似鎮西。」巢，殷顗小字也。於是庾下聲語曰：「定何似？」謝公續復云：「巢頰似鎮西。」庾復云：「頰似，足作健不？」庾氏譜曰：「恒字敬則。祖亮，父龢。恒仕至尚書僕射。」

【箋疏】

〔一〕程炎震云：「晉書殷顗傳，父康。此云歆，未知孰是？」

28 舊目韓康伯：將肘無風骨。說林曰：「范啓云：『韓康伯似肉鴨。』」〔一〕

【校文】

「將」　景宋本作「捋」。

【箋疏】

〔一〕嘉錫案：方言一云：「京、奘、將，大也。秦、晉之間，凡人之大謂之奘，或謂之壯。燕之北鄙，齊、楚之郊，或曰京，或曰將，皆古今語也。」據此，則「將」爲「壯」之聲轉。康伯爲人肥大，故范啟以肉鴨比之。凡人肥則肘壯。此云將肘者，江北傖楚人語也。品藻篇云：「韓康伯雖無骨榦，然亦膚立。」同譏其無骨，而毀譽不同，愛憎之見異耳。觀注語知康伯甚肥，故時人譏其有肉無骨。

29 符宏叛來歸國。〔一〕謝太傅每加接引，宏自以有才，多好上人，坐上無折之者。適王子猷來，太傅使共語。子猷直孰視良久，回語太傅云：「亦復竟不異人！」宏大慚而退。續晉陽秋曰：「宏，符堅太子也。堅爲姚萇所殺，宏將母妻來投，詔賜田宅。桓玄以宏爲將，玄敗，寇湘中，伏誅。」〔二〕

【校文】

「符」 景宋本俱作「苻」。

【箋疏】

〔一〕程炎震云：「太元十年六月符宏來降。」嘉錫案：見晉書孝武帝紀，與通鑑作七月不同。嘉錫又案：考之晉書苻堅載記及通鑑一百六，太元九年慕容沖、姚萇等竝叛。秦八月沖進逼長安。十年五月，沖攻長安，苻堅留太子宏守城，帥騎數百出奔五將山。六月，宏不能守長安，將數千騎與母妻西奔下辯。七月，姚萇遣兵執苻堅送詣新平。太子宏至下辯，南秦州刺史楊壁拒之。宏奔武都投氐豪强熙，假道來奔。八月姚萇遣人縊堅于新平佛寺。世說據晉人紀載，以宏背父來降，故書之以叛。實則宏出長安時，堅已奔五將。父子不相見，無所受命。宏之自武都來歸,堅又已被擒,存亡不可知,宏非背其父而出走也。故責宏以不能死守長安以身殉國,則可矣。謂之爲叛父,固非其罪也。是年四月,劉牢之已率兵救苻丕於鄴,爲慕容垂所敗而歸。太保謝安又請自將救秦。宏之來奔,自必請兵復讎,故安每加接引。八月,安卒,乃不果出兵耳。宋書謝靈運傳載其山居賦自注曰:「太傅既薨,遠圖已輟。」此之謂也。(遠圖,各本皆誤作建圖,據文選述祖德詩注引改。)

〔三〕晉書桓玄傳云:「安帝反正,湘州刺史苻宏走入湘中,害郡守。長吏檀祇討宏於湘東,斬之。」又苻堅載記云:「宏歷位輔國將軍。桓玄篡位,以宏爲涼州刺史。義熙初,以謀叛被誅。」通鑑卷二百九十二云:「溆州蠻酋苻彥通自稱苻秦苗裔。」胡注曰:「苻秦之亡,苻宏奔晉,從諸桓於荊、楚,其後無聞。彥通自以爲苻秦苗裔,蓋言出於宏之後。」

30 支道林入東,見王子猷兄弟。還,人問:「見諸王何如?」答曰:「見一羣白頸烏,但聞唤啞啞聲。」〔一〕

【箋疏】

〔一〕嘉錫案:詳見排調篇「劉真長始見王丞相」條。老學庵筆記八曰:「古所謂揖,但舉手而已。今所謂喏,乃始於江左諸王。方其時,惟王氏子弟爲之,故支道林見王子猷兄弟曰:『見一羣白項烏,但聞唤啞啞聲。』卽今喏也。」嘉錫案:道林之言,譏王氏兄弟作吳音耳。啞啞之聲與唱喏殊不相似，放翁之說，近於傅會。

31 王中郎舉許玄度爲吏部郎。郗重熙曰：「相王好事，不可使阿訥在坐。」〔一〕訥，詢小字。

【校文】

「在坐」 景宋本「坐」下有「頭」字。

【箋疏】

〔一〕程炎震云：「坦之嘗爲撫軍掾，郗愔爲撫軍司馬，蓋同時。然坦之晚進位卑，恐未得舉玄度也。」

32 王興道謂：謝望蔡霍霍如失鷹師。永嘉記曰：「王和之字興道，琅琊人。祖翼，〔一〕平南將軍。父胡之，司州刺史。和之歷永嘉太守、正員常侍。」望蔡，謝琰小字也。〔二〕

【箋疏】

〔一〕程炎震云：「翼當據晉書作廙。」

〔二〕程炎震云：「謝琰傳『封望蔡公』，非小字，注誤。」

33 桓南郡每見人不快，輒嗔云：「君得哀家梨，當復不烝食不？」〔一〕舊語：秣陵有哀仲家梨甚美，大如升，入口消釋。言愚人不別味，得好梨烝食之也。」

【箋疏】

〔一〕程炎震云：「某氏曰：北户録引作『不烝不食』。」

假譎第二十七

1 魏武少時，嘗與袁紹好爲游俠，觀人新婚，因潛入主人園中，夜叫呼云：「有偷兒賊！」青廬中人皆出觀，〔一〕魏武乃入，抽刃劫新婦與紹還出，失道，墜枳棘中，紹不能得動，復大叫云：「偷兒在此！」紹遑迫自擲出，遂以俱免。曹瞞傳曰：「操小字阿瞞，少好譎詐，遊放無度。」孫盛雜語云：「武王少好俠，放蕩不修行業。嘗私入常侍張讓宅中，讓乃手戟於庭，踰垣而出，有絕人力，故莫之能害也。」

【箋疏】

〔一〕玉臺新詠一古詩無名人爲焦仲卿妻作云：「其日牛馬嘶，新婦入青廬。」酉陽雜俎一禮異篇云：「北朝婚禮，青布幔爲屋，在門內外，謂之青廬，於此交拜。」

2 魏武行役，失汲道，軍皆渴，乃令曰：「前有大梅林，饒子，甘酸，可以解渴。」士卒聞之，口皆出水，乘此得及前源。〔一〕

【校文】

「失汲道，軍皆渴」　沈本無「道」字，景宋本「軍」上有「三」字。

【箋疏】

〔一〕嘉錫案：通典一百五十六引此作「世說新書」，字句小異。

3 魏武常言：「人欲危己，己輒心動。」因語所親小人曰：「汝懷刃密來我側，我必說心動。執汝使行刑，汝但勿言其使，無他，當厚相報！」執者信焉，〔一〕不以爲懼，遂斬之。此人至死不知也。左右以爲實，謀逆者挫氣矣。〔二〕曹瞞傳曰：「操在軍，廩穀不足，私語主者曰：『何如？』主者云：『可以小斛足之。』操曰：『善。』後軍中言操欺衆，操題其主者，背以徇曰：『行小斛，盜軍穀。』遂斬之。仍云：『特當借汝死，以厭衆心。』其變詐皆此類也。」

【校文】

「常言」　景宋本及沈本作「常謂」。

【箋疏】

〔一〕嘉錫案：執者，廣記一百九十引殷芸小說作侍者。

〔二〕宋馬永卿記劉安世之語爲元城語録，其卷中曰：「老先生曰：『昨夜看三國志，識破一事。操之遺令，諄諄百言，下至分香賣履之事，家人婢妾，無不處置詳盡，無一語語及禪代之事。其意若曰：禪代之事，自是子孫所爲，吾未嘗教爲之。是實以天下遺子孫，而身享漢臣之名。此遺令之意，昨夜偶窺破之。』老先生似有喜色。某因此歷觀曹操平生之事，無不如此。夜臥圓枕，噉野葛至尺許，飲鴆酒至一盞，皆此意也。操之負人多矣，恐人報己，故先揚此聲以誑時人，使人無害己意也。然則遺令之意，亦揚此聲以誑後世耳。」嘉錫案：安世所謂揚其聲以誑時人，正從世說所載二事看出。老先生者，安世所以稱司馬温公也。

4 魏武常云：「我眠中不可妄近，近便斫人，亦不自覺，左右宜深慎此！」後陽眠，〔一〕所幸一人竊以被覆之，因便斫殺。自爾每眠，左右莫敢近者。

【箋疏】

〔一〕嘉錫案：陽眠，廣記一百九十引殷芸小說作陽凍。

5 袁紹年少時，曾遣人夜以劍擲魏武，少下，不箸。〔一〕魏武揆之，其後來必高，因帖臥牀上。劍至果高。按袁、曹後由鼎跱，迹始攜貳。自斯以前，不聞讎隙，有何意故而剚之以劍也？

【箋疏】

〔一〕吴承仕曰：「『少下不著』者，劍著牀下耶？此節記事可疑。」

6 王大將軍既爲逆，頓軍姑孰。晉明帝以英武之才，猶相猜憚，乃箸戎服，騎巴賨馬，齎一金馬鞭，陰察軍形勢。〔一〕未至十餘里，有一客姥，居店賣食。帝過愒之，〔二〕謂姥曰：「王敦舉兵圖逆，猜害忠良，朝廷駭懼，社稷是憂。故劬勞晨夕，用相覘察，恐形迹危露，或致狼狽。追迫之日，姥其匿之。」便與客姥馬鞭而去。行敦營帀而出，軍士覺，曰：「此非常人也！」敦卧心動，曰：「此必黃須鮮卑奴來！」命騎追之，已覺多許里，追士因問向姥：「不見一黃須人騎馬度此邪？」姥曰：「去已久矣，不可復及。」於是騎人息意而反。〔三〕異苑曰：「帝躬往姑孰，敦時晝寢，卓然驚悟曰：『營中有黃頭鮮卑奴來，何不縛取？』帝所生母荀氏，燕國人，故貌類焉。」

【校文】

「姑孰」　景宋本「孰」作「熟」。

「賣食」　景宋本及沈本無「賣」字。

【箋疏】

〔一〕程炎震云：「此明帝太寧二年事。」又云：「晉書明紀作『巴滇馬』。」

〔二〕李慈銘云：「案說文：『愒，息也。』今作憩，乃愒之俗。」

〔三〕晉書明帝紀云：「帝至于湖，陰察敦營壘而出。有軍士疑帝非常人。」又：「敦正晝寢，夢日環其城，驚起曰：『此必黃鬚鮮卑奴來也。』」與世說「敦卧心動」之說合。神仙傳九郭璞傳云：「王敦鎮南洲，欲謀大逆，乃召璞爲佐。時明帝年十五。一夕，集朝士，問太史：『王敦果得天下耶？』史臣曰：『王敦致天子，非能得天下。』明帝遂單騎微行，直入姑熟城。敦正與璞食。璞久之不白敦。敦驚曰：『吾今同議定大計，卿何不卽言？』璞曰：『向見日月星辰之精靈，五嶽四海之神祇，皆爲道從翼衞，下官震悸失守，不得卽白將軍。』敦使聞，謂是小奚戲馬，檢定非也。遣三十騎追不及。」嘉錫案：據其所言，則敦並未晝寢，且亦不知是明帝。語涉妄誕，恐不足信。

7 王右軍年減十歲時，大將軍甚愛之，恒置帳中眠。大將軍嘗先出，右軍猶未起。須臾，錢鳳入，屛人論事，晉陽秋曰：「鳳字世儀，吳嘉興尉子也。姦慝好利。爲敦鎧曹參軍，知敦有不臣心，因進說。後敦敗，見誅。」都忘右軍在帳中，便言逆節之謀。右軍覺，既聞所論，知無活理，乃剔吐汙頭面被褥，詐孰眠。敦論事造半，方意右軍未起，相與大驚曰：「不得不除之！」及開帳，乃見吐唾從橫，信其實孰眠，於是得全。于時稱其有智。按諸書皆云王允之事，而此言羲之，疑謬。〔一〕

【校文】

「年減十歲」 「減」，沈本作「裁」。

「乃剔吐」 「剔」，沈本作「陽」。

「孰眠」 「孰」，沈本作「熟」。

「方意右軍」 「意」，沈本作「憶」。

【箋疏】

〔一〕御覽四百三十二引晉中興書曰：「王允之字淵猷，年在總角，從伯敦深智之。嘗夜飲，允之辭醉先眠。時敦將謀作逆，因允之醉別牀卧，夜中與錢鳳計議。允之已醒，悉聞其語，恐或疑，便於眠處大吐，衣面並汙。鳳既出，敦果照視，見其眠吐中，以爲大醉，不復疑之。」嘉錫案：今晉書允之傳畧同，且曰：「時父舒始拜廷尉，允之求還定省，敦許之。至都，以敦、鳳謀議事白舒。舒即與導俱啟明帝。」其非右軍事審矣。世說之謬，殆無可疑。

8 陶公自上流來，赴蘇峻之難，令誅庾公。謂必戮庾，可以謝峻。晉陽秋曰：「是時成帝在襁褓，太后臨朝，中書令庾亮以元舅輔政，欲以風軌格政，繩御四海。而峻擁兵近甸，爲逋逃藪。亮圖召峻，王導、卞壼並不欲。亮曰：『蘇峻豺狼，終爲禍亂，晁錯所謂削亦反，不削亦反。』遂下優詔，以大司農徵之。峻怒曰：『庾亮欲誘殺我也。』遂克京邑。平南温嶠聞亂，號泣登舟，遣參軍王愆期推征西陶侃爲盟主，俱赴京師。時亮敗績奔嶠，人皆尤而少之。嶠愈相崇重，分兵以配給之。」庾欲奔竄，則不可；欲會，恐見執，進退無計。温公勸庾詣陶，曰：「卿但遥拜，必無它。我爲卿保之。」庾從温言詣陶。至，便拜。陶自起止之，曰：「庾元規何緣拜陶士行？」畢，又降就下坐。陶又自要起同坐。坐定，庾乃引咎責躬，深相遜謝。陶不覺釋然。〔一〕

【校文】

「陶士行」 「行」，景宋本作「衡」。

「同坐坐定」 景宋本及沈本無下一「坐」字。

【箋疏】

〔一〕程炎震云：「此是咸和三年，亮奔尋陽時。晉書六十六侃傳敍侃語於石頭平後，非也。」

9 溫公喪婦，從姑劉氏，家值亂離散，唯有一女，甚有姿慧，姑以屬公覓婚。公密有自婚意，答云：「佳壻難得，但如嶠比云何？」姑云：「喪敗之餘，乞粗存活，便足慰吾餘年，何敢希汝比？」卻後少日，公報姑云：「已覓得婚處，門地粗可，壻身名宦，盡不減嶠。」因下玉鏡臺一枚。姑大喜。既婚，交禮，女以手披紗扇，撫掌大笑曰：「我固疑是老奴，果如所卜！」按溫氏譜：「嶠初取高平李暅女，中取琅琊王詡女，後取廬江何邃女。都不聞取劉氏，便爲虛謬。」〔一〕谷口云：「劉氏，政謂其姑爾，非指其女姓劉也。孝標之注，亦未爲得。」〔二〕玉鏡臺，是公爲劉越石長史，北征劉聰所得。王隱晉書曰：「建興二年，嶠爲劉琨假守左司馬，都督上前鋒諸軍事，討劉聰。」晉陽秋曰：「聰一名載，字玄明，屠各人。父淵，因亂起兵死。聰嗣業。」

【箋疏】

〔一〕御覽五百五十四引晉中興書曰：「溫嶠葬豫章。至嶠後妻何氏卒，便載嶠喪還都。詔令葬建平陵北，并贈嶠二妻王氏、何氏始安夫人印綬云。」嘉錫案：晉書本傳同。並與温氏譜合。詔書不及李氏者，蓋以早亡，又不從葬故也。嶠之不婚劉氏，亦已明矣。又案：晉書閻鼎傳有中書令李晅，爲鼎所殺。

〔二〕李慈銘云：「案『谷口』以下，蓋宋人校語。既謂其姑，必仍姓温，何得云劉？宋人疏謬，往往如是。」程炎震云：「温嶠三娶，見晉書禮志中，孝標此難是也。『谷口』不知何人。此數語宋本已有之，當攷。姑既適劉，其女非姓劉而何？」

10 諸葛令女，庾氏婦，既寡，誓云：「不復重出！」此女性甚正彊，無有登車理。即庾亮子會妻。父彪，已見上。〔一〕恢既許江思玄婚，乃移家近之。初，誑女云：「宜徙。」於是家人一時去，獨留女在後。比其覺，已不復得出。江郎莫來，女哭詈彌甚，積日漸歇。江彪暝入宿，恒在對牀上。後觀其意轉帖，彪乃詐厭，〔二〕良久不悟，聲氣轉急。女乃呼婢云：「喚江郎覺！」江於是躍來就之曰：「我自是天下男子，厭，何預卿事而見喚邪？既爾相關，不得不與人語。」女默然而慙，情義遂篤。葛令之清英，江君之茂識，必不背聖人之正典，習蠻夷之穢行。康王之言，所輕多矣。

【校文】

「江郎莫來」　「莫」，景宋本作「暮」。

【箋疏】

〔一〕程炎震云：「父彪當作文彪，見方正篇『諸葛恢大女』條。」嘉錫案：江彪字思玄。此所敘即彪事，不應稱父彪。彪字當作恢。

〔二〕李慈銘云：「案厭俗作魘。」李詳云：「詳案：一切經音義七引蒼頡篇云：『厭，眠内不詳也。』說文：『厭，笮也。』案笮，迫也。今人病厭，如有壓迫之者，驚呼不自覺是也。說文『㾓』下云：『㾓而厭也。』山海經西山經：『翼望之山，有鳥焉，名曰鵸鵌，服之使人不厭。』與此皆厭之古字，俗作魘。」嘉錫案：玄應音義七正法華經音引蒼頡篇云：「伏合人心曰厭，亦眠内不祥也。」審言本此爲說。然其書卷一大方等大集經音及慧琳音義曰：「十六大智度論音並引字苑云：『厭，眠内不祥也。』蒼頡篇云：『伏合人心曰厭。』」然則「眠内不祥」非蒼頡篇之語也，審言誤矣。

11 愍度道人始欲過江，與一傖道人爲侶，謀曰：「用舊義在江東，恐不辦得食。」便共立「心無義」。既而此道人不成渡，愍度果講義積年。名德沙門題目曰：「支愍度才鑒清出。」孫綽愍度贊曰：「支度彬彬，好是拔新。俱稟昭見，而能越人。世重秀異，咸競爾珍。孤桐嶧陽，浮磬泗濱。」後有傖人來，先道人寄語云：「爲我致意愍度，無義那可立？舊義者曰：「種智有是，而能圓照。然則萬累斯盡，謂之空無；常住不變，謂之妙有。」而無義者曰：「種智之體，豁如太虛，虛而能知，無而能應。居宗至極，其唯無乎？」治此計，權救饑爾！無爲遂負如來也。」〔一〕

【箋疏】

〔一〕程炎震云：「高僧傳四愍度作敏度，云：『敏度亦聰哲有譽，著傳譯經録，今行於世。』又高僧傳五法汰傳云：『時沙門道恒頗有才力，常執心無義，大行荆土。汰曰：「此是邪説，應須破之。」乃大集名僧，令弟子曇壹難之曰「色既暮，明日更集。」慧遠就席，攻難數番，關責鋒起。恒自覺義途差異，神色微動，麈尾扣案，未卽有答。遠曰：「不疾而速，杼柚何爲？」坐者皆笑。心無之義，於是而息。』蓋道恒述敏度義者也。尋敏度過江，當庾亮在江州。法汰過江，則桓温在荆州。相去殆二十餘年也。」

高僧傳四康僧淵傳云：「晉成之世，與康法暢、支敏度等俱過江。敏度亦聰哲有譽，著傳譯經録，今行於世。」嘉錫案：無義出三藏記十二。陸澄法論目録有劉遺民釋心無義。夫心無之義，既因慧遠而息，遺民乃慧遠之徒，不知何爲，猶著書以釋之，豈所謂釋者，將以攻駁其義耶？法論既亡，其詳不可得聞矣。

12 王文度弟阿智，惡乃不翅，〔一〕當年長而無人與婚。孫興公有一女，亦僻錯，又無嫁娶理。因詣文度，求見阿智。既見，便陽言：「此定可，殊不如人所傳，那得至今未有婚處？我有一女，乃不惡，但吾寒士，不宜與卿計，欲令阿智娶之。」文度欣然而啓藍田云：「興公向來，忽言欲與阿智婚。」藍田驚喜。既成婚，女之頑嚚，欲過阿智。方知興公之詐。阿智，王虔之小字。虔之字文將，辟州別駕，不就。娶太原孫綽女，字阿恒。〔二〕

【箋疏】

〔一〕李詳云：「詳案：說文：『疷病不翅也。』段氏注：『翅同啻。』倉頡篇曰：『不啻多也。』（詳案：一切經音義七引）古語不啻，如楚人言夥頤之類。世說新語『惡乃不翅』，晉、宋閒人尚作此語。」嘉錫案：「不翅」之義，詳見賞譽篇「江思悛」條。此言阿智之爲人，不但是惡而已。

〔二〕嘉錫案：此注當是引王氏譜，各本皆脫去書名。

13 范玄平爲人，好用智數，而有時以多數失會。嘗失官居東陽，桓大司馬在南州，故往投之。桓時方欲招起屈滯，以傾朝廷；且玄平在京，素亦有譽，桓謂遠來投己，喜躍非常。比入至庭，傾身引望，語笑歡甚。顧謂袁虎曰：「范公且可作太常卿。」范裁坐，桓便謝其遠來意。范雖實投桓，而恐以趨時損名，乃曰：「雖懷朝宗，〔一〕會有亡兒瘞在此，故來省視。」桓悵然失望，向之虛佇，一時都盡。〔二〕中興書曰：「初，桓溫請范汪爲征西長史，復表爲江州，並不就。還都，因求爲東陽太守，溫甚恨之。汪後爲徐州，溫北伐，令汪出梁國，失期，溫挾憾奏汪爲庶人。汪居吳，後至姑孰見溫，溫語其下曰：『玄平乃來見，當以護軍起之。』汪數日辭歸，溫曰：『卿適來，何以便去？』汪曰：『數歲小兒喪，往年經亂，權瘞此境，故來迎之，事竟去耳。』溫愈怒之，竟不屑意。」

【校文】

「姑孰」「孰」，景宋本作「熟」。

注「起之」「起」，沈本作「處」。

注「故來迎之」「故」，沈本作「因」。

【箋疏】

〔一〕李詳云：「詳案：晉時禮，謁上官謂之朝宗。陶潛孟府君傳『褚裒爲豫章太守，出朝宗亮』（庾亮）是也。晉書范汪傳去此語，唐之史臣蓋不審所云，疑以謂僭。」

〔二〕李慈銘云：「案范素忤桓，此之遠來，自以己事，窺温奸志。直折其謀，進退較然。可謂不畏强禦。世說乃謂其『多數失會』，又云『恐以趨時損名』。夫遠省兒喪，安知其實投桓氏？既曰投桓，何又辭去？此皆矯誣之言，妄誣賢者也。」

程炎震云：「玄平自爲桓温長史，後與温立異，閑廢積年。豈當晚節，更希苟合？孝標引中興書，蓋以駁正世說。唐修晉書於汪傳乃棄彼取此，亦不樂成人之美矣。」嘉錫案：注引中興書，并無范實投桓，而恐以趨時損名之語。且云：「温愈怒之，竟不屑意。」然則范本無投桓之心可知矣。

晉書儒林傳載汪孫弘之與司馬道子牋曰：「桓温於亡祖，雖其意難測，求之於事，正免黜耳，非有至怨也。」蓋温怒汪甚至，故其意難測。又曰：「吾少嘗過庭，備聞祖考之言，未嘗不發憤衝冠，情見乎辭。」又曰：「上憤國朝，無正義之臣；次惟祖考，有没身之恨。」然則汪之恨温亦切矣。

14 謝遏年少時，好箸紫羅香囊，垂覆手。〔一〕太傅患之，而不欲傷其意，乃譎與賭，得即燒之。遏，謝玄小字。

【箋疏】

〔一〕嘉錫案：「覆手」不知何物，恐是手巾之類。御覽七百十六引竹林七賢論曰：「王戎以手巾插腰。」殆即所謂「垂覆手」也。

黜免第二十八

1　諸葛厷在西朝，〔一〕少有清譽，爲王夷甫所重，時論亦以擬王。後爲繼母族黨所讒，誣之爲狂逆。將遠徙，友人王夷甫之徒，詣檻車與別。厷問：「朝廷何以徙我？」王曰：「言卿狂逆。」厷曰：「逆則應殺，狂何所徙？」厷已見。

【校文】

「檻車」　景宋本與沈本無「車」字。

【箋疏】

〔一〕嘉錫案：倭名類聚鈔卷一引作宏，說詳文學篇「諸葛厷年少」條。

2　桓公入蜀，至三峽中，〔一〕部伍中有得猿子者。荆州記曰：「峽長七百里，兩岸連山，略無絶處，重巖疊障，隱天蔽日。常有高猿長嘯，屬引清遠。漁者歌曰：『巴東三峽巫峽長，猿鳴三聲淚沾裳。』」其母緣岸哀號，行百餘里不去，遂跳上船，至便卽絶。破視其腹中，腸皆寸寸斷。公聞之，怒，命黜其人。

【箋疏】

〔一〕程炎震云：「御覽五十三引庾仲雍荆州記曰：『巴陵，楚之世有三峽：明月峽、廣德峽、東突峽，卽今之巫峽、秭歸峽、歸鄉峽。』」

3 殷中軍被廢，〔一〕在信安，終日恒書空作字。揚州吏民尋義逐之，竊視，唯作「咄咄怪事」四字而已。〔二〕晉陽秋曰：「初，浩以中軍將軍鎭壽陽，羌姚襄上書歸降。後有罪，浩陰圖誅之。會關中有變，苻健死。浩僞率軍而行，云『修復山陵』。襄前驅，恐，遂反。軍至山桑，聞襄將至，棄輜重馳保譙。襄至，據山桑，焚其舟實。至壽陽，略流民而還。浩士卒多叛，征西温乃上表黜浩，撫軍大將軍奏免浩，除名爲民。浩馳還謝罪。既而遷于東陽信安縣。」

【箋疏】

〔一〕程炎震云：「永和十年，殷浩廢徙。」

〔二〕程炎震云：「御覽五十引涼州記曰：『赫連定據平涼，登此山，有羣狐遶之而鳴。射之，竟不得一。定乃歎曰：「咄咄！此亦怪事也！」』」嘉錫案：「咄咄」者，歎詫之聲，觀赫連定語可見。解見汰侈篇「石崇爲客作豆粥」條。袁宏後漢紀二十六曰：「蓋勳爲羌所破，滇吾以馬與勳。勳曰：『我欲死，不去也。』衆曰：『金城購君羊萬頭、馬千匹，欲與君爲一。』勳咄咄曰：『我死不知也！』」開元占經八十三引幽明録曰：「漢武帝常微行，過人家。家有婢，國色，帝悅之，因留宿。夜與婢□。有書生亦家宿，善天文，忽見客星移，掩帝座，甚逼。書生大驚躍，連呼『咄咄』，不覺聲高。」

4 桓公坐有參軍椅烝薤不時解，〔一〕共食者又不助，而椅終不放，舉坐皆笑。〔二〕桓公曰：「同盤尚不相助，況復危難乎？」勅令免官。

【校文】

「勅」 景宋本作「敕」。

【箋疏】

〔一〕程炎震云：「椅，當是人名，然上下恐有脫文。」

〔二〕椅，御覽九百七十七引作猗，注云：「音羈，筋取物也。」嘉錫案：猗爲筋取物者，釋玄應一切經音義十五引通俗文：「以箸取物曰攲。」御覽七百六十引同，并有注云：「音羈。」則猗與攲，通用字也。今本誤作椅，遂不可解。書鈔四十五引作「參軍名倚」，則以爲人名。其書傳寫失真，不足據。大藏經梁釋僧旻寶唱等經律異相四十九地獄部云：「炙地獄者，大鐵山火焰相搏，以鐵鏟鏟之，周匝猗炙，一面適熟，鏟自然轉，反覆顛倒。」釋慧琳一切經音義七十九云：「猗炙，上音依，猶倚也，倚立於旁曰猗。」今案經律異相之意，蓋謂以鐵鏟取人入火，反覆炙之，如箸之取物，故曰猗炙。慧琳不知猗、攲通用，乃望文生訓，釋猗作倚，非是。以此推之，則此所謂「猗烝薤不時解」，「猗終不放」者，謂以箸取薤不得，乃反覆用箸，終不釋手也。今世傖人猶有反手挾菜者，其狀鄙野，故爲舉坐所笑。

薤今名藠子，無蒸食之者。而齊民要術九素食篇有薤白蒸。其法畧曰「秫米一石，熟舂煮之。葱、薤等寸切，令得一石許，油五升，合和蒸之。氣餾，以豉汁五升灑之。凡三灑。半熟，更以油五升灑之」云云。觀其作法，乃是米薤同蒸，調以油豉。則蒸熟後必凝結如餈不可解，故挾取較難耳。

5 殷中軍廢後，恨簡文曰：「上人箸百尺樓上，儋梯將去。」〔一〕續晉陽秋曰：「浩雖廢黜，夷神委命，雅詠不輟，雖家人不見其有流放之戚。外生韓伯始隨至徙所，周年還都，浩素愛之，送至水側，乃詠曹顏遠詩曰：『富貴它人合，貧賤親戚離。』因泣下。」〔二〕其悲見于外者，唯此一事而已。則「書空」、「去梯」之言，未必皆實也。

【箋疏】

〔一〕嘉錫案：殷浩之被廢，今晉書浩傳但云：「桓溫素忌浩，既聞其敗，上疏罪浩，竟坐廢爲庶人。」溫傳亦云：「時殷浩至洛陽，脩復園陵，經涉數年，屢戰屢敗，器械都盡。溫復進督司州，因朝野之怨，乃奏廢浩。自是，內外大權，一歸溫矣。」若如所言，則浩之見廢，純出於溫，無與簡文事。浩豈不知，何爲歸怨乎？縱浩本無此言，乃紀載之不實，然造言者，果何自而生耶？今讀上條注引晉陽秋，言「征西溫上表黜浩，撫軍大將軍奏免浩，除名爲民」。撫軍大將軍者，簡文也。浩除名徙信安，事在永和十年。時簡文方以撫軍錄尚書事輔政，故疏請廢浩。雖出於溫，而定其罪罰者，則實簡文。言語篇「顧悅與簡文同年」條注引中興書曰：「悅上疏理浩，或諫以浩爲太宗所廢，必不依許。」然則浩之得罪，以情言之，簡文乃迫於桓溫，非其本懷。以事言之，則固明明撫軍之所奏請，不得謂非太宗之所廢也。由是世人相傳：浩恨簡文，有上樓去梯之語。雖不知實否，要不可謂之無理矣。嘉錫又案：浩之得罪，固由於自請北伐，大敗於姚襄，致桓溫得因以爲罪，然其爲政，亦甚失人情。其尤謬者，莫過於處置蔡謨一事。謨除司徒，三年不就職。永和六年，帝臨軒徵謨不至，公卿奏請送廷尉。謨懼，稽顙待罪。浩欲加謨大辟，會徐州刺史荀羨入朝，浩以問羨。羨曰：「蔡公今日事危，明日必有桓、文之舉。」浩乃止，下詔免謨爲庶人（見蔡謨荀羨傳及通鑑九十九）。謨此舉誠不能無過，然特謙沖太甚，非爭權亂政者比也。縱欲正上下之分，其罪亦何至於死？况其時天子幼沖，政在宰輔。浩以無功新進，憑其威勢，輒欲專殺大臣。使其果行，荀羨縱不舉兵，桓溫亦必入清君側。晉室之亂，可翹足而待也。浩本與羨友善，故擢居重任，以爲羽翼（見羨及浩傳）。其詞尚不平如此，則其時人心之洶洶可知矣。史言溫因朝野之怨，乃奏廢浩，首舉蔡謨事爲言（見溫及浩傳）。然則浩縱不戰敗，亦必覆公餗，敗國家事，不待桓溫之廢之也。免官禁錮，咎由自取，復何怨乎？

程炎震云：「說文：『儋，何也。』管子七發：『擔竿而欲定其末。』注：『儋，舉也。』」

【二】嘉錫案：韓伯家素貧窶（見伯傳），其母子初必依浩爲生。浩以永和十年被廢。伯從之經年，年已二十有四。其辭去還都，蓋以浩在困頓中，不宜復累之。故浩有感於曹顏遠之詩，以素愛之不忍別，因而自傷，非怨之也。又案：曹攄字顏遠，其感舊詩見文選二十九。

6 鄧竟陵免官後赴山陵，【一】過見大司馬桓公。公問之曰：「卿何以更瘦？」大司馬寮屬名曰：「鄧遐字應玄，陳郡人，平南將軍岳之子。勇力絶人，氣蓋當世，時人方之樊噲。爲桓温參軍，數從温征伐，歷竟陵太守。〔二〕枋頭之役，温既懷恥忿，且憚遐，因免遐官，病卒。」鄧曰：「有愧於叔達，不能不恨於破甑！」郭林宗別傳曰：「鉅鹿孟敏，字叔達，敦朴質直。客居太原，雜處凡俗，未有所名。嘗至市買甑，荷儋墮地壞之，徑去不顧。適遇林宗，見而異之，因問曰：『壞甑可惜，何以不顧？』客曰：『甑既已破，視之何益？』林宗賞其介決，因以知其德性，謂必爲美士，勸令讀書。遊學十年，遂知名，三府並辟，不就。東夏以爲美賢。」

【箋疏】

〔一〕程炎震云：「竟陵郡，惠帝分江夏置。東晉時屬荊州，亦當屬江州。」又云：「咸和二年十月，葬簡文帝於高平陵。」

〔二〕程炎震云：「御覽三百七十八引『何以更瘦』下，原注徐廣晉紀曰『鄧遐勇力絶人』云云。此注當有脫文。又從温征伐下有爲冠軍將軍五字，無歷字。」

7 桓宣武既廢太宰父子，〔一〕仍上表曰：「應割近情，以存遠計。若除太宰父子，可無後憂。」簡文手答表曰：「所不忍言，況過於言？」宣武又重表，辭轉苦切。簡文更答曰：「若晉室靈長，明公便宜奉行此詔。〔二〕如大運去矣，請避賢路！」桓公讀詔，手戰流汗，於此乃止。太宰父子，遠徙新安。〔三〕司馬晞傳曰：「晞字道升，元帝第四子。初封武陵王，拜太宰。少不好學，尚武凶恣。時太宗輔政，晞以宗長不得執權，常懷憤慨，欲因桓温入朝殺之。太宗即位，新蔡王晃首辭，引與晞及子綜謀逆。有司奏晞等斬刑，詔原之，徙新安。晞未敗，四五年中，喜爲挽歌，自搖大鈴，使左右習和之。又燕會，使人作新安人歌舞離別之辭，其聲甚悲，後果徙新安。」

【校文】

注「使人作新安人歌舞離別之辭」　「使人」，景宋本作「倡妓」。

【箋疏】

〔一〕程炎震云：「咸安元年，桓溫廢武陵王晞。」

〔二〕程炎震云：「此詔，晉書簡文紀作前詔，是。」

〔三〕晉書簡文紀云：「帝雖神識恬暢，而無濟世大畧。故謝安稱爲惠帝之流，清談差勝耳。」嘉錫以爲簡文雖制於權臣，而能保全海西公及武陵王晞。其人蓋長者而短於才。然其言不惡而嚴，足令桓溫駭服。即此一事，以視惠帝之聽人提掇，弑母殺子，戮舅廢妻，皆憒然不能出一語者，相去何止萬萬？謝安之言，擬人不於其倫。疑是記者之失，不足以爲定評也。

8　桓玄敗後，殷仲文還爲大司馬咨議，〔一〕意似二三，非復往日。大司馬府聽前，有一老槐，甚扶疎。殷因月朔，與衆在聽，視槐良久，歎曰：「槐樹婆娑，無復生意！」〔二〕晉安帝紀曰：「桓玄敗，殷仲文歸京師，高祖以其衛從二后，且以大信宣令，引爲鎮軍長史。自以名輩先達，位遇至重，而後來謝混之徒，皆疇昔之所附也。今比肩同列，常快然自失，後果徙信安。」

【箋疏】

〔一〕程炎震云：「義熙元年三月，瑯邪王德文爲大司馬，後爲恭帝。」又云：「晉書九十九仲堪傳取此事，而不言爲大司馬咨議，蓋略之。」

〔二〕李詳云：「詳案：婆娑本訓爲舞貌。舞必宛轉傾側，引申爲人偃息縱弛之狀。項岱注漢書敍傳（隋志漢書敍傳五卷項岱注）『婆娑，偃息』，是也。仲文此語，謂槐樹婆娑剥落，無復生趣。與陶桓公言『老子婆娑』正同。通鑑九十五胡注：『婆娑，肢體緩縱不收之貌。』」嘉錫案：文選四十五班孟堅答賓戲：「婆娑乎術藝之場。」注：「項岱曰：『婆娑，偃息也。』」蓋李善引項氏敍傳注之語，不見於漢書顏注。審言不明著出處，聊爲補之。

9 殷仲文既素有名望，自謂必當阿衡朝政。忽作東陽太守，意甚不平。晉安帝紀曰：「仲文後爲東陽，愈憤怨，乃與桓胤謀反，遂伏誅。」〔一〕仲文當照鏡不見頭，俄而難及。」及之郡，至富陽，慨然歎曰：「看此山川形勢，當復出一孫伯符！」孫策，富春人。故及此而歎。

【箋疏】

〔一〕文選集注六十二江文通擬殷東陽興矚詩注引續晉陽秋云：「劉毅博才好士，以仲文早有令名，深相禮重。何無忌甚慕之。自以進達之，令府中才士孫闡、孔甯之徒並稱，撰文義以待焉。仲文既失志，恍忽不知如此，遂相忌疎，唯達勝疏而已。無忌甚以遨忽而輕也，大以爲憾。及朝臣議欲北伐，無忌曰：『方今殷仲文、桓玄爲腹心之疾，捨近事遠，非長策也。』遂因此而陷仲文焉。」嘉錫案：此所引「自以進達之」句，文義不明，疑有脱誤。晉書殷仲文傳作「還爲東陽太守，何無忌甚慕之。東陽無忌所統，仲文許當便道修謁，無忌故益欽遲之」云云。又是時桓玄已死，無忌不當以玄及仲文爲言，本傳作桓胤是也。

程炎震云：「義熙三年二月，仲文誅死。」

儉嗇第二十九

1 和嶠性至儉，家有好李，王武子求之，與不過數十。王武子因其上直，率將少年能食之者，持斧詣園，飽共噉畢，伐之，送一車枝與和公。問曰：「何如君李？」和既得，唯笑而已。晉諸公贊曰：「嶠性不通，治家富擬王公，而至儉，〔一〕將有犯義之名。」語林曰：「嶠諸弟往園中食李，而皆計核責錢。故嶠婦弟王濟伐之也。」

【箋疏】

〔一〕李詳云：「詳案：魏志和洽傳裴注引諸公贊作『家產豐富，擬於王公，而性至儉嗇』。」

2 王戎儉吝，其從子婚，與一單衣，後更責之。王隱晉書曰：「戎性至儉，不能自奉養，財不出外，天下人謂爲膏肓之疾。」

3 司徒王戎，既貴且富，區宅僮牧，膏田水碓之屬，洛下無比。契疏鞅掌，每與夫人燭下散籌筭計。晉諸公贊曰：「戎性簡要，不治儀望，自遇甚薄，而產業過豐，論者以爲台輔之望不重。」〔一〕王隱晉書曰：「戎好治生，園田周徧天下，翁嫗二人，常以象牙籌晝夜筭計家資。」晉陽秋曰：「戎多殖財賄，常若不足。或謂戎故以此自晦也。」戴逵論之曰：「王戎晦默於危亂之際，獲免憂禍，既明且哲，於是在矣。或曰：『大臣用心，豈其然乎？』逵曰：『運有險易，時有昏明，如子之言，則蘧瑗、季札之徒，皆負責矣。自古而觀，豈一王戎也哉？』」〔二〕

【箋疏】

〔一〕御覽七百十六引竹林七賢論曰：「王戎雖爲三司，率爾私行，巡省田園，不從一人。以手巾插髻。戎故吏多大官，相逢，輒下道避之。」

〔二〕嘉錫案：觀諸書及世說所言，戎之鄙吝，蓋出於天性。戴逵之言，名士相爲護惜，阿私所好，非公論也。

4 王戎有好李，賣之，恐人得其種，恒鑽其核。

5 王戎女適裴頠，貸錢數萬。女歸，戎色不說。女遽還錢，乃釋然。

6 衞江州在尋陽，永嘉流人名曰：「衞展字道舒，河東安邑人。祖列，彭城護軍。父韶，廣平令。展，光熙初除鷹揚將軍、江州刺史。」〔一〕有知舊人投之，都不料理，唯餉「王不留行」一斤。此人得餉，便命駕。本草曰：「王不留行，生太山，治金瘡，除風，久服之，輕身。」李弘範聞之曰：「家舅刻薄，乃復驅使草木。」中輿書曰：「李軌字弘範，江夏人。仕至尚書郎。」按軌，劉氏之甥，此應弘度，非弘範也。

【校文】

「草木」　「草」，景宋本作「卉」。

【箋疏】

〔一〕程炎震云：「晉書三十六展傳云『永嘉中』。光熙止一年，明年卽爲永嘉。」

7 王丞相儉節，帳下甘果，盈溢不散。涉春爛敗，都督白之，公令舍去。曰：「愼不可令大郎知。」王悅也。

8 蘇峻之亂，庾太尉南奔見陶公。陶公雅相賞重。陶性儉吝，及食，噉薤，庾因留白。陶問：「用此何爲？」庾云：「故可種。」於是大歎庾非唯風流，兼有治實。〔一〕

【箋疏】

〔一〕嘉錫案：陶公愛惜物力，竹頭木屑，皆得其用。既是性之所長，亦遂以此取人。其因庾亮噉薤留白，而賞其有治實，猶之有一官長取竹連根，而超兩階用之之意也。事見政事篇。此之儉吝，正其平生經濟所在。與王戎輩守財自封者，固自不同。

9 郗公大聚斂，有錢數千萬。嘉賓意甚不同，常朝旦問訊。郗家法：子弟不坐。因倚語移時，遂及財貨事。郗公曰：「汝正當欲得吾錢耳！」迺開庫一日，令任意用。郗公始正謂損數百萬許。嘉賓遂一日乞與親友，周旋略盡。郗公聞之，驚怪不能已已。中興書曰：「超少卓犖而不羈，有曠世之度。」

汰侈第三十

1 石崇每要客燕集，常令美人行酒。客飲酒不盡者，使黃門交斬美人。王丞相與大將軍嘗共詣崇。丞相素不能飲，輒自勉彊，至於沈醉。每至大將軍，固不飲，以觀其變。已斬三人，顏色如故，尚不肯飲。丞相讓之，大將軍曰：「自殺伊家人，何預卿事！」〔一〕王隱晉書曰：「石崇爲荊州刺史，劫奪殺人，以致巨富。」王丞相德音記曰：「丞相素爲諸父所重，王君夫問王敦：『聞君從弟佳人，又解音律，欲一作妓，可與共來。』遂往。吹笛人有小忘，君夫聞，使黃門階下打殺之，顏色不變。丞相還，曰：『恐此君處世，當有如此事。』」兩說不同，故詳錄。〔二〕

【箋疏】

〔一〕李慈銘云：「案晉書王敦傳，以此爲王愷事，非石崇。疑皆傳聞過實之辭。崇、愷雖暴，不至是也。」

〔二〕程炎震云：「晉書九十八敦傳，兼取行酒及吹笛兩事，但云王愷，不云石崇。又不言已殺三人，較可信。」

2 石崇廁，常有十餘婢侍列，皆麗服藻飾。〔一〕置甲煎粉、沈香汁之屬，無不畢備。又與新衣箸令出，客多羞不能如廁。王大將軍往，脫故衣，箸新衣，神色傲然。羣婢相謂曰：

「此客必能作賊。」語林曰：「劉寔詣石崇，如廁，見有絳紗帳大牀，茵蓐甚麗，兩婢持錦香囊。寔遽反走，即謂崇曰：『向誤入卿室內。』崇曰：『是廁耳。』」

【箋疏】

〔一〕李詳云：「詳案：漢書外戚衞皇后子夫傳：『帝起更衣，子夫侍尚衣。』更衣即廁所，有美人列侍，帝戚平陽主家始有之。石崇仿之，所以爲侈。」

3 武帝嘗降王武子家，武子供饌，並用瑠璃器。婢子百餘人，皆綾羅絝攞，〔一〕以手擎飲食。烝㹠肥美，異於常味。帝怪而問之，答曰：「以人乳飲㹠。」帝甚不平，食未畢，便去。王、石所未知作。攞，一作襬。

【箋疏】

〔一〕程炎震云：「濟尚常山公主，故帝幸其家。」又云：「玉篇：『攞，力貨切，女人上衣也。襬，彼皮切，關東人呼裙也。』兩字皆得通，未知孰是。御覽四百七十二引，絝攞作袴褶。」

4 王君夫以粭精澳釜，〔一〕石季倫用蠟燭作炊。君夫作紫絲布步障碧綾裏四十里，石崇作錦步障五十里以敵之。石以椒爲泥，王以赤石脂泥壁。〔二〕晉諸公贊曰：「王愷字君夫，東海人，王肅子也。雖無檢行，而少以才力見名，有在公之稱。既自以外戚，晉氏政寬，又性至豪。舊制，鴆不得過江，爲其羽櫟酒中，必殺人。愷爲翊軍時，〔三〕得鴆於石崇而養之，其大如鵞，喙長尺餘，純食蛇虺。司隸奏按愷、崇，〔四〕詔悉原之，即燒於都街。〔五〕愷肆其意色，無所忌憚。爲後軍將軍，〔六〕卒，謚曰醜。」

【箋疏】

〔一〕程炎震云：「晉書三十三崇傳無糒字。音義出粘澳二字。糒是乾飯，疑衍此字。晉書音義：『粘，與之反。』攷玉篇、廣韵皆無粘字。而廣韵飴字正切與之。蓋粘、飴同字。又廣韵『燠，烏到切。』燠釜，以水添釜，則字當從火。」

〔二〕元河南志卷一云：「毓德坊有闕富臺。今洛人相傳云：石崇王愷築會之所。而韋述記不著，疑妄。」

〔三〕程炎震云：「武紀太康元年六月，初置翊軍校尉官。」

〔四〕程炎震云：「崇、愷傳並云：司隸傅祗。案祗爲司隸，在元康元年。」

〔五〕李詳云：「詳案：晉書九十三王愷傳：『石崇與愷將爲鴆毒之事。司隸校尉傅祗劾之。』案司隸所劾，因愷、崇豢養毒鳥，留之害人，故焚於都街。如晉書言，似二人謀爲悖逆之事，殊爲誤會。左傳莊公三十二年正義引晉諸公贊曰：『舊制：鴆不得渡江，有重法。石崇爲南中郎將得鴆，以與王愷養之。大如鵞，喙長尺餘，純食蛇虺。司隸傅祗於愷家得此鳥。奏之，宣示百官，燒於都街。』」

〔六〕程炎震云：「晉書崇傳云：『崇得鴆鳥雛，以與後軍將軍王愷。』愷傳亦云『轉後將軍』。」

5 石崇爲客作豆粥，咄嗟便辦。〔一〕恒冬天得韭蓱齏。〔二〕又牛形狀氣力不勝王愷牛，而與愷出遊，極晚發，爭入洛城，崇牛數十步後，迅若飛禽，愷牛絕走不能及。每以此三事爲搤腕。〔三〕乃密貨崇帳下都督及御車人，問所以。都督曰：「豆至難煑，唯豫作熟末，客至，作白粥以投之。韭蓱齏是搗韭根，雜以麥苗爾。」復問馭人牛所以駛。馭人云：「牛本不遲，由將車人不及制之爾。〔四〕急時聽偏轅，則駛矣。」愷悉從之，遂爭長。石崇後聞，皆殺告者。

晉諸公贊曰：「崇性好俠，與王愷競相誇衒也。」

【箋疏】

〔一〕葉夢得石林詩話上曰：「劉貢父以司空圖詩中『咄喏』二字辨晉書所載『石崇豆粥，咄嗟而辦』爲誤，以喏爲嗟，非也。孫楚詩自有『三命皆有極，咄嗟不可保』之語。咄嗟，皆聲也。自晉以前，未見有言咄。殷浩所謂『咄咄逼人』，蓋拒物之聲。嗟乃歎聲。咄嗟猶言呼吸。疑是晉人一時語，故孫楚亦云云爾。」王楙野客叢書二十三云：「竊謂此語，自古而然，非特晉也。前漢書『項羽意烏猝嗟』，李奇注：『猝嗟，猶咄嗟也。』後漢何休注公羊曰：『噫咄嗟也。』又戰國策有叱咄、叱嗟等語。益知此語自古而然。咄咄逼人乃殷仲堪語，石林謂殷浩語，誤也。殷浩語乃咄咄書空。」桂馥札樸五云：「左思詠史詩：『俛仰生榮華，咄嗟復枯凋。』此言蘇秦、李斯，忽而榮華，忽而枯凋也。馥謂咄嗟便辦，猶言一呼卽至也。豆粥難成，惟崇家立具，稱其疾也。」嘉錫案：咄嗟，本叱咤之聲，王楙所言，是其本義。至左思、孫楚及世說所謂咄嗟，皆言其疾速，乃後起之義。自是魏、晉時人語。葉石林引證雖有誤，其以咄嗟爲呼吸，固不誤也。

〔二〕程炎震云：「䮑字誤，當作韲。晉書作虀，是俗字。玉篇尚無虀字，廣韵始有之。齊民要術八引崔寔曰：『八月取韭菁，作擣虀。』故冬天爲難得。文選卷四張平子南都賦：『浮蟻若蓱。』善注曰：『如蓱之多者。』韭蓱蓋亦如此。」

〔三〕晉書石崇傳「每」上有「愷」字。

〔四〕晉書石崇傳此句作「良由馭者逐之不及而反制之」。

6 王君夫有牛，名「八百里駮」，〔一〕常瑩其蹄角。王武子語君夫：「我射不如卿，今指賭卿牛，以千萬對之。」君夫既恃手快，且謂駿物無有殺理，便相然可。令武子先射。武子一起便破的，卻據胡牀，叱左右：「速探牛心來！」須臾，炙至，一臠便去。相牛經曰：「牛經出甯戚，傳百里奚。漢世河西薛公得其書，以相牛，千百不失。本以負重致遠，未服輜軿，故文不傳。至魏世，高堂生又傳以與晉宣帝，其後王愷得其書焉。」臣按其相經云：「陰虹屬頸，千里。」〔二〕注曰：「陰虹者，雙筋白尾骨屬頸，甯戚所飯者也。」愷之牛，其亦有陰虹也。甯戚經曰：「棰頭欲得高，百體欲得緊，大膁疎肋難齡齝，〔三〕龍頭突目好跳。又角欲得細，身欲促，形欲得如卷。」

【校文】

注「白尾」 「白」，沈本作「自」。

注「其亦」景宋本及沈本無「其」字。

注「齡齝」景宋本及沈本無「齡」字;「齝」,沈本作「齠」。

【箋疏】

〔一〕演繁露一曰:「王濟之『八百里駁』。駁,亦牛也。言其色駁而行速,日可八百里也。」嘉錫案:此王愷之牛,演繁露誤作王濟。

〔二〕程炎震云:「齊民要術六引相牛經,千里上有行字。」

〔三〕齊民要術引此句作「大膁疎肋難飼」。

7 王君夫嘗責一人無服餘衵,因直內箸曲閤重閨裏,不聽人將出。遂饑經日,迷不知何處去。後因緣相爲垂死,迺得出。

8 石崇與王愷爭豪,並窮綺麗,以飾輿服。續文章志曰:「崇資產累巨萬金,宅室輿馬,僭擬王者。庖膳必窮水陸之珍。後房百數,皆曳紈綉,珥金翠,而絲竹之藝,盡一世之選。築榭開沼,殫極人巧。與貴戚羊琇、王愷之徒競相高以侈靡,而崇爲居最之首,琇等每愧羨,以爲不及也。」〔一〕武帝,愷之甥也,每助愷。嘗以一珊瑚樹,高二尺許賜愷。枝柯扶疏,世罕其比。愷以示崇。崇視訖,以鐵如意擊之,應手而碎。愷既惋惜，又以爲疾己之寶，聲色甚厲。崇曰：「不足恨，今還卿。」乃命左右悉取珊瑚樹，有三尺四尺，條榦絶世，光彩溢目者六七枚，如愷許比甚衆。愷惘然自失。〔二〕南州異物志曰：「珊瑚生大秦國，有洲在漲海中，距其國七八百里，名珊瑚樹洲。底有盤石，水深二十餘丈，珊瑚生於石上。初生白，軟弱似菌。國人乘大船，載鐵網，先没在水下，一年便生網目中，其色尚黃，枝柯交錯，高三四尺，大者圍尺餘。三年色赤，便以鐵鈔發其根，繫鐵網於船，絞車舉網還裁鑿，恣意所作。若過時不鑿，便枯索蟲蠹。其大者輸之王府，細者賣之。」廣志曰：「珊瑚大者，可爲車軸。」

【箋疏】

〔一〕宋書五行志曰：「晉興，何曾薄太官御膳，自取私食。子劭又過之。而王愷又過劭。王愷、羊琇之疇，盛致聲色，窮珍極麗。至元康中，夸恣成俗，轉相高尚。石崇之侈，遂兼王、何而儷人主矣。崇既誅死，天下尋亦淪喪。僭侈之咎也。」晉書五行志同。

〔二〕嘉錫案：此出語林，見御覽七百三。

9 王武子被責，移第北邙下。晉諸公贊曰：「濟與從兄恬不平，濟爲河南尹，未拜，行過王宮，吏不時下道，濟於車前鞭之，有司奏免官。論者以濟爲不長者。尋轉太僕，而王恬已見委任，濟遂斥外。」于時人多地貴，濟好馬射，買地作埒，編錢帀地竟埒。時人號曰「金溝」。溝一作埒。

【校文】

注「兄恬」「王恬」　「恬」，沈本俱作「佑」。

注「溝一作埒」　景宋本無此四字。

10 石崇每與王敦入學戲，見顏、原象家語曰：「顏回字子淵，魯人。少孔子二十九歲，而髮白，三十二歲蚤死。」原憲已見。而歎曰：「若與同升孔堂，去人何必有間！」王曰：「不知餘人云何？子貢去卿差近。」史記曰：「端木賜字子貢，衛人。嘗相魯，家累千金，終於齊。」石正色云：「士當令身名俱泰，何至以甕牖語人！」原憲以甕爲巨牖。〔一〕

【箋疏】

〔一〕程炎震云：「『原憲甕牖』，見韓詩外傳、新序節士篇及莊子讓王篇。此注不備引，恐非孝標之舊矣。」

11 彭城王有快牛，至愛惜之。朱鳳晉書曰：「彭城穆王權，字子輿，宣帝弟馗子。太始元年封。」〔一〕王太尉與射，賭得之。彭城王曰：「君欲自乘則不論，若欲噉者，當以二十肥者代之。既不廢噉，又存所愛。」王遂殺噉。

【箋疏】

〔一〕程炎震云：「權子植，孫釋，竝爲彭城王。權薨於咸寧元年，衍才二十歲。此彭城王，未必定是權。」

12 王右軍少時，在周侯末坐，割牛心噉之。於此改觀。〔一〕俗以牛心爲貴，故羲之先飡之。

【校文】

注「飡」 景宋本作「食」。

【箋疏】

〔一〕程炎震云：「晉書八十羲之傳云：『年十三，嘗謁周顗。時重牛心炙。坐客未噉，顗先割啗羲之。於是始知名。』右軍十三歲，是建興四年。」

忿狷第三十一〔一〕

【箋疏】

〔一〕程炎震云：「狷當作悁。文選潘岳西征賦：『方鄙吝之忿狷。』注引戰國策張儀曰：『秦忿悁含怒之日久矣。』」

1 魏武有一妓，聲最清高，而情性酷惡。欲殺則愛才，欲置則不堪。於是選百人一時俱教。少時，還有一人聲及之，便殺惡性者。

【校文】

「還」　景宋本作「果」。

2 王藍田性急。嘗食雞子，以筯刺之，不得，便大怒，舉以擲地。雞子於地圓轉未止，仍下地以屐齒蹍之，又不得，瞋甚，復於地取內口中，齧破卽吐之。王右軍聞而大笑曰：「使安期有此性，猶當無一豪可論，況藍田邪？」中興書曰：「述清貴簡正，少所推屈，唯以性急爲累。」〔一〕安期，述父也。有名德，已見。

【箋疏】

〔一〕程炎震云：「晉書七十五述傳曰：『既躋重位，每以柔克爲用。』」

3 王司州嘗乘雪往王螭許。王胡之、王恬並已見。恬小字螭虎。司州言氣少有牾逆於螭，便作色不夷。司州覺惡，便輿牀就之，持其臂曰：「汝詎復足與老兄計？」按王氏譜：胡之是恬從祖兄。螭撥其手曰：「冷如鬼手馨，彊來捉人臂！」

4 桓宣武與袁彥道樗蒱，袁彥道齒不合，遂厲色擲去五木。温太真云：「見袁生遷怒，知顏子爲貴。」〔一〕論語曰：「哀公問弟子孰爲好學？孔子曰：『有顏回者，好學，不遷怒，不貳過，不幸短命死矣。』」

【箋疏】

〔一〕嘉錫案：桓温以孝武帝寧康元年卒，年六十二。逆數至成帝咸和四年温嶠卒時，凡四十五年。温纔十七歲。袁彥道卒於咸康初，年二十五，其長於温不過數歲。兩童子兒戲相爭，事所恒有，未足深責也。

5 謝無奕性麤彊。以事不相得，自往數王藍田，肆言極罵。王正色面壁不敢動，半日。

謝去良久，轉頭問左右小吏曰：「去未？」答云：「已去。」然後復坐。時人歎其性急而能有所容。

6 王令詣謝公，值習鑿齒已在坐，當與併榻。王徙倚不坐，公引之與對榻。去後，語胡兒曰：「子敬實自清立，但人爲爾多矜咳，殊足損其自然。」劉謙之晉紀曰：「王獻之性甚整峻，不交非類。」〔一〕

【校文】

「矜咳」　「咳」，沈本作「硋」。

【箋疏】

〔一〕嘉錫案：習鑿齒人才學問獨出冠時，而子敬不與之併榻，鄙其出身寒士，且有足疾耳。所謂「不交非類」者如此。非孔子「無友不如己者」之謂也。

7 王大、王恭嘗俱在何僕射坐。中興書曰：「何澄字子玄，〔一〕清正有器望。歷尚書左僕射。」恭時爲丹陽尹，大始拜荆州。靈鬼志謠徵曰：「初，桓石民爲荆州，鎮上時，民忽歌黃曇曲曰：『黃曇英揚州，大佛來上朋。〔二〕少時，石民死，王忱爲荊州。〔三〕佛大，忱小字也。訖將乖之際，大勸恭酒。恭不爲飲，大逼彊之，轉苦，便各以帬帶繞手。恭府近千人，悉呼入齋，大左右雖少，亦命前，意便欲相殺。〔四〕何僕射無計，因起排坐二人之閒，方得分散。所謂勢利之交，古人羞之。

【校文】

注「上時」　沈本作「上明」。

注「上朋」　沈本作「上明」。

【箋疏】

〔一〕程炎震云：「晉書何準傳作季玄。」

〔二〕李慈銘云：「案上時當作上明，下文上朋亦上明之誤。晉、宋五行志皆作上明。上明者，荊州地名也。卷下之上棲逸篇：『劉之驎見荊州刺史桓沖，比至上明。』宋書州郡志：『荊州刺史桓沖，始治上明。』今湖北荊州府松滋縣有上明故城。」

〔三〕程炎震云：「太元十四年六月桓石虔卒，王忱代之。明年王恭亦出鎮京口矣。」

〔四〕嘉錫案：恭與忱有隙，詳見賞譽篇注引晉安帝紀。

8 桓南郡小兒時，與諸從兄弟各養鵝共鬭。南郡鵝每不如，甚以爲忿。迺夜往鵝欄閒，取諸兄弟鷟悉殺之。既曉,家人咸以驚駭,云是變怪,以白車騎。車騎曰:「無所致怪,當是南郡戲耳!」〔一〕問,果如之。

【箋疏】

〔一〕吳承仕曰:「車騎口中,何云南郡?此記事不中律令處。」

讒險第三十二

1 王平子形甚散朗，內實勁俠。〔一〕鄧粲晉紀云：「劉琨嘗謂澄曰：『卿形雖散朗，而內勁狹，以此處世，難得其死！』澄默然無以答。後果爲王敦所害。劉琨聞之曰：『自取死耳！』」

【校文】

注「而內勁狹」　景宋本「內」下有「實」字。

【箋疏】

〔一〕程炎震云：「晉書四十三王澄傳勁俠作動俠。通鑑八十八胡注曰：『言其心輕易動，又豪俠自喜也。』雖望文生義，然可知宋時梅磵所見本卽是動字。」

2 袁悅有口才，能短長說，亦有精理。始作謝玄參軍，頗被禮遇。後丁艱，服除還都，唯齎戰國策而已。語人曰：「少年時讀論語、老子，又看莊、易，此皆是病痛事，當何所益邪？天下要物，正有戰國策。」旣下，說司馬孝文王，〔一〕大見親待，幾亂機軸。俄而見誅。袁氏譜曰：「悅字元禮，陳郡陽夏人。父朗，給事中。仕至驃騎咨議。太元中，〔二〕悅有寵於會稽王，每勸專覽朝權，王頗納其言。王恭聞其説，言於孝武。乃託以它罪，殺悦於市中。〔三〕既而朋黨同異之聲，播於朝野矣。」

【箋疏】

〔一〕李慈銘云：「案孝文當作文孝，晉書作文孝。」

〔二〕嘉錫案：自太元中以下，似别引一書，非袁氏譜之言。傳寫脱去書名耳。

〔三〕嘉錫案：悦嘗離間王忱、王恭，見賞譽篇「王恭與王建武甚有情」條。晉書王國寶傳曰：「中書郎范甯，國寶舅也。疾其阿諛，勸孝武帝黜之。國寶乃使陳郡袁悦之因尼妙音致書與太子母陳淑媛，説國寶宜見親信。帝知之，託以他罪殺悦之。」與此不同。蓋孝武之積怒於悦，非一事也。

3 孝武甚親敬王國寶、王雅。雅别傳曰：「雅字茂建，東海沂人，〔一〕少知名。」晉安帝紀曰：「雅之爲侍中，孝武甚信而重之。王珣、王恭特以地望見禮，至於親幸，莫及雅者。上每置酒燕集，或召雅未至，上不先舉觴。時議謂珣、恭宜傅東宫，而雅以寵幸，超授太傅、尚書左僕射。」〔二〕雅薦王珣於帝，帝欲見之。嘗夜與國寶、雅相對，帝微有酒色，令唤珣。垂至，已聞卒傳聲，國寶自知才出珣下，恐傾奪要寵，因曰：「王珣當今名流，陛下不宜有酒色見之，自可别詔也。」帝然其言，心以爲忠，遂不見珣。

【校文】

「傾奪要寵」　「要」，景宋本作「其」。

「別詔也」 景宋本「詔」下有「召」字。

【箋疏】

〔一〕李慈銘云：「案晉書王雅傳：『東海郯人，魏衛將軍肅之曾孫。』茂建作茂達。」程炎震云：「晉書八十三雅傳作『雅字茂達，東海郯人』。」

〔二〕李慈銘云：「案太傅當作太子少傅。晉書會稽王道子領太子太傅，以雅爲太子少傅。」程炎震云：「太元十二年立太子，雅嘗爲傅。明年，珣自吳國內史授爲尚書右僕射，代譙王恬之，蓋雅薦之。」

4 王緒數讒殷荊州於王國寶，殷甚患之，求術於王東亭。〔一〕曰：「卿但數詣王緒，往輒屏人，因論它事，如此，則二王之好離矣。」殷從之。國寶見王緒問曰：「比與仲堪屏人何所道？」緒云：「故是常往來，無它所論。」國寶謂緒於己有隱，果情好日疎，讒言以息。按國寶得寵於會稽王，由緒獲進，〔二〕同惡相求，有如市賈，終至誅夷，曾不攜貳。豈有仲堪微閒，而成離隟。〔三〕

【箋疏】

〔一〕嘉錫案：寵禮篇言珣爲桓溫主簿，荊州爲之語曰：「髯參軍，短主簿。能令公喜，能令公怒。」則其人必長於揣摩。時人以其多智數，故造爲此言耳。

〔二〕程炎震云：「晉書國寶傳云『國寶進從祖弟緒』，與此注異。」

〔三〕嘉錫案：唐寫本規箴篇注引國寶別傳曰「國寶雖爲相王所重，既未爲孝武所親，及上覽萬機，乃自進於上。上甚愛之。俄而上崩，政由宰輔。國寶從弟緒有寵於王，深爲其說。王忿其去就，未之納也。緒說漸行，遷左僕射，領吏部、丹陽尹，以東宮兵配之。國寶權震外內」云云。是則國寶之復得寵於會稽王，實由王緒之力。此規箴篇所以言王緒、王國寶相爲脣齒。而孝標此注亦謂二人同惡相求，有如市賈也。今本刪除首尾，但存「從弟緒有寵於王，深爲其說」二語，遂使讀者莫知其所謂矣。至唐修晉書，於國寶傳乃云：「安帝卽位，國寶復事道子，進從祖弟緒爲琅邪內史，亦以佞邪見知。道子復惑之，倚爲心腹。」今考簡文三子傳云：「道子復委任王緒，由是朋黨競扇，友愛道盡。太妃每和解之，而道子不能改。」是則當孝武之時，緒已見知於道子，倚爲心腹久矣。何待安帝卽位，始因國寶以進耶？國寶傳敍此既誤，而又刪除王緒爲國寶進說之事，則其曲折尤不明。故專據晉書，必不可以讀世說也。當王恭討國寶檄至時，緒尚說國寶令矯道子命召王珣、車胤殺之，以除衆望。而國寶爲珣、胤所動，遂上疏解職，既而悔之，方謀距恭。道子乃委罪國寶，付廷尉賜死，幷斬緒以謝恭。故孝標謂二人終至誅夷，曾不攜貳。然則其未死之前，未嘗爲殷仲堪所閒亦明矣。

尤悔第三十三

1 魏文帝忌弟任城王驍壯。因在卞太后閤共圍棊，並噉棗，文帝以毒置諸棗蔕中。自選可食者而進，王弗悟，遂雜進之。既中毒，太后索水救之。帝預敕左右毀缾罐，太后徒跣趨井，無以汲。〔一〕須臾，遂卒。魏略曰：「任城威王彰，字子文，太祖卞太后弟二子。性剛勇而黃須，北討代郡，獨與麾下百餘人突虜而走。太祖聞曰：『我黃須兒可用也！』」魏志春秋曰：「黃初三年，〔二〕彰來朝。初，彰問璽綬，將有異志，故來朝不即得見，有此忿懼而暴薨。」〔三〕復欲害東阿，太后曰：「汝已殺我任城，不得復殺我東阿。」〔四〕魏志方伎傳曰：「文帝問占夢周宣：『吾夢磨錢文，欲滅而愈更明，何謂？』宣悵然不對。帝固問之，宣曰：『陛下家事，雖欲爾，而太后不聽，是以欲滅更明耳。』帝欲治弟植之罪，逼於太后，但加貶爵。」

【箋疏】

〔一〕吳承仕曰：「須水豈必須井邊汲？豈無豫儲之水耶？想見古時生具之拙。」嘉錫案：井水解毒，不見於本草，然古人相傳有之。後漢書李固傳曰：「冀忌帝聰慧，恐爲後患，遂令左右進鴆。帝苦煩甚，使促召固。固入，前問：『陛下得患所由？』帝尚能言，曰：『食煮餅。今腹中悶，得水尚可活。』時冀亦在側，曰：『恐吐，不可飲水。』語未絕而崩。」

〔二〕程炎震云：「三年，魏志彰傳作四年，曹子建贈白馬王彪詩序亦作四年。」

〔三〕李慈銘云：「案有蓋用字之誤。」

〔四〕林國贊三國志裴注述卷一云：「后妃傳注引魏書，稱東阿王爲有司所奏，卞后終不假借。及見文帝，亦不以爲言。裴注非之。案曹丕偪於卞后，不能深罪植，史有明文。植傳注引魏略正同。且彼時植方爲臨菑侯，迨徙王東阿，丕卒已八年矣，亦不得於彼時遽稱東阿王。世說新語稱魏文帝既害任城王，復欲害東阿。太后曰：『汝已殺我任城，不得復殺我東阿。』亦足與裴說互參。惟稱植爲東阿，仍與魏書同誤。」嘉錫案：魏志植本傳：植以太和三年徙封東阿，卽丕死後之三年。林氏以爲丕卒已八年者，亦誤。魏書之稱東阿，時代雖誤，猶可諉爲史臣敍事之詞。若世說此語出於卞氏口中，安得預稱其後來之封號？其誤又甚於魏書矣。蓋彰之暴卒，固爲丕所殺，又實有害植之意。以卞氏不聽，得免。世俗遂因其事而增飾之耳。

2　王渾後妻，琅邪顏氏女。王時爲徐州刺史，〔一〕交禮拜訖，王將答拜，觀者咸曰：「王侯州將，新婦州民，恐無由答拜。」王乃止。武子以其父不答拜，不成禮，恐非夫婦；不爲之拜，謂爲顏妾。顏氏恥之。以其門貴，終不敢離。婚姻之禮，人道之大，豈由一不拜而遂爲妾媵者乎？世說之言，於是乎紕繆。

【箋疏】

〔一〕程炎震云：「晉書渾傳：『武帝受禪，遷徐州刺史。』」

3 陸平原河橋敗，〔一〕爲盧志所讒，被誅。王隱晉書曰：「成都王穎討長沙王乂，使陸爲都督前鋒諸軍事。」機別傳曰：「成都王長史盧志，與機弟雲趣舍不同。又黃門孟玖求爲邯鄲令於穎，〔二〕穎教付雲，雲時爲左司馬，曰：『刑餘之人，不可以君民！』玖聞此怨雲，與志讒構日至。及機於七里澗大敗，玖誣機謀反所致，穎乃使牽秀斬機。先是，夕夢黑幔繞車，手決不開，惡之。明旦，秀兵奄至，機解戎服，箸衣帢見秀，容貌自若，遂見害。時年四十三。軍士莫不流涕。是日天地霧合，大風折木，平地尺雪。」干寶晉紀曰：「初，陸抗誅步闡，百口皆盡，有識尤之。及機、雲見害，三族無遺。」臨刑歎曰：「欲聞華亭鶴唳，可復得乎！」〔三〕八王故事曰：「華亭，吳由拳縣郊外墅也，有清泉茂林。吳平後，陸機兄弟共游於此十餘年。」語林曰：「機爲河北都督，聞警角之聲，謂孫丞曰：『聞此不如華亭鶴唳。』故臨刑而有此歎。」

【箋疏】

〔一〕晉書惠帝紀：「太安二年十月戊申，破陸機於建春門。」水經注十六穀水注曰：「穀水又東屈，南逕建春門石橋下。昔陸機爲成都王穎入洛，敗北而還。」

〔二〕程炎震云：「晉書雲傳作『孟玖欲用其父爲邯鄲令』，與此不同。」

〔三〕元和郡縣志二十五曰：「華亭縣華亭谷在縣西三十五里，陸遜、陸抗宅在其側。遜封華亭侯。陸機曰『華亭鶴唳』，此地是也。」通鑑八十五注曰：「華亭時屬吳郡嘉興縣，界有華亭谷、華亭水。至唐始分嘉興縣爲華亭縣。今縣東七十里，其地出鶴，土人謂之鶴窠。」通鑑八十五胡注曰：「機發此言，有咸陽市上歎黃犬之意。」

4 劉琨善能招延，而拙於撫御。一日雖有數千人歸投，其逃散而去亦復如此。所以卒無所建。〔一〕鄧粲晉紀曰：「琨爲幷州牧，〔二〕糺合齊盟，驅率戎旅，而內不撫其民，遂至喪軍失士，無成功也。」敬徹按：「琨以永嘉元年爲幷州，于時晉陽空城，寇盜四攻，而能收合士衆，抗行淵、勒，十年之中，敗而能振，不能撫御，其得如此乎？凶荒之日，千里無煙，豈一日有數千人歸之？若一日數千人去之，又安得一紀之間以對大難乎？」〔三〕

【校文】

注「敬徹」　「徹」，景宋本作「敬胤」。

【箋疏】

〔一〕此條有敬胤注。

〔二〕嘉錫案：幷州凶荒之狀，具見於晉書本傳琨在路所上懷帝表。御覽四百八十六引琨與王丞相牋曰：「不得進軍者，實困無食。殘民鳥散，擁髮徒跣。木弓一張，荆矢十發。編草盛糧，不盈二日。夏卽桑椹，冬則營豆。視此哀歎，令人氣索。恐吳、孫、韓、白，猶或難之。況以琨怯弱凡才，而當率此，以殄强寇。」此牋晉書不載。觀其所言，知遺民所以逃散者，實因乏食之故。神農之教曰：「有石城十仞，湯池百步，帶甲百萬，而無粟者，不能守也。」（漢書食貨志引）大禹曰：「民無食也，則我弗能使也。」（賈子脩政語上引）饑困如此，而責琨不能撫御，是必王敦黨徒之議論，所謂「設淫辭而助之攻」也。

〔三〕嘉錫案：汪藻考異録第十卷五十一事，與世說多重出，惟有三事爲今本所無。其注則與孝標注全不同，多自稱「敬胤案」。汪藻云：「其所載以宋、齊人爲今人。則敬胤者，孝標以前人也。」嘉錫又案：孝標並不採用敬胤注，而獨有此一條，蓋宋人所附入也。

5 王平子始下，丞相語大將軍：「不可復使羌人東行。」平子面似羌。按王澄自爲王敦所害，丞相名德，豈應有斯言也。

6 王大將軍起事，丞相兄弟詣闕謝。周侯深憂諸王，始入，甚有憂色。丞相呼周侯曰：「百口委卿！」周直過不應。既入，苦相存救。既釋，周大說，飲酒。及出，諸王故在門。周曰：「今年殺諸賊奴，當取金印如斗大繫肘後。」大將軍至石頭，問丞相曰：「周侯可爲三公不？」丞相不答。又問：「可爲尚書令不？」又不應。因云：「如此，唯當殺之耳！」復默然。逮

周侯被害，丞相後知周侯救己，歎曰：「我不殺周侯，周侯由我而死。幽冥中負此人！」〔一〕

虞預晉書曰：「敦克京邑，參軍呂漪說敦曰：『周顗、戴淵，皆有名望，足以惑衆。視近日之言，無慙懼之色，若不除之，役將未歇也。』敦卽然之，遂害淵、顗。初，漪爲臺郎，淵既上官，素有高氣，以漪小器待之，故售其說焉。」

【箋疏】

〔一〕建康實録五引中興書曰：「顗死後，王導校料中書故事，見顗表救己殷勤。乃執表垂泣，悲不自勝，告諸子曰：『吾雖不殺伯仁，伯仁因我而死。幽冥之中，負此良友！』」今晉書顗本傳略同。

宋施德操北窗炙輠録卷上云：「禹錫問余曰：『周伯仁救王導，逮事已解，固嘗同車入見，雖告之以相救之意，庸何傷？卒不告，後竟遇害。伯仁亦□□。』余曰：『不然，此所以見古人用心處也。元帝與王導，豈他君臣比？同甘共苦，相與奮起於艱難顛沛之中。今以王敦，遂相猜疑如此，此君子所以深惜也。故伯仁之救導，欲其盡出於元帝，不出於己，所以全君臣終始之義。伯仁之賢，正在於此。』」嘉錫案：此論推勘伯仁心事可謂入微。

7　王導、温嶠俱見明帝，帝問温前世所以得天下之由。温未荅。頃，王曰：「温嶠年少未諳，臣爲陛下陳之。」王迺具敍宣王創業之始，誅夷名族，寵樹同己。及文王之末，高貴鄉公事。

宣王創業，誅曹爽，任蔣濟之流者是也。高貴鄉公之事，已見上。

明帝聞之，覆面箸牀曰：「若如公言，祚安得長！」〔一〕

【校文】

「祚安得長」　袁本「祚」作「胙」。

【箋疏】

〔一〕李慈銘云：「案祚李本作胙，是也。古無祚字。」

程炎震云：「晉書宣紀載此事，但云導，不言嶠，蓋畧之。」

8 王大將軍於衆坐中曰：「諸周由來未有作三公者。」有人荅曰：「唯周侯邑五馬領頭而不克。」〔一〕大將軍曰：「我與周，洛下相遇，一面頓盡。値世紛紜，遂至於此！」因爲流涕。鄧粲晉紀曰：「王敦參軍，有於敦坐樗蒱，臨當成都，馬頭被殺，〔二〕因謂曰：『周家奕世令望，而位不至三公，伯仁垂作而不果，有似下官此馬。』敦慨然流涕曰：『伯仁總角時，與於東宮，相遇一面，披衿便許之三司，何圖不幸，王法所裁，悽愴之深，言何能盡！』」

【校文】

注「臨當成都」　「都」，景宋本作「者」，是。

【箋疏】

〔一〕李慈銘云：「案邑疑已字之誤。」

〔二〕李慈銘云：「案晉書顗傳作『敦坐有一參軍摴蒱，馬於博頭被殺』。」

9 温公初受劉司空使勸進，母崔氏固駐之，嶠絶裾而去。温氏譜曰：「嶠父襜，娶清河崔參女。」迄於崇貴，鄉品猶不過也。每爵皆發詔。〔一〕虞預晉書曰：「元帝卽位，以温嶠爲散騎侍郎。嶠以母亡，逼賊，不得往臨葬，固辭。詔曰：『嶠以未葬，朝議又頗有異同，故不拜。其令入坐議，吾將折其衷。』」

【箋疏】

〔一〕李慈銘云：「案晉書孔愉傳云：『初，愉爲司徒長史，以平南將軍温嶠母亡，遭亂不葬，乃不過其品。至蘇峻平，而嶠有重功。愉往石頭詣嶠，嶠執手流涕曰：「天下喪亂，忠孝道廢。能持古人節，歲寒不凋者，惟君一人耳！」時人咸稱嶠居公，而重愉之守正。』」

吴承仕曰：「鄉評不與，而發詔特進之。然則平人進爵，必先檢鄉評矣。當時九品中正之制乃如此。」

10 庾公欲起周子南，子南執辭愈固。庾每詣周，庾從南門入，周從後門出。庾嘗一往奄至，周不及去，相對終日。庾從周索食，周出蔬食，庾亦彊飯，極歡；并語世故，約相推引，同佐世之任。既仕，至將軍二千石，尋陽記曰：「周邵字子南，與南陽翟湯隱於尋陽廬山。庾亮臨江州，聞翟、周之風，束帶躡履而詣焉。聞庾至，轉避之。亮後密往，值邵彈鳥於林，因前與語。還，便云：『此人可起。』即拔爲鎮蠻護軍、西陽太守。」其集載與邵書曰：「西陽一郡，户口差實，非履道真純，何以鎮其流遁？詢之朝野，僉曰足下。今具上表，請足下臨之，無讓。」而不稱意。中宵慨然曰：「大丈夫乃爲庾元規所賣！」一歎，遂發背而卒。

11 阮思曠奉大法，敬信甚至。大兒年未弱冠，忽被篤疾。阮氏譜曰：「牖字彦倫，裕長子也。〔一〕仕至州主簿。」兒既是偏所愛重，爲之祈請三寶，晝夜不懈。謂至誠有感者，必當蒙祐。而兒遂不濟。於是結恨釋氏，宿命都除。以阮公智識，必無此弊。脱此非謬，何其惑歟？夫文王期盡，聖子不能駐其年，釋種誅夷，神力無以延其命。故業有定限，報不可移。若請禱而望其靈，冀驗而忽其道，固陋之徒耳。豈可以言神明之智者哉？

【校文】

「蒙祐」 「祐」，沈本作「佑」。

注 「豈可以」 「以」，景宋本及沈本俱作「與」。

【箋疏】

〔一〕程炎震云：「晉書裕傳云：『三子：傭、寧、普，傭早卒。』牖、傭字相近，恐是晉書誤也。」

12 桓宣武對簡文帝，不甚得語。廢海西後，宜自申敍，乃豫撰數百語，陳廢立之意。既見簡文，簡文便泣下數十行。宣武矜愧，不得一言。

13 桓公卧語曰：「作此寂寂，將爲文、景所笑！」既而屈起坐曰：「既不能流芳後世，亦不足復遺臭萬載邪？」續晉陽秋曰：「桓温既以雄武專朝，任兼將相，其不臣之心，形于音迹。曾卧對親僚，撫枕而起曰：『爲爾寂寂，爲文、景所笑！』衆莫敢對。」

14 謝太傅於東船行，小人引船，或遲或速，或停或待，又放船從横，撞人觸岸。公初不呵譴。人謂公常無嗔喜。曾送兄征西葬還，征西，謝奕。日莫雨駛，小人皆醉，〔一〕不可處分。公乃於車中，手取車柱撞馭人，聲色甚厲。夫以水性沈柔，入隘奔激。方之人情，固知迫隘之地，無得保其夷粹。孟子曰：「湍水，決之東則東，決之西則西。搏而躍之，可使過顙；激而行之，可使在山。豈水之性哉？人可使爲不善，性亦猶是也。」

【校文】

「或速」　景宋本及沈本作「或疾」。

【箋疏】

〔一〕程炎震云：「御覽卷十兩部引駛作馭，無小字，是也。」

15 簡文見田稻不識，問是何草？左右答是稻。簡文還，三日不出，云：「寧有賴其末，而不識其本？」文公種菜，曾子牧羊，縱不識稻，何所多悔！〔一〕此言必虛。

【箋疏】

〔一〕淮南子泰族訓曰：「夫觀逐者，於其反也。而觀行者，於其終也。故舜放弟，周公殺兄，猶之爲仁也。文公樹米，曾子架羊，猶之爲知也。」高誘注云：「文公，晉文公也。樹米而欲生之也。架，連架所以備知也。」其語仍不可解。新語輔政篇曰：「故智者之所短，不如愚者之所長。文公種米，曾子駕羊，相士不熟，信邪失方。察察者有所不見，恢恢者何所不容。」說苑雜言篇曰：「文公種米，曾子駕羊，孫叔敖相楚，三年不知軛在衡後。務大者，固忘小。」劉子新論觀量篇曰：「項羽不學一藝，韓信不營一飡。非其心不愛藝，口不嗜味。由其性大，不綴細業也。晉文種米，曾子植羊，非性闇惷，不辯方隅。以其運大，不習小務也。」以此參互考之，知菜當作米，牧當作駕。此言君子可大受，而不可小知。故智有所不明，神有所不通。如種田當樹穀，駕車當用牛，此愚夫愚婦之所知也，而文公、曾子不知。然不可謂之不智，何者？君子之學務其大者、遠者，薄物細故，雖不知無害也。故曰：「縱不識稻，何所多悔？」若作種菜牧羊，則語意全失。高誘之注，望文生義，亦非也。

16 桓車騎在上明畋獵。東信至，傳淮上大捷。語左右云：「羣謝年少，大破賊。」因發病薨。談者以爲此死，賢於讓揚之荆。〔一〕續晉陽秋曰：「桓沖本以將相異宜，才用不同，忖己德量，不及謝安，故解揚州以讓安。自謂少經軍鎮，及爲荆州，聞符堅自出淮、肥，深以根本爲慮，遣其隨身精兵三千人赴京師。時安已遣諸軍，且欲外示閒暇，因令沖軍還。沖大驚曰：『謝安乃有廟堂之量，不閑將略。吾量賊必破襄陽，而并力淮、肥。今大敵果至，方遊談示暇，遣諸不經事年少，而實寡弱，天下誰知？〔二〕吾其左衽矣！』俄聞大勳克舉，慚慨而薨。」〔三〕

【箋疏】

〔一〕程炎震云：「寧康元年，沖爲揚州。三年，改徐州，鎮丹徒。太元二年，桓豁卒，始代爲荆州，非自揚之荆也。」

〔二〕程炎震云：「『天下誰知』，晉書沖傳作『天下事可知』。」

〔三〕程炎震云：「太元八年十月，有肥水之捷。九年二月，桓沖卒。晉書七十四沖傳云『沖本疾病，加以慚恥』，得之。」嘉錫案：沖不知謝玄之必能立勳，其知人料事，誠不及郗超。然淝水破敵，江左危而復安，舉國以爲大慶。沖聞捷音，固當驚喜出於意外。縱恥其前言之失，不過慚沮而已。亦復何關利害，而遂至於發病以死乎？今以晉書及通鑑考之，則沖之死，蓋自有其故矣。孝武紀云：「寧康三年五月，以中軍將軍揚州刺史桓沖爲鎮北將軍、徐州刺史，鎮丹徒。尚書僕射謝安領揚州刺史。」此卽續晉陽秋所謂「解揚州以讓安」也。沖傳云：「時丹楊尹王蘊以后父之重昵於安。安意欲出蘊爲方伯，乃復解沖徐州，直以車騎將軍都督豫、江二州之六郡軍事，自京口還鎮姑熟。」紀不書解沖徐州事，傳又不著年月，惟通鑑一百四載之。太元元年正月云「謝安欲以王蘊爲方伯，故先解沖徐州」，是也。（晉書記此事多誤。如稱王蘊爲丹楊尹，而據蘊傳則其尹丹陽在徐州之後。又紀於太元二年十月始書尚書王蘊爲徐州刺史，恐亦不當懸缺，待蘊至年餘之久也。）其時距沖之讓揚州纔八閱月耳。徐州刺史鎮京口，爲天下勁兵處。桓温所稱「京口酒可飲、兵可使」者也（見捷悟篇注）。故温嘗逐郗愔而代之。沖先本以江州刺史監江、荆、豫三州之六郡軍事。温死後，乃徙督揚、江、豫三州，揚州刺史代温居任。及讓揚州，改授都督徐、兗、豫、青、揚五州之六郡軍事、徐州刺史。至是，謝安忽無故解其徐州。蓋安意在强幹弱枝，以尊王室，不欲桓氏兵權過重，故解沖方鎮之任，以朝廷親信之王蘊代之。僅令沖督豫、江二州之六郡，又不兼刺史，其勢任反不如温未死時。自常人視之，則安爲以怨報德，殆非人情所能堪。度沖之心，未必無少望。至太元二年，桓豁卒，乃復用沖都督荆、江等七州軍事、荆州刺史，始得復領重鎮。此在謝安，必有甚不得已者。蓋已察知沖之心無他，而桓氏積爲荆、楚所服，非沖無以安之耳。沖至鎮，請以王薈補江州刺史。薈遭兄喪，不欲出，謝安更以中領軍謝輶代之。沖聞之而發怒，上疏以爲輶文武無堪，求自領江州，許之。按輶乃會稽謝氏，非安之子弟，其人南土之望（見宋書裴松之傳），後爲會稽内史，嘗發妖賊孫泰反謀，泰遂伏誅（見晉書孫恩傳）。是其才智足辦，何至如沖所詆「文武無堪」？安以宰相用一刺史，而爲方鎮所距，朝廷亦曲從之。孰謂沖與安果能和衷共濟，毫無芥蔕耶？傳又云：「初，沖之西鎮，以賊寇方彊，故移鎮上明。謂江東力弱，正可保固封疆，自守而已。又以將相異宜，自以德望不逮謝安，故委之内相，而四方鎮扞，以爲己任。又與朱序欵密，俄而序没於賊，沖深用愧惋。」今按沖之材武，本不如温。懲於枋頭之敗，而苻堅之强，又過慕容暐，故甫鎮荆州，卽移州治。其畏葸之情，已可概見。然當溫北伐時，沖嘗破苻雄於白鹿原，大敗姚襄於伊水（見溫傳）。故心雖怯敵，猶狃於前事，自負將才，以鎮扞四方爲己任。既而堅遣苻丕等寇樊、鄧，（此據苻堅載記及通鑑。沖傳作苻融，誤也。）魯陽、南鄉、魏興等郡，所在陷没（事在太元三四年）。此皆沖之所部，坐視胡騎縱横，而莫之能禦。沖之愧惋，蓋不獨朱序敗没一事而已。其後六年冬，沖遣桓石虔擊擒秦襄陽太守閻震。計沖與秦戰，惟此一役，尚爲有功。至八年五月，沖帥師十萬伐秦，攻襄陽不克，僅桓石虔敗其别將張崇，頗有俘獲。會秦慕容垂救至，沖懼，遽退，還上明。（沖傳載此事不詳，又誤敍於擒閻震之前，今據堅載記及通鑑一百五。）其畏敵如虎若此。沖之所以自任者，固已情見勢絀矣。（傳言沖遣將攻克魏興等三郡，據紀及通鑑乃九年事。）及其年八月，苻堅傾國入寇。以當時諸將位望言之，元帥之任，非沖莫屬。荆州雖重，别遣他將守之可矣。安竟以謝石爲征討大都督，（安傳言安亦爲此官，不應頓有二人，本紀及通鑑皆不書。）諸將玄、琰等，皆其子弟也，而沖不敢争。固由其能盡忠守分，亦以前此屢敗，氣已中餒故也。沖嘗以十萬之衆，望風遁走。石等所統，纔八萬人耳。以與百萬之敵相當，固應憂其寡弱。又爲堅先聲所奪，談虎色變，則其惴惴懼爲左衽也亦宜。然謝玄已於太元四年破秦將俱難等於淮陰，其時秦兵去廣陵僅百里，朝廷震動，賴玄却敵，功亦鉅矣。玄三戰三勝（見玄傳），雖古之名將，何以過之？而沖乃斥爲不經事年少，何其言之易也。蓋沖畏堅太甚，又夙輕安不知兵，料其必敗，且己與安有隙，故發此憤懣不平之言耳。既而玄等竟獲大捷，勳庸莫二，而己無尺寸之功。回思居分陝之任，既已六年，喪敗頻仍，而大功乃出於向所薄視之少年，不免相形見絀。此乃於桓氏之威望有損，不徒自愧而已。沖之爲人，非能不以得喪動心者。固宜其憤怒傷身，鬱鬱以死矣。然但深自怨艾，而不爲跋扈之舉，爲國家生事。此所以談者以爲此死賢於讓揚之荆也。續晉陽秋敘次不明，晉書改之曰：「俄而聞堅破，大勳克舉。又知朱序因以得還。沖本疾病，加以慚恥，發病而卒。」於情事較爲得之。通鑑但云「沖自以失言慚恨」，而刪去朱序得還事，非也。由此可見謝安雖保全江左，功在奕世，而當其時，固衆謗羣疑，極艱貞之會。大勳之成，良非易事。沖既卒，朝議欲以謝玄爲荆、江二州刺史，安自以父子名位太盛，又懼桓氏失職怨望，桓石虔新有功，而慮其難制，不欲令據形勝之地，乃以桓石民爲荆州，桓伊爲江州，石虔爲豫州。彼此無怨，各得其任（安傳及通鑑一百五）。安之所以能安江左者，以其能用人，而不務張己之權勢也。然當其用王蘊及石、玄時，人猶不免疑其信用私昵。使非遇桓沖能守臣節，或尚難免因以致亂。桓伊嘗爲孝武歌曰：「爲君既不易，爲臣良獨難」（伊傳），詎不信哉！

17 桓公初報破殷荆州，〔一〕周祗隆安記曰：「仲堪以人情注於玄，疑朝廷欲以玄代己，遣道人竺僧[illegible]齎寶物遺相王寵幸、媒尼、左右，〔二〕以罪狀玄，玄知其謀，而擊滅之。」曾講論語，〔三〕至「富與貴，是人之所欲，不以其道得之不處」。孔安國注曰：「不以其道得富貴，則仁者不處。」玄意色甚惡。

【箋疏】

〔一〕程炎震云：「陳少章曰：桓公當作桓玄。」又云：「隆安三年十二月，玄襲江陵。」

〔二〕嘉錫案：此所謂媒尼，疑是支妙因，詳識鑒篇「王忱死」條注。

〔三〕李慈銘云：「案曾當作會。」

紕漏第三十四

1 王敦初尚主，敦尚武帝女舞陽公主，字脩褘。如厠，見漆箱盛乾棗，本以塞鼻，王謂厠上亦下果，食遂至盡。既還，婢擎金澡盤盛水，瑠璃椀盛澡豆，〔一〕因倒箸水中而飲之，謂是乾飯。羣婢莫不掩口而笑之。

【箋疏】

〔一〕千金方六下面藥篇有「洗手面令白淨悅澤澡豆方：每日常用，以漿水洗手面甚良」。又有「洗面黑不淨澡豆洗手面方：用洗手面，十日色白如雪，三十日如凝脂。神驗。」又有「洗面藥澡豆方：每旦取洗手面，百日白淨如素。」又有「澡豆治手乾燥少潤膩二方、澡豆方、桃人澡豆主悅澤去䵟黯方。」

2 元皇初見賀司空，言及吳時事，問：「孫皓燒鋸截一賀頭，是誰？」司空未得言，元皇自憶曰：「是賀劭。」劭卽循父也。皓凶暴驕矜，劭上書切諫，皓深恨之。親近憚劭貞正，譖云謗毁國事。被詰責。後還復職。劭中惡風，口不能言語，皓疑劭託疾，收付酒藏，考掠千數，卒無一言。鋸殺之。司空流涕曰：「臣父遭遇無道，創巨痛深，無以仰答明詔。」〔一〕禮記：「創巨者其日久，痛深者其愈遲。」元皇愧慙，三日不出。

【校文】

注「鋸殺之」「鋸」，景宋本作「遂」。

【箋疏】

〔一〕程炎震云：「晉書六十八循傳，臣父作先父，創巨上有循字。明詔二字無。蓋以元帝爲安東時，循非王國官，不當稱臣也。」

3 蔡司徒渡江，〔一〕見彭蜞，〔二〕大喜曰：「蟹有八足，加以二螯。」〔三〕令烹之。既食，吐下委頓，方知非蟹。後向謝仁祖說此事，謝曰：「卿讀爾雅不熟，幾爲勸學死。」〔四〕大戴禮勸學篇曰：「蟹二螯八足，非蛇蟺之穴無所寄託者，用心躁也。」故蔡邕爲勸學章取義焉。爾雅曰：「螖蠌小者蟧，即彭蜞也，似蟹而小。」今彭蜞小於蟹，而大於彭螖，即爾雅所謂螖蠌也。然此三物，皆八足二螯，而狀甚相類。蔡謨不精其小大，食而致斃，故謂讀爾雅不熟也。

【箋疏】

〔一〕程炎震云：「晉書七十七謨傳云：『避亂渡江，時明帝爲東中郎將，引爲參軍。』蓋建興中。」

〔二〕北户録一曰：「儋州出蟚蜞。」注引證俗音曰：「有毛者曰蟚蜞，無毛者爲彭滑，堪食。俗呼彭越，訛耳。」并引世說此條爲證。

〔三〕李慈銘云：「案螯俗字。說文蟹字注作敖。荀子、大戴亦俱作螯。」

〔四〕李氏晉書札記四云：「大戴禮勸學云『蟹二螯八足』，荀子勸學篇云『蟹六跪而二螯』，跪卽足也，六亦八之誤。大戴勸學卽本荀子。後蔡邕用之作勸學篇，如急就、凡將之流。其文蓋四字爲句。『蟹有八足，加以二螯』二語，疑卽勸學篇語。謨爲邕之從曾孫行，故誦其語。而謝尚以爲勸學死嘲之。」嘉錫案：李氏此解，最爲明晰。魏書劉芳傳及文選注、類聚、御覽、法書要録諸書引蔡邕勸學篇，皆四字句，可證也。又案：小學鉤沈五王念孫校云：「案『蟹有八足，加以二螯』，卽蔡邕勸學篇文，與『鼫鼠五能，不成一技』，皆取義於大戴禮勸學篇。其斷四字爲句，亦正相似。司徒熟于蔡邕勸學篇『蟹有八足，加以二螯』之語，不熟于爾雅釋魚蛸蠌之文，因而誤食彭蜞。故曰『讀爾雅不熟，幾爲勸學死』也。」然則王懷祖已先言之，李氏偶未考耳。

4　任育長年少時，甚有令名。武帝崩，選百二十挽郎，〔一〕一時之秀彥，育長亦在其中。王安豐選女壻，從挽郎搜其勝者，且擇取四人，任猶在其中。童少時神明可愛，時人謂育長影亦好。自過江，便失志。王丞相請先度時賢共至石頭迎之，猶作疇日相待，一見便覺有異。坐席竟，下飲，〔二〕便問人云：「此爲茶？爲茗？」覺有異色，乃自申明云：「向問飲爲熱，爲冷耳。」嘗行從棺邸下度，〔三〕流涕悲哀。王丞相聞之曰：「此是有情癡。」晉百官名曰：「任瞻字育長，樂安人。父琨，少府卿。瞻歷謁者、僕射、都尉、天門太守。」

【箋疏】

〔一〕亡友高閬仙步瀛曰：「北堂書鈔設官部八引續漢書百官志曰：『輼車拂挽爲公卿子弟，六卿。十人挽兩邊。白素幘，委貌冠，都布衣也。』（今續漢志無此文）可見挽郎之設，起於後漢。世說曰：『武帝崩，選百二十挽郎。』書鈔又引晉要事曰：『咸康七年，尚書僕射諸葛恢奏：「恭皇后今當山陵，依舊公卿六品清官子弟爲挽郎，非古也。豈牽曳國士，爲之役夫，請悉罷之。」』此晉時挽郎也。南齊書高逸傳：『何求元嘉末爲宋文帝挽郎。』周書檀翥傳：『年十九，爲魏孝明帝挽郎。』此南北朝時挽郎也。唐代尚沿之。」嘉錫案：續漢書禮儀志下大喪禮曰：「載車著白系，參繆紼，長三十丈，大七寸，爲輓六行，行五十人。公卿以下子弟凡三百人，皆素幘，委貌冠，衣素裳。」書鈔所引，疑即此條，誤作百官志。其不同處，當是別引他書，傳寫謬亂耳。後漢挽郎三百人，晉武只百二十，已減於舊。晉書禮志曰：「成帝咸康七年，皇后杜氏崩。有司奏依舊選公卿以下六品子弟六十人爲挽郎。詔停之。孝武帝太元四年，皇后王氏崩，有司奏選挽郎二十四人。詔停之。」其數更銳減，且停罷不行矣。不知何時？復行選用也。

〔二〕李詳云：「詳案陸羽茶經引此并原注云：『下飲，謂設茶也。』」

〔三〕嘉錫案：棺邸者，賣棺之店也。唐律疏議卷四曰：「居物之處爲邸，沽賣之所爲店。」示兒編卷十七引作「棺底下」，無「度」字，非是。

5 謝虎子嘗上屋熏鼠。虎子，據小字。據字玄道，尚書褒第二子。年三十三亡。胡兒既無由知父爲此事，聞人道「癡人有作此者」。戲笑之。時道此非復一過。太傅既了己之不知，因其言次，語胡兒曰：「世人以此謗中郎，亦言我共作此。」中郎，據也。章仲反。按世有兄弟三人，則謂第二者爲中。今謝昆弟有六，而以據爲中郎，未可解。當由有三時，以中爲稱，因仍不改也。胡兒懊熱，一月日閉齋不出。太傅虛託引己之過，以相開悟，可謂德教。

【校文】

注「褒」　景宋本及沈本作「裒」。

6 殷仲堪父病虛悸，聞牀下蟻動，謂是牛鬭。殷氏譜曰：「殷師字師子。祖識、父融，並有名。師至驃騎咨議，生仲堪。」續晉陽秋曰：「仲堪父曾有失心病，仲堪腰不解帶，彌年父卒。」孝武不知是殷公，〔一〕問仲堪「有一殷，病如此不？」仲堪流涕而起曰：「臣進退唯谷。」大雅詩也。毛公注曰：「谷，窮也。」

【箋疏】

〔一〕程炎震云：「此公字作父字解。」

7 虞嘯父爲孝武侍中，帝從容問曰：「卿在門下，初不聞有所獻替。」虞家富春，近海，謂帝望其意氣，〔一〕對曰：「天時尚煗，鮆魚蝦鱙未可致，〔二〕尋當有所上獻。」帝撫掌大笑。中興書曰：「嘯父，會稽人，光祿潭之孫，右將軍純之子。〔三〕少歷顯位，與王廞同廢爲庶人。義旗初，爲會稽內史。」〔四〕

【校文】

「蝦鱙」　「鱙」，景宋本作「鮺」。

【箋疏】

〔一〕程炎震云：「意氣二字恐誤，晉書但云『謂帝有所求』。」

〔二〕李慈銘云：「案鱙當作鮺。說文：『鮺，藏魚也。』玉篇：『鮺，仄下切，藏魚也。』又『鮓，同上。』釋名：『鮓，菹也。以鹽米釀魚如菹，熟而食之也。』廣韻：『鮓，側下切。』晉書虞嘯父傳作『蝦鮓』。鱙，說文、玉篇俱無此字。廣韻十三祭：『鮆，魚名，可爲醬。征例切。』」

〔三〕李詳云：「晉書虞潭傳：『子仡嗣，官至右將軍司馬。仡卒，子嘯父嗣。』是名仡，不名純。右將軍司馬又與右將軍有異也。」

〔四〕程炎震云：「與王廞同廢爲庶人。晉書云：『有司奏嘯父與廞同謀。』此當脫謀字。晉書云：『桓玄用事，以爲太尉左司馬，遷護軍將軍，出爲會稽內史。義熙初去職。』與此不同。」

8　王大喪後，朝論或云「國寶應作荊州」。晉安帝紀曰：「王忱死，會稽王欲以國寶代之。孝武中，詔用仲堪，乃止。」國寶主簿夜函白事，云：〔一〕「荆州事已行。」國寶大喜，而夜開閤，喚綱紀話勢，〔二〕雖不及作荆州，而意色甚恬。曉遣參問，都無此事。卽喚主簿數之曰：「卿何以誤人事邪？」

【校文】

「而夜」　景宋本及沈本作「其夜」。

【箋疏】

〔一〕程炎震云：「王忱死時，國寶爲中領軍，故其屬官得有主簿。」

〔二〕李詳云：「詳案：文選三十六李善注：『綱紀，謂主簿也。』又引虞預晉書：『東平主簿王豹白事，齊王曰：「況豹雖陋，故大州之綱紀也。」』觀此條下喚主簿，是主簿卽綱紀也。」

惑溺第三十五

1 魏甄后惠而有色，先爲袁熙妻，甚獲寵。曹公之屠鄴也，令疾召甄，左右白：「五官中郎已將去。」公曰：「今年破賊正爲奴。」魏略曰：「建安中，袁紹爲中子熙娶甄會女。紹死，熙出在幽州，甄留侍姑。及鄴城破，五官將從而入紹舍，見甄怖，以頭伏姑膝上。五官將謂紹妻袁夫人：『扶甄令舉頭。』見其色非凡，稱歎之。太祖聞其意，遂爲迎娶，擅室數歲。」世語曰：「太祖下鄴，文帝先入袁尚府，見婦人被髮垢面垂涕，立紹妻劉後。文帝問，知是熙妻，使令攬髮，以袖拭面，姿貌絕倫。既過，劉謂甄曰：『不復死矣。』遂納之，有子。」魏氏春秋曰：「五官將納熙妻也，孔融與太祖書曰：『武王伐紂，以妲己賜周公。』太祖以融博學，真謂書傳所記。後見融問之，對曰：『以今度古，想其然也。』」

【校文】

注「出在幽州」　「在」，景宋本及沈本作「任」。

注「見甄怖」　沈本無「見」字，「甄」下有「驚」字。

注「有子」　景宋本作「有寵」。

2 荀奉倩與婦至篤，冬月婦病熱，乃出中庭自取冷，還以身熨之。婦亡，奉倩後少時亦卒。以是獲譏於世。粲別傳曰：「粲常以婦人才智不足論，自宜以色爲主。驃騎將軍曹洪女有色，粲於是聘焉。容服帷帳甚麗，專房燕婉。歷年後婦病亡。未殯，傅嘏往唁粲，粲不明而神傷。〔一〕嘏問曰：『婦人才色，並茂爲難。子之聘也，遺才存色，非難遇也，何哀之甚？』粲曰：『佳人難再得！顧逝者不能有傾城之異，然未可易遇也。』痛悼不能已已。歲餘亦亡。亡時年二十九。粲簡貴，不與常人交接，所交者一時俊傑。至葬夕，赴期者裁十餘人，悉同年相知名士也。哭之，感慟路人。粲雖褊隘，以燕婉自喪，然有識猶追惜其能言。」奉倩曰：「婦人德不足稱，當以色爲主。」裴令聞之曰：「此乃是興到之事，非盛德言，冀後人未昧此語。」何劭論粲曰：「仲尼稱『有德者有言』。而荀粲減於是，力顧所言有餘，而識不足。」

【校文】

注「力顧」　「力」，景宋本及沈本作「內」。

【箋疏】

〔一〕李慈銘云：「案明字誤。三國志荀彧傳注作不哭。」

3 賈公閭充別傳曰：「充父逵，晚有子，故名曰充，字公閭，言後必有充閭之異。」後妻郭氏酷妒，有男兒名黎民，生載周，充自外還，乳母抱兒在中庭，兒見充喜踊，充就乳母手中嗚之。〔一〕郭遙望見，謂充愛乳母，卽殺之。兒悲思啼泣，不飲它乳，遂死。郭後終無子。晉諸公贊云：「郭氏卽賈后母也。爲性高朗，知后無子，甚憂愛愍懷，每勸厲之。臨亡，誨賈后，令盡意於太子，言甚切至。趙充華及賈謐母，〔二〕並勿令出入宮中。又曰：『此皆亂汝事！』后不能用，終至誅夷。」臣按：傳暢此言，則郭氏賢明婦人也。向令賈后撫愛愍懷，豈當縱其妒悍，自斃其子。〔三〕然則物我不同，或老壯情異乎？

【校文】

注「甚憂愛愍懷」　「憂」，沈本作「撫」。

【箋疏】

〔一〕程炎震云：「『充就乳母手中嗚之』，晉書充傳作『充就而拊之』。」

周祖謨曰：「『嗚之』者，親之也。」

〔二〕李慈銘云：「案趙充華，趙粲，武帝充華也。賈謐母，賈午，韓壽妻也。」

〔三〕嘉錫案：晉書愍懷太子傳言：賈后母郭槐欲以韓壽女爲太子妃而壽妻賈午及后皆不聽。又載太子被廢後與妃書曰：「鄙雖愚頑，欲盡忠孝之節，雖非中宮所生，奉事有如親母。自爲太子以來，勑見禁檢，不得見母。自宜城君亡，不見存恤，恒在空室中坐。」宜城君者，郭槐也。此書出自太子之手，固當可信。然則槐之撫愛愍懷，諒非虛語。世說及晉書所載槐之妒悍或晉人惡充父女者過甚之辭也。

4 孫秀降晉，〔一〕晉武帝厚存寵之，太原郭氏録曰：〔二〕「秀字彦才，吴郡吴人，爲下口督，甚有威恩。孫皓憚欲除之，遣將軍何定遡江而上，辭以捕鹿三千口供廚。秀豫知謀，遂來歸化。世祖喜之，以爲驃騎將軍、交州牧。」妻以姨妹蒯氏，室家甚篤。妻嘗妒，乃駡秀爲「貉子」。〔三〕晉陽秋曰：「蒯氏襄陽人，祖良，吏部尚書。父鈞，南陽太守。」秀大不平，遂不復入。蒯氏大自悔責，請救於帝。時大赦，羣臣咸見。既出，帝獨留秀，從容謂曰：「天下曠蕩，蒯夫人可得從其例不？」秀免冠而謝，遂爲夫婦如初。

【箋疏】

〔一〕程炎震云：「泰始六年十二月，孫秀來奔。」

〔二〕李詳云：「詳案：此何法盛中興書也，傳寫遺其書名。法盛中興書於諸姓各爲一録：如會稽賀録、琅琊王録、陳郡謝録、丹陽薛録、潯陽陶録等，凡數十家。此郭氏録當衍氏字。」

〔三〕程炎震云：「狢、貉同字。蜀志關羽傳注引典畧：『羽駡孫權爲狢子。』御覽二百四十九引後秦記曰：『姚襄遣參軍薛瓚使桓温，温以胡戲瓚。瓚曰：「在北曰狐，居南曰狢。何所問也？」』晉書陸機傳：「宦人孟玖弟超爲小都督，縱兵大掠。機録其主者。超直入機麾下奪之，顧謂機曰：『貉奴，能作督不？』」章炳麟新方言二曰：「説文：『貉，北方豸種。』今江南運河而東，相輕賤則呼貉子，貉音如馬。若肆師甸祝，以表貉爲表禡矣。」嘉錫案：魏、晉以降，北人牽駡吴人爲貉子。關羽、孟超之言，可以爲證。然北史王羆傳云：「神武遣韓軌、司馬子如宵濟襲羆，羆持一白棒大呼而出曰：『老羆當道卧，貉子那得過！』」則只是尋常詈人之詞。軌，太安狄那人。子如，河内温人。並非吳人也。

5 韓壽美姿容，賈充辟以爲掾。充每聚會，賈女於青瑣中看，見壽，說之。恒懷存想，發於吟詠。後婢往壽家，具述如此，并言女光麗。壽聞之心動，遂請婢潛修音問。及期往宿。壽蹻捷絶人，踰牆而入，家中莫知。晉諸公贊曰：「壽字德真，南陽赭陽人。〔一〕曾祖暨，魏司徒，有高行。」壽敦家風，性忠厚，豈有若斯之事？諸書無聞，唯見世說，自未可信。自是充覺女盛自拂拭，說暢有異於常。後會諸吏，聞壽有奇香之氣，是外國所貢，一箸人，則歷月不歇。十洲記曰：「漢武帝時，西域月氏國王遣使獻香四兩，大如雀卵，黑如桑椹，燒之，芳氣經三月不歇。」蓋此香也。充計武帝唯賜己及陳騫，餘家無此香，疑壽與女通，而垣牆重密，門閤急峻，何由得爾？乃託言有盜，令人修牆。使反曰：「其餘無異，唯東北角如有人跡。而牆高，非人所踰。」充乃取女左右婢考問，即以狀對。充秘之，以女妻壽。郭子謂與韓壽通者，乃是陳騫女，即以妻壽，未婚而女亡。壽因娶賈氏，故世因傳是充女。〔二〕

【箋疏】

〔一〕程炎震云：「赭陽，晉書謐傳作堵陽。」

〔二〕類聚卷三十五引臧榮緒晉書曰：「賈充後妻郭氏，又生二女，少有淫行。年十四五，通於韓壽，充未覺。時外國獻奇香，世祖分與充，充以賜女。充與壽坐，聞其衣香，心疑之。充家嚴峻，牆高丈五，薦以枳棘。周行東北角，有如狸鼠行迹。充潛知，殺婢，遂以女妻之。』」疑卽因世說加以粉飾。唐修晉史全本臧書，故亦以爲充女也。御覽五百引郭子云：「賈公閭（宋本誤作問）女悅韓壽，問婢：『識不？』一婢云：『是其故主。』女内懷存想。婢後往壽家說如此。壽乃令婢通己意，女大喜，遂與通。」嘉錫案：孝標方引郭子，謂壽所通者是陳騫女，以駁世說。若如御覽所引，則正與世說合。一書之中，豈得自相違異？疑「賈公閭」三字本作「陳休淵」，宋人校御覽者據世說妄改之。御覽九百八十一又引郭子曰：「陳騫以韓壽爲掾，每會，聞壽有異香氣，是外國所貢，一着衣，歷日不歇。騫計武帝唯賜己及賈充，他家理無此香。嫌壽與己女通，考問左右，婢具以實對。騫以女妻壽。壽時未婚。」按此是郭子本文。孝標以其文與世說多同，遂櫽括引之耳。御覽所引未全，故無女亡娶賈氏之語。晉書陳騫傳云：「弟稚與其子輿忿爭，遂說騫子女穢行。騫表徙弟，以此獲譏於世。」李慈銘晉書札記三云：「世說注引郭子，言韓壽私通者乃騫女，卽此所謂『子女穢行』也。」

6　王安豐婦，常卿安豐。安豐曰：「婦人卿壻，於禮爲不敬，後勿復爾。」婦曰：「親卿愛卿，是以卿卿；我不卿卿，誰當卿卿？」遂恒聽之。

7 王丞相有幸妾姓雷，頗預政事納貨。蔡公謂之「雷尚書」。語林曰：「雷有寵，生恬、洽。」

【校文】

注「生恬、洽」 景宋本及沈本俱作「生洽、恬」。

仇隟第三十六

1 孫秀既恨石崇不與綠珠，干寶晉紀曰：「石崇有妓人綠珠，〔一〕美而工笛，孫秀使人求之。崇別館北邙下，〔二〕方登涼觀，臨清水，使者以告。崇出其婢妾數十人以示之曰：『任所以擇。』使者曰：『本受命者，指綠珠也，未識孰是？』崇勃然曰：『綠珠，吾所愛，不可得也！』使者曰：『君侯博古知今，察遠照邇，願加三思。』崇不然。使者已出又反，崇竟不許。」又憾潘岳昔遇之不以禮。後秀爲中書令，岳省內見之，因喚曰：「孫令，憶疇昔周旋不？」秀曰：「中心藏之，何日忘之？」岳於是始知必不免。王隱晉書曰：「岳父文德，〔三〕爲琅邪太守，孫秀爲小吏給使，岳數蹴蹋秀，而不以人遇之也。」〔四〕後收石崇、歐陽堅石，同日收岳。晉陽秋曰：「歐陽建字堅石，渤海人。有才藻，時人爲之語曰：『渤海赫赫，歐陽堅石。』初，建爲馮翊太守，趙王倫爲征西將軍，孫秀爲腹心，撓亂關中，建每匡正，由是有隟。」王隱晉書曰：「石崇、潘岳與賈謐相友善，及謐廢，懼終見危，與淮南王謀誅倫，事泄，收崇及親耆以上皆斬之。初，岳母誡岳以止足之道，及收，與母別曰：『負阿母！』崇家河北，收者至。曰：『吾不過流徙交、廣耳！』及車載東市，〔五〕始歎曰：『奴輩利吾家之財。』收崇人曰：『知財爲害，何不蚤散？』崇不能答。」石先送市，亦不相知。潘後至，石謂潘曰：「安仁，卿亦復爾邪？」〔六〕潘曰：「可謂『白首同所歸』。」語林曰：「潘、石同刑東市，石謂潘曰：『天下殺英雄，卿復何爲？』潘曰：『俊士填溝壑，餘波來及人。』」潘金谷集詩云：「投分寄石友，白首同所歸。」乃成其讖。

【箋疏】

〔一〕嶺表錄異上曰：「白州有一派水，出自雙水山。合容州江，呼爲綠珠井，在雙角山下。昔梁氏之女有容貌，石季倫爲交阯採訪使，以真珠三斛買之。梁氏之居，舊井存焉。」嘉錫案：晉書石崇傳，崇未嘗至交州。據通典三十二，唐開元十二年始置採訪處置使，晉時亦無此官。崇於惠帝時嘗以南中郎將、荊州刺史、兼南蠻校尉。其買綠珠，或在此時。續談助五抄樂史綠珠傳云：「越俗以珠爲上寶，生女名珠娘，生男名珠兒。綠珠之名，由此而稱。」

〔二〕洛陽伽藍記一曰：「昭儀尼寺在東陽門內一里御道南，有池，京師學徒謂之翟泉。後隱士趙逸云：『此地是晉侍中石崇家池。』池南有綠珠樓。於是學徒如寤，經過者想見綠珠之容也。」嘉錫案：伽藍記所言「在洛陽城內」，與此所言「北邙別館」，蓋非一地。

〔三〕程炎震云：「晉書五十五岳傳云：『父芘』，則文德蓋其字也。」

〔四〕李詳云：「詳案：文選潘岳金谷集詩善注引隱書作『不以仁遇』，爲是。人、仁古通。」

〔五〕李慈銘云：「案車載下脫一詣字，當據晉書石崇傳補。」

〔六〕程炎震云：「石、潘之死，通鑑繫之永康元年。崇年五十二。岳秋興賦云：『晉十有四年，余春秋三十有二。』則是年五十四。」

2 劉璵兄弟少時爲王愷所憎，〔一〕嘗召二人宿，欲默除之。令作阬，阬畢，垂加害矣。石崇素與璵、琨善，聞就愷宿，知當有變，便夜往詣愷，問二劉所在？愷卒迫不得諱，答云：「在後齋中眠。」石便徑入，自牽出，同車而去。語曰：「少年，何以輕就人宿？」劉璨晉紀曰：「琨與兄璵俱知名，遊權貴之間，當世以爲豪傑。」

【校文】

注「權貴之間」　「間」，沈本作「門」。

【箋疏】

〔一〕李慈銘云：「案璵，晉書作輿。」

3 王大將軍執司馬愍王，夜遣世將載王於車而殺之，當時不盡知也。晉陽秋曰：「司馬丞字元敬，譙王遜子也。爲中宗相州刺史，〔一〕路過武昌，王敦與燕會，酒酣，謂丞曰：『大王篤實佳士，非將御之才。』對曰：『焉知鉛刀不能一割乎？』敦將謀逆，召丞爲軍司馬，丞歎曰：『吾其死矣！地荒民解，勢孤援絕。赴君難，忠也；死王事，義也。死忠與義，又何求焉？』乃馳檄諸郡，丞赴義。〔二〕敦遣從母弟魏乂攻丞，王廙使賊迎之，薨於車。敦既滅，追贈驃騎，謚曰愍王。」雖愍王家，亦未之皆悉，而無忌兄弟皆穉。無忌別傳曰：「無忌字公壽，丞子也。才器兼濟，有文武幹。襲封譙王，衞軍將軍。」王胡之與無忌，長甚相暱，胡之嘗共遊，無忌入告母，請爲饌。母流涕曰：「王敦昔肆酷汝父，假手世將。司馬氏譜曰：「丞娶南陽趙氏女。」王廙別傳曰：「廙字世將。祖覽、父正。廙高朗豪率。王導、庾亮遊于石頭，會廙至，爾日迅風飛驅，廙倚船樓長嘯，神氣甚逸。導謂亮曰：『世將爲復識事。』亮曰：『正足舒其逸耳。』性倨傲，不合己者面拒之，故爲物所疾。加平南將軍，薨。」吾所以積年不告汝者，王氏門彊，汝兄弟尚幼，不欲使此聲著，蓋以避禍耳！」無忌驚號，抽刃而出，胡之去已遠。

【箋疏】

〔一〕李慈銘云：「案丞晉書作承，元敬作敬才。相當仑湘。」

〔二〕李慈銘云：「案軍司馬，晉書作軍司是也。魏、晉有軍司，主一軍之事，以高秩重望者居之。承既藩王，又爲方伯，故敦以爲軍司，不當爲軍司馬也。地荒民解，晉書作地荒人鮮。解乃鮮字之誤。諸郡下衍丞字，或是亟字之誤。」

4 應鎮南作荊州，〔一〕王隱晉書曰：「應詹字思遠，汝南南頓人，璩曾孫也。爲人弘長有淹度，飾之以文才。司徒何充歎曰：『所謂文質之士！』累遷江州刺史、鎮南將軍。」王脩載、譙王子無忌同至新亭與別，坐上賓甚多，不悟二人俱到。有一客道：「譙王丞致禍，非大將軍意，正是平南所爲耳。」無忌因奪直兵參軍刀，便欲斫。脩載走投水，舸上人接取，得免。中興書曰：「褚裒爲江州，無忌於坐拔刀斫耆之，裒與桓景共免之。〔二〕御史奏無忌欲專殺害，〔三〕詔以贖論。」前章既言無忌母告之，而此章復云客敍其事，且王廙之害

司馬丞，遐邇共悉，脩齡兄弟，豈容不知？孫盛之言，皆實録也。〔四〕

【校文】

注　兩「褎」字　景宋本俱作「裒」。

注　「孫盛之言」　「孫」，景宋本作「法」，是。

【箋疏】

〔一〕程炎震云：「應詹止作江州，不作荆州，此荆字當作江。孝標注不加糾正，知當時尚未誤也。」

〔二〕李慈銘云：「案褎當作裒。」

〔三〕李慈銘云：「案『御史』晉書作『御史中丞車灌』。」

〔四〕程炎震云：「晉書三十七無忌傳云『時王廙子丹陽丞耆之在坐』，又云『丹陽尹桓景』，又云『御史中丞車灌奏』。」

程炎震云：「詹爲江州，在明帝太寧二年，去承之死才三年。承之難，無忌以少得免，則爾時未能報仇也。褚裒爲江州，以裒傳及康紀參考，是咸康八年代王允之。則去承死二十一年，無忌已官黄門侍郎矣。晉書從中興書爲是。」

5　王右軍素輕藍田，藍田晚節論譽轉重，右軍尤不平。藍田於會稽丁艱，停山陰治喪。右軍代爲郡，屢言出弔，連日不果。後詣門自通，主人既哭，不前而去，以陵辱之。於是彼此嫌隙大搆。後藍田臨揚州，右軍尚在郡，初得消息，遣一參軍詣朝廷，求分會稽爲越州，使人受意失旨，大爲時賢所笑。藍田密令從事數其郡諸不法，以先有隙，令自爲其宜。右軍遂稱疾去郡，以憤慨致終。〔一〕中興書曰：「羲之與述志尚不同，而兩不相能。述爲會稽，艱居郡境，王羲之後爲郡，申慰而已，初不重詣，述深以爲恨。喪除，徵拜揚州，就徵，周行郡境，而不歷羲之。臨發，一別而去。羲之初語其友曰：『王懷祖免喪，正可當尚書，投老可得爲僕射，更望會稽，便自邈然。』述既顯授，又檢校會稽郡，求其得失，主者疲於課對。羲之恥慨，遂稱疾去郡，墓前自誓不復仕。朝廷以其誓苦，不復徵也。」〔二〕

【箋疏】

〔一〕程炎震云：「晉書八十羲之傳用中興書，不取此文。蓋『以陵辱之』云，太不近情也。」

〔二〕金樓子立言篇下云：「王懷祖之在會稽居喪，每聞角聲即灑掃，爲逸少之弔也。如此累年，逸少不至。及爲揚州，稱逸少罪。逸少於墓所自誓，不復仕焉。余以爲懷祖爲得，逸少爲失也。懷祖地不賤於逸少，頗有儒術，逸少直虛勝耳。才既不足，以爲高物，而長其狠傲，隱不違親，貞不絕俗，生不能養，死方肥遯。能書，何足道也！若然，魏勰之善畫，綏明之善棊，皆可凌物者也。懷祖構怨，宜哉！主父偃之心，蘇季子之帛，自於懷祖見之。」程炎震云：「御覽四十七引孔華會稽記曰：『諸暨縣北界有羅山，越時西施、鄭旦所居，所在有方石，是西施曬紗處，今名紵羅山。王羲之墓在山足，有石碑，孫興公爲文，王子敬所書也。』」

6 王東亭與孝伯語，後漸異。孝伯謂東亭曰：「卿便不可復測！」答曰：「王陵廷爭，陳平從默，但問克終云何耳。」漢書曰：「呂后欲王諸呂，問右相王陵，以爲不可。問左丞相陳平，平曰：『可。』陵出讓平，平曰：『面折廷爭，臣不如君；全社稷，定劉氏，君不如臣。』」晉安帝紀曰：「初，王恭赴山陵，欲斬國寶。王珣固諫之，乃止。既而恭謂珣曰：『此日視君，一似胡廣。』珣曰：『王陵廷爭，陳平從默，但問克終如何也。』」

7 王孝伯死，縣其首於大桁。司馬太傅命駕出至標所，孰視首，曰：「卿何故趣，欲殺我邪？」續晉陽秋曰：「王恭深懼禍難，抗表起兵。於是遣左將軍謝琰討恭，恭敗，走曲阿，爲湖浦尉所擒。初，道子與恭善，欲載出都，面相折數。聞西軍之逼，乃令於兒塘斬之，〔一〕梟首於東桁也。」

【箋疏】

〔一〕李慈銘云：「案兒，古倪字，晉書作倪塘。」

8 桓玄將篡，桓脩欲因玄在脩母許襲之。庾夫人云：「汝等近，過我餘年，我養之，不忍見行此事。」桓氏譜曰：「桓沖後娶潁川庾蔑女，〔一〕字姚。」晉安帝紀曰：「脩少爲玄所侮，言論常鄙之，脩深憾焉，密有圖玄之意。脩母曰：『靈寶視我如母，汝等何忍骨肉相圖！』脩乃止。」

【箋疏】

〔一〕李慈銘云：「案庾蔑爲明穆皇后伯父袞之子。袞見晉書孝友傳。蔑官至侍中。」

世説新語序目

晉人樂曠多奇情，故其言語文章別是一色，世説可覩已。説爲晉作，及于漢、魏者，其餘耳。雖典雅不如左氏國語，馳鶩不如諸國策，而清微簡遠，居然玄勝。槩舉如衛虎渡江，安石教兒，機鋒似沈滑稽，又冷類入人夢思，有味有情，嚥之愈多，嚼之不見。蓋于時諸公剸以一言半句爲終身之目，未若後來人士俛焉下筆，始定名價。臨川善述，更自高簡有法。反正之評，戾實之載，豈不或有？亦當頌之，使與諸書並行也。晚後淺俗，奈解人正不可得。嗚呼！人言江左清談遺事，槩槩一老出其游戲餘力，尚足辦此百萬之敵，玆非談之宗歟？抑吾取其文，而非論其人也。丙戌長夏，病思無聊，因手校家本精剗。其長註，間疏其滯義。明年以授梓，迺五月既望梓成。耘廬劉應登自書其端，是爲序。

嘗攷載記所述晉人話言，簡約玄澹，爾雅有韻。世言江左善清談，今閱新語，信乎其言之也。臨川撰爲此書，採掇綜敍，明暢不繁；孝標所注，能收錄諸家小史分釋其義。詁訓之賞，見於高似孫緯略。余家藏宋本，是放翁校刊本。謝湖躬耕之暇，手披心寄，自謂可觀。爰付梓人，傳之同好。因歎昔人論司馬氏之祚亡於清談，斯言也無乃過甚矣乎？竹林之儔，希慕沂樂；蘭亭之集，咏歌堯風；陶荊州之勤敏，謝東山之恬鎮；解莊易，則輔嗣平叔擅其宗；析梵言，則道林法深領其乘。或詞冷而趣遠，或事瑣而意奧，風旨各殊，人有興託。王茂弘、祖士雅之流，才通氣峻，心翼王室，又斑斑載諸册簡。是可非之者哉？詩不云乎，「濟濟多士，文王以寧」。余以瑯琊王之渡江，諸賢弘贊之力爲多，非强說也。夫諸晤言，率遇藻裁，遂爲終身品目，故類以標格相高。玄虛成習，一時雅尚，有東京廚俊之流風焉。然曠達拓落，濫觴莫拯，取譏世教，撫卷惜之。此於諸賢，不無遺憾焉耳矣。刻成，序之。嘉靖乙未歲立秋日也。吴郡袁褧撰。

世說舊題一首舊跋二首

宋臨川王義慶采擷漢、晉以來佳事佳話爲世說新語，極爲精絕，而猶未爲奇也。梁劉孝標注此書，引援詳確，有不言之妙。如引漢、魏、吳諸史及子傳地理之書皆不必言，只如晉氏一朝史及晉諸公列傳譜録文章，凡一百六十六家，皆出於正史之外。記載特詳，聞見未接，寔爲注書之法。右見高氏緯略。

右世說三十六篇，世所傳釐爲十卷。或作四十五篇，而末卷但重出前九卷中所載。余家舊藏，蓋得之王原叔家。後得晏元獻公手自校本，盡去重復，其注亦小加翦截，最爲善本。晉人雅尚清談，唐初史臣修書，率意竄定，多非舊語，尚賴此書以傳後世。然字有譌舛，語有難解，以它書證之，閒有可是正處，而注亦比晏本時爲增損。至於所疑，則不敢妄下雌黄，姑亦傳疑，以竢通博。紹興八年夏四月癸亥，廣川董弅題。

郡中舊有南史劉賓客集版，皆廢于火，世說亦不復在。游到官，始重刻之，以存故事。世說最後成，因併識于卷末。淳熙戊申重五日，新定郡守笠澤陸游書。

國家圖書館出版品預行編目資料

世說新語箋疏（全二冊）

余嘉錫著，周祖謨、余淑宜整理. – 初版. – 臺北市：臺灣學生，2017.10
冊；公分

ISBN 978-957-15-1746-9 (全套：平裝)

1. 世說新語 2. 注釋

857.1351 106018090

世說新語箋疏（全二冊）

著作者 余嘉錫
整理者 周祖謨、余淑宜
出版者 臺灣學生書局有限公司
發行人 楊雲龍
發行所 臺灣學生書局有限公司
地址 臺北市和平東路一段 75 巷 11 號
劃撥帳號 00024668
電話 (02)23928185
傳真 (02)23928105
E-mail student.book@msa.hinet.net
網址 http：//www.studentbook.com.tw
登記證字號 行政院新聞局局版北市業字第玖捌壹號
定價 新臺幣六五〇元
出版日期 二〇一七年十月初版
ISBN 978-957-15-1746-9

85734

目　次

《世説新語》常見人名異稱表

爲便於讀者了解本書中的人名異稱，特列此表，所收人名以書中常見並出現二次以上者爲准。

三畫　山

山濤字巨源，又稱山司徒、山少傅、山公、康侯。

山簡字季倫，又稱山公。

四畫　卞 王 支 孔

卞壼字望之，又稱卞令。

卞範之字敬祖，又稱卞範、卞鞠。

王乂字叔元，又稱王平北。

王戎字濬沖，又稱阿戎、安豐、王安豐、安豐侯。

王忱字元達，又稱王大、阿大、佛大、王佛大、建武、王建武、王荆州、王吏部。

王承字安期，又稱東海、王東海、王參軍。

王劭字敬倫，又稱大奴。

王含字處弘，又稱王光禄。

王坦之字文度，又稱中郎、王中郎、王北中郎、安北。

王述字懷祖，又稱藍田、藍田侯、王藍田、宛陵、王掾。

王胡之字脩齡，又稱阿齡、王長史、司州、王司州。

王衍字夷甫，又稱太尉、王太尉。

王恬字敬豫，又稱阿螭、螭虎、王螭。

王昶字文舒，又稱穆侯、司空。

王洽字敬和，又稱領軍、王領軍、王車騎。

王珉字季琰，又稱王彌、僧彌、王僧彌、小令。

王脩字敬仁，又稱苟子、王苟子、王脩之。

王爽字季明，又稱王睹。

王珣字元琳，又稱阿瓜、法護、東亭、王東亭、東亭侯、短主簿。

王悅字長豫，又稱大郎。

王敦字處仲，又稱阿黑、大將軍、王大將軍。

王舒字處明，又稱王中郎、彭澤侯。

王恭字孝伯，又稱王甯、阿甯、王丞。

王彪之字叔虎，又稱虎犢、王白鬚。

王湛字處沖，又稱王汝南。

王渾字玄沖，又稱王司徒、王侯。

王廙字世將，又稱平南。

王澄字平子，又稱阿平。

王導字茂弘，又稱阿龍、丞相、王丞相、仲父、司空、王公。

王濛字仲祖，又稱長史、王長史、阿奴、王掾。

王徽字幼仁，又稱荆產、王荆產。

王徽之字子猷，又稱王黃門。

王羲之字逸少，又稱右軍、王右軍、臨川。

王凝之字叔平，又稱王江州、王郎。

王臨之字仲產，又稱阿林、阿臨、東陽。

王薈字敬文，又稱小奴、王小奴、王衞軍。

王謐字雅遠，又稱武岡、王武岡、武岡侯。

王蘊字叔仁，又稱阿興、光祿、王光祿。

王獻之字子敬，又稱阿敬、王令。

支遁字道林，又稱支氏、支公、林公、林道人、林法師。

孔坦字君平，又稱廷尉、孔廷尉。

孔愉字敬康，又稱孔郎、車騎、孔車騎、餘不亭侯。

孔羣字敬休，又稱中丞。

孔巖字彭祖，又稱孔西陽、西陽侯。

五畫　石　司

石勒字世龍，又稱明皇帝。

司馬懿字仲達，又稱宣文侯、宣王、太傅、司馬宣王、晉宣王、晉宣帝、高祖。

司馬師字子元，又稱大將軍、景王、晉景王、晉景帝。

司馬昭字子上，又稱大將軍、晉王、晉文王、司馬文王、文皇帝、晉文帝、太祖。

司馬炎字安宇，又稱晉王、晉武帝、世祖。

司馬叡字景文，又稱琅邪王、晉王、元皇、元皇帝、晉元帝、中宗。

司馬衍字世根，又稱晉成帝、顯宗。

司馬紹字道畿，又稱晉明帝、肅祖。

司馬奕字延齡，又稱晉海西公、晉廢帝。

司馬昱字道萬，又稱會稽、撫軍、撫軍大將軍、相王、晉簡文帝、太宗。

司馬曜字昌明，又稱孝武皇帝、晉孝武帝、烈宗。

司馬乂字士度，又稱長沙王。

司馬丞字元敬，又稱譙王、司馬愍王、愍王。

司馬攸字大猷，又稱齊王、齊獻王。

司馬冏字景治，又稱齊王。

司馬倫字子彝，又稱趙王。

司馬穎字叔度，又稱成都王。

司馬道子，又稱會稽王、司馬太傅、文孝王、司馬文孝王。

司馬越字元超，又稱太傅、司馬太傅、東海王。

司馬晞字道升，又稱武陵王、太宰。

六畫　江　羊

江彪字思玄，又稱江郎、江君、江僕射。

羊孚字子道，又稱羊侯。

羊忱字長和，又稱羊陶。

羊祜字叔子，又稱羊公、羊太傅。

七畫　沈 李 車 阮 杜 何

沈充字士居，又稱沈令。

李重字茂曾，又稱平陽、李平陽。

李秉字玄胄，又稱秦州。

李膺字元禮，又稱李府君。

車胤字武子，又稱車公。

阮裕字思曠，又稱阮主簿、阮光祿、阮公。

阮籍字嗣宗，又稱步兵、阮步兵、阮公。

杜育字方叔，又稱神童、杜聖。

杜預字元凱，又稱當陽侯。

何充字次道，又稱何揚州、驃騎、何驃騎。

何晏字平叔，又稱阿平、何尚書。

八畫　邴 孟 和 竺 周

邴原字根矩，又稱邴君。

孟嘉字萬年，又稱孟從事。

和嶠字長輿，又稱和公。

竺法深，又稱竺道潛、深公、法師。

周顗字伯仁，又稱周僕射、周侯。

九畫　范

范甯字武子，又稱范豫章。

十畫　高 祖 袁 荀 桓 郝 孫 殷 郗

高坐道人，又稱尸黎密、帛尸黎密。

高崧字茂琰，又稱阿酃、高靈、高侍中。

祖逖字士穉，又稱祖車騎、祖生。

袁宏字彦伯，又稱袁虎、袁生、袁參軍。

荀彧字文若，又稱敬侯。

荀淑字季和，又稱荀君、荀朗陵。

荀爽字慈明，又稱荀諝。

荀羨字令則，又稱荀中郎。

荀勖字公曾，又稱荀濟北。

荀靖字叔慈，又稱玄行先生。

荀顗字景倩，又稱荀侍中、臨淮公。

桓玄字敬道，又稱靈寶、南郡、桓南郡、南郡公、桓義興、桓公。

桓伊字叔夏，又稱子野、桓子野、桓尹、桓護軍。

桓沖字玄叔，又稱車騎、桓車騎、桓公。

桓温字元子，又稱桓宣城、桓宣武、宣武、宣武侯、宣武公、桓荆州、桓大司馬、大將軍、桓公。

桓嗣字恭祖，又稱豹奴、桓豹奴。

桓彝字茂倫，又稱桓常侍、桓廷尉。

桓豁字朗子，又稱征西、桓征西。

郝隆字佐治，又稱郝參軍。

孫休字子烈，又稱琅邪王、景皇帝、吴景帝。

孫秀字俊忠，又稱孫令。

孫皓字元宗，又稱孫彭祖、歸命侯。

孫盛字安國，又稱監君、孫監。

孫策字伯符，又稱孫郎、長沙桓王。

孫綽字興公，又稱孫長樂。

孫權字仲謀，又稱大皇帝、吴大帝。

殷仲堪，又稱殷荆州、殷侯。

殷浩字淵源，又稱阿源、殷揚州、殷中軍、殷侯。

殷羨字洪喬，又稱殷豫章。

殷融字洪遠，又稱太常、殷太常。

殷覬字伯道，又稱阿巢。

郗恢字道胤，又稱阿乞、郗雍州、郗尚書。

郗超字嘉賓，又稱景興、郗郎、髯參軍。

郗愔字方回，又稱司空、郗司空、郗公。

郗曇字重熙，又稱中郎。

郗鑒字道徽，又稱郗太尉、郗太傅、郗司空、郗公。

十一畫　許 郭 曹 陸 張 陳 習 陶

許詢字玄度，又稱阿訥、許掾。

許璪字思文，又稱許侍中。

郭泰字林宗，又稱郭太、郭有道。

郭槐，又稱郭玉璜、郭氏、廣宣君。

曹操字孟德，又稱阿瞞、曹公、武王、魏王、魏武帝、太祖、魏太祖。

曹丕字子桓，又稱五官將、魏文帝。

曹叡字太沖，又稱魏明帝。

曹植字子建，又稱東阿王、鄄城侯、陳思王。

曹髦字彥士，又稱高貴鄉公。

陸玩字士瑤，又稱陸太尉。

陸遜字伯言，又稱神君。

陸機字士衡，又稱陸平原。

張天錫字純嘏，又稱歸義侯。

張玄之字祖希，又稱張玄、張冠軍、張吳興。

張昭字子布，又稱張輔吳。

張湛字處度，又稱張驎。

張華字茂先，又稱張公。

張翰字季鷹，又稱江東步兵。

張憑字長宗，又稱張孝廉。

陳寔字仲弓，又稱太丘、陳太丘。

陳逵字林道，又稱廣陵公。

陳羣字長文，又稱司空。

習鑿齒字彥威，又稱習參軍。

陶侃字士衡，又稱陶士行、陶公、長沙郡公、桓公。

陶範字道則，又稱胡奴、陶胡奴。

十二畫　庾 温 賀 傅 嵇

庾友字惠彥，又稱弘之、玉臺、庾玉臺。

庾冰字季堅，又稱庾吴郡、庾司空、庾公。

庾亮字元規，又稱庾公、太尉、庾太尉、文康、庾文康。

庾爰之字仲真，又稱園客、庾園客。

庾琮字子躬，又稱庾公。

庾倩字少彥，又稱庾倪。

庾統字長仁，又稱庾赤玉。

庾敳字子嵩，又稱中郎、庾中郎。

庾會字會宗，又稱阿恭。

庾羲字叔和，又稱道恩。

庾翼字穉恭，又稱小庾、庾郎、庾征西、庾小征西。

温嶠字太真，又稱温司馬、温忠武、温公。

賀邵字興伯，又稱賀太傅。

賀循字彥先，又稱司空、賀司空、賀生。

傅瑗字叔玉，又稱傅約。

嵇康字叔夜，又稱嵇中散、嵇生、嵇公。

嵇紹字延祖，又稱嵇侍中。

十三畫　賈

賈充字公閭，又稱魯郡公。

十四畫　褚 裴

褚裒字季野，又稱褚太傅、褚公。

裴秀字季彥，又稱鉅鹿公、元公。

裴啟字榮期，又稱裴郎。

裴楷字叔則，又稱裴令公。

裴頠字逸民，又稱裴僕射、成公、裴成公、裴令。

裴徽字文季，又稱裴冀州、裴使君。

裴遐字叔道，又稱裴散騎。

十五畫　諸 鄧 蔡 樂 劉

諸葛亮字孔明，又稱伏龍、武侯。

諸葛恢字道明，又稱葛令、諸葛令。

鄧遐字應玄，又稱鄧竟陵。

鄧颺字玄茂，又稱鄧尚書。

蔡洪字叔開，又稱秀才。

蔡謨字道明，又稱蔡司徒、蔡公。

樂廣字彥輔，又稱樂令、樂君。

劉表字景升，又稱劉牧、劉鎮南。

劉昶字公榮，又稱劉公。

劉惔字真長，又稱劉尹、劉丹陽。

劉琨字越石，又稱劉司空、廣武侯。

劉準字君平，又稱劉河內。

劉瑾字仲璋，又稱劉太常。

劉毅字仲雄，又稱劉功曹。

劉驎之字子驥，又稱劉遺民、劉長史。

十六畫　衞

衞玠字叔寶，又稱衞虎、衞君、衞洗馬。

衞瓘字伯玉，又稱太保。

十七畫　謝 韓 戴 鍾

謝玄字幼度,又稱謝遏、謝孝、車騎、謝車騎、謝左軍。

謝安字安石,又稱太傅、謝太傅、謝相、謝家安、僕射、謝公、文靖。

謝尚字仁祖,又稱堅石、鎮西、謝鎮西、謝郎、謝掾。

謝奉字弘道,又稱安南、謝安南。

謝奕字無奕,又稱晉陵、安西、謝安西。

謝琰字瑗度,又稱末婢、望蔡、謝望蔡。

謝萬字萬石,又稱阿萬、謝中郎、關內侯。

謝敷字慶緒,又稱謝居士。

謝據字玄道,又稱虎子、謝虎子、中郎。

謝裒字幼儒,又稱謝尚書。

謝朗字長度,又稱胡兒、謝胡、謝胡兒、東陽。

謝混字叔源,又稱益壽、謝益壽。

謝道蘊,又稱王凝之妻、謝夫人、王江州夫人。

謝韶字穆度,又稱謝封。

謝淵字叔度,又稱謝末。

謝鯤字幼輿,又稱謝豫章。

韓伯字康伯,又稱韓豫章、韓太常。

戴逵字安道,又稱戴公。

戴儼,又稱戴淵、戴若思。

鍾毓字穉叔,又稱鍾君。

十八畫　魏

魏舒字陽元,又稱遲鈍。

十九畫　龐

龐統字士元,又稱鳳雛、龐公。

二十畫　釋

釋惠遠,又稱釋慧遠、遠公、遠法師。

二十一畫　顧

顧和字君孝，又稱顧司空、顧公。

顧邵字孝則，又稱顧子。

顧雍字元歎，又稱陽遂鄉侯、顧侯。

顧榮字彥先，又稱顧驃騎、元公。

《世説新語》人名索引

凡　例

一、本索引收録《世説新語》正文及劉注中的所有人名。

二、本索引以姓名或常用稱謂爲主目，其他稱謂如字、小名、綽號、官名、爵名等附注於後，並列爲參見條目。

三、凡原書姓名記載有錯誤者，一律改正，並作注説明之。爲便於讀者查索，特將原錯誤姓名列爲參見條目，但不作爲主目後的異稱。

四、凡同姓名人物，在姓名後注明其特徵，以示區別。

五、人名下的數碼，表示該人在本書中所見的篇次及條數。例如:

山簡(季倫、山季倫、山公)
8/29*

表示山簡見於《世説新語》第八篇(賞譽)第 29 條。

六、凡劉注有小傳者，綴以 * 號，並排列在最前面，以供讀者參考。

七、本索引以四角號碼排列，後附《筆畫與四角號碼對照表》，以便讀者用不同方法查檢。

0010_4 童

28童僋
1/47
50童秦姬(吴堅妻)
1/47

0021_1 龐

20龐統 (士元、龐士元、鳳雛、龐公)
2/9*
2/72
9/2
9/3
40龐士元　見龐統
80龐公　見龐統

0021_2 庖

10庖丁
25/53

0021_7 廬

17廬君　見廬俗
28廬俗(君孝、廬君、鄡陽男、大明公、匡俗先生)
10/24*
74廬陵長公主 (司馬南弟、劉恢妻)
25/36

0022_2 彥

0022_3 齊

0022_7 市

席

育

方

高

商

0023_0 卞

27卞向
8/50
40卞太后　見武宣卞皇后
卞壼（望之、卞望之、卞令）
8/54*
2/48
8/50
9/24
14/23
23/27
24/7
27/8
47卞鞠　見卞範之
48卞敬侯
19/4
72卞后　見武宣卞皇后
卞氏　見卞和
74卞隨
25/7
80卞令　見卞壼
88卞範之（敬祖、卞範、卞鞠）
22/6*
2/106
17/19
19/27
19/32
90卞粹
8/54

0023_1 應

00應玄　見鄧遐
11應璩
36/4
14應劭
25/48
27應詹（思遠、應鎮南）
36/4*
84應鎮南　見應詹

0023_2 康

26康伯　見韓伯
27康侯　見山濤
28康僧淵
4/47
18/11
25/20
34康法暢
4/30①
53康成　見鄭玄
64康時　見周鎮

0023_7 庾

00庾亮（元規、庾元規、庾公、太尉、庾太尉、文康、庾文康）
1/31*
2/30
2/41
2/49
2/50
2/52
2/53
2/79
3/22
4/22
4/75
4/77
4/79
5/25
5/35
5/36
5/37
5/41
5/45
5/48
6/13
6/17
6/18
6/23
7/11
7/16
8/33
8/35
8/38
8/41
8/42
8/48
8/54
8/63
8/65
8/68
8/69
8/72
8/79
8/107
9/15
9/17
9/22
9/23
9/70
10/17
10/19
13/7
14/23
14/24

① 原作“庾法暢”，箋疏據《高僧傳・康僧淵傳》考定，當作康法暢。今據改。

① 原作“庾義”當是庾羲之譌，«世說人名譜·鄢陵庾氏譜»亦作庾羲。

37文通　見楊濟
44文若　見荀彧
50文惠君　見梁惠王
64文時　見劉爽
67文昭甄皇后(甄氏、甄夫人、甄后)
2/10
2/13
35/1
77文開　見王訥
文舉　見孔融
80文公　見晉文公
87文舒　見王昶

0040_1 辛

24辛佐治　見辛毗
60辛昺
1/45
61辛毗（佐治、辛佐治）
5/5*

0043_0 奕

32奕遜
26/4

0050_3 牽

20牽秀
33/3

0063_1 譙

10譙王　見司馬丞
譙王　見司馬無忌

0073_2 玄

00玄度　見許詢
玄度　見伏滔
10玄平　見范汪
21玄行先生　見荀靖
24玄德　見劉備
26玄伯　見陳泰
27玄叔　見桓玄
35玄沖　見王渾
38玄道　見謝據
44玄茂　見鄧颺
50玄胄　見李秉
67玄明　見劉聰

哀

05哀靖王皇后(王穆之)
5/65
25哀仲
26/33

0090_6 京

30京房(君明)
10/2*
20/8

0128_6 顏

17顏子　見顏回
32顏淵　見顏回
60顏回（顏淵、子淵、顏子）
30/10*
1/2
2/46
8/9
8/20
9/50
9/51
17/18
31/4
67顏歜
2/72
72顏氏(王渾後妻)
33/2

0180_1 龔

79龔勝
4/91

0212_7 端

40端木賜(子貢)
30/10*
2/9
2/72
2/105
4/9
4/55

0292_1 新

44新蔡王　見司馬晃
76新陽侯　見陰就

0460_0 謝

00謝慶緒　見謝敷
謝奕（無奕、謝無奕、晉陵、安西、謝安西）
1/33*
1/34
2/71
2/78
4/41
9/59
19/26
24/8
31/5
33/14
謝玄（幼度、謝遏、謝孝、車騎、謝車騎、謝左軍）
2/78*
1/40

① 原作謝歆，箋疏考定當是謝韶之誤，今從之。

① 此處原文爲“一門叔父，則有阿大中郎”。據考證此“阿大”爲謝尚，“中郎”當指“謝據”(詳見拙文“阿大中郎考”，«文史»第五輯)。汪藻«世説人名譜・陳國陽夏謝氏譜»亦云據“小字虎子，號中郎”。

0466_0 諸

① 參見前注。

② 原作"諸葛厷",箋疏云厷當作宏。今從之。

① 原作許珣，當是許詢之誤，今改正。

13/11
11許裴(季顯)
6/16
14許劭(子將、許子將)
8/3*
7/1
9/2
9/6①
16許璪（思文、許思文、許侍中)
6/16*
25/20②
17許珣　見許詢
許琛　見許璪
許子政　見許虔
許子將　見許劭
21許虔(子政)
8/3*
23許允(士宗)
19/6*
3/11
5/6
8/139
19/7
19/8
許允妻　見阮氏
24許豔(子良)
6/16*
許侍中　見許璪
26許皇后　見孝成許皇后
27許叔重　見許慎
28許徵
17/6
30許永(思妣)
3/11
40許奇(子太)
19/8*
47許猛(子豹)
19/8*
3/11
許柳(季祖)
3/11*
許柳妻
3/11
50許由(武仲)
2/1*
2/9
2/18
2/50
2/69
18/13
25/6
25/7
25/28
25/53
57許掾　見許詢
60許思文　見許璪
94許慎(許叔重)
1/11
24/4

1010_1 正

10正平　見禰衡
21正熊　見崔豹
27正叔　見潘尼

1010_4 王

00王主簿　見王楨之
王應(安期)
7/15*
8/49
8/67
8/96
13/1
王褒
4/85
王廙(世將、平南)
36/3*
2/6
2/62
2/81
5/39
8/122
26/32③
36/4
王廞(伯輿、王伯輿)
23/54*
34/7
王廣(公淵、王公淵)
19/9*
4/5
王廣妻　見諸葛氏
王文度　見王坦之
王文開　見王訥
王玄(眉子、王眉子)
7/12*

① 原作“許章”，箋疏云“章字誤，當作劭”。今從之。

② 原作“許文思”，劉注云“許琛已見”。《世説》一書中未有名許琛者，此云“許琛已見”之“許琛”，當爲“許璪”之誤。許璪見《世説・雅量篇》(6/16)，劉注於該處云“字思文”，《世説人名譜》亦云“許璪字思文，侍中”。故此許文思當爲許思文之誤。劉注所云許琛，亦爲許璪之誤，今均改正。

③ 原作王翼，箋疏云“翼當據《晉書》作廙”。今從之。

① 原作"王儀伯",據《後漢書》卷六十七王璋字伯儀，此作儀伯當爲伯儀之倒誤，今乙正。

① 原作"王佐",箋疏引吴士鑑《晉書斠注》"謂佐爲佑之譌"。今從之。
② 原作"王祐",箋疏云祐當作佑。今改正。

①② 原作"王微"，箋疏以爲"作徽者是"，今從之。

③ 原作"僧彌"，據箋疏考定，此僧彌當是王僧珍之誤，今從之。

① 原作"王倫",箋疏云倫當作淪。今從之。

① 原作"王禎之",箋疏云禎當作楨,字思道當從木。今從之。

① 劉注作"王簮",據宋本、沈本當作"王薈",今改正。

① 原作"王礦"，箋疏云"礦當作曠，《晉書》作曠，各本皆誤"。今從之。

① 原作“王中郎”，箋疏云“坦之卒於寧康三年，天錫以涸水來降，不及見矣。此王中郎蓋别是一人”。據《晉書·王舒傳》，王舒此時“除北中郎將、監青徐二州軍事”，故此“王中郎”，實指王舒。

1010_7 五

1010_8 巫

靈

1020_0 丁

1021_1 元

1021_4 霍

1022_7 丙

1023_0 下

1024_7 夏

1030_7 零

1040_0 干

于

1040_9 平

1043_0 天

1060_0 石

西

百

1060_1 晉

① 箋疏以爲此“元帝”當作“成帝”爲是。
② 箋疏云此“武帝”當作“成帝”。

① 原文作“晉元帝”，當是晉成帝事。

② 原文作“晉武帝”，箋疏以爲當是晉成帝事。

1060_3 雷

1142_7 孺

1173_2 裴

① 原作“裴緯”，箋疏云“緯當作綽”，是，今從之。

延

1241_0 孔

1249_3 孫

① 原作"孫統",箋疏云此統字當作統,今從之。

② 原文作"孫琳",據《三國志·吴書》當作孫綝。

① 原作"文皇帝",箋疏云"文皇帝當作大皇帝,謂孫權也",今從之。

武周(伯南)
25/3*
8/14
8/22
91武悼楊皇后(楊悼后)
8/36

1412_7 功

00功高　見陸邁

1540_0 建

13建武　見王忱
30建寧　見賈寧

1613_2 環

30環濟
3/4
6/1
9/2
10/4
25/1

1710_7 孟

10孟玉　見周璆
孟元基
2/15
17孟玖
33/3
孟子
3/9
28孟從事　見孟嘉
孟馥
16/6
30孟宗
7/16
18/10
19/20
36孟昶(彥達)
16/5*
4/104
40孟嘉（萬年、孟萬年、孟從事）
7/16*
18/10
43孟博　見范滂
44孟萬年　見孟嘉
孟著　見顧顯
50孟本　見徐璆
51孟軻
2/72
56孟揖
7/16
71孟陋(少孤)
18/10*
76孟陽　見張載
77孟堅　見班固
孟母
4/68
88孟敏(叔達)
28/6*

1712_0 刁

00刁玄亮　見刁協
27刁約
17/15
44刁協(玄亮、刁玄亮)
5/27*
5/23
8/54

1712_7 郢

43郢城侯　見曹植

鄧

00鄧竟陵　見鄧遐
鄧玄茂　見鄧颺
20鄧禹
2/72
7/3
22鄧僕射　見鄧攸
鄧綏
1/28
26鄧伯道　見鄧攸
27鄧粲
1/28
2/33
2/37
2/40
4/19
5/26
5/39
6/9
7/7
7/14
8/17
8/47
8/54
9/14
9/17
10/11
12/2
18/8
23/6
23/9
23/25
24/6
32/1
33/4
33/8
28鄧攸(伯道、鄧伯道)
1/28*
5/25
8/34
8/140

9/18
35鄧遺民
1/28
37鄧遐(應玄、鄧竟陵)
28/6*
44鄧艾（士載、士則、鄧範）
2/17
21/4
71鄧騭
4/1
72鄧岳
28/6
76鄧颺（玄茂、鄧玄茂、鄧尚書）
7/3*
2/72
8/23
10/6
80鄧公
25/7
88鄧範 見鄧艾
90鄧尚書 見鄧颺

1721$_4$ 翟

00翟方進
18/9
36翟湯(道淵、翟道淵)
18/9*
33/10
38翟道淵 見翟湯

1722$_7$ 邴

17邴君 見邴原
47邴根矩 見邴原
71邴原（根矩、邴根矩、邴君）
8/4*
1/10
1/11
2/72

酈

25酈生 見酈食其
30酈寄
7/15
80酈食其(酈生)
7/7

務

90務光
21/8
25/7

1723$_2$ 承

24承幼子 見承宮
30承宮(承幼子)
2/72
38承祚 見陳壽
80承公 見孫統

豫

00豫章 見謝鯤

1732$_7$ 鄢

76鄢陽男 見盧俗

1734$_6$ 尋

76尋陽公主(王禕之妻)
9/64

1740$_7$ 子

00子産
2/65
子高 見蘇峻
子文
2/72
子文 見曹彰
子文 見鬬生
子玄 見郭象
子玄 見何澄
10子元 見晉景帝
子元 見朱博
子夏(卜商)
6/1
子貢 見端木賜
12子烈 見孫休
15子建 見曹植
18子瑜 見諸葛瑾
子政 見劉向
20子重 見王操之
21子上 見晉文帝
子上[楚令尹]
7/6
子仁 見李勢
22子嵩 見庾敳
23子臧 見司馬駿
27子豹 見許猛
子躬 見庾琮
子魚 見華歆
子彝 見司馬倫
子終 見陳仲子
子叔 見蔡系
28子微 見謝甄
子徽 見司馬彤
30子宣 見范宣
子房 見張良
子房 見郗璿
子家 見盧毓
子良 見許豔
32子淵 見顔回
37子通 見盧志
38子道 見羊孚
40子太 見許奇

1742_7 邢

1750_7 尹

1760_2 召

習

1760_7 君

1762_0 司

① 《晉書》本傳作“司馬承”。

司馬岳　見晉康帝
司馬駿（子臧、扶風王、扶風武王）
1/22*
司馬冏（景治、齊王）
5/17*
4/68
7/10
9/9
19/17
司馬愍王　見司馬丞
司馬無忌(公壽)
36/3*
7/27
36/4
司馬炎　見晉武帝
司馬恢之
2/31

2010_4 重

44重華　見舜
77重熙　見郗曇

2022_7 秀

40秀才　見蔡洪

喬

00喬玄(公祖)
7/1*

2025_2 舜

舜(虞)
2/1
2/22
2/53
2/72
3/16
3/26
5/30
5/31
8/62
25/2
25/25

2033_1 焦

26焦伯
5/8

2040_0 千

60千里　見阮瞻

2040_7 季

00季主
4/91
季彥　見裴秀
季方　見陳諶
季鷹　見張翰
01季龍　見石虎
10季夏　見武茂
季平子(季氏)
19/10
14季珪　見崔琰
17季子　見趙穆
19季琰　見王珉
22季胤　見王詡
26季和　見李喜
季和　見荀淑
28季倫　見山簡
季倫　見韓繪之
37季祖　見許柳
40季友　見傅亮
42季札
29/3
60季思　見太叔廣
61季顯　見許裴
67季明　見王爽
季明　見鍾皓
季野　見褚裒
70季雅　見褚陶
71季長　見馬融
72季氏　見季平子
77季堅　見庾冰

2042_7 禹

禹(大禹、夏禹)
2/9
2/22
2/70
3/16
5/4
26/19

2071_4 毛

00毛玄(伯成、毛伯成)
2/96*
26毛伯成　見毛玄
30毛安之(關中侯)
5/62
44毛萇(毛公)
4/3
4/52
25/58
80毛曾
14/3
毛公　見毛萇

2091_4 維

00維摩詰
4/35

2110_0 上

44上蔡君　見甄逸

2120_1 步

72步兵　見阮籍
77步闡
33/3

2121_0 仁

37仁祖　見謝尚

2121_1 征

10征西　見謝奕
征西　見桓豁

2121_7 伍

17伍君神
11/3
伍胥
25/7

虎

17虎子　見謝據
24虎犢　見王彪之
45虎犺　見王彭之

盧

00盧充
5/18
12盧珽(子笏)
5/18*
17盧子幹　見盧植
22盧循
1/47
16/6
40盧志(子通)
5/18*
33/3
44盧植(子幹)
4/1
5/18
47盧奴　見江敳
80盧毓(子家)
5/18*
87盧欽
7/4

2122_0 何

00何充（次道、何次道、何揚州、驃騎、何驃騎）
3/17*
2/54
3/18
3/22
5/28
5/41
7/19
8/59
8/60
8/67
8/130
9/26
9/27
17/9
18/5
25/22
25/51
26/13
36/4
10何平叔　見何晏
14何劭
35/2
22何僕射　見何澄
24何休
17/18
30何進
2/1
2/14
4/1
何準(幼道)
18/5*
25/51
何定
35/4
32何澄(子玄、何僕射)
31/7*
33何邃
27/9
34何法盛
5/23
5/52
37何次道　見何充
44何苗
2/14
56何揚州　見何充
60何晏（平叔、何平叔、阿平、何尚書）
2/14*
2/72
4/6
4/7
4/10
4/85
4/94
7/3
8/23
8/51
9/31
10/6
12/2
14/2
71何驃騎　見何充
80何夔
23/2
何曾(穎考)

23/2*
24/1
90何尚書 見何晏
94何恢
18/5

2122_7 衞

00衞康叔
25/62
07衞韶
29/6
12衞列
29/6
14衞瓘（伯玉、衞伯玉、太保）
7/8*
2/17
2/32
8/23
10/7
17衞承 見衞永
衞君 見衞玠
衞君長 見衞永
18衞玠（叔寶、衞虎、衞君、衞洗馬）
2/32*
4/14
4/18
4/20
4/94
7/8
8/45
8/51
9/42
14/14
14/16
14/19
17/6
21衞虎 見衞玠
26衞伯輿 見衞權
30衞永（君長、衞君長）
8/107*①
9/69
14/22
23/29
31衞江州 見衞展
34衞洗馬 見衞玠
44衞權（伯輿、衞伯輿）
4/68
77衞展（道舒、衞江州）
29/6*
91衞恆
2/32
21/3

2123_4 虞

11虞預
1/14
1/16
1/21
2/23
2/30
2/35
3/5
5/14
5/17
5/27
7/9
8/7
8/14
8/29
8/30
8/43
8/54
9/16
15/2
19/12
33/6
33/9
13虞球（和琳）
8/85*
17虞承賢
8/3
24虞偉
3/17
25虞純
34/7
27虞翻
9/13
30虞謇（道真）
3/17
31虞潭
9/13
34/7
40虞存（道長）
3/17*
8/85
25/48
44虞基
8/85
52虞授
8/85
64虞韙
19/5
虞韙妻 見趙姬
65虞嘯父
34/7*
71虞駿（思行）

① 原作"衞承"，據箋疏考定，承字誤，當作衞永。今從之。

9/13*
76虞陽
3/17
82虞龢
26/27

2124₁ 處

00處度　見張湛
12處弘　見王含
20處重　見王邃
25處仲　見王敦
35處沖　見王湛
63處默　見吳隱之
67處明　見王舒

2128₆ 顓

11顓頊(高陽氏)
1/6
12顓孫師
9/50

2140₆ 卓

00卓文君
9/80
10卓王孫
9/80
44卓茂
2/72

2171₀ 比

10比干
9/41

2172₇ 師

17師子　見殷師
47師歡
7/7
60師曠
5/59
25/53
師冕
2/60
77師丹
2/64

2198₆ 穎

44穎考　見何曾

2221₄ 任

00任育長　見任瞻
任讓
3/11*
30任安
25/25
43任城王　見曹彰
任城威王　見曹彰
47任嘏(昭光、任昭光)
2/72①
61任顒
3/12
67任昭先　見任嘏
任昭光　見任嘏
任瞻(育長、任育長)
34/4*
72任氏(王乂妻)
10/10
92任愷(元裒)
23/16*

崔

07崔諶
4/17
10崔正熊　見崔豹
12崔瑗
4/4
崔烈(威考、陽平亭侯)
4/4*
19崔琰(季珪、崔季珪)
14/1*
20崔季珪　見崔琰
23崔參
33/9
27崔豹(正熊)
2/28*
32崔州平
5/5
47崔杼
2/28
50崔春嫫(溫休、崔氏)
5/18
72崔氏　見崔春嫫
崔氏　見(溫嶠母)
33/9
74崔隨
9/46
90崔少府
5/18

2223₄ 僕

24僕射　見謝安

2277₀ 山

00山該(伯倫)
5/15*
17山司徒　見山濤
20山季倫　見山簡
34山濤（巨源、山司徒、

① 原作"任昭先"，據《後漢書》卷三十五《鄭玄傳》注，任嘏字昭光，非昭先。今據改。

2290_4 巢

樂

2294_7 緩

2300_0 卜

2321_0 允

2323_4 伏

---

① 原作博亮，箋疏疑博字當作傅，謂傅亮也，今從之。

② 原文云郗"超爲傅約亦辦百萬資"。劉注云"約，傅瓊小字"。箋疏疑瓊爲傅咸之曾孫，傅瑗之兄弟行，故得與郗超相識。今檢史籍，未有名傅瓊者。《宋書·傅亮傳》云："瑗，以學業知名，位至安成太守，瑗與郗超善。"《世說人名譜·北地傅氏譜》亦云："瑗，咸孫，字叔玉，小字約，位至安成太守。"由此可知，此傅約當爲傅瑗小字，劉注以爲傅瓊，實誤。

2421_1 先

佐

2423_1 德

2424_1 侍

2425_6 偉

2429_0 休

2472_7 幼

2490_0 糾

紂

2520_6 仲

2522_7 佛

2590_0 朱

1/14
60朱買臣
26/7
70朱辟
13/10
72朱氏 見朱夫人
77朱鳳
1/18
2/17
2/29
30/11
80朱公叔 見朱穆

2590_4 桀

桀
9/80
21/8

2591_7 純

47純嘏 見張天錫
純嘏 見劉粹

2600_0 白

47白起(武安君)
2/15

2610_4 皇

53皇甫謐(士安)
4/68*
2/1
2/8
4/73
13/9
皇甫嵩
4/68
皇甫叔獻
4/68
皇甫叔侯
4/68

2620_0 伯

00伯言 見陸遜
10伯玉 見衞瓘
21伯仁 見周顗
伯虎 見胡威
22伯鸞 見庾鴻
伯樂
1/31
26/24
28伯倫 見山該
伯倫 見劉伶
伯儀 見王瑋
30伯濟 見郭淮
38伯海 見孫騰
伯道 見鄧攸
伯道 見殷覬
伯道 見桓熙
40伯南 見武周
50伯夷
1/47
2/9
25/53
53伯成 見毛玄
伯成子高
2/9
61伯喈 見蔡邕
71伯牙(牙生)
17/11
76伯陽 見老子
77伯輿 見王廞
伯輿 見衞權
88伯符 見孫策

2622_7 帛

77帛尸黎密 見高坐道人

2623_4 臯

22臯繇
25/2
25/3
77臯陶(庭堅)
3/6
3/26
25/7

2641_3 魏

00魏帝 見曹芳
魏文帝(曹丕、子桓、五官將)
2/10*
2/11
2/13
4/66
5/2
5/3
5/4
5/8
17/1
19/4
21/1
33/1
35/1
08魏説
25/48
10魏王 見魏武帝
13魏武帝(曹操、阿瞞、曹公、武王、魏王、太祖、魏太祖)
27/1*
2/1
2/5
2/8
2/9

2/10
2/86
4/66
5/2
7/1
7/2
8/4
10/18
11/1
11/2
11/3
11/4
12/1
13/4
14/1
17/1
19/4
26/11
27/2
27/3
27/4
27/5
31/1
33/1
35/1
21魏衡
8/17
魏顗(長齊、魏長齊、長高)
25/48*①
8/85
22魏胤
25/48
36魏遢
8/112
37魏遲鈍　見魏舒
魏朗
9/1
40魏乂
36/3
魏太祖　見魏武帝
67魏明帝(曹叡、太沖)
2/13*
5/2
5/5
6/5
7/3
14/2
14/3
14/4
19/7
21/2
21/3
71魏長齊　見魏顗
72魏隱(安時)
8/112*
76魏陽元　見魏舒
87魏舒(陽元、魏陽元、遲鈍)
8/17*
23/41

2690₀ 和

14和琳　見虞球
22和嶠(長輿、和長輿、和公)
5/9*
1/17
3/5
5/11
5/12
5/14
5/27
8/15
9/16
17/5
20/4
23/16
29/1
31和逌
5/9
71和長輿　見和嶠
80和公　見和嶠

2692₂ 穆

00穆度　見謝韶
27穆侯　見王昶

2694₁ 釋

38釋道安(安公、安法師)
6/32*
4/54
4/61
8/114
50釋惠遠(釋慧遠、遠公、遠法師)
4/61*
4/64
10/24
55釋慧遠　見釋惠遠
60釋曇翼
4/61

2710₇ 盤

00盤庚

① 原作"長齊",箋疏云"長齊當作長高,草書相近之誤耳"。今從之。

① «晉書»本傳作"殷顗",本書26/17亦作殷顗,«世說人名譜·陳郡長平殷氏譜»及本書1/41、10/23皆作殷覬。

2725_2 解

2725_7 伊

2731_2 鮑

2733_6 魚

90魚豢
　4/23

2742_7 鄒

21鄒衍
　2/72
34鄒湛(潤甫、鄒潤甫)
　25/7*
37鄒潤甫　見鄒湛
40鄒奭
　2/72
76鄒陽
　9/80

2760_3 魯

00魯哀公
　8/8
　23/45
　31/4
17魯郡公　見賈充
25魯仲連
　2/72
35魯連
　2/72
67魯昭公
　19/10
80魯公伯禽
　25/62

2762_0 句

01句龍
　5/21
63句踐(越王)
　1/24
　26/2

2762_7 鄱

76鄱陽公主(王熙妻)
　6/42

2780_6 負

60負羈
　19/11

2791_7 紀

67紀瞻
　23/25

2792_2 繆

01繆襲(熙伯)
　2/13*

2793_2 綠

15綠珠
　36/1

2793_3 終

37終軍
　2/72
　25/7
47終嘏　見劉宏

2794_0 叔

00叔齊
　1/47
　2/9
　25/53
　叔夜　見嵇康
　叔度　見謝淵
　叔度　見司馬穎
　叔度　見黄憲
10叔玉　見傅瑗
　叔元　見王乂
　叔夏　見武歆
　叔夏　見桓伊
　叔平　見王凝之
12叔孫通
　2/72
21叔仁　見王蘊
　叔虎　見王彪之
22叔鸞　見戴良
26叔和　見庾羲
　叔和　見王熙
27叔向　見羊舌肸
30叔濟　見公孫度
　叔寶　見衛玠
31叔源　見謝混
32叔遜　見向悌
33叔治　見周謨
34叔達　見孟敏
38叔道　見裴遐
　叔道　見桓歆
40叔皮　見班彪
　叔真　見梅陶
62叔則　見裴楷
77叔開　見蔡洪
　叔譽　見羊舌肸
80叔慈　見荀靖
86叔智　見董艾

2795_1 穉

27穉叔　見鍾毓
44穉恭　見庾翼
87穉舒　見羊琇

2823_7 伶

28伶倫
　2/15

2824_7 復

10復豆

4/23

2826_6 僧

00僧意
4/57
11僧彌 見王珉
26僧伽提婆(提婆)
4/64*
38僧肇
4/50
47僧奴 見孫騰
60僧恩 見王禕之

2829_4 徐

00徐庶(元直、徐元直)
5/5
徐廣
1/42
2/59
2/79
3/15
5/29
5/42
5/48
5/62
6/40
8/72
8/78
8/82
8/94
9/36
14/23
25/47
10徐正
7/22
徐元直 見徐庶
11徐孺子 見徐穉
17徐孟本 見徐璆
徐璆(孟本)
8/3
24徐偉長 見徐幹
27徐穉(孺子、徐孺子)
1/1*
2/2
30徐寧(安期)
8/65*
48徐幹(偉長、徐偉長)
7/72
70徐防
2/72
72徐氏(吕安妻)
6/2

2835_1 鮮

26鮮卑婢(阮孚母)
23/15

3010_6 宣

00宣帝張夫人 見宣穆張皇后
宣文侯 見晉宣帝
13宣武 見桓温
宣武侯 見桓温
宣武公 見桓温
17宣子 見阮修
26宣穆張皇后(宣帝張夫人)
1/18
43宣城公 見司馬裒

3011_4 淮

40淮南王 見司馬允
淮南厲王 見劉長

3012_3 濟

77濟尼
19/30

3012_7 沛

80沛公 見漢高祖

3014_7 淳

10淳于髡
2/72

3021_2 宛

74宛陵 見王述

3022_7 肩

10肩吾
2/75
11肩頭 見苻堅

甯

13甯武子
7/8
43甯越
3/10
53甯戚
2/72
30/6

3023_2 永

00永言 見王訥之
71永長 見朱誕

3040_1 宰

23宰我
10/3

3040_4 安

10安西 見謝奕
11安北 見王坦之
21安仁 見潘岳

22安豐侯 見王戎
30安宇 見晉武帝
34安法師 見釋道安
38安道 見戴逵
40安南 見謝奉
安壽 見王彭之
47安期 見王應
安期 見王承
安期 見徐寧
安期先生
2/72
60安國 見孔安國
安國 見孫盛
安國 見李豐
安固 見高柔
64安時 見魏隱
72安丘 見戴逯
80安公 見釋道安

3071_4 它

21它仁 見羅友

3080_6 賓

11賓碩 見孫嵩
77賓卿 見閭丘沖

竇

13竇武
1/1
9/1

3090_1 宗

17宗承(世林、宗世林)
5/2*
宗子 見李廞
26宗伯 見羅企生
37宗資
5/2
44宗世林 見宗承

3090_4 宋

13宋武帝(高祖)
13/1
28/8
17宋子俊
8/13
34宋禕
9/21
67宋明帝
2/89
2/95
4/53
4/98
5/62
6/29
7/19
7/21
8/73
8/129
9/61
9/75
10/18
14/27
23/33
23/52

3111_0 江

00江應元 見江統
10江正
5/63
17江君 見江虨
20江統(江應元)
26/6
21江盧奴 見江敳
22江虨(思玄、江思玄、江郎、江君、江僕射)
5/42*
1/29
5/25
5/46
5/63
8/84
8/94
8/127①
9/56
10/18
26/14
27/10
江僕射 見江虨
27江彪 見江虨
28江敳(仲凱、盧奴、江盧奴)
5/63*
30江淳 見江惇
31江逌
8/84②
34江灌(道羣、江道羣)
8/84*
8/127
8/135
37江郎 見江虨
38江道 見江逌
江道羣 見江灌
44江革

① 原文作江鄘,沈本及本書他處皆作江虨。

② 原文作"江道",箋疏疑此"道"爲"逌"之誤。江逌《晉書》有傳,今據改。

2/72
50江夷(茂遠)
5/63*
江東步兵 見張翰
60江思玄 見江彪
江思悛 見江惇
90江惇(思悛、江思悛)
8/94*
8/127①

3112_0 河

76河陽主
19/3
77河間王 見司馬顒

3112_7 馮

00馮亭
2/15
24馮紞
9/32
40馮太常 見馮懷
44馮蓀(惠卿、馮惠卿)
8/22*
50馮惠卿 見馮蓀
52馮播(友聲)
8/22*
90馮懷(祖思、馮太常)
4/32*

3116_8 潛

35濬沖 見王戎

3122_7 禰

10禰正平 見禰衡
21禰衡(正平、禰正平)
2/8*
2/72
11/3

3128_6 顧

00顧彥先 見顧榮
顧敞
4/91
顧雍(元歎、陽遂鄉侯、顧侯)
6/1*
1/24
08顧説 見顧悦
10顧霸
4/91
14顧劭 見顧邵
17顧孟著 見顧顯
顧子 見顧邵
顧君齊 見顧夷
顧司空 見顧和
顧邵(孝則、顧劭、顧子)
6/1*
9/2
9/3
26顧和(君孝、顧司空、顧公)
2/33*
2/37
2/51
6/16
6/22
10/15
12/4
25/20
顧穆
1/24
27顧侯 見顧雍
30顧淳
6/16
顧家婦(張玄妹)
19/30
顧之
6/16
顧容
2/33
33顧治
6/16
46顧相
2/33
50顧夷(君齊、顧君齊)
4/91*
58顧敷(祖根)
12/4*
2/51
61顧顯(孟著、顧孟著)
5/29*
70顧辟彊
24/17*
71顧驃騎 見顧榮
顧長康 見顧愷之
76顧隗
6/16
77顧履
6/16
80顧公 見顧和
92顧愷之(長康、顧長康、顧凱之)
2/88*
2/57
2/85
2/95
4/67

① 原文作“江淳”，箋疏云“當據《晉書》作惇”。今從之。

4/98
6/3
8/10
8/21
8/37
21/7
21/9
21/11
21/12
21/13
21/14
25/56
25/59
25/61
26/26
98顧悅(君叔、顧説)
2/57*
2/88
99顧榮(彥先、顧彥先、顧驃騎、元公)
1/25*
2/29
2/33
5/29
6/16
7/10
8/19
8/20
17/7
19/19

3210_0 淵

00淵度 見祖廣
31淵源 見殷浩

3214_7 浮

60浮圖
4/23

3216_9 潘

00潘文德
36/1
30潘安仁 見潘岳
32潘滔(陽仲、潘陽仲)
7/6*
8/28
34潘滿
3/5
60潘最
3/5
72潘岳(安仁、潘安仁)
4/70*
2/107
3/5
4/71
4/84
4/85
4/89
8/139
14/7
14/9
36/1
潘岳母
36/1
76潘陽仲 見潘滔
77潘尼(正叔)
3/5*
7/6

3230_7 遥

20遥集 見阮孚

3390_4 梁

10梁王 見司馬肜
38梁祚
14/13
44梁孝王 見司馬肜
梁孝王 見劉武
48梁松
9/80
50梁惠王(文惠君)
25/53

3411_1 湛

72湛氏 (陶丹妻、陶侃母)
19/19
19/20

3411_2 沈

00沈充(士居、沈令)
10/16*
6/18
9/13
27沈約
4/47
9/12
80沈令 見沈充

3412_7 滿

30滿寵
2/20
40滿奮(武秋)
2/20*
9/9
9/46

3413_0 汏

34汏法師 見竺法汏

3413_1 法

21法虔
17/11*
法師 見竺法深

37法深　見竺法深
77法岡　見法岡道人
法岡道人(法岡)
4/64
79法勝
4/64

3413_4 漢

00漢高祖(沛公、漢王)
2/35
5/11
7/7
10/18
25/48
漢文帝
5/11
6/40
10/26
漢哀帝
4/23
10漢王　見漢高祖
漢靈帝
1/10
4/4
漢元帝
10/2
19/2
13漢武帝（孝武皇帝)
2/74
4/23
4/61
10/1
25/25
25/45
35/5
漢武帝乳母(大乳母、東武侯母)
10/1
21漢順帝
4/61
23漢獻帝
4/1
30漢宣帝
10/1
53漢成帝
2/64
4/23
19/3
21/1
60漢景帝
9/80
67漢明帝
4/23
6/41
78漢陰丈人
2/72
90漢光武帝
2/27
2/35

3418_1 洪

20洪喬　見殷羨
34洪遠　見殷融

3426_0 褚

00褚裒（季野、褚季野、褚太傅、褚公)
1/34*
2/54
4/25
6/18
7/16
7/24
8/66
8/70
25/25
26/7
26/9
36/4
07褚韶
7/24
20褚季野　見褚裒
24褚先生
8/19
25褚生　見褚陶
33褚治
1/34
40褚太傅　見褚裒
褚爽（茂弘、期生、褚期生)
7/24*
47褚期生　見褚爽
57褚翜
1/34
77褚陶(季雅、褚生)
8/19*
80褚公　見褚裒

3430_3 遠

34遠法師　見釋惠遠
80遠公　見釋惠遠

3510_6 沖

47沖嘏　見劉漠

3520_6 神

00神童　見杜育
17神君　見陸遜
55神農
2/72
18/1

26太保 見衛瓘
27太叔廣(季思)
4/73*
30太寧 見郭豫
太宰 見司馬晞
太宗 見晉簡文帝
35太沖 見王淪
太沖 見左思
37太祖 見魏武帝
太祖卞太后(卞太后)
33/1
太初 見夏侯玄
40太真 見溫嶠
72太丘 見陳寔
74太尉 見王衍
80太公
6/2
90太常 見殷融

4010_0 士

00士彥 見楊髦
士度 見司馬乂
士言 見祖納
10士元 見龐統
12士瑤 見陸玩
20士季 見吳展
士季 見鍾會
21士衡 見陸機
士衡 見陶侃
士貞子
5/35
26士伯
5/35
27士穉 見祖逖
30士安 見皇甫謐
士宗 見許允
40士吉射
10/23
43士載 見鄧艾
44士蔚 見袁豹
62士則 見鄧艾
90士少 見祖豹

4010_1 左

00左雍
4/68
40左太沖 見左思
60左思(太沖、左太沖)
4/68*
2/22
4/51
14/7
23/47

4010_8 壹

80壹公 見道壹道人

4020_7 麥

72麥丘人
2/72

4021_1 堯

堯(唐堯、堯帝)
2/1
2/9
2/18
3/16
3/26
5/30
5/31
8/62
18/13
21/10
25/1
25/2
25/6
25/25
00堯帝 見堯

4022_7 南

00南康長公主(桓溫妻)
19/21
17南郡 見桓玄
南郡公 見桓玄
27南鄉侯 見趙穆
77南風 見惠賈皇后

4040_7 友

47友聲 見馮播

支

00支度 見支愍度
32支遁(道林、支道林、支氏、支公、林公、林道人、林法師)
2/63*
1/30
2/45
2/75
2/76
2/87
3/18①
4/25
4/30
4/32
4/35
4/36
4/37

① 原作"林公",箋疏云"此林公必是深公之誤"。

①②③④ 原作"李康",箋疏云"李康當作李秉",今從之。

7/20
李雄
2/47
7/20
43李式(景則)
18/4*
李婉(淑文、李氏、李新婦、賈充前妻)
19/13*
19/14
44李荃(司馬攸妻、齊獻王妃)
19/13
19/14①
李慕
9/68
李勢(子仁)
7/20*
13/8
19/21
李勢妹(桓温妾)
19/21
李老君 見老子
54李軌(弘度、李弘度)
29/6*
18/6
61李晅
27/9
67李昭
5/8
70李驤
7/20
72李氏 見李婉
74李陵
25/25
76李陽(景祖)
10/8*
79李勝
7/3
80李義
14/4
李合 見李荃
李公府 見李廞
81李矩
2/80

4050_6 韋

02韋端
21/3
韋誕(仲將、韋仲將)
21/3*
5/62
25韋仲將 見韋誕
67韋昭
17/2

4060_0 右

37右軍 見王羲之

4073_2 袁

00袁彥伯 見袁宏
袁彥道 見袁耽
袁方平
25/60
袁府君 見袁山松
10袁王孫
9/81
袁瓌
2/90
14袁耽(彥道、袁彥道、袁生)
23/34*
4/99
23/37
31/4
20袁喬(彥升、袁羊、湘西伯)
2/90*
4/78
9/36
9/65
25/36
25/60
21袁虎 見袁宏
22袁山松(袁府君)
25/60*
1/45
23/43
23袁參軍 見袁宏
24袁侍中 見袁恪之
25袁生 見袁耽
袁生 見袁宏
27袁豹(士蔚)
4/99*
袁紹(本初、袁本初、袁公)
3/3
8/3
11/4
27/1
27/5
35/1
袁紹妻 見劉氏
28袁綸
9/81
30袁準(孝尼、袁孝尼)
4/67*
6/2

① 劉注作"李合",箋疏云"此合字蓋卽荃字之誤"。今從之。

①② 原作"袁奉高""袁閎"，箋疏云當作"袁閬"，據《後漢書》袁閬字奉高，袁閎字夏甫。

① 原作桓遐，箋疏云"宋本《世説》誤作遐，諸本並從之，莫有知其誤者矣，唐寫本作熙，不誤"。今從之。

4410$_4$ 董

4410$_7$ 藍

4411$_1$ 堪

4411$_2$ 范

苑

4421$_4$ 莊

4422_7 蕭

00蕭廣濟
1/14
37蕭祖周　見蕭輪
50蕭中郎　見蕭輪
58蕭輪（祖周、蕭祖周、蕭中郎）
8/75*
9/69

蘭

11蘭碩　見傅嘏

藺

46藺相如
9/68*
7/3

4424_0 苻

10苻丕（長樂公）
7/22①
25苻生
7/22
苻健
7/22
28/3
30苻宏
26/29
34苻洪
7/22
37苻朗（元達）
25/57*
苻郎　見苻堅
40苻雄
7/22
77苻堅（永固、苻郎、肩頭）
7/22*
2/94
2/99
4/64
4/104
6/35
6/37
16/5
18/8
25/57
26/29
33/16

4424_7 蔣

30蔣濟
2/12
9/2
33/7

4425_3 茂

10茂平　見王敞
12茂弘　見王導
茂弘　見褚爽
15茂建　見王雅
19茂琰　見高崧
21茂仁　見王愷
24茂先　見張華
26茂伯　見向雄
茂和　見王愉
28茂倫　見桓彝
34茂遠　見江夷
茂達　見諸葛宏
37茂祖　見桓胤
44茂英　見王穎
茂世　見畢卓
80茂曾　見李曾

4430_3 蘧

12蘧瑗
29/3

4433_1 燕

67燕昭王
26/2

4433_3 慕

30慕容晉　見慕容儁
慕容儁
6/32②
慕容俊　見慕容晉
慕容沖
25/57
慕容暐
11/6

4433_8 恭

00恭帝褚皇后
7/24
37恭祖　見桓嗣

---

① 苻丕及以下苻生、苻健、苻洪、苻朗、苻雄、苻堅之“苻”，原皆作“符”，今據箋疏一律改正。

② 原作“慕容俊”、“慕容晉”，當爲慕容儁之訛，今改正。

4439$_4$ 蘇

11蘇碩
5/37
17蘇子高　見蘇峻
23蘇峻(子高、蘇子高)
5/34*
2/102
3/11
5/25
5/36
5/37
6/15
6/17
6/20
6/23
7/15
8/54
8/67
10/16
14/23
17/9
23/30
27/8
29/8
27蘇紹（世嗣、始平武公）
9/57*
44蘇林
25/25
50蘇秦
25/55
62蘇則(文師)
9/57*
77蘇門先生
18/1
98蘇愉(休豫)
9/57*

4440$_7$ 孝

00孝文王　見司馬道子
13孝武皇帝　見晉孝武皇帝
孝武皇帝　見漢武帝
孝武定王皇后（王法惠）
5/65
17孝己
2/6
24孝先　見陳忠
26孝伯　見王恭
44孝若　見夏侯湛
53孝成許皇后(許皇后)
19/3
62孝則　見顧邵
77孝尼　見袁準

4442$_7$ 萬

10萬石　見謝萬
萬石君　見石奮
17萬子　見王綏
70萬雅
9/13
80萬年　見孟嘉

4443$_0$ 莫

77莫邪［臨兒國太子浮圖母］
4/23
莫邪(干將妻)
8/1

樊

17樊子昭
8/3
9/2
68樊噲
28/6

4445$_6$ 韓

17韓豫章　見韓伯
26韓伯（康伯、韓康伯、韓豫章、韓太常）
1/38*
1/47
2/72
2/79
4/27
5/57
7/23
8/90
9/63
9/81
12/5
18/14
19/27
19/32
25/52
25/53
26/28
28/5
韓伯母　見殷氏
28韓繪之(季倫)
19/32*
40韓太常　見韓伯
韓壽(德真)
35/5*
71韓暨
35/5
72韓氏
2/22
韓氏(山濤妻)
19/11

4450_2 摯

00摯育
2/42
21摯虞(仲治、摯仲治)
4/73*
2/42
4/4
4/68
25摯仲治　見摯虞
44摯茂
4/73
摯模
4/73
67摯瞻(景游)
2/42*

4450_4 華

00華彥夏　見華軼
01華譚(令思、華令思)
2/22
07華歆(子魚、華子魚)
1/10*
1/11
1/12
1/13
2/72
5/3
7/9
10華夏
8/2
17華子魚　見華歆
22華嶠
1/13
5/3
40華士
6/2
55華軼(彥夏、華彥夏)
7/9*
5/38
8/95
76華陽夫人
2/9
80華令思　見華譚

4460_4 若

60若思　見戴儼

4460_6 莒

40莒大夫
2/72

4462_7 苟

17苟子　見王脩

荀

05荀靖（叔慈、玄行先生）
9/6*
1/6
07荀諝　見荀爽
15荀融
4/6
17荀豫章君(荀氏)
27/6
荀君　見荀淑
21荀綽
2/20
4/67
8/58
9/7
9/9
荀顗（景倩、荀景倩、荀侍中、臨淮公）
9/6*
1/15
2/20
2/99
5/8
5/9
22荀崧
2/74
24荀侍中　見荀顗
26荀俁
25/7①
荀保　見荀俁
荀緄
1/6
9/1
27荀粲(奉倩、荀奉倩)
4/9*
5/59
7/3
8/109
35/2
28荀儉
1/6
30荀濟北　見荀勖
荀寓(景伯、荀景伯)
25/7*
荀寅
10/23
31荀汪
1/6
37荀淑（季和、荀季和、荀君、荀朗陵）
1/5*
1/6

① 原作"荀保"，箋疏云"保當作俁"。今從之。

9/6
荀朗陵　見荀淑
38荀道明　見荀闓
40荀爽（慈明、荀慈明、荀諝）
1/6
2/7
5/14
9/6
荀燾
1/6
43荀式　見荀彧
44荀林父
5/35
50荀中郎　見荀羨
荀肅
1/6
荀奉倩　見荀粲
53荀彧（文若、敬侯）
9/6*
1/6
4/9
25/7①
58荀敷
1/6
60荀景倩　見荀顗
荀景伯　見荀寓
62荀昕
25/9
64荀勖（公曾、荀濟北）
5/14*
2/99
3/6
9/32
20/1
20/2
21/4
67荀鳴鶴　見荀隱
71荀巨伯
1/9*
72荀隱（鳴鶴、荀鳴鶴）
25/9*
荀氏　見荀豫章君
荀岳
25/9
77荀闓（道明、荀道明）
7/11
荀卿
2/72
80荀羨（令則、荀中郎）
2/74*
8/141
荀慈明　見荀爽

4471_1 老

15老聃　見老子
17老子（老聃、伯陽、李老君）
1/1
2/3
2/84
3/16
4/8
4/10
4/15
4/17
4/18
25/7
25/8
25/57
44老萊
2/72

4471_7 世

00世彥　見楊朗
世康　見丁潭
01世龍　見石勒
21世儒　見王彬
27世將　見王廙
28世儀　見錢鳳
34世遠　見高柔
世逵
19/2
37世祖　見晉武帝
44世林　見宗承
47世根　見晉成帝
50世胄　見王湛
67世嗣　見蘇紹
68世踰　見劉超
77世同　見晉康帝

4472_7 葛

08葛旟（虛旟）
5/17*
11葛彊
23/19
34葛洪
8/99
10/12
80葛令　見諸葛恢

4474_1 薛

00薛方
2/72
44薛恭祖
1/3
72薛氏（王融妻、王祥生母）

① 原作荀式，箋疏云"式當作彧"，今從之。

1/14
80薛公
30/6
99薛瑩
1/4
9/2

4477_0 甘

44甘茂
2/42
60甘羅
2/42

4480_1 共

10共工
4/80①
共工氏
5/21
共王　見共工

楚

10楚王　見司馬瑋
楚王　見楚惠王
楚王　見楚威王
楚王　見曹彪
26楚穆王(商臣)
7/6
44楚莊王
5/35
25/39
楚老
4/91
50楚惠王(楚王)
4/26②
13/9③
53楚威王(楚王)
2/61

4480_6 黄

00黄帝
2/15
18/1
27黄叔度　見黄憲
30黄憲(叔度、黄叔度)
1/2*
1/3
8/1
37黄祖
2/8
80黄公
17/2

4490_1 蔡

00蔡充(子尼、蔡子尼)
26/6*
04蔡謨(道明、蔡道明、蔡司徒、蔡公)
5/40*
7/11
8/39
8/61
8/63
14/26
25/29
26/6
34/3
35/7
17蔡子叔　見蔡系
蔡子尼　見蔡充
蔡司徒　見蔡謨
20蔡系(子叔、蔡子叔)
6/31*
9/66④
22蔡邕(伯喈、蔡伯喈)
9/1*
1/3
4/70
6/1`
11/3
17/1
25/16
26/6
26/20
34/3
26蔡伯喈　見蔡邕
27蔡叔子　見蔡系
34蔡洪(叔開、秀才)
2/22*
8/20
38蔡道明　見蔡謨
64蔡睦
26/6
80蔡公　見蔡謨

4491_0 杜

00杜方叔　見杜育

① 原作"共王",箋疏以爲"共王爲共工之誤",今從之。
② 原作"楚王",據孫詒讓《墨子年表》此楚王爲楚惠王。
③ 原作"楚王",據其時代考索,當爲楚惠王。
④ 原作"蔡叔子",箋疏云"蔡系字子叔,此叔子二字蓋誤倒"。今據此乙正,併入蔡系條。

---

①②③④ 原作"楊淮",箋疏考定此淮當作凖。今從之。
⑤ 原作"郝隆",據箋疏考定此郝隆當作郗隆。今從之。

4732_7 郝

4762_0 胡

4772_7 邯

4782_0 期

4792_0 柳

4793_2 根

4864_0 敬

① 原作“敬徹”,宋本作“敬胤”,今從宋本。

77敬風　見陸凱

4895_7 梅

25梅仲真　見梅頤
71梅頤(仲真、梅仲真)
5/39*
77梅陶(叔真)
5/39

4928_0 狄

71狄臣
5/35

4980_2 趙

00趙充華
35/3
趙高
10/2
趙廣漢
3/16
趙文子
8/24
10趙王　見司馬倫
趙至(景真、趙景真、趙翼、陽和)
2/15
12趙飛燕(趙皇后)
19/3*
17趙翼　見趙至
26趙皇后　見趙飛燕
趙穆(季子、南鄉侯)
8/34*
30趙宣子　見趙盾
趙穿
25/19
41趙姬(虞韙妻)
19/5*
44趙孝成王
2/15
45趙鞅
10/23
50趙惠文王
9/68
55趙典
9/1
60趙景真　見趙至
72趙盾(趙宣子)
25/19
趙氏(司馬丞妻)
36/3
79趙勝(平原君)
2/15
98趙悅(悅子、趙悅子)
8/102*
趙悅子　見趙悅

5000_6 中

17中丞　見孔羣
30中宗　見晉元帝
37中郎　見庾敳
中郎　見謝萬
中郎　見謝據
中郎　見郗曇
中軍　見桓謙
98中悌　見呂安

申

25申生
2/5

車

00車育
7/27
13車武子　見車胤
21車頻
7/22
8/114
22車胤(武子、車武子、車公)
7/27*
2/90
10/26
74車騎　見謝玄
車騎　見孔愉
車騎　見桓沖
80車公　見車胤

史

25史仲和
2/15
37史渙
2/15
67史曜
8/12

5003_0 夫

80夫差(吳王)
26/2

5003_2 夷

10夷吾　見管仲
53夷甫　見王衍

5004_4 接

77接輿　見陸通

5012_7 蝻

21蝻虎　見王恬

5013_2 泰

32泰業　見郭弈

5022_7 肅

37肅祖　見晉明帝

① 原作“秦伯”，據《左傳》，此秦伯爲秦穆公。
② 原作“秦伯”，據《左傳》，此秦伯爲秦桓公。

6015_3 國

00國彥　見楊喬
30國寶　見裴瓚

6023_2 園

30園客　見庾爰之

6033_0 思

00思文　見許璪
　思玄　見江彪
32思淵　見鄭詡
34思遠　見應詹
　思遠　見郗邁
38思道　見王楨之
41思妣　見許永
60思曠　見阮裕
93思悛　見江惇

6040_0 田

17田子方
　2/72
44田横
　23/45
66田單
　2/72
72田氏（簡文宣鄭太后前夫）
　5/23
90田光
　2/72

6040_4 晏

10晏平仲　見晏嬰
17晏子　見晏嬰
66晏嬰（平仲、晏平仲、晏子）
　2/44*
　2/72
　5/41

6040_7 曼

25曼倩　見東方朔
71曼長　見李順

6043_0 吴

00吴府君　見吴展
10吴王　見夫差
　吴王　見闔閭
21吴儒
　10/16
38吴道助　見吴坦之
40吴大帝　見孫權
　吴奮
　5/16
44吴芮
　10/24
46吴坦之（處靖、道助、吴道助、大吴）
　1/47*
47吴起
　7/4
60吴景帝　見孫休
72吴隱之（處默、附子、小吴）
　1/47*
　吴氏（簡文宣鄭太后舅）
　5/23
77吴堅
　1/47
　吴堅妻　見童秦姬
　吴展（士季、吴府君）
　8/20*

6050_4 畢

21畢卓（茂世、畢茂世）
　23/21*

6060_0 呂

10呂不韋（文信侯）
　2/9
　2/42
21呂虔
　1/14
30呂安（中悌）
　24/4*
　2/18
　4/17
　6/2
　18/2
　24/3
　呂安妻　見徐氏
32呂遜
　6/2
34呂濬
　33/6
57呂招
　24/4
72呂后
　36/6

昌

67昌明　見晉孝武帝

6071_1 昆

77昆邪王
　4/23

6090_6 景

00景度　見司馬珍之
　景文　見晉元帝

7122_0 阿

7124_0 牙

7129_6 原

7131_1 驪

7132_7 馬

7139_1 驃

7171_1 匡

7171_2 匠

7171_7 巨

7173_2 長

① 原文作“劉璨《晉紀》”，各志皆無劉璨撰《晉紀》之著録，疑此劉璨爲鄧粲之誤，因無確鑿證據，故仍單獨立目。

①② 原文皆作“劉淮”，箋疏云淮當作準。今從之。

③ 原作“劉漢”，箋疏云當作劉漠。今從之。

9/30
9/36
9/37
9/42
9/43
9/44
9/48
9/50
9/56
9/58
9/73
9/76
9/78
9/84
14/26
14/27
17/10
22/4
23/33
23/36
23/40
25/13
25/17
25/19
25/24
25/29
25/37
25/60
26/9
26/10
26/13
26/14
26/17

7210_1 丘

32丘淵之
2/88
2/108
4/99
7/25
22/5
22/6

7226_1 后

26后稷
2/69
25/7

7244_7 胥

23胥參軍　見郗超

7420_0 附

17附子　見吳隱之

7421_4 陸

00陸亮(長興)
3/7*
8/12
10陸平原　見陸機
陸雲(士龍、陸士龍)
8/20*
2/26
5/18
8/39
15/1
25/9
33/3
陸賈(陸生)
25/7
11陸玩(士瑶、陸太尉)
3/13*
5/24
10/17
25/10
16陸瑁
3/13
17陸子　見陸績
24陸納
2/90
25陸生　見陸賈
陸績(公紀、陸子)
9/2*
27陸凱(敬風)
10/5*
4/82
陸仰
4/82
陸伊
4/82
32陸遜(伯言、神君)
5/18*
2/26
3/4
10/5
34陸邁(功高)
10/16*
37陸通(接輿)
2/17
2/72
2/75
陸退(黎民)
4/82*
40陸乂
3/7
陸太尉　見陸玩
陸士龍　見陸雲
陸士衡　見陸機
42陸機(士衡、陸士衡、陸平原)
2/26*
4/84
4/85
4/89
5/18

8/19
8/20
8/39
15/1
15/2
24/5
33/3
44陸英
3/13
50陸抗(幼節)
3/4*
2/26
5/18
8/20
33/3

7422_7 隋

27隋侯
2/22

7529_6 陳

00陳玄伯　見陳泰
04陳諶(季方)
1/7*
1/6
1/8
9/6
12/1
10陳元方　見陳紀
陳平
36/6
17陳羣(長文、陳長文、司空)
1/8*
1/6
1/31
5/2
5/3
5/8
9/5
9/6
25/2
25/3
25/33
陳君　見陳寔
20陳季方　見陳諶
25陳仲弓　見陳寔
陳仲子(子終、於陵仲子)
13/9*
2/72
陳仲舉　見陳蕃
27陳侯　見陳湣公
陳紀(元方、陳元方)
1/6*
1/8
1/10
2/6
3/3
5/1
9/6
10/3
12/1
陳穉叔
1/5
30陳淮　見陳準
陳騫(休淵)
5/7*
25/2
35/5
陳準
9/59①
陳寔(仲弓、陳仲弓、陳君、太丘、陳太丘)
1/6*
1/7
1/8
2/6
3/1
3/2
3/3
5/1
9/6
12/1
25/2
33陳述(嗣祖)
20/5*
34陳逵(林道、陳林道、廣陵公)
9/59*
13/11
35陳遺
1/45
37陳湣公(陳侯)
25/65②
40陳太丘　見陳寔
陳壽(承祚)
25/44*
43陳戴
13/9
44陳蕃(仲舉、陳仲舉)
1/1*
1/3
8/1

① 原作"陳淮",箋疏云當作陳準。今從之。

② 原作"陳侯",據《史記・孔子世家》,此陳侯爲陳湣公。

8/2
8/3
9/1
陳林道　見陳逵
50陳泰(玄伯、陳玄伯)
5/8*
8/108
9/5
9/6
25/2
25/3
陳本(休元)
5/7*
陳忠(孝先)
1/8*
58陳軫
25/7
60陳思王　見曹植
64陳趧
2/3
66陳嬰
19/1*
68陳眕
9/59
71陳長文　見陳羣
82陳矯(司徒)
5/7
25/2
91陳恆
2/28

7621_3 隗

66隗囂
2/35

7622_7 陽

10陽元　見魏舒
陽平亭侯　見崔烈
20陽秀　見王烈
25陽仲　見潘滔
26陽和　見趙至
38陽遂鄉侯　見顧雍

7623_3 隰

77隰朋
2/72

7710_4 堅

10堅石　見謝尚
堅石　見歐陽建

7710_7 闔

77闔閭(吳王)
8/1

7710_8 豎

17豎刁
2/47
10/2

7712_1 鬬

25鬬生(子文)
1/41

7720_7 尸

27尸黎密　見高坐道人

7721_0 凡

26凡伯　見百里奚

鳳

20鳳雛　見龐統

7721_1 尼

80尼父　見孔子

7722_0 月

72月氏國王
35/5

周

00周文王(西伯)
2/7
2/22
2/70
3/9
7/2
9/50
10/6
10/27
33/11
周奕
1/24
04周謨(叔治、周叔治、阿奴)
5/26*
7/14
10周震
1/27
11周斐
9/8
12周弘武　見周恢
13周武王
1/1
2/7
2/22
2/29
18/3
25/65
35/1
17周孟玉　見周璆
周璆(孟玉、周孟玉)
2/72

80周公(公旦)
2/7
2/54
3/3
4/67
10/6
25/2
25/62
35/1
84周鎮(康時)
1/27*
94周恢(弘武、周弘武)
9/8*

陶

26陶侃(士衡、陶士衡、陶士行、陶公、長沙郡公、桓公)
2/47*
3/16
3/11
4/97
5/37
5/39
5/52
7/19
8/47
14/23
19/19
19/20
27/8
29/8
40陶士行　見陶侃
陶士衡　見陶侃
47陶胡奴　見陶範
77陶丹
19/19
80陶公　見陶侃
88陶範(道則、胡奴、陶胡奴)
5/52*
4/97

7722_7 屑

11屑頭邪
4/23

7724_7 服

17服子愼　見服虔
21服虔(子愼、服子愼)
4/2*
4/4

7726_4 屠

80屠羊說
2/72

7726_7 眉

17眉子　見王玄

7727_2 屈

10屈平　見屈原
26屈伯彥
1/3
71屈原
2/72
4/91
25/7

7733_1 熙

26熙伯　見繆襲

7740_0 閔

17閔子騫
2/13

7744_0 丹

25丹朱
21/10
25/1

7744_1 開

44開林　見周浚

7744_7 段

71段匹磾
2/35

7760_2 留

27留侯　見張良

7760_6 閭

72閭丘沖(賓卿)
9/9*

7772_0 卽

60卽墨士大
2/72

7777_2 關

17關羽
5/5
40關內侯　見謝萬
50關中侯　見毛安之
關中侯　見蘇紹

7777_4 毌

72毌丘儉
2/16

7777_7 閻

22閻鼎
8/61

7778_2 歐

76歐陽建(堅石、歐陽堅石)
36/1*
4/21
歐陽堅石　見歐陽建

7780_1 興

26興伯　見賀邵
38興道　見王和之
興道縣侯　見張鎮
80興公　見孫綽

7810_7 監

17監君　見孫盛

7823_1 陰

03陰就(新陽侯)
9/80

7833_4 愍

00愍度道人　見支愍度
10愍王　見司馬丞
90愍懷太子　見司馬遹

7876_6 臨

22臨川　見王羲之
30臨淮公　見荀顗
32臨沂慈鄉侯　見劉超
44臨孝存
2/72

8010_4 全

13全琮(子黄)
9/2*

8010_7 益

40益壽　見謝混

8022_0 介

44介葛盧
2/68

8024_7 夔

夔
2/53

8025_1 舞

76舞陽公主(司馬脩褘、王敦妻)
34/1

8030_7 令

00令言　見劉納
24令升　見干寶
42令狐氏
4/61
60令思　見華譚
62令則　見荀羨
67令明　見王惠

8033_1 無

00無奕　見謝奕
78無鹽
26/2

8033_3 慈

67慈明　見荀爽

8042_7 禽

00禽慶
2/72

8050_1 羊

00羊亮
8/11
10羊元
2/65
羊元妻　見鄭氏
12羊琇(穉舒、羊穉舒)
5/13*
30/8
17羊子道　見羊孚
20羊孚(子道、羊子道、羊侯)
2/104*
2/105
4/62
4/100
4/104
6/42
17/18
17/19
22/6
羊孚妻　見王僧首
羊舌肸(叔向、叔譽)
8/24
8/50
羊乘　見羊秉
羊秉(長達)
2/65*
8/11①
22羊繇(堪甫)
8/11*
5/19
5/25
羊綏(仲彦)

① 原作"羊乘",據箋疏考定乘當作秉。今從之。

①② 劉注原作"羊悦"，箋疏云"悦當作忱"。今從之。

26公和　見孫登
公穆　見嵇喜
27公紀　見陸績
公叔　見朱穆
32公淵　見王廣
37公祖　見喬玄
40公壽　見司馬無忌
48公幹　見劉楨
58公輸般
4/26
67公明　見管輅
77公閭　見賈充
80公羊高
2/72
公曾　見荀勖
99公榮　見劉昶

8111_7 鉅

00鉅鹿公　見裴秀

8138_6 領

37領軍　見王洽

8141_8 短

00短主簿　見王珣

8211_4 鍾

00鍾離春
26/2
17鍾子　見鍾子期
鍾子期(鍾子、鍾期)
2/53
17/11
鍾君　見鍾皓
鍾君　見鍾毓
19鍾琰(鍾氏、鍾夫人、王渾妻)
19/12
19/16
25/8
22鍾繇(元常)
2/11*
2/12
3/11
5/14
19/12
25/2
25/33
24鍾皓(季明、鍾君)
1/5*
25鍾仲常
3/11
28鍾徽
19/16①
鍾儀(鄖公)
2/31
40鍾士季　見鍾會
47鍾期　見鍾子期
50鍾夫人　見鍾琰
70鍾雅(彥冑)
3/11*
5/34
5/35
72鍾氏　見鍾琰
80鍾毓(穉叔、鍾君)
2/11*
2/12
5/6
8/17
25/3
鍾會(士季、鍾士季)
2/12*
1/17
2/11
4/5
4/9
5/6
6/2
8/5
8/6
8/8
19/8
21/4
24/3
25/2

8315_3 錢

77錢鳳(世儀)
27/7*

8418_1 鎮

10鎮惡　見桓石虔
鎮惡郎　見桓石虔
鎮西　見謝尚

8742_7 鄭

00鄭康成　見鄭玄
鄭玄(康成、鄭康成)
4/1*
2/72
2/105
4/2
4/3
4/29
4/52
4/93

① 劉注原文爲"黄門侍郎鍾琰女",箋疏云"琰是鍾夫人名,此注誤","琰當作徽"。今從之。

5/16
5/36
8/24
18/13
19/6
19/29
26/21
鄭褒　見鄭袠
鄭袠(鄭褒)
25/7①
07鄭詡(思淵、鄭思淵)
25/7*
22鄭崇
4/1
26鄭緝
1/47
30鄭寬中
2/64
35鄭沖(文和)
3/6*
4/67
40鄭太　見鄭泰
鄭太后　見簡文宣鄭太后
50鄭夫人　見鄭氏
鄭泰(鄭太)
1/13
25/7
60鄭思淵　見鄭詡
72鄭后　見簡文宣鄭太后
鄭氏　見鄭玄
鄭氏（羊元妻、鄭夫人）
2/65

8762_0 郤

10郤至
9/25

8810_1 竺

24竺德　見道壹道人
28竺僧僁
33/17
34竺法汰(汰法師)
4/54
8/114
25/57
竺法深（竺道潛、法深、深公、法師）
1/30
2/48
3/18②
4/30
5/45
25/28
26/3
38竺道潛　見竺法深

8822_7 第

10第五元
4/1
第五琦
2/42

簡

00簡文宣鄭太后(阿春、鄭后、鄭太后、文宣太后)
5/23*
簡文宣鄭太后舅　見吳氏
簡文宣鄭太后前夫　見田氏

8824_0 符

10符丕　見苻丕
25符生　見苻生
符健　見苻健
30符宏　見苻宏
34符洪　見苻洪
37符朗　見苻朗
符郎　見苻堅
40符雄　見苻雄
77符堅　見苻堅

8877_7 管

25管仲(夷吾、管夷吾)
1/11
2/35
2/36
2/47
2/72
5/5
9/41
30管寧(幼安、管幼安)
1/11*
1/10
2/72
50管夷吾　見管仲
57管輅(公明)
10/6*

① 原作“鄭褒”，箋疏云“褒”當作“袠”。今從之。

② 原文作“林公”(即支遁)，箋疏云“此林公字必是深公之誤……淺人見林公，罕見深公，故輒改耳”。今從之。

8/99
20/8

8879$_4$ 餘

10餘不亭侯　見孔愉
42餘姚公主(王羲之妻)
1/39

8880$_1$ 箕

17箕子
9/41

9000$_0$ 小

00小庾　見庾翼
47小奴　見王薈
60小吴　見吴隱之
80小令　見王珉

9003$_2$ 懷

37懷祖　見王述

9010$_4$ 堂

60堂邑公　見王敞

9020$_0$ 少

00少主　見孫亮
少彦　見庾倩
10少正卯
3/26
6/2
12少孤　見孟陋
60少昊
2/72

9021$_1$ 光

37光禄　見王蘊

9022$_7$ 常

22常山主(王濟妻)
5/11

9060$_6$ 當

76當陽侯　見杜預

9801$_6$ 悦

17悦子　見趙悦

9990$_4$ 榮

38榮啟期(榮期)
25/7①
47榮期　見裴啟
榮期　見范啟
榮期　見榮啟期

① 原作"榮期",當是榮啟期之省稱,《列子》作榮啟期。

《世説新語》引書索引

凡　例

一、本索引收録劉注中徵引的書名及文章篇名。凡僅提及書名(文章篇名)而無引文者,不予收録。

二、凡劉注引書注明作者者,今以書名爲主目,作者姓名列爲參見條目,並附注於書名之後。

三、書名相同而又非同一書者,則在書名後注明之。例如:

　　王氏譜〔琅邪臨沂〕

　　王氏譜〔太原晉陽〕

四、書名下的數字,前者爲《世説新語》的篇次,後者爲條數。例如:

　　晉陽秋

　　　1/17(2)

表示《晉陽秋》見於《世説新語》第一篇(德行)第17條。(2)表示《晉陽秋》的引文在該處有二條。

五、由於劉注記載書名時有省略或舛誤,今盡可能查對《隋書·經籍志》、《舊唐書·經籍志》、《新唐書·藝文志》諸書,予以訂正,對其舛錯之處,則作注説明之。

六、本索引以四角號碼排列,後附《筆畫與四角號碼對照表》,以便讀者用不同方法查檢。

① 《文章傳》,隋唐志皆無著録,疑此爲《文士傳》或《文章志》、《文章録》之譌,因無確鑿證據,姑仍單獨立目。

② 原文作“丘淵之文章敍”,據《隋書·經籍志》丘淵之所撰爲《文章録》,此敍字,當爲録字之譌。今改正。

①原文作«裴子»，當卽裴啟«語林»。

②③ 見前注。

① 原文作《謝車騎傳》,無家字,當爲一書,今統一作《謝車騎家傳》。

29/1
29/3
30/4
30/5
30/9
35/3
35/5
10晉百官名
1/22
2/25
2/28
2/50
6/16
6/33
6/36
7/13
8/75
9/6
9/57
9/68
9/69
10/8
24/4
25/7
25/9
34/4
22晉後略
8/22(2)
20/1
27晉紀(干寶)
5/6
5/8
5/9
19/10
20/1
23/2
24/4(2)
33/3
36/1
晉紀(鄧粲)
1/28
2/33
2/37
2/40
4/19
5/26
5/39
6/9
7/7
7/14
8/17
8/47
8/54
9/14
9/17
10/11
11/5
13/2
18/8
23/6
23/9
23/25
24/6
32/1
33/4
33/8
晉紀(徐廣)
1/42
2/59
2/79
5/29
5/42
5/48
5/62
8/72
8/78
8/82
8/94
9/36
14/23
25/47
晉紀(曹嘉之)
5/14
8/38
8/61
晉紀(劉謙之)
2/107
3/11
4/87
5/32
8/75
31/6
晉紀(劉璨)
36/2①
晉紀文穎注(文穎)
6/40
30晉安帝紀
1/40
1/41
1/44
1/45
1/47
2/59
2/71
2/101
2/105
4/63
4/102
5/63
5/66
6/29

① 原文作"劉璨«晉紀»",此書隋唐志皆不著録,疑卽鄧粲之誤。

① 原文作"朱鳳《晉紀》"，據《隋書·經籍志》朱鳳所撰爲《晉書》，非《晉紀》，本書1/18、2/29、30/11亦作《晉書》，此"紀"當是"書"字之譌。

3/9
33/14
21孟處士銘(袁宏)
18/10
40孟嘉别傳
7/16

1712$_0$ 羽

30羽扇賦序(傅咸)
2/53

1712$_7$ 鄧

27鄧粲　見晉紀

1722$_7$ 邴

71邴原别傳
8/4
26/18

1723$_2$ 豫

00豫章舊志
10/24

1734$_6$ 尋

76尋陽記
18/9
33/10

1750$_7$ 尹

17尹子
25/22

1760$_2$ 習

37習鑿齒集
4/80

1762$_0$ 司

71司馬彪　見莊子司馬彪注
司馬徽别傳
2/9
司馬相如傳
9/43
司馬晞傳
28/7
司馬氏譜
36/3
司馬無忌别傳
36/3

2071$_4$ 毛

44毛萇　見詩毛萇注
80毛公　見詩毛萇注

2091$_4$ 維

00維摩詰經
4/35
維摩詰經注(僧肇)
4/50

2121$_1$ 征

10征西寮屬名
2/96
25/31

2122$_7$ 衛

18衛玠别傳
2/32
4/20
7/8
8/45
8/51
9/42
14/14
14/16
14/19
17/6
72衛氏譜
8/107
91衛恆　見四體書勢

2123$_4$ 虞

11虞預　見晉書
72虞氏譜
8/85
90虞光禄傳
9/13(2)

2191$_1$ 經

經
4/54

2224$_7$ 後

34後漢書(謝承)
1/1
後漢書(謝沈)
9/1(2)①
後漢書(薛瑩)
1/4
9/1②

2277$_0$ 山

34山濤啟事　見山公啟

① 原作"謝沈《漢書》"，據《隋書・經籍志》、《舊唐書・經籍志》、《新唐書・藝文志》云，謝沈所撰爲《後漢書》，此"漢書"應作"後漢書"。

② 原作"薛瑩《漢書》"，此"漢書"應作"後漢書"，本書1/4及《隋書・經籍志》皆作"後漢書"。

17/12
18/12
18/14
18/17
19/21
19/32
21/7
21/11
22/3
23/35
23/43
23/49
25/60
25/65
26/24
26/29
28/5
33/13
33/16
34/6
36/7
34續漢書
1/3
2/3
2/15
4/99
7/1
9/1

2522_7 佛

60佛圖澄別傳
2/45

2590_0 朱

77朱鳳　見晉書

2610_4 皇

53皇甫謐　見帝王世紀
皇甫謐　見高士傳

2620_0 伯

22伯樂　見相馬經

2641_3 魏

13魏武帝　見遺令
40魏志
1/10
2/10
2/11
2/12
2/17
4/5
4/9
4/66
5/5
5/6
5/7
5/8(2)
5/18
7/2
9/4
9/5
14/1
14/3
17/1
19/8
19/9
25/3
33/1
47魏都賦(左思)
4/51
50魏本傳
2/13①
魏書
1/8
1/12
1/15
2/11
2/13(2)
2/16
7/1
8/4
19/4
60魏國統(梁祚)
14/3
63魏略
1/10
1/11
2/14
4/23
7/3
12/2
14/2
14/4
19/6(2)
19/8
33/1
35/1
72魏氏譜
8/112
25/48
魏氏志
19/15②
魏氏春秋
1/15

① 魏本傳,各本作魏末傳,然兩書隋、唐志皆無著録,"本""末"形近,未知孰是。

② «隋書・經籍志»無此書,疑此"氏"字衍,或"志"爲"譜"字之誤。因無確鑿證據,仍分別立目。

2/5
4/6
4/7
5/6
5/8(2)
9/71
14/1
18/1
18/2
19/7
19/8
19/9
23/2
24/3
25/4
33/1①
35/1

2694_1 釋

50釋惠遠　見廬山記
釋惠遠　見阿毗曇敍
72釋氏經
4/44
釋氏辨空經
4/43

2722_0 向

20向秀　見逍遥義
向秀別傳
2/18
4/17

2724_7 殷

34殷浩別傳
3/22
4/27
72殷氏譜
4/62
23/31
34/6
80殷羨言行
3/14
9/70

2729_4 條

12條列吴事
10/4

2760_0 名

24名德沙門題目
4/45
8/114
27/11
40名士傳
1/18
3/9
4/18
4/69
5/7
6/4
6/7
7/4(2)
8/12
8/16
8/26
8/29
8/32
8/41
8/44
9/58
10/6
14/10
23/11
23/18
名士傳(袁宏)
5/6

2826_6 僧

38僧肇　見維摩詰經注

2829_4 徐

00徐廣　見晉紀
徐廣　見歷紀
31徐江州本事
8/65

2998_0 秋

77秋興賦敍(潘岳)
2/107(2)

3011_4 淮

40淮南子
19/5

3019_6 涼

32涼州記(張資)
2/94
2/99

3022_7 甯

53甯戚　見相牛經

3023_2 永

40永嘉記
26/32

① 原作“魏志春秋”,《隋書·經籍志》有《魏氏春秋》,二十卷,孫盛撰。無魏志春秋,此“志”爲“氏”字之誤,今改正。

21孝經
1/20

4442_7 萬

42萬機論(蔣濟)
9/2

4443_0 樊

44樊英列傳
4/61

4445_6 韓

04韓詩外傳
10/27
17/11
72韓氏譜
19/32

4450_2 摯

21摯虞　見文章志
72摯氏世本
2/42(2)

4450_4 華

22華嶠　見譜敍
76華陽國志
2/9
7/20

4453_0 英

40英雄記
9/1

4462_7 荀

21荀綽　見兗州記
荀綽　見冀州記
27荀粲別傳
4/9(2)
35/2
72荀氏譜
25/7
荀氏家傳
1/9
25/9

4471_1 老

17老子
12/6
18/6
老子王弼注(王弼)
2/19

4471_7 世

01世語
1/21
2/5
5/4
5/7
5/16
5/18
7/1
8/29
8/58
19/8
19/10
21/4
25/7
35/1

4472_7 葛

34葛洪　見富民塘頌

4474_1 薛

99薛瑩　見後漢書

4480_1 楚

20楚辭
25/22
60楚國先賢傳
1/26
5/2

4490_1 蔡

00蔡充別傳
26/6
17蔡司徒別傳
5/40
34蔡洪集
8/20
蔡洪集錄
2/22

4490_4 棊

60棊品(范汪)
3/17
5/42

4491_0 杜

11杜預　見春秋傳杜預注
88杜篤　見新書

4680_6 賀

22賀循別傳
10/13

4690_0 相

25相牛經(甯戚)
30/6
50相書
25/21
71相馬經(伯樂)

1/31

4692_7 楊

17楊子李軌注(李軌)
18/6
72楊氏譜
7/13

4722_7 郗

47郗超別傳
2/75
60郗曇別傳
19/25
72郗氏譜
19/29
25/44
78郗鑒別傳
1/24
90郗愔別傳
9/29

4732_7 郝

72郝氏譜
19/15

4740_1 聲

80聲無哀樂論(嵇康)
4/21

4742_7 婦

80婦人集
2/71
19/8
19/13
19/14
19/16
19/31
25/26

4980_2 趙

10趙至敍(嵇紹)
2/15
50趙書
2/45
60趙吳郡行狀
8/34

5000_6 中

77中興書
1/24
1/27
1/28
1/29
1/33
1/38
1/41
1/42
1/43
2/37
2/49
2/50
2/57
2/72
2/74
2/77
2/80
2/82
2/84
2/94
2/97
3/16
3/22
4/22
4/24
4/39
4/74
4/77
4/86
4/91
4/93
4/98
4/100
4/101
5/23(2)
5/25
5/28
5/41
5/44
5/53
5/58
5/64
5/65
6/13
6/22
6/26
6/28
6/31
6/36
6/42
7/11
7/18
7/19
7/22
8/29
8/55
8/84
8/86
8/89
8/93
8/114
8/141
8/145
8/155
9/30

9/40
9/47
9/49
9/55
9/59
9/69
9/83
9/88
10/13
10/14
10/19
11/6
11/7
13/8
13/10
13/13
14/23
14/28
17/12
17/15
17/17
18/5
19/22
21/6
22/1
23/26
23/30
23/36
23/38
23/39
23/46
23/47
24/8
24/11
25/19
25/42
25/51
25/61
27/13
29/9
31/2
31/7
34/7
36/4
36/5

史

07史記
2/36
2/42
2/74
7/3
7/4
9/68
10/1
10/26
19/1
23/45
25/34
25/39
26/2
30/10

吏

07吏部虞存誄敍(孫統)
3/17

車

21車頻　見秦書

5003₂ 夷

50夷甫畫贊(顧愷之)
8/37

5010₆ 畫

24畫贊(顧愷之)
8/10
8/21

5013₂ 泰

10泰元起居注
8/114

5022₇ 青

27青鳥子相冢書
20/6

5023₀ 本

44本草
25/32
29/6

5060₃ 春

29春秋傳杜預注(杜預)
2/68
2/79
5/24
5/59
23/45
春秋左氏傳
1/41
2/7
2/29
2/31
2/69
4/14
5/21
5/35
8/50
25/19
25/39
25/43
26/19
春秋考異郵

77吴興記
2/81
87吴録
3/4
8/142
9/3
10/5
13/11
25/5

6060$_0$ 吕

72吕氏春秋
2/15
2/47
3/10

6080$_1$ 異

44異苑
23/50
27/6

6091$_4$ 羅

00羅府君别傳
5/56
80羅含别傳
10/19

6240$_0$ 别

87别録(劉向)
2/44

6355$_0$ 戰

60戰國策
2/70
25/55

6624$_8$ 嚴

43嚴尤　見王將敍

6702$_0$ 明

00明帝東宫僚屬名
6/20

7121$_1$ 阮

20阮孚别傳
6/15
23/15
38阮裕别傳
18/6
72阮氏譜
33/11
88阮籍　見勸進文
90阮光禄别傳
1/32

歷

27歷紀(徐廣)
3/15

7122$_0$ 阿

61阿毗曇敍(釋惠遠)
4/64

7132$_7$ 馬

15馬融　見論語馬融注
馬融自敍
4/1

7173$_2$ 長

88長笛賦敍(伏滔)
26/20

7210$_0$ 劉

08劉謙之　見晉紀
14劉瑾集敍
9/87
17劉璨　見晉紀
劉尹别傳
1/35
8/88
27劉向　見列仙傳
劉向　見别録
28劉伶　見酒德頌
72劉氏譜
5/50
6/24
8/22
8/64
9/8
9/53
23/4
84劉鎮南銘
26/11
98劉惔誄敍(孫綽)
8/116①
劉惔别傳
9/48

7210$_1$ 丘

32丘淵之　見文章録
丘淵之　見新集録

① 原文"誄"作"誄",誤。宋本作誄,《晉書・劉惔傳》載有孫綽誄。今據改。

7421_4 陸

10陸雲別傳
8/20
11陸玩別傳
3/12
10/17
34陸邁碑
10/16
42陸機別傳
2/26
33/3
72陸氏譜
4/82(2)

7529_6 陳

34陳逵別傳
9/59
72陳氏譜
1/8
20/5
77陳留志
8/13
陳留志名
19/6

7721_0 凬

28凬俗通
5/21

7721_4 隆

30隆安記(周祇)
1/41
1/44
4/60
4/65
23/54
25/56
33/17

7722_0 周

21周處別傳
15/1
周顗別傳
5/31
32周祇 見隆安記
35周禮
4/14
19/6
72周氏譜
1/24
19/18
76周髀
2/15

陶

26陶侃別傳
5/52
7/19
19/20
72陶氏敍
2/47

7744_0 丹

76丹陽記
2/31
2/100
6/13
6/31
13/5
26/4

7778_2 歐

76歐陽建 見言盡意論

7876_6 臨

31臨河叙(王羲之)
16/3

8000_0 人

27人物論(康法暢)
2/52①
4/30②

八

10八王故事
2/25(2)
5/12
5/17
6/10
8/16
8/22
8/28
8/35
8/63
9/15
14/9
19/18
26/11
33/3

8010_9 金

60金昌亭詩敍(謝韶)
26/7③
金谷詩敍(石崇)

①② 原文作庾法暢,箋疏云庾字誤,當作康法暢,今從之。
③ 謝韶,原作謝歆。《隋書·經籍志》云,梁有車騎司馬謝韶集三卷。謝韶官車騎司馬,乃謝萬子,附見《晉書·謝安傳》,謝歆則無考。疑此歆字當韶之譌。

9/57
14/15

8050_1 羊

20羊秉敍(夏侯湛)
2/65
60羊曼別傳
6/20
72羊氏譜
2/65
2/104
4/62
5/25
5/60
8/11
17/18

8060_6 會

23會稽記
8/119
會稽郡記
2/91
會稽後賢記
5/36
9/13
會稽土地志
2/91
8/87
會稽典録
11/3

8073_2 養

25養生論(嵇康)
4/21

8211_4 鍾

70鍾雅別傳
3/11(2)

8315_3 錢

00錢唐縣記
6/18

8742_7 鄭

00鄭玄　見論語鄭玄注
鄭玄　見詩鄭玄注
鄭玄　見禮記鄭注
鄭玄別傳
4/1
26鄭緝　見孝子傳

8822_0 竹

44竹林七賢論
2/23
3/5
3/8
4/17
4/69
6/5
6/6
7/4(2)
8/12
8/29
17/2
18/1
23/5
23/10
23/13
23/15
24/2

8877_7 管

57管輅傳
4/9
管輅別傳
10/6
25/21

9022_7 尚

50尚書
2/22
2/70
尚書孔安國注（孔安國）
2/22
3/20
尚書大傳
9/50
25/62

筆畫與四角號碼對照表

本檢字表爲便利習慣於使用筆畫順序檢字者檢查本索引之用。凡索引中的第一個字,依筆畫順序排列,同筆畫的,再依點起、橫起、直起、撇起排列,每字後注明四角號碼,讀者可憑此以檢索引字頭。

二畫

橫起

丁 1020_0
刁 1712_0
十 4000_0
九 4001_7

直起

卜 2300_0

撇起

八 8000_0
人 8000_0

三畫

橫起

三 1010_1
下 1023_0
干 1040_0
于 1040_0
子 1740_7
大 4003_0
士 4010_0

直起

上 2110_0
山 2277_0
小 9000_0

撇起

千 2040_0
凡 7721_0

四畫

點起

方 0022_7
卞 0023_0
文 0040_0

橫起

王 1010_4
五 1010_7
元 1021_1
天 1043_0
不 1090_0
孔 1241_0
尹 1750_7
太 4003_0
友 4040_7
支 4040_7
夫 5003_0
井 5500_0
牙 7124_0
巨 7171_7
戶 7720_7

直起

比 2171_0
中 5000_6
毌 7777_4
少 9020_0

撇起

毛 2071_4
仁 2121_0
允 2321_0
月 7722_0
丹 7744_0
介 8022_0
公 8073_2

五畫

點起

市 0022_7
玄 0073_2
永 3023_2
它 3071_4

橫起

正 1010_1
丙 1022_7
平 1040_9
石 1060_0
弘 1223_0
功 1412_7
召 1760_2
司 1762_0
左 4010_1
右 4060_0
古 4060_0
世 4471_7
末 5090_0
尼 7721_1

直起

出 2277_2
中 5000_6
史 5000_6
申 5000_6
四 6021_0
田 6040_0

撇起

幼 2472_7

白 2600_0
句 2762_0
丘 7210_1
令 8030_7

六 畫

點 起

安 3040_4
江 3111_0
汝 3414_0
次 3718_2
羊 8050_1

橫 起

百 1060_0
西 1060_0
列 1220_0
羽 1712_0
老 4471_1
共 4480_1
吏 5000_6
夷 5003_2
匡 7171_1
匠 7171_2

直 起

曲 5560_0
吕 6060_0
光 9021_1

撇 起

任 2221_4
伏 2323_4
牟 2350_0
先 2421_1
休 2429_0
仲 2520_6
朱 2590_0
向 2722_0
伊 2725_7
名 2760_0
如 4640_0
后 7226_1
全 8010_4
合 8060_1
竹 8822_0

七 畫

點 起

辛 0040_1
言 0060_1
宋 3090_4
沈 3411_2
汰 3413_0
沖 3510_6
汲 3714_7
沙 3912_0

橫 起

巫 1010_8
邢 1742_7
君 1760_7
李 4040_7
孝 4440_7
杜 4491_0
車 5000_6
束 5090_6
成 5320_0
扶 5503_0
防 7022_7
阮 7121_1
即 7772_0

直 起

步 2120_1
吳 6043_0
別 6240_0

撇 起

廷 1240_1
延 1240_1
秀 2022_7
何 2122_0
佐 2421_1
佛 2522_7
伯 2620_0
伶 2823_7
罕 3740_1
妒 4340_7
狄 4928_0
谷 8060_8

八 畫

點 起

庖 0021_2
育 0022_7
京 0090_6
於 0823_3
沛 3012_7
宛 3021_2
肩 3022_7
宗 3090_1
河 3112_0
法 3413_1
祁 3722_7

橫 起

武 1314_0
孟 1710_7
承 1723_2
邴 1722_7
若 4460_4
林 4499_0
邯 4772_7
青 5022_7
奉 5050_3
東 5090_6
招 5706_2
阿 7122_0
長 7173_2
附 7420_0
屈 7727_2

直 起

虎 2121_7
卓 2140_6
叔 2794_0
典 5580_1
易 6022_7
昌 6060_0
昆 6071_1
呼 6204_9
明 6702_0
盼 6802_7
尚 9022_7

撇 起

季 2040_7
征 2121_1
伍 2121_7
侍 2424_1
糾 2490_0
帛 2622_7
和 2690_0
兒 2721_7

始 4346$_0$
妲 4641$_0$
周 7722$_0$
服 7724$_7$
金 8010$_9$
竺 8810$_1$

九畫

點起

兗 0021$_6$
彥 0022$_2$
帝 0022$_7$
度 0024$_7$
奕 0043$_0$
宣 3010$_6$
洪 3418$_1$
洛 3716$_4$

橫起

建 1540$_0$
南 4022$_7$
韋 4050$_6$
范 4411$_2$
苑 4421$_2$
苻 4424$_0$
茂 4425$_3$
英 4453$_0$
荀 4462$_7$
相 4690$_0$
胡 4762$_0$
柳 4792$_0$
春 5060$_3$
威 5320$_0$
契 5743$_0$
眉 7726$_7$

直起

幽 2277$_0$
思 6033$_0$
昭 6706$_2$

撇起

重 2010$_4$
禹 2042$_7$
後 2224$_7$
俊 2324$_7$
紂 2490$_0$
皇 2610$_4$
修 2722$_2$
負 2780$_6$
紀 2791$_7$
秋 2998$_0$
姚 4241$_3$
風 7721$_0$
段 7744$_7$

十畫

點起

高 0022$_7$
席 0022$_7$
庭 0024$_1$
唐 0026$_7$
哀 0073$_2$
家 3023$_2$
宰 3040$_1$
酒 3116$_0$
浮 3214$_7$
神 3520$_6$
涓 3612$_7$
祖 3721$_0$
郎 3772$_7$
海 3815$_7$
益 8010$_7$

橫起

夏 1024$_7$
晉 1060$_1$
班 1111$_4$
烈 1233$_0$
孫 1249$_3$
袁 4073$_2$
真 4080$_1$
索 4090$_3$
桓 4191$_6$
荊 4240$_0$
城 4315$_0$
恭 4433$_8$
莒 4460$_6$
荀 4462$_7$
郝 4732$_7$
根 4793$_2$
泰 5013$_2$
秦 5090$_4$
原 7129$_6$
馬 7132$_7$
屑 7722$_7$

直起

峻 2374$_7$
晁 6011$_3$
晏 6040$_4$
悅 9801$_6$

撇起

師 2172$_7$
桀 2590$_4$
純 2591$_7$
臬 2623$_4$
豹 2722$_0$
脩 2722$_7$
殷 2724$_7$
徐 2829$_4$
條 2729$_4$
郗 2722$_7$
留 7760$_2$
卻 8762$_0$

十一畫

點起

商 0022$_7$
康 0023$_2$
牽 0050$_3$
望 0710$_4$
郭 0742$_7$
許 0864$_0$
淮 3011$_4$
淳 3014$_7$
涼 3019$_6$
淵 3210$_0$
梁 3390$_4$
淑 3714$_0$
深 3719$_4$
朗 3772$_0$
啟 3824$_0$

橫起

張 1123$_2$
琅 1313$_2$
務 1722$_7$
習 1760$_2$
連 3530$_0$
麥 4020$_7$
莊 4421$_4$

莫 4443_0
華 4450_4
梅 4895_7
接 5004_4
曹 5560_6
陸 7421_4
陳 7529_6
堅 7710_4
陶 7722_0
陰 7823_1

直起

處 2124_1
崔 2221_4
逍 3930_2
國 6015_3
曼 6040_7
畢 6050_4
異 6080_1
堂 9010_4
常 9022_7

撇起

巢 2290_4
偉 2425_6
魚 2733_6
終 2793_3
逢 3730_4
婦 4742_7
第 8822_7
符 8824_0

十二畫

點起

童 0010_4
庾 0023_7
甯 3022_7
寒 3030_3
富 3060_6
馮 3112_7
湛 3411_1
湘 3610_0
溫 3611_7
湯 3612_7
湟 3711_1
逸 3730_1
遊 3830_4
曾 8060_6

橫起

項 1118_6
琴 1120_7
鄄 1712_7
尋 1734_6
壹 4010_8
堯 4021_1
賁 4080_6
彭 4212_2
博 4304_2
堪 4411_1
越 4380_5
華 4450_4
黃 4480_6
賀 4680_6
期 4782_0
晝 5010_6
惠 5033_3
盛 5310_7
揚 5602_7
提 5608_1
搜 5704_7
雅 7021_4
隋 7422_7
隆 7721_4
陽 7622_7
屠 7726_4
閔 7740_0
開 7744_1

直起

景 6090_6

撇起

喬 2022_7
舜 2025_2
焦 2033_1
傅 2324_2
嵇 2397_2
復 2824_7
無 8033_1
禽 8042_7
矩 8141_7

十三畫

點起

廉 0023_7
新 0292_1
詩 0464_1
遂 3830_3
道 3830_6
慈 8033_3
義 8055_3

橫起

零 1030_7
雷 1060_3
賈 1080_6
瑗 1214_7
董 4410_4
塔 4416_1
萬 4442_7
葛 4472_7
楚 4480_1
楊 4692_7
敬 4864_0
肅 5022_7
隗 7621_3
熙 7733_1
愍 7833_4

直起

虞 2123_4
蜀 6012_7
園 6023_2
路 6716_4
嗣 6722_0
鄖 6782_7
當 9060_6

撇起

經 2191_1
解 2725_2
鄒 2742_7
鄱 2762_7
會 8060_6
鉅 8111_7

十四畫

點起

齊 0022_3
廣 0028_6
語 0166_1
端 0212_7
說 0861_6

賓 3080_6
滿 3412_7
漢 3413_4
漁 3713_6
褚 3426_0
滎 9990_4

橫起

爾 1022_7
甄 1111_7
翟 1721_4
鄢 1732_7
遠 3430_3
蒯 4220_0
荆 4240_0
綦 4490_4
趙 4980_2
輔 5302_7
監 7810_7

直起

裴 1173_2
臧 2325_0
踈 6519_6
鳴 6702_7

撇起

維 2091_4
僕 2223_4
綠 2793_2
僧 2826_6
遙 3230_7
鳳 7721_0
舞 8025_1
領 8138_6
管 8877_7
箕 8880_1

十五畫

點起

慶 0024_7
諸 0466_0
論 0862_7
潘 3216_9
潤 3712_0
養 8073_2
鄭 8742_7

橫起

彈 1625_6
鄧 1712_7
遲 3730_4
蔣 4424_7
慕 4433_3
樊 4443_0
摯 4450_2
蔡 4490_1
樓 4594_4
輪 5802_7
撫 5803_1
髯 7244_7
豎 7710_8
閭 7760_6
歐 7778_2

直起

墨 6010_4

撇起

樂 2290_4
緩 2294_7
德 2423_1
盤 2710_7
黎 2713_2
魯 2760_3
稺 2795_1
劉 7210_0

十六畫

點起

諫 0569_6
遵 3830_4

橫起

霍 1021_4
豫 1723_2
蕭 4422_7
燕 4433_1
歷 7121_1

直起

冀 1180_1
盧 2121_7
穎 2198_6
遺 3530_8
戰 6355_0
黔 6832_7
閻 7777_7

撇起

衛 2122_7
穆 2692_2
鮑 2731_2
興 7780_1
錢 8315_3
餘 8879_4

十七畫

點起

應 0023_1
襄 0073_2
謝 0460_0
濟 3012_3
濬 3116_8

橫起

孺 1142_7
環 1613_2
檀 4091_6
戴 4385_0
韓 4445_6
薛 4474_1
聲 4740_1
隰 7623_3
臨 7876_6

直起

螭 5012_7

撇起

繆 2792_2
鮮 2835_1
鍾 8211_4

十八畫

點起

顏 0028_6
雜 0091_4
禮 3521_8

橫起

藍 4410_7
繫 5790_3

直起

顓 2128_6
曜 6701_4
闔 7710_7

撇起

魏 2641_3

歸 2712_7
鎮 8418_1
簡 8822_7

十九畫

點起

龐 0021_1
廬 0021_7
譙 0063_1
譜 0866_1
禰 3122_7

橫起

關 7777_2

直起

羅 6091_4
懷 9003_2

撇起

邊 3630_2

二十畫

點起

竇 3080_6
夔 8024_7

橫起

勸 4422_7
藺 4422_7
蘧 4430_3
蘇 4439_4

直起

嚴 6624_8

撇起

釋 2694_1

二十一畫

點起

顧 3128_6

橫起

驃 7139_1
蘭 4422_7

撇起

續 2498_6

二十二畫

點起

龔 0180_1

橫起

酈 1722_7

二十三畫

直起

顯 6138_6

二十四畫

橫起

靈 1010_8
闕 7712_1

二十九畫

橫起

驪 7131_1